사외 연애

Dear, Mr. Black

Dear,
Mr.
Black

사외 연애

2017년 2월 23일 초판 1쇄 발행
2017년 4월 20일 초판 2쇄 발행

지은이 유아나
발행인 이종주

기획 편집 정시연 주수지
경영 지원 배진경 이미현
마케팅 김정수

발행처 (주)로크미디어
출판등록 2003년 3월 24일
주소 서울시 마포구 성암로 330(상암동) DMC첨단산업센터 3층 314호
Tel (02)3273-5135 **Fax** (02)3273-5134
홈페이지 rokmedia.blog.me
E-mail romance@rokmedia.com

사외 연애

ear, Mr. Black

하루는 녀석을 꼭 끌어안았다. 품 안에서 녀석이 골골거리며
하루의 통통한 가슴에 꾹꾹이를 시작한다.

유아나 장편소설

ROCODO

1화. Black Mask

"제가 보호잔데요."

교복을 입은 아이는 잘해야 열일곱쯤 되어 보인다.

"환자분 동생?"

"네."

"학생, 부모님 오셔야 할 것 같아요. 얼른 수술 들어가야 해. 동의서에 사인해 줄 어른 없어?"

"……."

가만히 선 아이가 주먹을 꽉 움켜쥔다.

"제가 하면 안 되는 건가요?"

"한시가 급해. 응? 일단 부모님께 연락드려."

아이는 주머니 속에 넣어 두었던 폴더형 휴대전화를 꺼내서 가만히 들여다보기만 한다. 땅이 꺼질 듯 한숨을 내쉬던 아이가 어딘가로 전화를 건다. 방금 조부를 잃은 남자는 아이의 모습을 멀거니 지켜보았다.

"어, 나야…… 엄마……."

아이의 입에서 나오는 엄마라는 단어가 어색하다.

남자가 대놓고 쳐다보는 것도 모르고, 아이는 병원 복도 바닥만 내려다본다.

"언니가 아파. 쓰러졌는데, 당장 응급수술을 해야 한대. 내가 수술 동의서에 사인하고 싶은데, 난 안 된대."

비보(悲報)를 전하는 아이의 모습이 초연하다.

"아……. 엄마 못 와? ……그렇구나…… 못 오는구나."

아무런 감정도 드러나지 않던 아이의 목소리에 원망의 기색이 엷게 배어났다가 사라진다.

"괜찮아, 엄마. 어. 수술 잘되겠지. 어. 그래. 나중에 엄마가 연락 줘. 기다릴게."

통화를 마친 아이는 입술을 꾹 깨물고 어깻숨을 내쉰다. 울지 않으려는 듯 고개를 쳐들고 얼마간 천장을 바라보던 아이는 또다시 어딘가로 전화를 건다.

"네, 작은아빠. 안녕하셨어요? 늦게 전화드려서 죄송해요. 실은 언니가 좀 아픈데…….아, 아뇨! 병원비는 저희가 알아서 할 거예요. 그게 아니고요……."

저쪽에서 돈에 관한 싫은 소리를 해 대는지 아이는 인상을 찌푸렸다가 이내 급히 말을 뱉기 시작한다.

"병원비는 정말 저희가 알아서 할 거예요. 절대 돈이 급해서 전화드린 거 아녜요. 수술 동의서에 사인해 줄 어른이 필요해서 그래요. 와 주세요, 네? 사인만 해 주고 가세요. 급해요……. 안 그럼…… 언니 죽을지도 몰라요.”

언니의 죽음을 예견하는 순간에도 아이의 말소리는 빠르게 흘러나오기만 할 뿐, 울음 한 점 묻어나지 않는다. 가까스로 두 번째 통화를 마친 아이는 의료진을 향해 쪼르르 달려간다.

“오신대요. 수술 바로 들어가면 안 돼요? 금방 오신대요.”

언니의 위중한 수술을 앞두고 있는 마당에 친모는 외면하고, 작은아빠는 돈타령을 해 댄다. 그런데도 아이는 ‘저 어린애 아니에요. 저한테 말씀해 주세요.’ 하며 의연하고 씩씩한 얼굴로 의료진을 대한다.

남자는 아이가 시야에서 벗어날 때까지 한참을 바라보았다.

“하루 씨, 오늘 소개팅한다며? 영업지원 혜경 씨 소개로?”
“거기까지 소문났어요?”
“뭐 하는 사람이래?”
“의사래요. 하도 나가 보라고 해서 나가기는 하는데…….”
“진짜? 의사? 무슨 의사?”
“뭐, 펠로우라고 들은 것 같은데…….”
“대박! 잘해 봐, 하루 씨. 와, 구혜경 씨 능력 완전 좋다! 의사를 다 소개시켜 주고. 나도 혜경 씨한테 소개팅해 달라고 졸라야지.”

오늘 저녁 8시, 절대 잊지 말고 나가라고 혜경이 신신당부를 했는데, 월 마감 업무에 온 신경을 다 쏟느라 잊고 말았다.

잊을 게 따로 있지. 구혜경이 또 노발대발할 텐데.

어제 퇴근 무렵, 내부 PR(Purchase Requisition, 구매 청구서) 목록을 정리하고 있는데 모니터 하단에서 메신저 아이콘이 깜빡깜빡거렸다.

영업, 혜경 : 하루야.

회계, 하루 : 뭐지, 이 소름 끼치는 다정함은?

영업, 혜경 : 나 좀 살려 주라.

회계, 하루 : 의사 남친한테 살려 달라고 해. 왜 나한테 난리야?

영업, 혜경 : 있잖아. 우리 애기가…….

혜경은 요즘 레지던트 1년 차와 썸 타는 중이다. 잘 키워서 의사 사모님이 되시겠다는 게, 최근 혜경이 세운 인생 최고의 목표이자 난제가 되어 버렸다.

회계, 하루 : 너네 애기가 뭐?

영업, 혜경 : 아니, 우리 애기 괴롭히는 펠로우가 한 명 있는데, 내가 내일 소개팅을 해 주겠다고 큰소리쳐 놨거덩? 근데 소개팅 자리 나가기로 했던 초등학교 동창 년이 헤어졌던 남친 새끼랑 오해 풀렸다고, 못 나온다고…….

회계, 하루 : ??????

영업, 혜경 : 진짜 한 번만! 내가 우리 애기 의사 돼서 병원 차리면 넌 다 공짜로 봐줄게, 엉?

회계, 하루 : 아무리 공짜라도 친구 남자 앞에서 다리 벌리고 싶지는 않다. 걔 산부인과 레지라며?

영업, 혜경 : 어머! 이 아가씨 말하는 것 좀 봐. 다리를 벌리다니, 어므나, 야해!

회계, 하루 : 죽는다.

영업, 혜경 : 한 번만 나가 주라, 응? 제발. 응? 내가 앞으로 한 달 동안 연하루 님 출근하시기 전까지 책상 위에 따뜻한 라테 대령해 놓을게. 응? 제발. plz!

썸 탄 남자는 셀 수도 없고, 사귄 남자는 언제부턴가 세지 않았고, 이제는 같이 밤을 보낸 남자의 수도 가물가물하다는 혜경과 달리, 하루는 뜨거운 연애와 거리가 멀었다. 물론 소개팅도 대학 시절 첫사랑한테 차이고 홧김에 한두 번 나가 본 게 전부다.

하루가 대답이 없자 복숭아 모양 캐릭터가 눈물을 흘리기 시작하더니 그 안에서 헤엄을 쳐 댄다.

믹스 커피가 아닌 커피 전문점 카페 라테 모닝 서비스가 끌리기도 하고…….

회계, 하루 : 딱 한 번이다.

영업, 혜경 : 어, 어! 이번 딱 한 번! 완전 고마워! 싸랑해요, 연하루! 우윳빛깔, 연하루!

친구의 간악한 부탁에 소개팅 자리에 나간다고 수락해 놓고, 인사팀 골드 미스 과장이 상기시켜 주지 않았다면 까맣게 잊을 뻔했다. 게다가 옷차림은 출퇴근용 검은색 정장 바지에 줄무늬

남방, 낮은 단화를 신은 수수한 모습이다.

큰 의미를 두지 않은 만남이었기에, 하루는 무덤덤한 마음으로 소개팅 자리에 나갔다.

"회계팀에서 일하신다고요?"

"네."

"그럼, 돈 관리는 잘하시겠네요? 전 경제관념 없는 여자는 딱 싫어서."

"가계부 쓰는 데 실수하는 일은 없겠죠."

"그런 중소기업 회계팀 2년 차면 연봉은 얼마나 받아요? 5천 은 되나?"

대뜸 연봉을 물어 오는 남자의 질문에 하루는 어안이 벙벙해 진다. 자진해서 나온 자리는 아니라지만 어떤 사람일까 궁금했고, 아주 조금 설레기도 했는데……. 짧은 떨림은 팔팔 끓는 물에 찬물을 끼얹은 것처럼 잠잠해졌다.

"아직 그 정도는 안 되고요. 일하다 보면 오르겠죠."

"어쩐지, 월급이 적어서 그렇구나. 꾸미면 훨씬 예쁠 것 같은 데 차림새가 좀 많이 수수하다 싶었어요. 요즘 명품 백 하나씩 은 다들 있지 않나?"

"어디에 가치를 두느냐에 따라 다르죠. 명품 두른다고 사람까 지 명품 되는 건 아니잖아요."

"남편이 벌어 온 돈 허투루 쓸 것 같지는 않아서 다행이네요.

공인회계사 1차까지는 합격했다면서요? 2차는 왜 안 봤어요?"

회계팀 직원이라는 타이틀로는 부족했는지, 2차 시험장 근처에도 가지 못한 공인회계사 시험 이야기를 했나 보다. 1차 합격자 명단이 단과대 건물에 걸리기는 했었다. 그게 번듯한 직장 생활 하는 하루의 소개팅녀 조건 중 하나가 될 줄은 미처 몰랐다.

"사정이 있어서 못 봤어요."

하루의 대답으로 잠시 대화가 끊기는가 싶더니.

"내가 솔직히 한국병원 펠로우이기는 한데, 개원 욕심이 좀 있거든요. 그거 알죠? 시작할 때 투자가 확실해야 아웃풋이 좋은 거. 상경 계열 전공자면 사업 투자 관련해서는 저보다 더 잘 아시겠네."

남자의 입가에 하얀 거품이 모여 있다. 그 정도로 개원은 그에게 군침 도는 이야기인가 보다.

"그래서 말인데요, 개원에 좀 보탬이 되는 자리였으면 좋겠거든요? 제 와이프 될 사람은."

만난 지 15분쯤 되었으려나. 성질 급한 사람처럼 보이는데, 본론이 제법 늦게 나왔다.

"그건 어려울 것 같네요. 저희 집이 개원을 해 드릴 만큼 부유한 편은 못 돼요. 외려 평범하다 못해 어려운 편에 속하거든요."

"솔직한 건 마음에 드네요. 의사라고 하면 무턱대고 덤벼드느라 뺑카 날리는 여자들 엄청 많거든요. 남자는 몇 명이나 사귀어 봤어요?"

"안타깝게도 대학교 땐 회계사 준비하느라, 취업해서는 일만 하느라 제대로 된 연애 경험이 없네요."

"에이, 거짓말하지 말고. 연하루 씨 얼굴이랑 몸매 정도면 다른 조건 안 따져도 덤비는 남자들 꽤 있었겠는데? 나중에 들통 나서 곤란한 상황 만들지 말고요. 나 산부인과 전문의예요. 남자 경험 정말 없어요?"

말문이 막힌 하루는 남자의 얼굴을 멀거니 바라봤다. 차림새가 어쩌고 한 남자는 정장은커녕 목이 늘어난 티셔츠에 청바지를 입고 있었고, 산부인과 전문의라면서 떠들어 대는 말이 가관이었다.

"연하루, 일어나."

그때 갑자기 들려온 목소리에 하루는 잠시 나갔던 정신을 추스르며 고개를 돌렸다. 테이블 옆에는 인사팀 오승원 대리가 서 있었다.

"어? 대리님?"

하루가 승원을 알아보자, 소개팅남의 얼굴에 어이없다는 듯 짜증이 어린다.

"누구신데 다짜고짜 일어나라 마라 합니까?"

승원은 고개를 비스듬히 돌리며 남자를 노려보았다. 언제나 상냥한 모습만 보여 온 인사팀 오 대리의 눈빛은 바람피우다 걸린 마누라 잡은 듯했다.

"이 여자가 밤마다 죽고 못 살아 매달리는 남잔데, 내가 좀 서운하게 한 데다 친구 위해서 지뢰 한번 밟는 셈 치고 소개팅 나왔나 보네요."

"뭐, 뭐? 무슨 이런 거지 같은 경우가 다 있어! 이 여자 웃기는 여자네, 뭐? 연애 경험이 없어? 이래서 여자 만나려면 산부

14

인과 검사부터 받게 해야 한다니까! 선 자리에서 의사 잡으려고, 아주 뭣도 없는 여자가 그런 되지도 않는 사기를 쳐?"

몇 안 되는 테이블에 앉아 있는 손님들의 시선이 집중되었다. 카운터를 보고 있던 사장이 다가오기 시작했다.

"그죠? 이 여자 사실 능력 좋아서 회사에서 임원급 연봉 받거든요. 근데 밝히는 건 또 엄청 밝혀서 남자 얼굴이랑 몸매 뜯어먹고 사는 게 소원인 여자예요. 근데 그쪽은…… 우리 하루 취향과는 조금 멀어 보이네요. 힘도 좀 달릴 것 같고."

"너, 너, 너, 이!"

남자가 대차게 일어섰지만, 승원의 어깨죽지에 겨우 머리털이 닿는 정도다.

"한국병원 산부인과 펠로우라고 하셨죠. 오성균 원장님 아십니까?"

승원의 질문에 남자는 '그래서 뭐?' 하는 얼굴이다.

"부친 되십니다."

남자가 흠칫 놀란 얼굴로 승원을 올려다보았다.

"연하루, 내가 잘못했다. 맨날 세 번 하다가 어제 두 번 했다고 이런 놈이랑 소개팅을 해? 기분 풀고, 가자. 어제 못 했던 것까지 안아 줄 테니까."

채근하는 승원에게 손목을 잡혀 자리에서 일어난 하루는 마치 뒤에서 누군가 잡아당기는 것 같은 시선을 느끼며 레스토랑을 빠져나왔다.

한참을 걷고 나서야 하루는 정신을 차리고 겨우 입을 열었다.

"진짜 한국병원장 아들이에요?"

"아니."

"하아."

하루는 짙은 한숨을 내쉬며 앞머리를 한번 쓸어 넘겼다.

"제가 알아서 하려고 했는데, 갑자기 그렇게 끼어드시면 어떡해요."

"알아서 어떻게 하려고 했는데? 온갖 굴욕 다 당하고, 나중에 구혜경 씨한테 나쁜 년이라고 욕 한 번 하고 말았을 것 아냐? 저 자식 성희롱으로 고소감이었어."

"대리님도 만만치 않았거든요? 내가 언제 대리님한테 세 번 할 것, 두 번 했다고 삐쳤어요?"

자신이 뱉어 놓고도 어이가 없는지 승원이 웃음을 터뜨렸다.

"완전 속물이네, 연하루. 왜 거기 있었냐? 어떻게 내가 거기 앉아 있는 거 알았냐? 내일 인사팀, 사장님하고 위클리 미팅 하는 날 아니냐? 야근 당첨 아니냐? 이런 질문이 먼저 나와야지. 어떻게 한국병원장 아들이냐는 질문부터 나와?"

"그러게요. 왜 거기 계셨어요?"

"식당에 밥 먹으려고 앉아 있었지."

"야근은요?"

"없어. 나 일 잘하는 거 몰라? 벌써 다 끝내고 왔지."

"제가 적당히 받아치려고 했는데……. 더 비참해졌잖아요."

음원 차트를 석권했다는 아이돌 노래에 거나하게 취한 사람들의 목소리가 섞여 호프집 안이 소란하다. 하루는 마주 앉은 승원이 똑똑히 알아먹도록 큰 소리로 따져 댔다.

"받아친 말이 전부 거짓말이잖아요. 제가 임원급 연봉 받는다

16

는 것도 거짓말이고, 대리님이랑 그렇고 그런 사이여서 거지 같은 소개팅 자리에 백마 탄 왕자처럼 짠 하고 나타난 것도 거짓말이고. 게다가, 한국병원장 아들요?"

하루는 생맥주를 벌컥벌컥 들이켜고는 말을 이었다.

"처음 얼굴 마주했을 때부터 남자가 좀 예의가 없기는 했어요. 의사라고 빈정대는 꼴에 짜증이 좀 나기는 했는데, 소개해 준 혜경이 얼굴도 있고 제가 적당히 해치우려고 했다고요. '미안하지만 서로 원했던 상대는 아닌 것 같으니 잘 가세요. 바이 바이!' 하고 헤어지면 그냥 똥 밟았다 생각하고 잊을 수 있는 상황이었는데."

"근데?"

"근데 지금 날 완전 남자 밝히는 여자로 만드셨잖아요!"

"능력 있는 여자가 남자 취향이 좀 왕성한 쪽이라고 설명해 준 거지. 설사 그렇다 쳐도, 그게 나빠? 아마 그놈 지금 기분 완전 잡쳤을걸! 네 기분도 그 정도로 잡친 거 아니었어?"

"아, 뭐 그렇기는 한데요."

"그럼, 저놈 다시 볼 생각이야? 남자 완전 밝히는 여자로 생각하거나 말거나 무슨 상관이야? 넌 아까 그 남자, 완전 미친 변태 새끼라고 생각하지 않아? 소개팅 자리에서, 어? 산부인과 전문의여서 여자가 경험 있는지 없는지 알 수 있으니까 솔직히 말하라는 놈이 정상이야?"

"정상은 아니죠. 근데."

"공자한테나 공자의 예법이 통하는 거고, 양아치한테는 격에 맞는 개소리를 지껄여 줘야 떨어져 나가는 거야."

승원은 격분한 상태였지만, 술 마시면 그런가 보다고 하루는 생각했다.

"물에 빠진 거 구해 줬더니 짐 내놓으라고 난리 치는 격이거든? 소개팅 자리에서 데고 있는 거 시원하게 구제해 줬더니 이미지 타령이네?"

"그래요, 대리님. 제가 잘못했습니다. 다 못난 제 잘못입니다."

"못난 거 아니 다행이다. 나중에 빚 갚아. 내가 연하루 사원 구제해 준 은혜 잊지 말고."

원래는 자잘한 나뭇결이 드러나는 동그랗고 작은 테이블이다. 일요일 오후, 햇살이 우드 블라인드 사이를 켜켜이 스미고 들어와 주인 허락도 없이 줄무늬를 드리운 탓에 지금은 얼룩말 무늬를 얻었을지라도.

이 테이블은 오후마다 생기는 기괴한 얼룩말 무늬가 마음에 들까?

휴대전화를 만지작거리던 하루는 노란색으로 점철되는 메신저 아이콘을 클릭해 본다. 특별히 메시지를 보낼 곳이 있어서 그런 건 아니다. 친구 목록을 한번 휘익 스크롤 해 보며, 프로필 사진과 문구를 들여다본다.

'얘는 결혼해서 애가 있나 보네.'

'어? 이 남자는 누구지? 휴대전화 번호 주인 바뀌었나?'

서너 개 있는 단체 톡방도 지금은 조용하다. 가족, 연인, 친구와 아주 바람직한 주말을 보내고 있는지도. 요즘 가장 많은 이야기를 나누는 사내 여직원 그룹 톡방에 메시지를 띄울까 하다가 그만둔다.

시원한 아메리카노를 한 모금 쪽 빨아 본다. 여전히 아파트 공동 현관에서 마주친 그 남자의 향수 냄새가 감도는 듯하다.

집에서 나오던 길, 아파트 공동 현관을 들어서는 남자의 산뜻한 향수 냄새가 훅 느껴졌다. 하루는 눈살을 찌푸린 채로 엘리베이터를 향해 걸어가는 남자의 뒷모습을 한번 흘끗 보았다.

먼지 한 톨 붙어 있지 않을 것 같은 검은색 실크 슈트 재킷이 팽팽하게 당겨진 너른 등판은 단단한 검은 바위처럼 보였다. 그의 다리는 건드려도 꿈쩍 안 할 것처럼 바닥에 박힌 듯한 착각을 불러일으켰다.

솜씨 좋은 조각가가 깎아 놓은 작품을 누군가 엘리베이터 앞에 세워 둔 것 같은 모습.

엘리베이터가 도착한 뒤 남자가 발걸음을 옮기기 전까지 홀리기라도 한 듯 그 뒷모습을 바라보았다. 그렇다고 향수를 들이부었다고 여겨질 만큼 남자의 향수 냄새가 짙었던 것도 아니다.

단지 숨을 크게 들이마시는데 그가 지나갔고, 공기 중에 흩어진 은은한 향기를 한 아름 머금었을 뿐.

아메리카노를 한 입 머금었을 뿐인데 괜히 가슴이 두근두근거린다. 일면식도 없는 남자의 잔향과 아른거리는 뒷모습에 가슴 설레는 자신이 우스워서 하루는 고개를 가볍게 흔든다.

하릴없이 바라보던 휴대전화 화면이 까맣게 변하는가 싶더니 통화 수신 화면으로 바뀐다. 만나기로 한 인사팀 오승원 대리다.

"여보세요, 대리님?"

- 어, 하루 씨. 도착했어?

"네, 도착했어요."

- 주차할 곳이 마땅치 않아서 빙빙 돌고 있어. 조금만 기다려.

손목에 있는 시계를 슬쩍 확인하니 약속 시간에서 3분이 지나 있다.

"천천히 하고 오세요. 여기 주말에도 주정차 단속 심하대요."

- 그럼 그냥 카페 앞으로 나올래?

"지금요?"

- 2분 이따가.

하루는 반 이상 남아 있는 아이스 아메리카노 잔을 들고 카페 밖으로 향한다.

"으, 추워."

갑자기 바람이 쌩하고 불어와서 두 눈을 질끈 감는다.

"이럴 줄 알았으면 따뜻한 거 마실걸."

꽃샘추위가 반짝 기승을 부릴 거라는 일기예보에 하루는 중무장을 하고 나온 참이었다. 그런데 카페로 오는 길, 두꺼운 구스다운 점퍼와 패딩부츠가 무색하리만큼 햇살이 따사로웠다. 털 모자를 벗고 나니 정수리에까지 땀이 찬 것 같아서 아이스 아메리카노를 주문했었다.

카페에 앉아 있던 30분 사이 일기예보가 맞아떨어진 건지, 아니면 아이스 아메리카노를 홀짝이면서 몸이 식은 건지, 그도 아니면 하필 장갑을 놓고 나와서 맨손으로 얼음 잔을 들고 있는 탓인지, 중무장한 게 무색하리만큼 등골이 서늘하다.

손톱 끝을 세워 최대한 얼음 잔을 멀리 잡으려 노력해 본다.

"그냥 버리고 나올걸."

목까지 올려 잠근 구스다운 점퍼 안에 얼굴을 묻고 "으으, 추워."를 연발하고 있는데, 비상등을 켠 하얀색 SUV 한 대가 멈춰 선다.

"춥지? 얼른 타."

빠끔히 열린 조수석 차창으로 승원의 듣기 좋은 목소리가 들려온다. 하루는 고개를 끄덕이며 얼른 조수석 문을 열고 발을 내디뎠다.

"엄마얏!"

검은색 디딤대를 밟은 발이 미끄러지는 바람에 차에 오르던 몸이 갸우뚱 기울어진다. 누가 보면 하늘색 마시멜로 덩어리가 차에 오르지 못해 낑낑거리는 모습으로 보일지도. 이번에는 발을 좀 더 깊숙이 집어넣어서 차에 올라 본다.

아무 일도 없었다는 양 차 문을 닫고 벨트를 매려는데, 승원이 손을 뻗어 온다.

"해 줄게."

"할 수 있는데."

커피를 손에 들고 어쩔 줄 몰라 하는 모습이 우스운지 기다란 손가락이 코앞을 지나 안전벨트를 끌어당겨 간다.

"연하루 씨는 아직 덜 커서 그런가 봐."

"뭐가요?"

160cm가 되지 않는 하루의 작은 키를 승원은 날마다 놀려 댔다. 고까운 마음에 되묻는 말이 곱지 않다.

"날씨가 이렇게 추운데 아이스 아메리카노가 넘어가?"

"카페 안은 더웠어요."

"다른 사람들도 차가운 거 마셨어?"

"마시던데요?"

오기 섞인 되물음에 작은 웃음이 되돌아온다.

"보고서는 어디 있어요? 그것부터 보여 주세요."

일요일 오후, 인사팀 승원은 내일 아침 일찍부터 갑자기 외근이 잡혀서 월요일 오후에 진행해야 할 분기 마감 미팅에 참석하지 못할 것 같다며 회계팀 하루를 불러냈다.

그런데 만나자는 곳이 회사는 아니었다.

'주말에도 회사 나가고 싶냐?'

'주말인데 지금 회사 일 때문에 불러내시는 거잖아요. 도긴개긴이지. 저 초과근무 수당 청구할 거예요.'

'인사팀 대리 권한으로 승인합니다.'

입술을 삐죽 내밀기는 했지만, 회사 밖에서 본 게 천만다행이지 싶다.

"여기 체크해 놓은 곳 좀 봐줘. 1분기 마감일자가 좀 일러서, 매출 대비 적용된 인센티브 적다고 난리 나는 거 아닌지 몰라."

일요일 오후, 회사에 나가서 흠 없이 완벽한 승원의 보고서를 훑어보고 앉아 있었다면 타 팀 대리고 나발이고 한 대 때려 줬을지도 모른다.

"사장님 보고용 기술영업 간부 인센티브 파일이라 내가 좀 신경이 쓰여. 알잖아. 분기마다 이것보다 더 팔았네, 퍼센티지가 안 맞네, 한 소리들 하는 거."

승원이 괜히 앓는 소리를 한다. 인센티브 받아 처먹으면서 실무는 자기네 팀원들에게 떠넘기는 간부들이 거드름을 피워도 눈 하나 깜짝 안 하는 파워 인사팀이면서.

그런 신소리는 숫자 만지는 죄밖에 없는 회계팀 사원 하루나, 뒤치다꺼리 다 하고도 본전 못 찾을 때가 많은 기술영업지원팀 혜경의 몫이다.

"체크하신 부분도 별문제 없이 작성된 것 같은데요? 집에 가서 한 번 더 보고 연락드릴게요."

투명 파일에 가지런히 정리된 A4용지를 뒤적이는데, 일반 편지 봉투보다 조금 작은 크기의 연하늘색 봉투가 하루의 무릎 위로 툭 떨어진다.

"여기 뭐가 있네요?"

"뭐? 있긴 뭐가 있어?"

"뭔지 알면서 묻지 마시고요."

내내 조수석 쪽을 바라보던 승원의 오른쪽 눈썹이 꿈틀 움직이더니 부드러운 미소가 자리한다.

"궁금하면 열어 보든지. 또 알아? 피 터지는 티켓팅에 참전해야 구할 수 있다는 뮤지컬 티켓이라도 들어 있을지."

하루는 의심 어린 눈초리로 승원을 바라보다가 하늘색 봉투를 천천히 열어 보았다.

"이거 어떻게 구하셨어요?"

"그거 보고 싶다며."

얼마 전 점심시간, 구내식당에서 티켓팅 망했다느니 이번 공연은 못 볼 것 같다느니 떠들었던 게 생각난다. 그때 좀 떨어진 자리에서 승원이 식사를 하고 있던 것도 기억나고.

그런데 이 남자는 이 티켓을 어떻게 구해 왔을까? 자리도 심지어 VIP석 중앙 블록 1열이다. 커튼콜 때 애정하는 홍지상 배우와 눈 맞춤을 할 수도 있는 꿀 발라 놓은 자리라니.

하지만 이 공연을 이 남자와 함께 본 후에는 더 이상 회사 동료가 아니라 지극히 개인적으로 친밀한 사이가 되어야 할 것만 같다.

"이 뮤지컬을 저한테 왜 보여 주시는 건데요?"

"연하루 씨 보여 주겠다고 한 적 없는데? 나 그 티켓 있다고 자랑하는 거야."

장난기 어린 대꾸에 약이 바싹 오른 하루는 입안에서 혀를 한 바퀴 굴렸다.

"그거 오늘 저녁 7시 공연인데. 지금, 음, 벌써 오후 3시 31분이네?"

아파트에서 서울에 있는 공연장까지 차로 1시간 반은 족히 걸릴 거다.

"오랜만에 바람이나 쐬러 가 볼까 하는데 어때. 일요일 오후라 내려가는 건 별로 안 막힐 텐데. 드라이브나 할까?"

사람 속을 바싹 태우려고 작정을 했나 보다.

수년 전, 대학로 소극장에서 우연히 본 공연에서 홍지상 배우에게 홀딱 반한 하루는 몇 년 동안 그가 출연한 작품을 하나도 빼먹지 않고 다 보았다.

하루가 자신을 위해 유일하게 부리는 사치가 바로 홍지상 배우 공연이다. 다른 건 다 아껴도 홍지상 배우가 출연하는 공연은 꼭 보았다. 그런데 이번 공연에는 인연이 없는 건지 1차, 2차, 심지어 마지막 3차 티켓팅까지도 완패해서 티켓 한 장 손에 넣지 못했다.

그런 하루에게 VIP 중블 1열 티켓을 보여 놓고, 이 남자는 지금 교외로 드라이브를 가잔다. 티켓을 쥐고 있는 하루의 손끝이 파르르 떨리기 시작한다.

"나는 뮤지컬에는 별로 취미가 없어서. 드라이브 가자."

이 남자가 보자 보자 하니까, 진짜!

"그런데."

그런데 뭐?

"연하루가 같이 봐 주면 보러 갈 수도 있고."

최애 배우를 생각하면 냉큼 그러자 대답하고 싶다. 하지만 하루는 어금니를 꾹 깨물며 입술을 가늘게 맞물 뿐이다.

두 눈 딱 감고 공연 한번 같이 보고, 밥 한번 살까?

아니다. 지금껏 승원이 보여 온 감정의 흐름으로 짐작컨대, 이 공연을 같이 보면 뭔가 결과물이 나와야 할 것 같은 분위기다.

사귀자. 그러자. 고백한 거다. 거절한다.

딱 잘라 말할 수 있는 고백을 승원은 아직 하지 않았다. 언제나 아리송하게 감정을 드러내서 '저는 그런 생각 없는데요.'라고 말하면 '누가 너 좋아한대?' 하는 반응이 되돌아올 것처럼 아슬아슬한 밀당을 하는 남자다.

그렇다고 여우같이 얄미운 것은 아니었고, 적당한 선을 지키며 기막히게 긴장감을 유지하는 재주도 있다.

몇 주 전에도 일을 핑계 삼아 주말에 식사를 한 적이 있었다. 그런데 그때는 '뭔가 있겠지. 그럼 거절을 어떻게 해야 하나?' 했던 고민이 무색하리만큼 일 이야기만 하고 헤어졌다.

그런데 오늘은 뮤지컬이라니. 이토록 애정하는 홍지상 배우의 공연 1열이라니.

"연하루. 너 머리 굴리는 거 티 나."

칼자루는 자신이 쥐고 있다는 듯 승원은 여유로운 얼굴이다. 안달이 나는 쪽은 당연히 하루다.

아슬아슬한 비밀 사내 연애의 단맛은 세상 많은 경험자들의 증언을 통해 익히 알고 있다. 하지만 단맛이 좋으면 쓴맛도 강한 법. 연애에 종지부를 찍고 나면 그렇게 어색할 수가 없는 게 바로 사내 연애다.

둘 중 하나는 회사를 그만두는 게 부지기수고, 안 좋은 소문이라도 났다가는 동종 업계에서 이직을 할 때도 뻔뻔한 얼굴을 해야 하는 경우가 생긴다.

이 회사에는 누구 대학 동기가, 저 회사에는 이쪽 대학 후배가. 새삼 대한민국이 좁디좁은 나라라는 걸 아주 부정적인 방법으로 실감하게 될 거다. 연애 한 번으로 커리어에 흠집이 나는 측면에서 여자 쪽이 더 불리한 세상이었다.

조심스러운 성격, 인생의 가치를 안정성 추구에서 찾는 하루에게 사내 연애는 피해야 할 리스크로 여겨졌다.

달걀은 한 바구니에 담지 말라는 분산 투자 기법 비유처럼, 커리어과 연애를 동시에 담아 두어서는 안 될 일. 연애가 아니라도

리스크 많은 인생에서 굳이 사내 연애의 부담까지 감수하고 싶지 않다. 그러니 티켓이 아깝다는 생각이 들어도 별수 없다.

하루는 티켓 두 장을 도로 하늘색 봉투 안에 집어넣어 파일에 꽂았다.

"파일은 이상 없어 보이네요. 저 앞에 세워 주세요."

아파트에서 그리 멀지 않은 곳이었다. 버스로 겨우 한 정거장쯤 되는 거리다.

"같이 보자, 공연."

내내 생글거리던 웃음이 담겨 있던 부드러운 목소리에 진지한 기색이 어린다.

"대신 조건이 있어."

"그 조건 듣는 순간 대리님하고 불편해질 것 같아요. 저 그 공연 안 볼래요. 내려 주세요."

"내가 당장 사랑한다, 사귀자 고백한 것도 아닌데 너무 앞서 가는 거 아냐?"

불편한 상황을 피해 가려고 했는데 된통 당한 것 같다. 티켓 두 장을 놓고 승강이를 할 때와 대화의 밀도와 성질이 달라지려 한다.

"조건 단다고 하셨잖아요. 요즘 '부정 청탁 및 금품 등 수수의 금지에 관한 법률' 시행돼서 난리인 거 아시죠? 엄연히 대리님 보고서 훑어봐야 하는 회계팀 소속인 입장으로서, 조건이 붙는 다는데 불편할 만도 하죠."

1년 전, 소개팅 사건 이후 두 사람이 이전보다 친해진 건 사실이다. 하지만 서로에게 각별한 사이가 되거나 한 것은 아니었다.

27

"보자, 공연. 같이."

"안 봐요, 공연. 같이."

"작년에 소개팅 자리에서 진 빚 갚는 거라고 생각해."

"그게 언제 적 일인데요?"

"시간이 지나면 은혜가 바래는 건가 봐? 연하루 씨 그런 사람이야?"

삐딱한 목소리에 갑자기 오기가 생겨난다.

"그래요, 봅시다. 봐요."

"나랑 공연 보는 대신 조건이 있어. 그 조건은 공연 다 보고 말할 거야."

"무슨 조건요? 세 번 할 거 두 번 하자, 뭐 이런 조건요?"

남녀 사이에 음담패설이 가능한 경우는 두 가지다.

침대 위에서 끈끈한 정을 나누는 온도 높은 사이거나, 혹은 우린 서로 이성이 아닌 동성격이다 싶은, 온도 자체가 존재하지 않는 경우.

하루는 후자에 가깝다는 뉘앙스로 물었다.

난 당신을 남자로 볼 생각 없답니다, 하는 일종의 신호였다.

"솔직히 세 번도 아쉽지."

신호 대기로 차가 멈춰 서자 분명한 온도가 담긴 끈끈한 시선이 하루에게 닿았다.

"빨간불이에요."

"그래, 빨간불이니까 브레이크를 밟았지."

"그래요. 사각 박스 밝히는 그린라이트는 아니라는 거죠."

하루의 대꾸를 알아들었는지 승원의 표정이 일순간 딱딱하게 굳었다.

　침묵 속에 차는 출발했고, 공연장에 도착할 때까지 무거운 분위기가 계속되었다. 저녁 먹을 시간이 영 어정쩡해서 공연장 1층 카페에서 어색하게 샌드위치를 사서 먹는 중에도 침묵은 계속되었다.

　공연이라도 재미있기를 바랐건만 배우들마저 각기 따로 놀아서 마치 선생 손에 이끌려 나와 억지로 연기를 하는 학예회를 본 듯했다. 공연이 끝나고 돌아오는 차 안, 침묵은 끈질기게 두 사람을 괴롭혔다.

　"연하루."

　하루가 살고 있는 아파트 공동 현관 앞에 차가 도착하자 승원이 먼저 입을 떼었다.

　"공연 잘 봤어요. 감사합니다."

　"내려서 좀 걸을까?"

　여기서도 딱 잘라 거절하면 회사에서 얼굴 보기 힘들어질 것 같다. 일 때문에 계속 부딪쳐야 하는 사람과 껄끄러워지는 것도 유쾌하지만은 않다.

　"그래요."

　아파트 단지 안은 조용했다. 늦은 밤 귀가하는 차가 지하 주차장으로 빨려 들어가는 소리만 들릴 뿐, 인적은 드물었다.

　"앞으로 세 번만 더 주말에 이렇게 보자. 마지막 주말, 그때 결정해. 그래도 아니라고 하면 내가 물러날게."

　하루는 가만히 승원을 올려다보았다.

나쁘지 않다. 혜경의 말처럼 오히려 괜찮은, 아니, 아주 훌륭한 편에 속하는 남자다. 그런데 이렇게 괜찮은 남자여서 어렵다. 1년 전, 진짜 한국병원장 아들이라고 했다면 하루는 승원을 더 멀리했을지도 모른다.

"세 번만. 응?"

입 안쪽 말캉한 살을 한번 깨문 하루는 대답을 내놓지 못하고 발끝만 내려다보았다. 괜히 튀어나온 보도블록을 발끝으로 툭툭 건드려도 보고, 그 사이에서 삐져나온 모래를 짓이겨 보기도 한다.

"대답 안 하면 못 들어간다."

진짜 안 들여보낼 것처럼 목소리에 힘이 실려 있다.

"……두 번 아니고, 흐음. 세 번인 거죠?"

긴장했던 탓인지 목소리가 잠겨 있다가 이상하게 튀어나왔다.

"그래, 두 번 아니고 세 번."

하루는 혀로 입 안쪽 말캉한 살을 밀어 보았다. 사탕을 문 것처럼 볼이 톡 튀어나오자 승원의 오른손 검지가 불거진 볼을 톡톡 두드렸다.

"대답 좀 해라. 속 터져 돌아가시겠다."

"3주 후에 어떤 결정이 나도 따르신다는 거죠?"

"……그래."

"딱 세 번이에요."

다감한 미소를 짓고 있는 승원을 올려다보며 하루는 아랫입술을 지그시 깨물었다.

"얼른 들어가. 춥다."

"가시는 거 보고 들어갈게요."

"벌써부터 나 그렇게 생각해 주는 거야?"

집에 들어가는 뒷모습까지 승원이 지켜보고 있을 거라고 생각하니 괜히 등허리가 간질거려서 먼저 가라고 한 거였는데. 하루의 미간이 저절로 찌푸려진다.

"아니거든요."

"그럼?"

"누가 제 뒷모습 되게 못생겼다고 했었어요."

핑계가 궁해지니 어이없는 대꾸가 흘러나온다.

"누가? 누가 그런 개소릴 해?"

"첫사랑이요."

그래, 첫사랑이었던 그놈이 그런 말을 했었어. 너 뒷모습 되게 웃기다고.

묘한 긴장감이 흐른다. 승원은 까만 밤하늘을 한번 올려다보고는 "헛, 참." 하면서 하루에게로 시선을 옮긴다.

"오늘부터 본격적으로 썸 한번 타 보자는 남자한테 첫사랑 얘기는 예의가 좀 없는 것 같다."

"그러게요. 제가 왜 그랬을까요. 근데 대리님은 첫사랑 없어요?"

하루는 튀어나온 보도블록을 노려보다가, 대뜸 고개를 들어 승원을 올려다보았다.

"어?"

생각지도 못한 질문에 말문이 막혔는지, 승원이 멍한 얼굴로 하루를 내려다보았다. 지금 첫사랑이 있다고 하면 본인 말대로 예의 없는 사람이 되는 거고, 그렇다고 남자 나이 서른이나 먹었는데 없다고 하는 건 정상이 아닌 거다.

하루는 빙그레 미소를 머금으며 왼쪽으로 턱을 비스듬히 치켜 올렸다.

"없어요, 진짜? 그럼 내가 완전 사과하고요. 그 썸인지 뭔지 되게 오랜만이라 제가 눈치 없이 굴었나 봐요. 죄송해요. 응?"

짓궂게 재차 묻는 말에 승원의 얼굴에 아련한 미소가 어린다.

"있어, 첫사랑."

"또 그렇게 아련해지실 것까지야."

승원의 눈동자는 촉촉이 젖어 들고 있었다.

"나의 존재를 전혀 모르던 첫사랑을 다시 만났을 때의 느낌을 알아?"

"경험적 측면에서 본다면 잘 모르겠지만, 예측을 한번 해 보자면…… 첫사랑의 상태가 어떠냐에 따라 다르지 않을까요? 실망할 수도 있고, 다시 빠질 수도 있고."

지극히 모범적이고 진부한 대답에 승원은 빙긋이 미소를 머금는다.

"난 후자야."

"사과하세요."

"뭐?"

"저한테 썸 타자고 한 마당에 첫사랑 얘기 꺼냈다고 예의 없다고 하셨는데, 이건 더하잖아요? 첫사랑을 다시 만났었는데 다시 빠졌었다? 헐! 대리님 저한테 세 번 아니라 두 번이라고 하신 지 30분도 안 됐어요."

전하는 말은 고깝다는 뜻인데, 하루의 얼굴엔 장난기 가득한
웃음이 서려 있다.

"사과 안 할 건데?"

"와, 이 남자 되게 뻔뻔하네? 마이너스 10점."

"다음 주말에 만회하지 뭐. 춥다, 얼른 들어가. 뒷모습 안 볼
게. 간다."

더는 승강이 없이 승원이 돌아섰다. 하루는 듬직한 뒷모습을
잠시 바라보다 발걸음을 돌렸다.

세 번. 세 번이라. 세 번.

돌아서고 나니 뭔가 말려든 것 같은 후회가 든다.

며칠 생각해 보고 답하겠다고 할걸.

하지만 후회해도 이미 늦었다.

공동 현관을 지나 터덜터덜 들어가는데, 승원에 관한 생각이
확 달아난다.

1층 엘리베이터 앞에 선 하루는 괜한 긴장감에 목뒤가 빳빳이
굳었다. 누군가 등을 따갑게 쏘아보는 듯 뒤에 열이 오른다. 영
화에서는 이럴 때 여자 주인공이 뒤를 돌아보면 꼭 뭐가 있다.

하루는 벽에 걸린 거울을 보는 척 슬며시 고개를 돌렸다.

난 영화 주인공은 아니지만.

"아, 씻! 깜짝이야!"

오늘도 어김없이.

너무 놀라서 육성으로 욕이 터져 나올 뻔했다.

시커먼 트레이닝복에, 시커먼 마스크를 쓰고, 시커먼 비닐 봉

투를 든 남자가 서 있었다. 마스크 위로 보이는 눈빛이 섬뜩하다.

하마터면 간 떨어질 뻔했다. 귀갓길에 어김없이 나타나는 이 남자 때문에 간이 남아나질 않는다. 잘 붙어 있는 간이 대견할 정도다.

오밤중에 왜 하필 저런 복장인 건지, 시커먼 비닐봉지 속에 설마 전기톱 같은 게 들어 있는 건 아닌지, 그 전기톱으로 느낌 좋은 날 거슬리는 놈 하나 쑤컹쑤컹…….

오만 가지 범죄가 머릿속을 휘젓는다. 매일 보는 사람이니 익숙해질 법도 한데, 묘하게 풍기는 아우라가 사람 기를 단번에 죽여 버린다.

하루가 사는 아파트는 두 세대가 현관문을 마주 보고 있는 구조고, 하루는 601호에 산다. 그러니까 하루를 기겁하게 만든 이 남자는 602호에 사는 블랙 마스크, 앞집 남자다.

블랙 마스크는 하루가 지은 별칭이다. 어릴 때 유행하던 빨간 마스크에서 따다 붙였다. 하루가 귀가하는 시간 즈음 어디선가 나타나는 수상한 블랙 마스크. 매일 귀가 시간이 같은 것도 아닌데 이렇게 마주치는 걸 보면 운명인가 싶다.

그가 있어서 귀갓길 엘리베이터가 안 무섭기도 하고, 무섭기도 하다.

"또 뵙네요."

6층까지 향하는 직육면체 밀실의 어색함을 견디지 못하고 건넨 인사에 남자는 여상히 고개를 까딱 움직인다.

와, 이웃과 인사 한번 나누는 게 이렇게 고깝나 보다.

블랙 마스크가 말을 못하느냐, 그건 또 아니다. 처음 이 아파트에 입주했을 때 남자가 엘리베이터에서 누군가의 전화를 받고 '엘리베이터. 나중에.'라고 하는 말을 똑똑히 들은 적 있다.

6층에서 내리자 남자는 현관문 앞에서 한참을 헤맨다.

하루는 도어록에 재빨리 지문을 인식하고 얼른 문을 열어젖힌다. "그럼, 들어가세요." 하는 인사에도 남자는 사선으로 15도 고개를 돌리더니 슬쩍 끄덕하고 만다.

고개나 끄덕거리지 말고, 그냥 무시해 버리든지!

입주 때 인사를 한번 건넸는데 저런 식으로 고개를 끄덕하면서 인사를 받아 줬기에 갑자기 안면 몰수하기는 뭐해서 어정쩡하게 이웃 간의 정을 나누고 있다.

현관으로 들어선 하루가 조용하고 깜깜한 집 안을 바라보는 동안, 등 뒤에서 602호의 문이 열렸다가 닫히는 소리가 들려온다. 남자는 꼭 하루가 집에 들어오고 나서 하루네 집 도어록이 잠기는 소리가 난 뒤에야 문을 열고 들어간다.

내가 그쪽 지문 패턴을 훔치기라도 하냐고! 아니면 문이 살짝 열렸을 때 집 안이 엿보이는 게 싫은 걸까, 혹시 집 안에 시체라도 숨기고 있는 거 아니야? 썩는 냄새는 안 나던데, 설마 집 안 전체가 냉동고인 거야?

또다시 오스스 소름이 돋아난다. 옆집 내부는커녕 남자가 마스크를 벗은 얼굴을 하루는 단 한 번도 본 적이 없다.

출근 시간이 정해져 있는 직장인인 하루와 달리 남자는 제법 프리한 삶을 살고 있는 건지, 하루가 집에 있을 때 그의 집 현관문이 열리는 소리는 단 한 번도 들은 적이 없다.

항상 하루가 귀가하는 시간에 집에 들어간다는 점.

가끔씩 일주일 단위로 사라졌다가 다시 나타난다는 점.

늘 검은 마스크로 얼굴을 가리고 있다는 점.

설마 진짜 완전 나쁜 또라이 아냐?

안 그래도 빡센 인생, 괜한 호러로 만들지 말자며 하루는 고개를 내저었다.

새벽은 여상을 졸업하자마자 페인트 공장 경리로 취직했다. 동생 하루에게 힘들다는 내색 한 번 하지 않았지만, 안 그래도 비쩍 말랐던 몸이 피골만 남을 정도로 살이 내릴 만큼 고된 곳이었다.

"언니, 나 대학 안 가."

새벽보다 네 살 어린 하루는 일찍 철이 들었고, 현실과의 타협도 빨랐다.

"언니처럼 상고 간다고 했어. 벌써 담임이랑 그렇게 합의 보고 원서도 써서 못 물러."

매일같이 야근을 해 대는 통에 하루의 진학에 신경을 쓰지 못한 게 화근이었을까.

새벽은 동생의 등짝을 힘껏 내려쳤다.

"대학 가라고 했잖아."

"그렇게 가고 싶으면 언니가 가! 공부도 언니가 나보다 훨씬 잘했잖아! 명문대는 못 가도 지방 4년제 장학금에 기숙사 혜택까지 받고 갔으면 됐잖아!"

"언니가 지방으로 그렇게 가고 나면 넌 어쩔래?"

"알아서 살면 되지."

"철없는 소리 말고, 내일 학교 가서 인문계 고등학교 간다고 하고 와."

"아, 못 바꾼다고."

"그럼 고등학교 가서 전학시켜 줄게."

"진짜 안 간다고! 대학도 먹고살 만한 애들이 가는 거야. 우리가 먹고살 만해? 겨우 월세 내고 살면서 무슨 대학이야? 주제넘은 짓 하다가 큰일 치르는 거랬어."

"누가? 누가 그런 개소릴 해?"

"주인집 아줌마가."

"미친년! 지나 잘할 것이지. 어디 열여섯밖에 안 된 핏덩이한테 지랄이야."

하루는 고집도, 자존심도 센 아이였다. 한 번 결정한 일을 번복하는 경우도 없었고, 의견이 관철되지 않고 무시당하는 기분이 들면 입을 닫아 버렸다. 소통의 의지를 없애 버린다는 뜻이다. 결국 언니가 뜯어말리는데도 불구하고 하루는 상고에 입학했다.

"언니 일 너무 많이 하는 거 아냐?"

아침 6시에 출근하는 새벽은 자정이 다 되어서야 집에 들어왔다. 하루보다 조금 큰 키, 더 깡마른 몸을 한 새벽은 툭 건드리면 픽 쓰러질 것 같은 얼굴이었다.

"아냐, 요즘 회사가 좀 바빠서 그래. 왜 안 잤어?"

"언니 기다리느라."

옆집에서 싸움이 나서 무서웠다는 소리는 못 하고, 하루는 입술을 잘근 깨물었다. 언니에게서 나는 진한 페인트 냄새에 불안감으로 메스꺼웠던 속이 가라앉았다.

"다음부턴 기다리지 말고 자. 아님 공부를 하고 있든지."

"맨날 공부 타령이야."

"너 아빠 닮아서 엄청 똑똑해. 그거 언니가 알아."

"뭐, 아빠는 대학 나왔냐? 겨우 중학교 졸업했잖아."

"학력이 지적 능력을 증명하는 건 아니야."

"기억도 안 나는 아빠 얘기는 됐네요."

하루는 이불을 머리끝까지 뒤집어쓰고 중얼거렸다.

"나 잔다. 씻으러 들어갈 때 방 불 꺼."

"알았다, 기지배야. 언니는 얼굴에 로션도 찍어 바르지 말라는 거지?"

"발라 봐야 뭐해. 예쁘지도 않으면서."

심통이 나서 이불 속에서 발장구 치는 하루를 새벽이 이불째 꼭 끌어안았다.

"어쩌냐? 너 사람들이 나랑 똑같이 생겼다는데?"

"아니거든! 난 예쁘다는 소리 듣거든! 언니보다 눈도 크고, 코도 더 오똑하거든!"

하루의 유치한 대거리에 새벽은 키득키득 웃음을 터뜨렸다. 살을 맞대고 사는 유일한 가족, 눈에 넣어도 아프지 않을 하나뿐인 동생, 생각만 해도 가슴이 뭉클하고 눈물이 핑 돌게 하는 존재.

"잘 자. 언니 이제 씻는다."

궁둥이를 팡팡 치는데, 하루가 또 소리를 지른다.

"아, 진짜. 나 생리하는데!"

"언니도 해, 기지배야. 내일 생리대 좀 사다 놔."

"아, 씨. 생활비 빠듯한데 생리대는 왜 이렇게 빨리 떨어지고 왜 이렇게 비싸?"

언니가 정신이 멀쩡할 때 나눴던 마지막 대화의 주제가 터무니없이 비싼 생리대였다. 그날 새벽은 뇌출혈로 쓰러지고, 하루의 삶에는 무시무시한 후폭풍이 휘몰아쳤다.

수술비는 전세 보증금을 빼서 충당했다. 그러고 나니 수중에 남은 돈이 겨우 5백만 원이었다. 3백만 원은 월세 보증금으로 넣고, 2백만 원은 비상금으로 남겨 두었다. 언니가 죽자 사자 일해서 모은 돈으로 전세방을 구한 지 불과 여섯 달 만에 다시 월세로 내려앉았다.

"아빠는 돌아가셨다고?"

"네."

"엄마는?"

"재혼하셨어요."

"그럼 누구랑 같이 사는겨?"

"언니랑요."

"언니는 안 보이던디이?"

"지금 병원에 있어서……."

"수도계량기랑 전기계량기가 따로 달려 있질 않응게, 수도세랑 전기요금은 집집마다 사람 수대로 나눠 내야 혀. 언니는 없응께 그짝 값만 내."

"네, 감사합니다."

"근디 월세는 밀리지 않고 낼 수 있는 거여?"

주인아주머니는 미심쩍은 얼굴로 하루를 뜯어보았다. 집 나온 여고생은 아닌지, 어디서 돈 훔쳐서 도망 온 불량 청소년은 아닌지 의심이 되는 모양이다.

하루는 주인아주머니가 혼자 지내는 방 앞에 놓인 고무 대야에 가득 담긴 마늘을 보며 묻는다.

"아줌마. 저거 마늘 까면 얼마나 벌어요?"

"많이는 못 받는디. 왜, 돈 필요햐?"

"언니 병원비도 들어가고요, 월세도 벌어야 하고……. 부업 저도 시켜 주실 수 있나요? 학교 갔다 와서 할게요. 저 어릴 때부터 아르바이트 많이 해서 뭐든 잘해요."

주인아주머니의 얼굴은 여전히 못 미덥다는 듯 퉁하다. 하루는 얼른 빨간 고무 대야 앞에 앉아서 식칼을 집어 들고 마늘 껍질을 벗기기 시작했다.

"그거 더 불려야 혀."

걸쭉한 목소리는 저쪽에서 들리는데 고무 대야에 그림자가 진다. 싸구려 향수 냄새가 코끝을 찌른다.

"몇 살?"

하루는 고개를 들어 말을 건 여자를 올려다본다. 새파란 아이섀도, 새빨간 입술, 여자는 노란색 민소매 원피스를 입고, 그것과 비슷한 진노란색 스카프로 사자처럼 부풀린 파마머리를 감싼 모습이다.

"열여덟요."

"예쁘게 생겼네? 마늘 까는 일보다 돈 훨씬 잘 벌 수 있는 일 있는데? 언니가 알려 줄까?"

"이노무 여팬네가! 목간 댕겨왔으면 방에 언능 드가서 자! 야는 오늘부터 나가 일 물어다 줄 것잉께 그짝은 말도 걸지 말어!"

빨래를 걷어 오던 주인아주머니는 진노랑 원피스 아줌마를 방으로 쫓아내며 호통을 쳐 댔다.

"쟈, 다방 새끼 마담이여. 눈도 마주치지 말어. 마늘 까는 일 말고 종이봉투 접는 것도 있고, 인형 눈깔 붙이는 것도 있응께. 쉽게 벌리는 돈이 드러븐 법이여. 근디 참말로 집 나온 것은 아니제?"

주인아주머니는 여전히 미심쩍은 눈초리였지만, 저 드러븐 여팬네와는 말도 섞지 말라며 눈을 부라렸다.

'말도 섞지 말라면서, 아주머니는 저 여자한테 월세 받고 계시네요.'

당돌한 말은 묵직한 혀 아래 놓아둘 뿐이었다.

그렇게 담대하게 지내려 할수록 삶은 퍽퍽해졌고, 무심한 척 할수록 하루를 괴롭히는 것들이 늘어났다.

월요일 아침은 의외로 한가하다. 9시 반, 임원진이 회의에 들어가는 덕분에 회사 분위기는 가벼워지고 9시 출근 후 30분 동안 자리에 앉아 주말 동안 쌓인 이메일을 확인하던 직원들은 임원회의 시작과 동시에 커피를 한 잔씩 들고 주말에 있었던 일에 대해 떠들곤 한다.

"오 대리, 주말에 뭐 했어? 얼굴이 확 폈네?"

직원 휴게실에 들어서는 인사팀 고창수 과장이 승원에게 건넨 질문에 커피 머신에 캡슐을 집어넣던 하루가 움찔했다.

"데이트했습니다. 뮤지컬 보러 서울 갔다 왔어요."

"진짜? 오 대리 인제 드디어 연애해? 예뻐? 얼마나 예뻐? 완전 예쁘겠다! 오 대리같이 능력 있는 남자면 여자가 얼마나 예쁘겠어? 그치, 하루 씨?"

뜨거운 커피가 담긴 종이컵을 집어 들던 하루는 괜히 놀라 종이컵을 바닥에 떨어뜨리고 말았다.

"안 데었어?"

"괜찮아요, 대리님. 잠시 딴생각하고 있었는데…… 손이 미끄러졌어요."

승원은 페이퍼 티슈를 여러 장 뽑아서 바닥에 쪼그려 앉았다.

"제가 치울게요, 대리님."

하루도 얼른 티슈를 뽑아 바닥에 쪼그려 앉았다.

"됐어. 다 했어."

커피색으로 물든 티슈를 쓰레기통으로 던진 승원은 아무렇지 않은 목소리로 고 과장을 향해 대꾸했다.

"예뻐요. 제가 어찌할 바를 모를 만큼, 너무 예뻐요."

하루는 새빨개진 얼굴로 '수고하세요.' 하며 고개를 꾸벅 숙이고는 직원 휴게실을 나가려 했다.

"하루 씨."

"네?"

등 뒤에서 성큼 다가오는 발걸음이 느껴졌다. 다가온 이는 승원이 아닌 고 과장이었다.

"혹시 집에 무슨 일 있는 건 아니지?"

"아니에요."

하루는 생긋 웃으며 고개를 내저었다.

"근데 얼굴이 왜 이래, 잠 한숨 못 잔 사람처럼? 커피를 다 쏟고."

흘끗 쳐다보니 고 과장의 등 뒤에서 승원이 걱정스러운 얼굴을 하고 있다.

"아니에요. 정말 아무 일 없어요. 신경 써 주셔서 감사합니다."

하루가 꾸벅 인사를 하고 나가자 고 과장의 한숨이 이어졌다.

"어휴, 참. 일 잘해, 착해, 저 정도면 인물도 훌륭한데. 누구 소개시켜 주기는 참 힘들다. 하루 씨 언니가 아직 병원에 있다지, 아마?"

승원은 하루를 딱히 여기는 고 과장을 향해 아무런 반응도 보이지 않는다.

자신보다 넉넉하지 못한 형편에 놓여 있거나, 안쓰러운 사정에 처해 있는 사람을 딱한 척 여기면서 자기 처지는 좀 낫다는 얕은 위안을 얻으려 하는 꼴이라니.

직원의 사정을 속속들이 아는 위치인 고 과장은 시간 날 때마다 승원에게 이 직원은 어떻고, 저 직원은 어떻다는 소리를 해 댔다. 인사팀장으로는 실격인 셈이다.

그나마 다행인 것은 인사팀 직원이 아닌 다른 팀 직원들에게는 일절 떠들지 않는다는 정도.

"참 안됐어. 아깝다. 그 언니도 하루 씨랑 비슷하게 생겼으면 참 고왔을 텐데. 언니 수발하는 하루 씨도 안됐고."

승원은 한숨을 한 번 내쉬고는 손에 쥔 종이컵을 우그러뜨려 쓰레기통으로 던져 넣었다.

"승원 씨, 아버님은 잘 계시지? 얼마 전에 TV 나오시는 것 같던데."

"네, 잘 계시죠."

"병원 경영은 나중에 승원 씨가 맡게 되는 거 아니야?"

고 과장은 내내 오 대리라고 부르다가도 개인적인 친분을 과시하고 싶을 때 승원의 이름을 부른다.

"관심 없습니다."

"참 바른 청년이야. 내 딸이 열 살만 많았어도 시집보내고 싶을 정도로."

"10년 후에 제가 정말 과장님 딸 달라고 하면 어떡하려고 그러세요?"

"사람 참. 허허허."

고 과장은 너털웃음을 지으며 고개를 뒤로 한껏 젖혔다. 속물 근성 다분한 고 과장은 승원이 병원 경영을 맡아 이사장 자리에라도 오르면 핏덩이 딸이라도 시집보내겠다며 나설 수도 있겠지 싶다.

직원 휴게실을 빠져나온 하루는 조금씩 빠르게 뛰는 심장이 신경 쓰였다.

'예뻐요. 제가 어찌할 바를 모를 만큼, 너무 예뻐요.'

그리 말하며 빙그레 웃음 짓던 승원의 모습이 자꾸만 눈앞에 아른거린다. 하루는 재킷 주머니에서 휴대전화를 꺼내어 승원에게 짧은 메시지를 전송한다.

- 외근이라면서요.
- 취소됨.
- 헐! 그리고 놀랐잖아요! 공과 사는 구별하시죠? 그렇게 대답하시면 어떡해요?
- 저기요, 회계팀 연하루 씨. 저는 저희 과장님이 주말에 뭐 했느냐 물으셔서 솔직히 데이트했다고 대답했고요, 데이트 상대가 예쁘냐는 말에 예쁘다고 대답한 것뿐인데요. 남의 팀 얘기는 왜 엿듣습니까? 연하루 씨야말로 공과 사는 구별하시죠? 타 팀 대리 주말 동향에는 신경 끄시고.

장문의 답장에 하루는 기가 막혀서 입을 쩍 벌리고 계단참에 섰다.

"임원회의 끝나 가는 것 같던데, 여기서 뭐 합니까? 얼른 자리로 안 가고."

빙글거리는 얼굴로 계단을 앞질러 올라가는 이는 승원이었다. 계단을 빠르게 오르는 그의 뒷모습은 주고받은 문자가 무색하리만큼 단정했다.

❖

　오전 내내 회계팀 막내 윤의진의 기분이 저기압이다. 정확히 집어 말하자면 아침에 여직원 그룹 톡방에서 주고받은 메시지 때문인 듯하다.

　영업, 혜경 : 즐 주말 보냈심? 아오, 허리야.
　FAS, 동희 : 또 월요일이야……. 근데 혜경 씨는 아침부터 허리 타령이에요?
　회계, 하루 : 쟤 어제 차에서 하고, 잠들어서 선잠 자고 출근했대요;;
　영업, 혜경 : 야!

　분홍색 복숭아 캐릭터가 대뜸 삿대질을 해 댄다.

　영업, 혜경 : 제 친구가 있는데요. 걔가 회계팀에서 일하거든요. 근데 걘 어제 글쎄, 인사팀 대리님하고 공연 봤대요. 대박이죠? 대애박!
　회계, 하루 : 업무차 만났다가 티켓 남는대서 그냥 본 거예요.
　영업, 혜경 : 홍지상 공연을? 그냥 봤다고? 야, 그 티켓 중고월드에서 한 장당 5십만 원에 팔아. 오 대리님 잘 쓰는 아이디 검색해 봐. 거기서 주야장천 기다리다가 구했다에 내 후배위를 건다.
　회계, 하루 : 미친. 넌 걸어도 그런 걸 거냐?
　영업, 혜경 : 어머나. 내 후배위가 나한테 얼마나 소중한지 네가 알아? 아, 그러고 보니 내가 우리 순진한 의진 씨를 깜빡했네. 의진 씨, 미안! 근데 쓰는 족족 숫자는 사라지는데, 선배들 까똑 읽씹하는 거 아니

46

돼! 선배 까똑 읽씹하면 7년간 배드 섹스라는 저주가 내린다는 말 몰라?

　　회계, 하루 : 아, 저건 입만 열면 19금이야.

　　영업, 혜경 : 여기 19 아래는 없잖네. 다들 이해하자네.

　　회계, 의진 : 그거…… 정말인가요?

　　FAS, 동희 : 그럴 리가 있나요, 의진 씨. 뭐, 해 보면 알 수도 있고.

　　영업, 혜경 : 어웅! 보면 동희 선배가 더 밝혀! 어우, 눈부셔라.

　　회계, 의진 : 근데요, 하루 선배님은 오 대리님 만나신 거예요?

　　회계, 하루 : 어, 일 때문에.

　　영업, 혜경 : 하루야, 내가 정말 궁금해서 그러는데 오 대리님은 왜 너한테만 업무 협조를 끈질기게 요청하는 걸까? 인사팀에서 볼 때 네 월급이 너무 많아서 일을 더 시켜야겠다 싶은 걸까? 난 잘 모르겠네…….
(순진무구)

　　FAS, 동희 : 둘이 업무상 겹치는 부분이 좀 있다면서요. 그러니까 그렇겠죠. 엔지니어인 저한테 그런 업무 협조 요청하면 사심이지만, 하루 씨한테 그러는 건…… 자연스러운 거 아닌가? 하루 씨가 워낙 일을 꼼꼼하게 잘해 주니까 고마워서 공연 티켓 한 번 줄 수도 있는 거죠 뭐.

　　FAS(Factory Automation System, 공장 자동화 시스템)팀 선임연구원인 동희의 수습이 아니었다면 혜경의 섹드립은 지금까지 계속되었을지도 모른다.

　　회사 인트라넷에 접속하려는데, 모니터 하단에서 메신저 아이콘이 깜빡거린다.

영업, 혜경 : 야, 너 선 잘 그어, 또 등신같이 굴다가 대학교 때 그 무용과 여시한테 한준 선배 뺏긴 것처럼 당하지 말고.

월요일 아침부터 욕지거리와 함께 이제는 첫사랑 실패 드립이다.

경영학부 시절부터 단짝처럼 지낸 하루와 혜경이다. 그래서 이런 말씨름에 고까울 것도 없는 사이다. 3년 전, 회계학을 전공한 하루는 회계팀에, 경영학을 전공한 혜경은 같은 회사 기술영업지원팀에 나란히 입사했다.

회계, 하루 : 뭔 솔?

영업, 혜경 : 뭔 소리는 무슨! 의진 씨 말이야! 예쁘장하게 생겨 갖고 내숭 떨고, 네가 하는 건 다 따라 하고. 하여간 마음에 안 들어.

회계, 하루 : 오해다.

영업, 혜경 : 넌 세상 전체가 오해지. 왜, 지진도 단층끼리 오해해서 생긴 거라고 해라? 태풍은 북태평양 열대 해상에서 저기압이 오해해서 생긴 거냐?

하루 : 시꺼.

영업, 혜경 : 의진 씨, 오 대리님 분명 마음에 두고 있어. 오 대리님 정말 괜찮거든? 잘 생각하고, 잡아라.

회계, 하루 : 내 인생은 내가 알아서 살면 안 되겠니, 친구야?

영업, 혜경 : 그래, 친구야. 나는 지금 남자 얼굴만 봐도 쟤는 침대에서 10분, 쟤는 1시간…… 견적이 나오는데 너는 등신이라 그러는 거잖아!

하루는 내선 전화를 집어 들었다. 그러고는 곧장 혜경의 번호를 눌렀다.

– 네에?

"혜경 씨. 1분기 Sales Revenue 정리한 거 이상해. 다시 정리해 줘요."

메신저가 깜빡거린다.

영업, 혜경 : 겁니 빠른 년. 방금 다시 정리해서 보내기 버튼 눌렀다!

하루는 인사도 없이 전화를 끊는다.

하루 : 내가 알아서 한다고. 신경 끄라고.

영업, 혜경 : 내가 오 대리님 팍팍 밀어줘야지. 연하루한테 날아가서 한 방에 자빠뜨리도록 활활 달궈 주겠어!

하루는 고개를 절레절레 저으며 1:1 메신저 창을 닫고 회사 인트라넷에 접속한다. 복잡한 상념에 젖을 새도 없이 사람 정신을 쏙 빼놓는 혜경 덕에 월요일 아침도 무사한 듯하다.

회의와 회의로 점철되는 월요일 오전을 지나 일이 쏟아지기 시작하는 오후, 의진이 얼굴이 심상치 않다.

"의진 씨, 괜찮아? 얼굴이 많이 안 좋아."

"체한 것 같아요."

"조퇴하고 들어가, 의진 씨."

"그 정도는 아니에요."

"아니긴 뭐가 아니야? 방금 화장실에서 토하고 온 거 아니야? 부장님께는 내가 말씀드릴게. 들어가."

콜택시까지 불러서 의진을 태워 보내고 다시 회사 안으로 들어가는 길, 3층 테라스에서 익숙한 목소리가 들려온다.

"의진 씨 조퇴야?"

고개를 들어 보니 혜경과 동희가 커피를 마시고 있다.

"올라와. 5분만 있다가 내려가. 의진 씨 없으면 너도 오늘 야근일 것 같은데 카페인 한 대 맞고 가라."

"너도 야근해?"

"어, 분기 말이잖아. 얼른 올라와."

하루의 정수리가 공동 현관 안으로 사라지는 것을 본 혜경은 미간을 구기며 욕지거리를 내뱉었다.

"저 독하지 못한 년. 이렇게 바쁠 때 체했다고 후배를 들여보내냐, 어휴. 답답이."

"의진 씨가 많이 아팠나 보죠."

"아니죠. 하루가 오 대리님이랑 공연 봤다니까 속이 뒤틀렸겠죠."

"혜경 씨, 하루 씨한테 너무 강요하는 거 아니에요? 하루 씨는 오 대리님 마음에 없는 것 같은데. 오히려 의진 씨가 오 대리님 좋아하는 것 같은데."

"그러니까요."

"네?"

동희는 무슨 말인지 설명하라는 표정으로 혜경을 바라봤다.

"의진 씨는 하루의 모든 게 다 좋아 보인대요. 사춘기를 어떻게 보냈는지 모르겠지만 하루가 사는 옷, 화장품, 가방까지 다 따라 사잖아요. 심지어 보험이랑 적금도 하루가 든 거 그대로 가입했대요."

"그건 하루 씨가 의진 씨 멘토였고, 지금도 같은 팀 선배고."

"물론 사회 초년생한테 롤모델로 삼는 이가 한 명쯤 있을 수도 있는데, 좀 심하다는 생각 안 들어요? 심지어 오 대리가 하루한테 관심 있는 걸 알게 된 이후부터 오 대리에 대해 묻기 시작한 거 아세요?"

가만히 듣고 있던 동희의 미간에 가느다란 실금이 간다.

"저는 의진 씨가 우리 하루한테 하는 거 보면 가끔 소름 끼쳐요. 하루는 복잡하게 엮이는 거 싫어서 흠 없이 괜찮은 남자인 오 대리님한테 거리 두고, 그럴수록 의진 씨는 오 대리님이 하루한테 하는 행동에 집착해요. 의진 씨가 정말 오 대리님을 좋아하는 건지, 아니면 하루한테 집착하는 건지."

"너무 과하게 생각하시는 것 같은데요."

"차라리 오 대리님이 확 밀어붙여서 우리 하루 데려갔으면 좋겠는데."

동희가 뭐라 더 물으려는데, 하루의 목소리가 들려온다.

"맛있는 캡슐 다 떨어졌네."

"어, 우리도 그래서 그냥 노란색 믹스 탔어."

"저 회사는 요즘 되게 바빠 보이네?"

하루는 부산스럽게 움직이는 사람들이 가득한 옆 회사 마당을 내려다보며 물었다. 딱히 궁금해서 던진 질문은 아니다. 눈앞에 보이니 괜히 던진 말이다.

"어, 소문으론 사업 확장하느라 그렇다대. 저기 사장이 수완이 엄청 좋대. 이번에는 미디어 사업 진출한다는 것 같더라?"

"미디어?"

하루의 회사인 〈신 엔지니어링〉이 위치한 곳은 첨단 기술을 가진 회사들이 밀집한 곳이다. 일명 디지털 인텔리전스 클러스터라 불리는 곳. 경기도에서 지원하고 반드시 공장이 있어야만 입주할 수 있는 광역 클러스터, 대규모 산업단지다.

옆 회사는 바이오 관련 기술을 가진 〈SJW테크〉, 〈신 엔지니어링〉은 로봇 암 기술을 바탕으로 한 FAS 기술을 가진 회사다.

그런데 미디어? 공돌이가 아이돌이라도 키운다는 건가?

"요즘 뉴 미디어 콘텐츠 사업이 각광받고 있잖아. 그걸로 뭔가 하려나 봐."

"뭔 말인지 하나도 모르겠다."

하루는 커피를 홀짝이며 눈썹을 들썩거렸다. 숫자 맞추는 데 집중해서 사는 동안 세상은 무심히도 빠르게 변하고 있나 보다.

짧은 커피 브레이크를 마치고 자리로 돌아오니 일이 말도 못하게 밀려든다. 다른 일은 야근하면서 처리한다고 쳐도, 법인인감증명을 떼기 위해 등기소 다녀오는 일은 바로 해 둬야 할 것 같다.

등기소 업무를 마치고 돌아오는 길, 택시에서 내려서 사옥 정문으로 향하는데 보도블록을 달려오는 오토바이가 눈에 들어온다.

보도블록에 웬 오토바이? 싶은 순간 이미 늦었다. 오토바이

뒷좌석에 타고 있던 남자가 하루가 들고 있던 가방을 순식간에 낚아채 갔다.

"소, 소매치기야!"

이 시간에 외근에서 돌아오는 직원 중 회계팀이나 재무팀 직원이 많다는 걸 알고, 이를 노리는 소매치기가 있다는 공문이 내려온 적 있었다.

쏜살같이 달리는 오토바이를 뒤쫓는데, 옆 회사 정문에서 검은색 세단이 미끄러져 나왔다.

쾅!

오토바이는 차량 펜더를 들이받으며 고꾸라졌고, 빠른 속력 탓에 운전석과 뒷좌석에 타고 있던 남자들은 보닛 너머로 튕겨져 나갔다.

가방을 빼앗긴 충격이 채 가시지도 전에 눈앞에서 값비싼 외제 차와 오토바이의 충돌 사고를 목격한 하루는 다리에 힘이 풀려 바닥에 주저앉았다.

"괜찮으세요?"

차량 조수석에서 내린 남자가 하루를 향해 소리쳤다.

"괜, 찮아, 요."

말이 뚝뚝 끊어졌다. 숨이 이상하게 내뱉어지지 않고 가슴이 답답해지기 시작했다. 하루는 가슴을 퉁퉁 치며 입만 뻥긋거렸다.

운전석 문이 열리지 않는지, 조수석을 통해 또 다른 남자가 내리는 모습이 눈에 들어온다. 뒷좌석에서 내린 두 남자는 오토바이 운전자를 수상하다는 듯 내려다본다.

어디선가 견인차가 달려오는지 사이렌 소리가 들려온다. 숨은 계속 들이마셔지기만 할 뿐이다. 가슴이 터질 듯 팽창하고, 눈물이 핑 고였다. 누군가에게 도움을 청해야 하는데, 말을 내뱉기 어렵다.

"아, 으. 앗!"

간신히 내뱉은 신음 소리에 네 남자의 시선이 하루에게로 옮겨 온다. '살려 주세요. 숨을 못 쉬겠어요.' 하루는 도와 달라는 손짓을 해 보인다.

뒷좌석에 앉아 있었던 걸로 보이는 남자가 인상을 찌푸리며 하루에게 다가오자 그 뒤를 조수석에 앉아 있던 남자가 뒤따른다.

"하이퍼벤틸레이션(Hyperventilation, 과호흡) 같은데? 콘솔 열면 퍼스트 에이드 킷(First Aid Kit, 구급상자) 있어. 그것 좀 갖고 와."

남자는 슈트 재킷을 벗어서 보도블록에 깔고는 하루를 눕혔다. 외모는 한국 사람처럼 보이지만 국어보다 영어가 더 수월한 사람인 듯하다.

남자의 길고 섬세한 손끝이 블라우스 제일 윗 단추를 풀어낸다. 남자의 손이 등 뒤로 옮겨 가는가 싶더니 브래지어 훅이 속절없이 풀어졌다. 그리고 하체에 딱 달라붙어 있는 H라인 스커트의 지퍼가 엉덩이 골까지 내려갔다. 숨통이 조금 트이는 기분이다.

스틸레토 힐이 벗겨지고, 구급상자에서 꺼낸 종이봉투가 입가에 머물렀다.

"곧 구급차 올 거예요. 천천히 숨 쉬어요."

하루는 색색 소리를 내며 남자가 시키는 대로 호흡을 이어 간다.

"마음 편안히 갖고, 천천히."

하루는 고개를 끄덕이며 남자를 올려다보았다. 흰색 드레스 셔츠의 단추가 두어 개 풀어져 있었고, 굵직한 목선과 불뚝 튀어나온 목울대가 눈에 들어온다. 샤프한 턱선 위로 검붉은 입술이 움직인다.

남자가 고개를 슬쩍 돌리자 베일 듯 날카로운 콧날이 햇살 아래 뾰족한 그늘을 그려 낸다.

"저놈들 소매치기죠?"

질문과 함께 하루를 내려다보는 남자를 향해 다시 고개를 끄덕였다. 호흡이 되돌아오는 듯했다. 천천히 숨이 쉬어지고, 거북살스러웠던 가슴이 가라앉기 시작한다.

"감사합, 니다."

감사의 인사를 전함과 동시에 숨을 들이마셨을 때, 코끝에 닿아 있는 남자의 손에서 퍼진 은은한 향기가 폐부를 찌르고 들어온다.

'그 남자다!'

슈트 재킷이 팽팽히 당겨진 다부진 뒷모습, 엘리베이터로 움직이던 긴 다리. 은은한 향기로 하루의 일상을 잠식했던 남자.

"저기요, 혹시."

남자는 눈썹을 가만히 치켜 올리며 하루를 내려다본다. 목소리가 작았는지 남자의 얼굴이 한층 가까워진다.

"뭐라고요?"

"초신성 아파트 사세요?"

남자의 눈동자가 하루를 똑바로 내려다본다. 그의 눈동자는 유난히 검고 깊다. 검붉은 입술이 슬며시 다물어지는가 싶더니 호선을 그리며 뺨을 타고 오른다.

호흡이 달려 길바닥에 누워 있는 와중에도 남자의 얼굴에 흐르는 색기를 캐치해 내는 걸 보니 정신은 말짱한 것 같다. 그런데 내려다보는 남자의 눈빛이 점점 짙어져 간다.

이런 미친! 이 남자 내 블라우스 단추 풀고, 브래지어 훅도 해체하고, 치마 지퍼도 내렸어! 것도 길바닥에서!

정신이 말짱한 것 같다는 말 취소다. 호흡이 돌아오니 그제야 상황 파악이 되기 시작했고, 차라리 정신을 잃고 119에 실려 가는 편이 낫질 않겠나 하는 생각이 들었다. 그런데 이제는 자신의 숨소리가 너무도 말짱해서, 하루는 저도 모르게 미간을 찌푸리고 말았다.

뭔가를 눈치챈 건지, 아니면 원래 저렇게 음험한 눈빛이었는지 남자가 고개를 비트는가 싶더니 하루의 귓가에 대고 속삭인다.

"혹시 그때 꼬신 녀석이랑……."

하루의 눈이 동그랗게 뜨였다. 무슨 뜻이냐고 묻는 눈빛에 남자가 다시 입을 연다.

"댁이 아파트 화단에서 꼬시는 소리 들었어요."

아파트 화단? 꼬시는…… 아!

2년 전, 초신성 아파트에 입주하고 얼마 지나지 않은 가을이었다. 꼬리가 꺾인 길고양이 한 마리가 화단에서 오들오들 떨고 있었다.

'아가. 누나가 먹어 주고 재워 주고 할 테니까 누나랑 살래?'

그날 밤, 하루는 신입사원 환영 회식을 마치고 적잖이 취해 있었다. 그래서 상당히 미화된 문장으로 기억하고 있지만 사실은 이렇다.

'이 녀석! 너 나한테 그러는 거 아니다? 내가 너 밥도 자주 챙겨 줬거든? 누나가 널 얼마나 예뻐하는데! 여기저기 씨 뿌리고 다니지 말고 그냥 누나랑 살자. 응? 누나 집에 빈방 많아! 누나한테 와, 응? 누나가 네 거시기 생각해서 병원도 데려가 줄게. 응? 그래그래, 병원은 나중에 생각하자. 남자인 너도 자존심이 있지.'

중성화 수술까지 암시하며, 길고양이를 모시는 말치고는 다소 과격했으나 안타깝게도 하루의 기억력은 교양 있는 현대 여성이 두루 구사하는 언어 수준에 머물러 있다.

그래서 하루는 본인이 내뱉은 엄청나게 미묘한 단어는 기억하지 못한 채, 그저 가여운 길고양이를 보살피는 따뜻한 마음을 가진 사람으로 보였을 거라 생각할 뿐이다.

"녀석을 아세요?"

길고양이 구조를 '꼬신다'는 말로 이채롭게 표현하는 남자라니.

하루는 웃음이 터질락 말락 한 얼굴로 남자를 올려다본다. 그러자 그가 피식 웃음을 흘린다. 그런데 길바닥에서 슈바이처 버금가는 응급처치를 하며 자상한 태도를 유지했던 종전과는 그 웃음의 의미가 달랐다. 명백한 비웃음이었다.

길고양이에 대해 부정적인 시각을 가지고 있는 이들도 있지만, 이렇게 사람을 길바닥에 눕혀 놓고, 벗겨 놓고, 구해 놓고! 비소를 내비치는 남자가 어딘가 께름칙하다.

"네, 그 녀석 제가 데리고 살아요."

남자의 얼굴이 딱딱하게 굳어 간다.

"결국…… 같이 산단 말이죠?"

이 남자, 왜 갑자기 화를 내는 걸까?

불현듯 9년 전 그 아주머니의 눈빛이 생각났다. 이 남자의 눈빛 때문에.

"남자 위험한 거 모릅니까?"

"네?"

다방 새끼 마담이 벌어 온 돈으로 월세 받으면서 쉽게 버는 돈은 더러운 돈이다, 저 여편네랑 눈도 마주치치 말라고 했던 아주머니.

응급처치를 해 주기는 했지만, 블라우스 단추를 가슴골이 드러나도록 풀어 놓고, 브래지어 훅도 해체시켰으며, 스커트 지퍼까지 지익 내려 놓은 남자가 하는, 남자 위험한 거 모르냐는 말.

"세상 무서운 줄 모르고."

하루는 몸을 일으키다 말고 블라우스 앞섶을 움켜잡았다. 상체를 일으키니 끈이 풀린 브래지어가 앞섶으로 튀어나오려 했다. 블라우스 단추부터 잠가야 하나, 브래지어부터 동여매야 하나 고민하는데 엉덩이가 훵한 기분이다.

아, 씨. 과호흡이 뭐냐. 차라리 숨이 멎어 졸도해 버릴 것이지.

다시 남자의 손이 다가오자 하루는 흠칫 놀라 어깨를 좁혔다. 남자는 바닥에 널브러져 있는 슈트 재킷을 집어 드는 듯했다. 하루는 제 엉덩이 밑에 깔린 재킷이 수월하게 빠질 수 있도록 꿈틀거렸다.

"가만히 있어요. 엉덩이 내놓고 싶은 거 아니면."

남자는 재킷을 집어 들어 하루의 어깨를 풀썩 덮어 버린다. 그러고도 안 되겠는지 재킷 소맷부리를 잡아다가 하루의 가슴 앞에 동여매 버렸다.

"됐죠?"

하루는 두 눈을 깜빡거리며 고개를 끄덕였다. 그러고는 이리저리 손을 움직여 브래지어 훅부터 채우려고 했다.

"이제 호흡 돌아온 거니까 아직 채우지 마요."

"네."

민망함에 숙연해져서 고개가 떨어졌다.

"……응급처치, 감사합니다."

하아. 남자의 짙은 한숨이 공기 중으로 흩어진다.

"근데 그 집에 혼자 사는 거 아니었습니까?"

"초신성 아파트요?"

"그래요. 당신 사는 601호."

"혼자 사는데요."

59

남자의 얼굴에 순간 살기가 어린다. 금방 눈앞에 있는 사람 잡아먹고도 남을 만큼 형형한 눈빛에 하루는 얼른 시선을 피한다. 초면인 남자, 뒷모습만 구면인 남자가 집주인 아줌마의 오묘했던 아우라를 단번에 뛰어넘는다.

혹시…… 아래층? 녀석이 캣타워에서 뛰어내릴 때마다 내가 안 그래도 조마조마했다. 이제 성묘가 된 녀석이 밤마다 우다다다 뛰어다니는 바람에 가끔 아랫집에 미안할 때가 있었다.

다시 말하지만 녀석은 고양이다. 아파트 1층 하수관에 갇혀 있던 녀석을 119를 불러서 하루가 구조해 키우고 있는 중이다. 그전부터 꾸준히 데리고 살려고 꼬셨는데, 이리저리 피하다가 결국 하수관에서 하루의 품으로 들어왔다.

꼬실 때마다 녀석이라고 불렀더니 입에 붙어 버려서 이름이 '녀석'이 되어 버렸다. 문제는 녀석을 구해 놓고 보니 암컷이었다는 것. 그래도 녀석은 녀석이다.

이렇게 스펙터클한 상황에서 녀석 이야기가 갑자기 튀어나올 줄이야. 상황이 좀 우습기는 하지만 층간 소음이 있다면 사과부터 해야겠지 싶다.

"저…… 혹시 501호 사세요?"

조심스러운 물음에.

"아뇨. 옆집 삽니다."

단호한 대답.

"아…… 네? 602호요?"

수긍할 뻔했다가, 화들짝 놀라서 되물었다.

"그래요. 602호요."

60

하루의 턱이 보도블록에 닿을 듯 내려앉는다.

블랙…… 마스크?

"아까 녀석이랑 같이 산다고 하지 않았습니까?"

"네, 녀석도 제가 데리고 살……."

남자의 얼굴이 곧 폭발할 것처럼 달아오른다. 이러다 한 대칠 것 같다.

"환자분이 누구시죠?"

일촉즉발의 상황, 구급대원이 다가와 말을 걸어 주었다. 좋은일 하는 사람이 타이밍도 천사 같다.

"저, 저요!"

하루는 우렁찬 목소리로 대답하며 몸부림쳤다. 오른손을 번쩍 들려고 했는데, 슈트 소매에 묶인 탓에 몸부림이 되고 말았다. 꼭 비닐 봉투에 담긴 짜부라진 식빵처럼 볼품사납다.

구급대원들은 하루의 의식 상태를 묻는 질문을 해 댄다.

"이름요?"

"연하루요."

"나이는요?"

"스물여섯요."

"어디 불편하세요?"

"숨 쉬기 좀 불편했었는데, 지금은 괜찮아요."

남자의 표정이 또다시 무섭게 변한다.

아, 안 괜찮다고 대답해야 하는 겁니까?

"조금 전까지 과호흡 증상이 있었습니다. 호흡이 심하게 흐트러질 정도였고, 말도 제대로 못 했어요."

남자가 덧붙인 말에 구급대원이 잘 알아들었다는 믿음직한 얼굴로 고개를 끄덕인다. 구급차에서 들것이 내려진다.

어? 저 구급차에 싣고 가시게요?

차라리 실려 가는 게 나을 것 같기도 하다. 남자가 고양이 알레르기라도 있는지, 자꾸 잡아먹을 듯이 군다.

"한국병원으로 갑니다."

친절히 설명하는 구급대원의 도움으로 들것에 올랐다. 정말 심각한 문제라도 생겨서 과호흡이 온 것처럼 가슴이 빠른 속도로 두근거린다.

하루는 덜컹거리는 들것 위에 누워 가만히 두 눈을 감았다. 심호흡을 하는데도 괜히 가슴이 답답하다. 심장은 여전히 빨리 뛴다.

"뉴욕 출장 일정 다 취소해. 한국병원으로 간다."

등 뒤에서 들려온 무시무시한 목소리에 하루는 눈을 질끈 감았다. 블랙 마스크가 병원으로 따라온다.

나, 죽는 걸까?

병원에 도착한 하루는 간단한 검사를 마친 뒤, 얼른 회계팀 진중한 부장에게 전화를 걸었다. 외근이 길어지니 땡땡이로 보이면 어쩌나 걱정이 앞선다.

— 어, 어! 하루 씨, 괜찮아? 경비 아저씨한테 듣고 얼마나 놀랐는지 몰라. 지금 인사팀 오 대리가 병원으로 가고 있대. 한국병원 맞지?

어떻게 아셨을까? 소문 참 빠르다.

"네, 한국병원요."

– 아이고. 연하루 씨 쓰러져서 보도블록에 누워 있다가 119에 실려 갔다고 회사가 한바탕 난리도 아니었어. 어떻게 된 거야, 대체?

소매치기를 당했는데, 옆 회사 건물에서 나오던 차에 치여서 잡았고, 과호흡이 와서 누군가 응급처치를 해 줬다는 말에 진 부장은 천만다행이라는 말을 쉼 없이 내뱉었다.

– 일단 오늘은 쉬어. 인사팀 오 대리가 상황 봐준다고 했으니까. 거의 도착할 때 됐을 거야.

진 부장과 통화를 마치고, 긴장이 풀리는지 갑자기 머리가 핑 돌았다. 누군가 응급실 침대를 뱅글뱅글 돌려서 천장이 돌아가는 기분이었다.

"아이고."

하루는 팔을 올려 이마에 얹어서 눈앞을 가렸다. 하필 실려 온 병원이 한국병원 응급실이다.

가족이 사고를 당하거나, 심하게 아프면 병원 트라우마가 생긴다는 말을 어디선가 들은 적이 있다. 그동안 회사 동료 병문안을 가거나, 급체해서 응급실을 가더라도 병원에 대한 거부감이 없었기에 자신에게는 해당하지 않는 것이라 여겼었다.

그런데 언니가 그랬던 것처럼 119 구급차를 타고 똑같은 병원 응급실로 실려 와 누웠더니, 눈앞이 핑그르르 돌고 구토증이 몰려온다.

"우욱."

급기야 침대 밑에 놓인 쓰레기통에 속을 게워 냈다.

하루는 어금니를 꾹 깨물었다. 친부는 죽었고, 친모는 남보다 못하고, 혈육의 정은 끊긴 지 오래다.

언니를 돌보기 위해서라도 하루는 아프지 말아야 하고, 슬프지 말아야 하고, 불안하지 않아야 하고, 위험을 감수하며 어리석은 일을 해서도 안 되고. 앞으로 나아가지 못할지라도 주저앉아서는 안 된다.

"연하루, 괜찮아?"

하필 속을 게워 내고 쓰레기통을 내려놓는데, 승원이 커튼을 젖힌다. 타이밍이 더럽게 예술이다.

"오셨어요?"

"하아……. 얼마나 걱정했는지 알아?"

"괜찮아요. 견딜 만해요."

"견딜 만하긴 뭐가 견딜 만해? 얼굴이 다 죽어 가는데!"

승원의 목소리에 이쪽에서는 다소 부담스러운 걱정이 물씬 배어난다.

"끔찍한 소리 마시고요."

"일단 입원 수속 밟을 거야. 회사 일 걱정 말고 여기 있어."

"아픈 데도 없이 멀쩡한데 뭐하러 입원을 해요."

"아픈 데 없이 멀쩡한 사람이 이건 왜 이랬어?"

승원은 미간을 찌푸리며 쓰레기통을 가리킨다.

"놀라서 속이 좀 뒤집어졌나 봐요."

"그러니까 괜찮아질 때까지 병원에 있어."

승원이 다시 커튼을 닫고 나가려는데 하루가 조용히 읊조린다.

"아, 저 병원에 있는 거 싫은데. 그냥 기숙사에 있을게요."

커튼을 닫던 손이 멈추고 승원이 가만히 하루를 내려다본다.

"······다른 병원 갈래?"

언니가 병원에 있는 걸 승원이 알 리가 없는데, 질문이 괜히 의미심장하다.

"이 병원이 싫다는 뜻이 아니라······."

"그럼 그냥 여기 있어. 외근 중에 당한 사고여서 병원비는 회사에서 처리할 거니까 그렇게 알고."

결국 하루는 입원 절차를 밟고 병실로 옮겨졌다. 환자복으로 갈아입고 나니 그제야 휘황찬란한 병실이 눈에 들어온다.

"여기 병실이 너무 좋은 거 아녜요?"

"여기밖에 남는 병실이 없대. 일단 있어."

복작복작한 6인실일 거라 생각했는데 1인용 특실이다. 하루가 쓰는 방보다 훨씬 넓은 이곳은 병실이라기보다 호텔 객실처럼 아늑하다.

"퇴근하고 구혜경 씨랑 윤 선임이랑 온다는 거, 내가 못 오게 했어."

"왜요? 저 멀쩡한데."

창가에 블라인드를 내린 승원이 다가와 보호자용 의자에 앉는다.

"둘만 있을 수 있으니까."

빙그레 미소 짓는 얼굴이 근사하다.

"대리님 원래 그렇게 능청스러웠어요?"

"아니. 원래 이렇지는 않았던 거 같은데."

"그럼 오늘 하루는 주말 세 번 중에 한 번 까는 걸로 해요."

"그런 게 어디 있어? 내가 주말 데이트 세 번이랬지, 누가 언제 병 수발한댔어?"

그러면서 승원은 종이컵에 미지근한 물을 한 잔 따라서 하루에게 건넨다.

"능청스러운데 오기도 있네요?"

"그러네. 주삿바늘 꽂은 데는 안 불편해?"

"느낌도 안 나요. 아프지도 않은데 왜 이런 걸 팔뚝에 꽂고 그런데."

"영양제야. 맞아 둬."

능청스럽고 오기 있다는 말과 달리 승원은 자상하고 세심하다. 이런 남자라면 평범하고 안정적인 연애를 꿈꿀 수 있겠다 싶을 만큼.

"저녁은 죽으로 나올 거야. 아까 속 게워 내고 괜찮아? 링거에 약 따로 넣어 주는 것 같기는 하던데."

"지금은 좀 나아졌어요."

"누워서 좀 자."

"대리님 가시면요."

"나 오늘 안 갈 건데? 여기서 잘 거야."

능청 떠는 승원을 향해 하루가 똑같이 능청을 떨며 되받아쳤다.

"가기만 해 봐요. 밤에 대리님 꿈속에 나타나서 괴롭힐 거예요!"

"하아, 안 그래도…… 충분히 괴롭다."

승원이 눈을 가늘게 뜨며 빙그레 웃는다.

"혹시요."

"걱정 마, 내 꿈에 네가 벗고 나오거나 하지는 않으니까. 아쉽게도."

"어우, 저질! 그게 아니고요. 저랑 같이 실려 온 남자분은 어떻게 됐는지 아세요?"

"와, 어떻게 딴 남자 얘기를 아무렇지 않게 물어볼 수가 있어?"

정색을 하는 승원의 물음에 하루는 헛웃음을 터뜨린다.

"아, 그 사람이 저 구해 줬단 말이에요! 과호흡 때문에 쓰러졌는데."

"뭐야, 그 새끼가 인공호흡이라도 했어?"

갑자기 험악하게 얼굴을 구기더니 자리에서 벌떡 일어나는 승원 때문에 하루는 어안이 다 벙벙하다.

"했어요. 인공호흡. 진하게."

"아, 씨. 내가 발견했어야 했는데."

진정으로 아쉬워하는 기색에 하루는 어이없는 웃음을 또다시 터뜨린다.

"테크닉이 예술이더라고요. 하마터면 저 그 남자 목에 매달릴 뻔, 어머낫!"

등허리가 침대에 닿았다. 하루의 어깨를 짓누르고 있는 승원의 손아귀에 적당한 힘이 들어가 있다. 이제껏 자상한 웃음을 머금고 있던 남자의 눈가에 시린 기운이 가득하다.

"저, 저기, 대리님? 장난이에요, 장난. 알면서 그러신다? 우리 대리님, 감 많이 떨어지셨네."

승원은 몸을 일으키며 한숨을 내뱉는다.

"잠깐 나갔다 올 테니까 쉬고 있어."

병실 밖으로 나가는 승원의 뒷모습을 하루는 물끄러미 바라보았다. 문이 닫히고 승원의 모습이 사라진 후에도 하루는 한참이나 병실 문에서 눈을 떼지 못했다.

3주 후로 유예해 놓은 입장 정리, 승원의 마음이 이쪽에서 생각했던 것보다 훨씬 진득할지도 모른다는 생각에 괜히 가슴이 저며 온다. 가슴이 두근거리지 않고, 저민다. 떨리지 않고, 쓰리다.

같은 회사가 아니었다면, 나는 오승원이라는 남자와 지금쯤 연애라는 걸 하고 있을까? 되지도 않는 만약을 가정하고 있는데 병실 문을 두드리는 소리가 들려온다.

"네."

"잠시 들어가도 되겠습니까, 연하루 씨?"

"네, 들어오세요."

별스럽게 묻는 목소리가 낯설다.

"안녕하십니까? SJW테크 비서실장 홍준상입니다."

비서실장 홍준상이라 자신을 소개한 이는 오늘 오후 사고를 당했던 차 조수석에 앉아 있었던 남자다.

"안녕하세요? 모두 무사하신가요?"

"네, 괜찮습니다. 사장님께서 통증을 호소하셔서 입원 중에 계십니다."

사장이라 함은 뒷좌석에서 내린 남자 중 키가 작고 땅땅했던 남자를 말하는 듯했다.

"연하루 씨는 괜찮으신지 사장님께서 보고 오라고 하셔서 왔습니다. 괜찮으신 것 봤으니, 그럼 저는 이만."

허리를 꾸벅 숙이며 인사하는 비서실장 홍준상의 얼굴이 어딘지 모르게 눈에 익다. 하루는 뭔지 모를 기시감에 고개를 갸웃거리며 잘 가시란 인사를 건넸다.

"다녀왔습니다, 사장님."

"수고했어, 홍 실장. 어때 보여?"

"멀쩡해 보이던데요."

사장이 못마땅한 시선으로 홍 실장을 노려본다.

"환자복을 입고 있어서 다소 초췌해 보이기는 했으나, 건강상에는 문제가 없어 보입니다."

"누가 와 있던가?"

"아뇨. 혼자 계셨습니다."

"간병인 붙여."

"네?"

사장의 얼토당토않은 지시에 홍 실장의 얼굴색이 바랜다.

분명히 멀쩡해 보인다고 말했는데, 멀쩡한 사람에게 간병인을 붙이라고 하시면, 다시 한 번 멀쩡하다고 아뢰어야 하옵니까?

"병실에 혼자 있는 환자가 어디 있어? 간병인 붙여 줘."

"어떤 명목으로 붙여야 할까요?"

"홍 실장은 참 청렴결백한 사람이야."

"네? 과찬이십니다."

"두뇌 활동을 그렇게 아끼니 말이야."

뇌가 청순하다는 말처럼, 두뇌 활동이 청렴결백하다는 말이다. 다시 보니 사장의 얼굴이 전혀 웃고 있지 않다.

"제, 제가 알아서 처리하겠습니다."

사장은 '진작 그렇게 할 것이지.' 하는 얼굴로 눈썹을 치뜬다. 겉으론 프로답게 평정을 유지하는 것처럼 보이는 홍 실장이지만 사장을 대면하는 일은 언제나 살얼음판을 걷는 듯 어렵다.

"알아서 최고 스펙 간병인으로 붙여. 실리콘앨리(뉴욕 맨해튼에 인터넷 콘텐츠 업체 및 뉴 미디어 콘텐츠 업체가 밀집한 지역) 쪽엔 연락해 뒀나?"

"네, 사장님께서 교통사고를 당하셔서 미팅 일정을 미뤄 달라는 요청을 넣어 놓은 상태입니다."

"수고했어. 일정은 내가 다시 잡을 때까지 잡지 말고."

"예?"

비즈니스 인사이더 선정, 주목할 만한 기업 10위 안에 든 미디어 회사들을 어렵게 섭외해서 잡은 미팅이었다. 일정을 다시 잡고 말고는 이쪽에서 정할 수 있는 문제가 아닐지도 모른다.

"뭐, 문제 있어?"

"아닙니다."

홍 실장의 이마에 땀이 송골송골 맺히기 시작한다. 서늘하게 쳐다보는 사장의 눈길에 홍 실장은 시선마저 피하고 말았다.

사장이 폭력을 행사한 적은 단 한 번도 없었고, 그럴 저의도 없어 보이지만, 폭력을 휘두르는 것보다 한 마디 말이, 한 마디 말보다 얼음송곳처럼 날카로운 그의 눈빛이 더 위압적이다.

서정우 사장.

187cm의 장신에, 고등학교 1학년 때까지 태권도 선수로 활약했던 그의 몸은 그 자체로 엄격히 관리된 무기와 같았다.

아이작 뉴턴, 스티븐 호킹, 폴 디랙과 같이 인류에 한 획을 그은 물리학자를 양성한 케임브리지 물리학과 출신인 그였기에, 끔찍한 무기를 만들어 지구를 날려 버린 뒤 태양계 질서를 교란시킨다고 해도 이상할 게 전혀 없어 보이는 남자다.

어깨깡패, 두뇌깡패, 인성깡패. 떡 벌어진 어깨에 지나가는 여자들 시신경 전부를 후리고 남을 만한 몸매, 아인슈타인 버금가는 활용률을 보이는 두뇌, 그리고 싸늘해 보이는 이미지의 그와 전혀 어울리지 않는 사회 환원 사업 등.

그런 그가 오후에 길바닥에 주저앉은 여자에게 꽂혔다. 살아 숨 쉬는 착한 사마리아인이라도 된 양 사장은 옆 회사 회계팀 사원인 연하루 씨를 챙기고 나선다. 이것도 일종의 사회 환원 사업인가?

"하루 세 번, 연하루 씨 상태 보고해. 간병인 구하면 전화번호 나한테 주고."

간병인을 붙이라는 건지, 감시인을 붙이라는 건지.

첨언해서 좋을 게 없으니 홍 실장은 그저 고개를 끄덕일 뿐이다.

2화. 안녕하세요, 후원자 아저씨

"연하루, 담임이 교무실로 오래."

언니가 쓰러졌어도 삶은 계속되었다.

"야, 대박. 연하루 원조 교제 하나 봐."

등 뒤에서 수군대는 소리에 하루는 어이없다는 얼굴로 고개를 돌려 반 친구라 부르기도 짜증나는 아이를 노려봤다.

"뭐, 뭐?"

딱히 노는 애들 축에 속하는 것도 아니었고 불량한 이미지도 아니었는데, 아이들은 하루를 한 꺼풀 덮어 놓고 보았다. 언니와 둘이 사는 불쌍한 아이. 언니도 쓰러져서 혼자 먹고사는 께름칙한 아이.

노려보는 것만으로도 충분히 위협을 주었다고 생각한 하루는 곧장 담임이 있는 교무실로 향했다.

"연하루."

"네."

"수업료랑 급식비, 수학여행비가 다 밀렸어."

"알아요."

"학교 그만둘 생각이니?"

"아니요."

"그럼 이걸 내야지."

"죄송합니다."

"그래. 이제 죄송하단 말 안 해도 될 것 같기도 하다."

"네?"

설마 수업료 못 내서 퇴학당하나 싶었다.

"널 후원하겠다는 사람이 나타났어. 병원에서 봤다고 하던데, 혹시 누군지 알아?"

전혀 짐작이 가질 않아서 고개를 절레절레 내저었다.

"밀린 수업료랑 급식비, 수학여행비도 싹 다 입금했다고 하더라. 대학 등록금까지 대 줄 생각이니까 열심히 공부하라는 말도 전해 달라고 했어. 언니 병원비도 네가 성인이 돼서 낼 능력이 생기기 전까지 책임져 준다니까."

뜻하지 않은 크리스마스 선물이라도 받은 양 하루의 얼굴에 미소가 떠올랐다.

원래 잘 웃지 않는 성격이었다. 언니가 쓰러지고 나서는 입가에 미소가 머무는 일이 극히 드물었다.

그런데 돈이 뭐라고, 열여덟 하루를 웃게 만들었다.

"뭐, 너한테 따로 바라는 건 없고, 그냥 열심히 공부하며 살라고 하더라. 다른 어려운 애들도 많은데 어떻게 널 콕 집어서 후원하고, 바라는 건 아무것도 없다는 말을 할까. 전화한 사람이 나이가 좀 있는 남자인 것 같던데…….”

원래도 재수 없는 담임이었다. 자신이 가르치는 아이들이면서 아무리 상고생이라 해도 대놓고 깔보고 무시했다. 너희들은 사회에 나가면 죽도 밥도 안 될 수준이라고.

그런 레벨을 가진 선생이 하는 생각은 언제나처럼 신박하게 어처구니가 없었다.

“너 혹시 원조 교제 하니?”

“아닌데요.”

아니라는 대답에도 담임의 표정은 확신에 차 있다.

“수업 끝나고 그 후원자 대리인인지 뭔지 하는 사람이 학교로 온다더라.”

“후원자 대리인요?”

덜컥 겁이 난다. 생면부지의 사람이 자신의 처지를 알고 돕고자 나섰다는데, 반가움과 동시에 묘한 거부감이 든다.

거부감이 아니라 두려운 것일지도 모르겠다. 이제껏 하루가 알던 세상은 그리 따뜻하지도, 관대하지도 않았으니까.

하굣길, 어깨에 오른 가방끈을 꼭 잡은 하루는 옆에 서서 걷고 있는 중년의 남자에게 나지막한 목소리로 물었다.

“죄송한데요, 좀 떨어져서 걸어 주시면 안 될까요?”

“아, 그러겠습니다.”

‘원조 교제’라는 단어 자체가 담임의 입에서 먼저 튀어나왔다고 한다.

돈 많은 후원자가 나타났다는 말을 하며 왜 하필 '연하루'인지 모르겠다고, 얘는 지 언니도 살아 있는데, 천애 고아가 얼마나 많은데, 예쁘장하게 생긴 게 분명 뭐가 있을 거라고, 걔 교복이 커서 그렇지 어린 게 가슴도 크다고.

담임이 옆에 앉은 동료 교사에게 떠드는 이야기를 고1 때 같은 반이었던 친구가 교무실 청소를 하다가 들었다며 전해 주었다. 교무실 청소를 한 아이들이 전부 들었다는 이야기다. 삽시간에 후원을 받는 게 아니라 원조 교제를 하고 있다는 소문이 학교 전체에 파다하게 퍼져 나갔다.

또 하필 후원자의 대리인이라는 사람은 중년 남성이었다. 학교 주차장에 세워 놓은, 그가 타고 온 외제 차는 교장 차보다 갑절은 더 비싸다고 했다.

"이야, 연하루 대단하다. 아무리 돈이 급해도 그렇지, 저런 아저씨랑."

"언니가 쓰러졌다잖아. 몸 팔아서 병원비 대는 게 불쌍하다, 야."

소문은 쉽게 타오른다. 그리고 쉽게 사그라지기도 한다. 하지만 이상하게 당하는 사람은 그 소문이 절대 없어지지 않을 불사(不死)의 힘을 가진 괴물처럼 느껴진다. 잊을 만하면 어디선가 한 번씩 툭 튀어나와 사람을 건드리는 불사의 괴물.

그 괴물은 하루가 말귀를 알아듣기 시작할 때부터 따라다녔다. 분명 지병으로 돌아가신 아빠인데, 엄마가 바람나서 화병으로 쓰러진 거라고 동네 아줌마들이 떠들어 댔다.

엄마가 재혼을 하고 집을 떠나자 그들의 입방아는 확신으로 변해 갔다. 그때 하루의 나이, 겨우 다섯 살이었다.

어릴 땐 그 괴물이 그리 무서운 대상인 줄 몰랐다. 그러다 사춘기가 되어서는 날마다 베갯잇을 적실 만큼 서러운 존재가 되었고, 열여덟이 된 지금에는 그림자와 같았다.

그림자. 빛을 바라보고 있으면 절대 눈에 띄지 않는 존재. 어둠이 사리고 있는 곳으로 고개를 돌리지 않으면 그만인 거다.

"사는 동네가 꽤 위험하다고 들었습니다. 앞으로는 여기서 생활하시면 됩니다."

남자가 하루를 이끈 곳은 신축 오피스텔이었다.

"여기서 살라고요?"

"아직 연하루 양이 미성년이어서 명의는 새벽 양 앞으로 해 놨습니다. 도어록 비밀번호는 입주자 설명서를 보고 설정하시면 됩니다."

이제 더 이상 열쇠를 들고 다니지 않고, 폼 나게 키패드에 비밀번호만 입력하면 된다는 사실에 웃음이 났다.

"짐은 언제 옮겨 와야 하나요?"

"이미 다 옮겨 놨습니다. 그리고 이거."

남자의 손에는 통장과 도장, 체크카드가 들려 있었다.

"월세 보증금은 이 통장으로 옮겨 놓았습니다. 하루 양이 급하게 필요할 때 사용하시면 됩니다. 그런 일이 없기를 바라지만요. 병원에서 일이 생기면 하루 양뿐 아니라 저한테도 연락이 올 거니까 병원비는 걱정 안 하셔도 됩니다. 오피스텔 관리비, 하루 양 통신비, 학비를 비롯한 공과금은 제가 다 처리할 겁니다. 이외에 생활비 1백만 원이 이 통장으로 입금될 겁니다. 그리고 방과 후에는 과외 선생님이 하루 양 집으로 올 겁니다."

"네?"

내내 가만히 듣고 있던 하루는 휘둥그레진 눈으로 남자를 올려다보았다.

"대학을 가라는 말씀이신 거죠?"

"네, 그렇습니다."

언니가 가라고 할 때는 마다했던 대학이었다.

"안 간다고 하면요?"

"반드시 가셔야 할 겁니다."

"반드시 가야 하는 이유는요? 고등학교 졸업하고 돈 벌어서 제가 언니 돌볼 건데요."

"돈으로 예를 드셨으니 저도 금전적 측면에서 예를 들어 드리겠습니다. 정부 통계에 따르면 고졸자의 시간당 임금은 대졸자의 60% 수준이라고 합니다. 언니를 책임지는 것뿐 아니라, 하루 양의 인생을 위해서 학업을 이었으면 하는 게 후원자님의 생각이십니다."

"후원해 준다고 해서 제 인생을 결정지을 권리는 없는 거잖아요."

후원은 눈물겨울 만큼 고맙다. 그런데 있는 자들의 생각은 참으로 고깝다. 돈 대 줬으니 공부하라는 건 그 사람 입장이다. 당장 하루의 입장에서는 한시라도 빨리 사회에 나가 언니를 책임지고 싶다.

"저 병원에서 보셨다고 하셨죠? 제 뒷조사도 할 만큼 하시고 후원하시는 것 같은데, 저는 후원자님에 대해 아무것도 모르네요. 설마 없는 게 달라붙을까 봐 그러시는 건가요?"

열여덟 소녀의 당돌한 질문에 남자는 넓은 이마에 송골송골 맺힌 땀을 닦아 낸다.

"아, 아닙니다. 후원자님께서는 지금 연락이 닿기 어려운 곳에 계십니다."

"흐음."

하루는 반들반들한 대리석 현관 바닥을 내려다보며 골똘히 생각에 잠긴다.

후원을 마다할 입장은 아니어서 받아들이기는 했지만, 후원자의 뜻대로 대학에 간다 치자. 그럼 그다음에는……?

갑자기 무서운 생각이 들기 시작했다. 여고생의 상상력은 제멋대로 튀어 나갔고, 급기야는 커다란 배에 실려 중동의 부자에게 열여덟 번째 신부로 팔려 가는 장면에까지 이르렀다.

"대학 관련한 이야기는 제가 말씀드리면 안 될까요? 후원자님 연락처 알려 주시면 안 되나요? 언니 뒷바라지는 제가 하고 싶어요."

다섯 살 때부터 열여덟이 될 때까지, 하루보다 겨우 네 살 많은 새벽은 하루의 언니이면서 엄마이자 아빠였다. 어린 나이에 동생을 위해 모든 걸 포기한 언니.

누워 있는 언니를 두고 캠퍼스 라이프를 즐기는 건 도저히 스스로 용납이 되지 않았다. 차라리 뼈가 부서져라 일을 하는 게 낫다.

"그, 그건 곤란합니다만. 잠시만요."

연신 땀을 닦아 대던 남자는 어디선가 걸려 온 전화를 공손한 자세로 받았다.

"네, 알겠습니다. 네."

아무리 귀를 기울여도 휴대전화 너머의 음성은 새어 나오질 않았지만, 낌새를 보니 후원자의 전화인 듯하다. 하루는 두 손을 포개어 손바닥을 내밀며 전화를 달라는 시늉을 했다.

저 바꿔 주세요!

입 모양으로 이야기하자 남자가 고개를 절레절레 내젓는다.

"바꿔 주세요! 통화하고 싶어요!"

크게 소리치자 남자는 화들짝 놀라 조용히 하라는 듯 왼손 검지를 입가에 가져다 댄다.

"네? ……아, 연하루 양이 통화를 하고 싶답니다."

하루는 두 눈을 반짝반짝 빛내며 남자를 올려다보았다. 조금만 더 하면 전화를 바꿔 줄 것도 같다.

"예? 아, 예. 받아 적겠습니다. 예. 예."

남자는 다이어리를 펼치고 무언가를 적기 시작했다.

"예, 알겠습니다."

통화를 마친 남자는 메모가 적힌 부분을 북 찢어서 하루에게 내밀었다.

"후원자님 이메일 주소입니다."

"그래서요?"

"궁금하신 사항은 이쪽으로 여쭤 보시면 됩니다만."

"됩니다만?"

하루는 남자의 말투 그대로 되물었다.

"워낙 바쁘신 분이라 답변은 기대하시지 않는 게 좋을 것 같습니다."

❖

"그러니까, 제 간병 때문에 오셨다는 거죠, 두 분 다?"

침대 옆에 선 중년 여자 두 명이 동시에 고개를 끄덕거린다.

"네, 오늘부터 연하루 환자분 간병을 제가 맡았는데요."

조용한 목소리로 대답하는 여자의 가슴에는 '진영은'이라 쓰인 명찰이 붙어 있다.

"새벽에 제가 먼저 왔어요. 분명히 제가 맡은 환자분, 연하루 씨인데요."

구수한 목소리로 대답하는 여자가 입은 옷에는 '강소정'이라 쓰인 명찰이 붙어 있다.

간병인이 오는 것 자체가 민망한 마당에 두 명이나 와 있다. 게다가 환자용 침대에 붙어 있는 식사용 테이블 위에 두 개의 쟁반이 놓여 있다.

"아침 식사예요. 드셔 보세요."

병원에서 나온 식사치고 찬이 심하게 많다. 전복구이, 한우불고기, 보리굴비구이 등 12첩 반상이 놓인 쟁반을 영은이 디밀었다.

"특별히 주문 제작된 아침 식사입니다. 이거 드세요."

새벽에 한식당 특별 코스 요리를 포장해서 온 거라는 자개 도시락을 소정이 조심히 밀어 보인다.

81

"저기, 두 분 누가 보내신 건가요?"

영은과 소정이 서로 한 번 눈치를 보더니 영은이 먼저 입을 연다.

"신 엔지니어링 인사팀 오승원 대리님 연락 받고 왔는데요."

"아, 그러셨구나. 강소정 씨는요?"

"저는 SJW테크 비서실에서 연락 주셨다고 들었는데요."

SJW테크는 왜? 옆 회사 직원 복지에도 신경 쓰는 박애 정신이 넘치는 회사인가?

"죄송하지만, 저 혼자 움직일 수 있거든요. 곧 퇴원할 것 같고요."

"저는 보내 주신 분 말씀을 따라야 해서요."

"저도요."

똑같이 결연한 표정으로 절대 돌아갈 수 없다 천명하는 두 간병인을 하루는 번갈아 본다.

"일단 식사부터 하세요."

"이것 먼저 드셔 보세요."

"제가 알아서 먹을게요."

하루가 오른손을 한 번 들어 보이자 두 사람은 침대에서 한 발짝 물러난다. 저지를 하지 않으면 씹어서 입에 넣어 줄 기세의 두 사람이다.

없어서 못 먹던 시절이 있었다. 정말 먹을 게 없어서 라면 한 봉지를 네 번에 나누어 끓여서 먹어도 봤다. 말갛게 끓인 라면 국물에 짠 눈물을 쏟아 내며 처량함을 잊으려 어금니를 악물었던 시절을 지나고 나니 식탐이 생겼다.

음식 남기는 거는 두 눈 뜨고 절대 못 보는 하루였다. 그런데 아무리 먹성 좋은 하루라도 눈앞에 놓인 음식은 그 양이 많아도 너무 많다.

"아침 식사들 하셨어요? 많은데 같이 드시죠?"

"아니에요, 저는 먹고 왔답니다."

"괜찮아요. 저는 먹었어요."

두 사람이 내놓는 대답은 판박이인데, 서로를 노려보는 눈길은 예사롭지 않다.

"에이, 이모 같은 분들이 그렇게 서 계시면 저 식사 못 해요. 이거 진짜 많아요. 앉아서 같이 드세요. 여기 일회용 수저도 있던데, 얼른 앉으세요. 안 그럼 저 두 분 다 쫓아낼 거예요?"

하루는 침대 옆에 있는 서랍장에서 일회용 수저를 꺼내서 두 여자에게 건넸다. 쭈뼛거리던 두 사람은 뭉그적거리며 걸음을 옮긴다. 각각 침대 오른쪽과 왼쪽에 걸터앉은 두 여자는 살가운 하루의 설득에 수저를 들고 말았다.

"근데 한국병원은 원래 이렇게 환자식이 잘 나와요? 이렇게 나와서 병원은 뭐 남는 거 있나?"

"아, 이거요. 오승원 대리님이 특별히 부탁하신 거래요, 병원에."

"병원에요?"

불현듯 1년 전 소개팅 자리에서 승원이 내뱉은 말이 생각난다.

"아, 여기 원장님은 그런 청탁 묵인하시는 거예요? 대박. 그거 요즘 벌금 물지 않나?"

"세상에 그럼 벌금 안 물어낼 부모 자식 간이 있을까요."

이건 뭐 명탐정 코난처럼 추리가 쉬워진다. '범인은 당신이야!' 했더니 '네, 제가 그랬어요!' 하고 무너지는 범인처럼.

오 대리님이 진짜 한국병원장 아들이었어? 어쩐지 한국병원에서 근무한다는 의사한테, 원장이 자기 아버지라는 뻥을 너무 쉽게 친다 싶더니…….

"흐음, 병원 밥이 입에 잘 안 맞네요."

하루는 괜히 입안이 껄끄러워서 숟가락을 내려놓았다.

"그럼 이걸 드셔 보세요. 타락죽이라고, 아주 부드러워요."

기회는 이때다 싶었는지 소정이 내민 숟가락이 하루의 손에 쥐여진다.

"혹시 SJW테크 비서실장님 연락처 있으세요?"

"그럼요. 혹시 찾으시면 이 번호 드리라고 했어요."

소정은 반듯하게 접힌 메모지 한 장을 하루에게 내민다.

"언제든지 편할 때 연락 주시라고 했어요."

사람 불편하게 만들어 놓고 편할 때 연락 주란다. 하루는 휴대전화를 집어 들고 화면을 톡톡 두드려 메모지에 적힌 번호로 전화를 걸었다.

– 네, 서정우입니다.

휴대전화 너머에서 들려오는 목소리는 길바닥에서 하루의 브래지어 훅을 풀었던 그 남자가 분명했다.

그런데 홍준상이라고 자신을 소개했던 그 비서실장이 아니라, 서정우란다.

가만 보자. 그러니까, 옆 회사 이름이 SJW테크야. 저 남자 이름은 서정우지. 서정우의 영문 머리글자는 SJW야. 그래서…….
엄.

길바닥에서 백의의 천사와 같이 새하얀 드레스 셔츠를 빛내
며 색기를 뿜어 대던 그 남자. 그리고 옆집 남자, 수상한 블랙
마스크. 또 뭐가 있더라.

– 말씀하세요.

간병인이 건넨 전화번호는 비서실장의 것이 아닌 서정우 사
장의 것이었다. 순간 홍 실장이 하루의 병실에 왔을 때 사장님
이 통증을 호소하셔서 병원에 계시단 말을 들었던 게 생각났다.

"안녕하세요? 연하루인데요."

– 연하루?

간병인까지 보내 놓고, 그 간병인에게 전화번호도 쥐여 줘 놓
고도 시치미다.

"저 어제 회사 앞, 소매치기, 과호흡요."

– 아.

짧은 대꾸가 애매모호하다.

"간병인 보내 주셔서 감사합니다."

– 내가?

이 남자, 정말 모르는 거야?

"네, SJW테크 비서실에서 보내 주셨다고 들었는데요. 비서실
장님 연락처를 여쭈었는데 이 번호를 전달해 주셨어요."

– 흠.

"저, SJW 사장님 맞으시죠? 어제 비서실장이 왔었는데 사장
님께서 통증을 호소하셔서 병원에 계시다고 들었거든요."

- 그래서?

말이 짧다. 원래 높은 자리에 앉으면 말이 저렇게 다 짧아지나?

"저 때문에 다치신 것 같아서 죄송하고요. 어제 구해 주신 것도 다시 한 번 감사드리고, 간병인 보내 주신 것도 정말 감사합니다."

- 용건, 끝났나?

그리고 낮은 자리에 있다 보면 높은 자리에서 베푸신 은혜를 거역하기가 참으로 어렵다. '간병인 취소하시면 안 될까요?' 하는 말은 혀끝을 맴돌기만 한다. 어떻게 말을 꺼내는 게 좋을지 고민하는 찰나.

- 그럼 이만.

전화가 끊겨 버렸다. 하는 수 없다. 옆 회사 사장보다는 덜 부담스러운 승원에게 전화하는 수밖에.

통화를 마친 하루를 두 간병인이 빤히 쳐다보고 앉아 있다. 하루는 자포자기한 심정으로 간병인의 시선을 받으며 승원에게 전화를 걸었다.

- 어, 몸은 좀 어때?

"암시롱도 안 합니다."

- 하하.

유쾌하고 짧은 웃음소리에 하루의 입가에도 슬쩍 미소가 머문다.

- 다행이네. 검사 결과도 다 나왔고, 오늘 퇴원해도 될 것 같다고 하시네.

누가요? 오 대리님 아버님이요? 아니면 그 밑에서 일하는 의사가요?

대놓고 물어보고 싶은 걸 하루는 꾹 참았다. 결정적인 순간에 터뜨리리라 다짐하며.

"그럼 지금 대리님 병원에 계세요?"

ㅡ 아니, 회사. 좀 이따가 병원으로 출발할 거야.

"와, 한국병원은 오지 않아도 검사 결과를 따박따박 알려 주는 좋은 병원이네요. 오 대리님이 제 법적 보호자도 아닌 것 같은데."

ㅡ 흐음.

언제나 다정한 승원에게 당황한 기색이 어리자, 속고 있는 건 하루 자신인데 조금 짓궂게 군 것이 괜히 미안해지고 만다.

사실 속고 있다고 괘씸하다 할 수도 없다. 하루도 주변 사람들에게 가정사를 공개하지는 않으니까. 승원의 사생활도 지켜져야 하는 게 마땅하다.

하지만 한국병원장 아들이라는 말은 승원의 입에서 먼저 나왔는데.

아이고, 복잡하다.

"저 그럼 옷 갈아입고 준비하고 있을게요. 대리님 오시면 퇴원하는 거죠?"

ㅡ 어, 준비하고 기다려.

"네, 오시면 연락 주세요."

ㅡ 아, 저기.

"네?"

– 옷 갈아입지 말고, 대기해. 혹시 모르니까.

"퇴원하는 거라면서요?"

– 일단 있어.

통화를 마친 하루는 반짝거리는 두 개의 시선을 향해 방글거리며 입을 열었다.

"저 오늘 퇴원한대요."

"아, 네."

"그러시구나."

두 간병인의 얼굴에 실망한 기색이 역력하다. 보수가 셌나 보다.

"환자가 퇴원한다는데 기뻐해 주셔야 하는 거 아닌가요?"

하루의 애교 섞인 질문에 간병인은 어색하게 축하한다는 말을 건네 왔다.

"왜 나와 있어? 병실에 있지."

중환자실에 있는 언니를 보고 오는 길이었다. 하루는 상념을 걷어 내려 들뜬 목소리로 대구했다.

"답답해서요. 여기 복도에서 내려다보이는 전망이 죽이네요. 병원 정원을 어떻게 저렇게 잘 꾸며 놨을까요? 한국병원장님은 취향이 프랑스 정원 쪽인가 봐요."

은근슬쩍 병원장 이야기를 꺼냈는데도 승원은 당황하는 기색 없이 하루의 옆얼굴을 들여다보고 있다. 그러더니 대뜸 어깨를 감싸 안고 휴대전화를 들이댄다.

"뭐 하시는 거예요?"

버럭 소리를 지르는 하루와 활짝 웃고 있는 승원의 얼굴이 휴대전화 화면에 가득 담겼다.

"인증샷."

"헐. 되게 못됐다. 사람 병원에 입원했던 걸 인증해요?"

"아니, 연하루 환자복 인증샷."

하루는 멀뚱한 얼굴로 승원을 올려다보았다.

"환자복이 꼭 파자마 같아. 너 지금 되게 섹시해."

오늘은 화요일입니다, 와 같은 말을 무심히 내뱉는 것처럼 승원의 말투가 너무도 대수롭지 않아서 하루는 제 귀를 의심했다.

"와, 인사팀 대리가 직원 퇴원시키려고 와서 한다는 말이 완전 저질이네?"

"아닌데에?"

장난스럽게 말꼬리를 늘인 승원이 또다시 당연하다는 말투로 덧붙인다.

"내가 좋아하는 여자 꼬시는 말이 솔직한 건데."

"그만 좀 해요, 진짜!"

하루는 찰싹 소리가 나도록 승원의 팔뚝을 내려쳤다.

"아, 아파. 아파. 연하루 손 왜 이렇게 매워?"

"어? 아파요? 정말 아파요?"

엄살을 떠는 승원의 팔뚝을 잡아 들자, 승원은 더 오버하며 "아, 아!" 하고 소리를 질러 댔다.

"어우, 진짜!"

"연하루, 때렸던 데 또 때리는 게 어디 있어?"

티격태격하고 있는데, 등 뒤에서 익숙한 살기가 느껴진다. 이건 엘리베이터 앞에서 블랙 마스크를 마주쳤을 때와 비슷한 뒤통수 당김이다.

하루는 천천히 고개를 돌려 등 뒤를 바라봤다.

환자복을 입은 블랙 마스크, SJW테크 사장, 서정우가 환자복을 입고 서 있었다.

승원의 말마따나 환자복은 섹시한 게 맞나 보다. 길쭉길쭉한 팔다리 때문에 환자복이 짧게 올라붙어서 늘씬한 발목이 드러나고, 우람한 팔목이 눈에 들어온다.

"안녕하세요?"

하루는 허리를 푹 숙여 인사를 건넨다. 그러자 대여섯 걸음 떨어져 있던 정우가 성큼성큼 다가온다.

"어젠 내가 좀 미안했어요."

"네?"

이 남자, 무슨 이야기를 하려고 미안하다는 말을 꺼내는 걸까.

정우는 미간을 구기며 고개를 살짝 좌우로 흔들더니 애석하다는 표정을 지었다.

"원래 과호흡 응급처치가 그렇거든요. 몸에 죄는 장치들을 없애야 하는 거라. 블라우스가 상체를 죄고 있어서 단추를 풀었더니 브래지어가 보이더라고요. 그래서 훅을 풀었더니, 치마가 너무 타이트해서 하체를 조이기에 지퍼를 내렸고. 구두도 너무 꽉 끼는 것 같아서 벗겼는데. 내 슈트 재킷이 연하루 씨 몸을 감싸기는 했지만, 길에서 숙녀분께 무례를 범한 것 같아서요."

"아, 아니에요! 응급처치 안 해 주셨으면 저 큰일 날 뻔했다고 의사가 그랬어요. 이거 죽을 수도 있다던데요."

하루는 죽을죄를 지었다는 듯 죄송한 표정을 짓고 있는 정우의 얼굴에 홀려서, 승원 앞에서 굳이 하지 않아도 될 말까지 하는 것을 전혀 신경 쓰지 못한 채 대꾸했다.

그랬더니 정우가 "훗." 하고 누가 보기에도 가식적인 웃음을 내뱉었다. 그리고 정우의 눈빛이 아주 기묘한 빛으로 변해 갔다. 검은색 눈동자가 사악해 보이기까지 한다.

"그럼 내가 연하루 씨 생명의 은인이 되는 건가?"

하루는 헉 하고 더운 숨이 터질 것만 같아서 얼른 벌어진 입을 다물었다.

이 남자, 위험하리만큼 섹시한 자태를 뽐낸다. 뭐 이런 캐릭터가 사장인지, SJW테크 여직원은 전생에 나라는 못 구해도 동네 하나는 구한 독립투사들이었나 보다.

"저희 직원 구해 주셔서 감사합니다. 사례를 원하신다면 얼마든지 하겠습니다."

내내 듣고만 있던 승원이 커다란 손으로 하루의 어깨를 감싸 안았다. 하루의 오른쪽 어깨가 승원의 옆구리 안으로 쏙 당겨 들어갔다.

승원의 제스처가 아니었다면 하루는 섹시한 악당 같은 정우의 눈빛에 홀려 '생명의 은인이시여! 나 그대에게 모두 드리리.' 하는 미친 짓을 했을지도 모른다.

승원의 손을 밀쳐야 했는데 타이밍을 놓쳐 버렸다.

정신 차리자, 연하루. 답지 않게 왜 이래?

연애에 너무 신중한 나머지 첫사랑도 아쉽게 놓치고 솔로인 그녀였다. 언니 몫까지 인생에 최선을 다하자며 신중에 신중을 기해 살아온 날들인데, 위험한 블랙 마스크가 그녀의 인생 안정성 추구에 관한 에너지 효율을 5등급 이하로 내려놓으려 한다.

이런 걸 반했다고 하는 건가?

어처구니가 없다. 위험한 그의 눈빛에 심장이 둥당거리고 가슴이 훅훅 차오른다. 생경한 기분에 하루는 마른 입술을 꾹 깨물어 적셨다. 그러자 그의 눈빛이 대번에 촉촉이 젖은 하루의 아랫입술을 향한다.

응급처치를 다시 받아야 할 것 같다. 지금은 심장이 멈출 것만 같으니까.

"그럼, 우리 하루는 퇴원을 해야 해서요."

승원은 넋 놓고 있는 하루를 병실 안으로 이끌었다.

탁! 병실 문이 닫히는 소리에 하루는 흠칫 놀라 어깨를 움찔 떨었다.

"뭘 벗기고, 뭘 풀고, 뭘 내려?"

하루는 멍한 눈빛으로 승원을 비스듬히 올려다보았다.

"응급처치였잖아요. 과호흡에는 몸을 죄는 걸 풀어야 하니까요. 저 호흡 빨리 안 돌아왔으면 큰일 났을지도 몰라요."

사실 그대로 설명했지만 블랙 마스크의 도발이 승원에게도 지대한 영향을 미친 듯했다.

"또 왜 이러실까? 진짜 나 살려 준 은인이라니까요?"

딱딱해진 분위기를 풀어 보고자 하루는 승원을 올려다보며 방글거렸다. 하루를 내려다보는 승원의 시선이 점차 풀려 가는 가 싶더니 분위기가 묘해진다.

"어우, 저 옷 갈아입어야 하는데 잠깐 자리 좀 비켜 주세요."

하루가 마주하고 있던 시선을 얼른 피하며 뒤로 돌아선 순간. 승원의 팔이 하루의 허리를 끌어안았고, 그녀의 등에 단단한 가슴이 닿았다. 승원이 하루의 어깨에 얼굴을 묻으며 말했다.

"저 새끼 내 손에 아까 죽을 뻔했어."

"에이, 대리님. 등빨은 저쪽이 더 좋아 보이던데요? 붙으면 지겠던데?"

장난을 걸며 허리에 감긴 손을 풀어내리려는데 더 단단히 휘감 긴다.

"자꾸 도발하지 마. 힘들다."

하루는 한숨을 한 번 내쉬고 입을 열었다.

"이것 좀 놔주세요. 얼른 퇴원해야죠."

아쉬운 듯 승원의 손이 느릿하게 풀어져 내려갔다.

택시를 타고 가겠다는데도, 승원은 이제 막 퇴원한 환자를 혼자 보낼 수는 없다며 자신의 차에 태웠다.

그 덕분에 중환자실에 있는 언니 오후 면회도 하지 못하고 집으로 가야 했다. 오전 면회 시간, 승원이 오기 전에 잠깐 언니 얼굴을 확인하기는 했지만 그래도 또 볼 수 있을 거란 생각을 했었는데.

다음에 다시 오면 되지.

긴병에 효자 없다는 말이 이래서 생긴 건가 보다. 처음에는 하루가 멀다고 중환자실 앞에 붙어 있었는데, 차도가 없는 상황에 일주일에 서너 번 병원을 찾는 정도가 되었다.

"회사 난리 났죠? 내일 출근하면 또 정신없겠네."

"일주일 쉬어."

"네?"

분기 말에 회계팀 사원이 일주일이나 회사를 비우는 건 종갓집 며느리가 제사 앞두고 집 나간 것과 비슷하다.

"엎어진 김에 쉬라고. 일주일 정도 안정을 취해야 할 것 같다는 의사 소견서도 받아 왔으니까. 회사엔 내가 알아서 말할게."

"부장님이 가만히 안 계실 텐데요."

"회사 앞에서 사고를 당해서, 그 트라우마 때문에 연하루 씨 퇴사할지도 모른다고 내가 겁 좀 줬어."

승원은 정말이지 직원의 입장을 깊이 헤아릴 줄 아는 타고난 인사 담당자다!

"나 정말 쉬어요? 이거 내 연차에서 까여요? 아님."

"병가야. 걱정 마."

만세! 파워 인사팀 대리 만세! 오승원 만세!

만세 삼창을 외쳐야 할 것만 같다. 하루는 승원의 오른쪽 얼굴을 빤히 쳐다보았다.

"반했지, 지금?"

운전대를 잡은 모양새가 평소보다 좀 거만해 보이기까지 한다.

"반할 정도는 아닌데요?"

"어쨌든 푹 쉬어. 쉬는 동안 연락 자주 하고. 가끔 보러 올게."

"저기, 대리님."

"음?"

승원은 자상하게 대꾸하며 하루를 흘끗 보았다.

"저, 이건 짚고 넘어가야 할 것 같은데요."

"뭘?"

"저희 아직 서로에게 의무적으로 연락을 해야 하거나, 스킨십이 용이해졌다든가, 병가에 얼굴 보러 올 만큼의 친밀한 사이는 아닌 것 같은데요? 두 번 아닌 세 번이라고 말씀하신 지 이제 사흘째 되는 날인데."

"후우."

승원은 깊은 한숨을 내쉬었다.

"사람은 우둔해."

퇴원하는 길, 집까지 데려다주는 은혜도 저버리고 하나하나 따져 대는 하루를 우둔하다 여기는 걸까. 미안한 마음이 들어서 가슴이 따끔따끔거리려는 찰나.

"왜 있는 척하고 세 번만 만나자고 했을까. 지금 당장……."

승원은 망설이듯 입을 꾹 다물었다가 낮은 목소리로 덧붙였다.

"지금 방금 건 못 들은 걸로 해. 아까 병실에선 내가 성급했다. 미안."

백 명에게 물어보면 백 명이 다 좋은 남자라고 할 것 같은 승원에게서 넘치는 감정이 하루를 향하고 있다. 과분하다는 생각. 조금 덜 좋은 사람이었다면 어땠을까 하는 어리석은 생각. 승원의 말마따나 인간은 우둔한 게 맞나 보다.

너무 완벽해서 겁이 난다. 사내 연애라는 리스크에 승원이 좋은 사람이라는 점이 단점으로 작용해 버리고 만다.

연애를 한다 치자, 서로가 맞지 않음을 알고 헤어진다 치자, 완벽한 그의 삶에 나는 찬란한 오점을 남기게 되겠지.

시작도 전에 끝을 생각하게 만드는 관계. 시작하지 않는 게 답 아닐까.

"연하루. 복잡하게 생각하지 마. 넌 좋은 생각만 해. 나쁜 건 내가 다 할 테니까. 지금은 집에 가서 영화를 볼까, 드라마를 볼까. 소설을 볼까, 잡지를 볼까. 아니면 그냥 잘까. 그것부터 생각해 봐."

하루는 피식 웃음을 머금었다. 그리고 이내 입안에서 쓴맛이 느껴진다.

눈에 콩깍지가 씌었으면 달콤하게 들릴 말이었다. 꼭 돌아가신 아빠가 살아 계셨다면 이렇게 말씀하시지 않았을까 하는 생각이 들 만큼 그저 자상하고 따뜻하기만 하다. 애석하게도.

집에 들어와서 대충 옷을 갈아입고, 녀석 화장실 모래를 청소하고, 그릇에 사료를 넉넉히 채워 준 뒤 곧장 침대 위로 쓰러졌다.

자상했던 승원의 얼굴과 함께 환자복을 입고 있던 옆 회사 사장의 얼굴이 감은 눈 안을 스치고 지난다.

자꾸 따스하게 구는 승원은 그렇다 쳐도 그 남자의 얼굴이 왜 자꾸 치고 올라오는지.

대학 시절, 캠퍼스에서 영화 촬영을 한다기에 오래도록 서서 구경을 한 적이 있었다.

그 당시 한창 인기를 끌던 남자 배우의 모습을 가까이에서 마주했는데, 평소에 전혀 관심이 없었는데도 불구하고 심장이 두근거리고 괜히 설렜다.

연예인 본 느낌?

객관적으로 잘생긴 남자, 색기 흐르는 몸매에, 명석한 두뇌를 가진 것도 모자라, 젊은 나이에 업계 1위를 다투는 사업체의 사장.

맞네, 연예인 본 느낌.

병원에서 한 일이라고는 간단한 검사 받고, 영양제 맞고, 먹고 잔 것밖에 없는데 갑자기 급격히 피로하다. 익숙한 싱글 침대에 몸을 누였더니 매트리스가 온몸을 열렬히 받쳐 온다.

오냐, 그래. 주인 왔다. 자야겠다. 잠이 쏟아진다.

슬쩍 눈을 뜨니 벌써 사위가 어둑어둑해지고 있다. 아직 오후 5시밖에 되지 않았다. 초봄 해는 야속하리만큼 짧아서 금방 열기를 식히고 혹독한 밤 추위를 불러들인다.

보일러를 켜지 않은 탓인지 몸이 오들오들 떨린다. 간신히 몸을 일으켜 앉았다. 왜 잠에서 깨어났나 했더니 머리맡에 놓인 휴대전화가 온몸을 떨고 있다.

전화를 받으려는데 끊겨 버린다. 화면을 보니 부재중 전화 25통이라는 메시지가 눈에 들어온다.

전쟁이라도 났나.

통화 목록을 톡톡 두드리며 전화할 만한 사람들을 떠올려 본다. 구혜경, 마동희 선임, 오승원 대리, 후배 의진이.

그런데 예상은 보기 좋게 빗나간다. 부재중 전화 25통은 전부 한 사람에게서 온 것이다. 아직 저장도 해 놓지 않은 번호. 서정우 사장이다.

또다시 휴대전화가 부르르 진동한다.

"여보세요?"

− …….

"여보세요오?"

− 왜 이렇게 전화를 안 받지?

언제부터 날 알았다고 계속 반말이지?

"아, 자고 있었어요. 몸은 좀 괜찮으세요?"

− 퇴원했다며.

"네, 덕분에 감사히 집에 와 있답니다."

− 퇴원 내가 시킨 건 아닐 건데?

"어제 구해 주셔서 감사하다는 표현이었는데요."

− 흐음.

이 남자, 한마디로 정의할 수 없는 묘한 구석이 있다. 신비주의 연예인 같은 구석? 그래, 그런 거다.

− 근데. 집이라고?

"네."

집 말고 달리 갈 곳도 없는데.

− ……와.

"네?"

− 당장 병원으로 와.

"네에?"

오늘 퇴원했다는 사람에게 병원으로 오란다. 당연하고 단호한 말투에 기가 막힐 정도다.

"저기 지금 무슨 말씀 하시는 건지…….."

– 아파트 앞으로 차 보낼 테니까 타고 와. 할 말 있으니까.

"그 하실 말씀 전화로 하시면 안 될까요? 제가 오늘 퇴원해서요. 여보세요? 여보세요오?"

이런 씹! 전화가 끊겼다. 아무리 사지 멀쩡하고, 오장육부 틀어진 데 없이 온전한 사람이 병원 한 자리 차지하고 누워 있었어도 몇 시간 전까지 환자 소리 들었는데.

"얻다 대고 오라 가라야?"

창밖으로 눈송이가 휘날리기 시작한다. 소리 없이 내리던 눈발이 굵어지고 금세 쌓인다. 괜한 오기가 눈덩이처럼 불어난다.

병실 안에는 서정우를 비롯해 비서실장과 '지식이 많은 만큼 고지식함.'이라고 얼굴에 써 붙인 듯한 검은 슈트의 남자 셋이 더 있었다.

그들이 풍기는 위압감에 어깨가 움츠러들려고 해서 하루는 고개를 빳빳이 세우고 가슴을 펴 본다.

하루가 병실에 들어왔음에도 불구하고 서정우는 계속 태블릿 PC 화면에 집중하고 있다. 저 망할 태블릿을 집어 빼앗은 뒤 '왜 오라 가라야?' 소리치는 장면을 상상하며 조신하게 입을 연다.

"하실 말씀이⋯⋯."

고개가 먼저 움직인다. 그리고 검은 눈동자가 천천히 이끌리듯 나른하게 하루를 향한다. 얕게 쳐다보던 시선이 점점 깊어진다. 3초? 2초? 헤아리기 애매모호한 짧은 시간 동안 그는 하루를 가늠하듯 보았다.

"홍 실장?"

고갯짓만 까닥. 엘리베이터 앞에서 인사를 나누었던 것처럼 그가 고개를 까딱거리자 홍 실장이 목을 "흠흠." 가다듬으며 한 걸음 앞으로 나왔다.

이건 뭐, 관객석에 앉아 있다가 갑자기 잘 짜인 각본 안에 들어와 있는 기분이다.

"연하루 씨."

"네."

"이쪽은 사장님의 개인적인 용무 처리를 맡고 있는 법무팀입니다."

검은 옷을 입은 무리들 쪽으로 묵례를 건넨 하루는 '그래서요?' 하는 얼굴로 홍 실장을 바라보았다.

"사장님께서 어제 오후 연하루 씨를 구하느라 심신이 상당히 미약해지신 상태입니다."

홍 실장의 설명에 하루는 침대에 기대 있는 정우에게로 시선을 옮겼다. 퍽이나 미약하신 근육덩어리가 눈에 들어온다.

"지난 월요일, 서정우 사장님께서는 미국 동부 실리콘앨리 지역에 본사를 둔 유수의 사업체 세 곳과의 미팅을 위해 뉴욕으로 향하실 계획이었습니다. 이 사업체들은 뉴 미디어 콘텐츠 사업을 기반으로 한 회사들이며, 저명한 경제지인 비즈니스 인사이드에서 뽑은 유망한 기업 10위 안에도 안착한 회사들이기도 합니다."

남의 회사 사업 보고를 왜 들어야 하는지는 모르겠지만, 하루는 잠자코 홍 실장의 말에 귀를 기울였다. 이제 곧 본론이 나올 것 같은 분위기니까.

"아실지 모르겠지만, 그런 회사들과의 미팅을 잡기란 하늘에 있는 별을 따 오는 것보다 어렵고, 홍해를 가르는 기적을 행해야 하는 것이며, 로또에 세 번 연속 당첨되는 것과 맞먹고, 에, 또."

"아주 어려운 일이라는 말씀이시죠?"

"네, 그렇습니다. 그런데 그 잡기 힘든 미팅을, 연하루 씨를 구조하는 일로 SJW테크가 애석하게도 놓치고 말았습니다. 미팅 불발에 따른 경제적 피해 규모는……."

감히 상상할 수조차 없는 금액이 읊어지는 동안 하루는 괜히 숙연해져서 고개를 떨어뜨렸다.

"……죄송합니다."

"그래서 지금부터 연하루 씨께 저희가 미팅을 놓침으로써 입은 피해에 대한 손해배상을 요청드릴까 합니다."

발밑 세상이 꺼지고, 하늘이 무너지는 듯하다.

이건 꿈이야! 난 아직 낮잠에서 깨지 않은 거라고!

소리 없는 절규와 함께 하루의 얼굴이 일그러지기 시작했다.

"네?"

그러니까 그 유수의 사업체 어쩌고 하는 곳이랑 미팅이 물 건

너갔으니 책임을 지라는 뜻인 거다.

"제, 제가 어떻게 해야 할까요? 미팅 일정을 다시 잡아 와야 할까요?"

"흐음."

정우가 헛기침을 한 번 하자 홍 실장이 움찔한다. 뭔가 음흉하고 치졸하며 간사한 계략이 숨어 있는 듯 분위기가 음험하다.

"사장님께서는 모르는 사람을 곁에 두시는 걸 굉장히 꺼리십니다. 최고경영인이 가지고 있는 회사 내부 정보가 외부로 유출되거나 혹은 이를 위해 직간접적으로 접근해 오는 이들이 시시때때로 사장님을 노리기 때문이죠. 그래서 VIP병동에 간병인도 없이 계시는 거고요."

지금 나를 의심하는 거냐고 하루는 묻고 싶어졌다.

"연하루 씨를 의심하는 건 아닙니다."

"그럼, 요?"

갑자기 입안이 바싹 마른다. 안구도 건조해져서 하루는 본능적으로 눈을 빠르게 여러 번 깜빡거렸다.

"사장님께서 퇴원하실 때까지 연하루 씨께서 함께 있어 주셔야겠습니다."

내용을 다 전달했다 싶었는지 홍 실장과 법무팀은 병실 밖으로 우르르 나가 버렸다. 호텔 스위트룸은 가 본 적 없지만, 분명 이런 모습일 거다 싶은 병실 안에 하루와 정우 둘만 남았다.

홍 실장은 나가기 전에 잠은 병실 안쪽에 있는 보호자 대기실에서 자라는 말을 덧붙였다. 그러니까, 24시간 이 병실에 붙어 있으라는 뜻이다.

기가 막힐 노릇이다. 이 남자 똘기 도는 구석이 상당히 신박하다. 그리고 반짝반짝 빛나는 오피스텔에 발을 들여놓았던 그날의 기억이 불현듯 떠오른다.

생명의 은인이라는 구실로 간병을 요구해 왔는데, 그의 얼토당토않은 손해배상이 여기서 끝날 것인가. 아니면 중동으로 배타고 팔려 가는 처지가 될 것인가.

하루는 멀뚱히 정우를 쳐다보았다. 하지만 성장 배경 탓인지 위험에 적응하는 능력이 탁월한 하루는 이내 상냥한 목소리로 입을 연다. 어마무시한 배상액을 토해 낼 수는 없으니까.

"물 드릴까요?"

"아니."

"침대 각도는 편하세요?"

"어."

"환기 좀 시킬까요? 답답하지 않으세요?"

"아니."

"저, 그럼 여기 그냥 가만히 있을까요?"

뾰족한 물음에 태블릿PC를 두드리던 손길이 멈추고, 검은 눈동자가 하루를 더듬어 왔다.

기가 막힌 손해배상 청구 방식에 뒤틀렸던 심사가 그의 눈동자를 마주하자 사르륵 꼬리를 내린다. 그는 벽에 걸린 시계를 한번 흘끔거리더니 조용하고 낮은 목소리로 대답한다.

"전화 통화 좀 하게 잠깐 나가 봐."

"비서실장님이 24시간 병실 비우지 말라고 하셨는데요?"

되물음에 남자의 아랫입술이 비틀린다. 더 물어 봤자 좋은 소리 못 들을 게 뻔하다.

"그럼, 언제까지 돌아올까요?"

"30분 후."

VIP병동답게 복도는 쥐 죽은 듯이 조용했다. 어느 병실 앞에는 검은 옷을 입은 경호원이 네 명이나 지키고 서 있었다. 하루가 지나가자 괜히 동요하며 서로들 눈치를 봤다.

그러거나 말거나.

복도 끝까지 걸어 나온 하루는 휴대전화 화면을 두드려 시간을 확인했다. 저녁 7시, 중환자실 저녁 면회 시간이다. 30분 후에 돌아오라고 했으니 언니 얼굴 한 번 보고 오기에 충분하다.

중환자실 앞에 도착하자마자 간호사의 확인을 받고, 손을 소독한 뒤 일회용 위생복과 장갑을 착용하고 안으로 들어갔다.

들어서자마자 하루의 심장이 철렁 내려앉는다. 언니가 누워 있는 침상 바로 옆에 의료진이 빙 둘러서 있다. 슬픔을 참지 못한 격한 울음소리가 중환자실 안을 울린다.

"19시 06분 운명하셨습니다."

의사의 사망 선고와 함께 보호자 중 한 명이 바닥으로 주저앉아 버린다. 정신을 잃었는지 주변이 소란하다.

하루는 의료진이 서 있는 곳 반대편으로 돌아서 언니 곁으로 다가섰다.

"언니, 나 왔어. 놀랐지? 내가 옆에 있으니까 걱정 마."

가만히 언니의 손을 힘주어 잡았다. 움직임이 없는 언니의 마른 손은 차갑다. 비닐장갑을 낀 손이 야속하다. 보드라운 손으로 쓸어 주고 보듬어 주고 싶어서 가슴이 타들어 간다.

"오늘도 이렇게 언니 숨 쉬고 있는 모습 보여 줘서 고마워. 아, 맞다. 언니 그 만화책 이번 달에 26권 나온다더라. 진짜 징하지? 언니랑 같이 본 게 20권이었는데, 아직도 26권밖에 안 됐어. 내가 다음에 보고 꼭 줄거리 알려 줄게. 고구마 1백 개 먹은 답답한 호구 같은 여주지만 그래도 봐주자. 남주가 하드캐리 하잖아."

이제껏 그래 왔던 것처럼 언니와 소소한 일상을 나누듯 혼자 열심히 떠들어 댔다.

"이제 나 혼자 떠드는 거 너무 심심해. 언니 그만 일어날 때도 됐잖아? 얼른 눈 떠. 나 언니보다 먼저 시집가 버린다? 억울하지 않겠어? 동생이 먼저 시집가면?"

하루는 짧게 밀어 놓은 언니의 머리를 조심스럽게 쓰다듬었다. 까끌까끌한 느낌이 손끝에 전해지자 어김없이 눈물이 핑 돈다. 키스하고 싶은 머릿결이 있다면 언니 머릿결이라면서 장난을 주고받았던 게 엊그제 일처럼 생생하다.

"언니, 나랑 꼭 미용실 가자. 요즘 여신 머리라고 유행하는 머리가 있는데, 내가 최고 좋은 미용실 가서 언니 머리 해 줄게, 꼭! 알았지?"

눈물이 뚝 떨어질 것만 같아서 하루는 얼른 눈을 빠르게 깜빡거렸다.

"또 올게, 언니. 언니 숨소리만 들어도 나 힘 나, 알지?"

다음을 기약하며 하루는 언니의 손을 부드럽게 움켜잡았다.

VIP 병동으로 돌아오니 7시 40분이 넘어가 있었다. 30분 후에 오라고 했던 정우의 말이 떠올라 하루는 병실까지 냅다 뛰었다.

병실 문을 열고 들어가자 정우는 여전히 침대를 세우고 상체를 기댄 채 태블릿PC를 보고 있었다.

"늦어서 죄송합니다."

정우가 대답 없이 침대에서 벌떡 몸을 일으키는 바람에 하루는 화들짝 놀라 뒤로 한 걸음 물러섰다.

"먹자."

"네?"

이 남자 말이 심하게 짧다. 존댓말이 반말로 변한 건 놀랄 일도 아니었나 보다.

"뭘요?"

바보 같은 되물음에 그의 대답 대신 음식 냄새가 코를 찌른다.

그는 긴 다리로 성큼성큼 걸어서 소파에 자리를 잡고 앉았다. 도대체 저 남자는 왜 간병인이 필요한지 모르겠다.

"먹자고."

같이 먹자는 뜻인 걸 그제야 알아차린 하루는 얼른 그의 맞은편 소파에 앉았다. 소파 테이블 위에는 기가 막히게도 병실에서는 찾아보기 힘든 음식이 놓여 있었다.

대하구이.

홈쇼핑에서 냄새 없이 열로 익혀 먹는 거라며 광고하던 다이글 위에 새빨갛게 익은 커다란 새우가 놓여 있고, 각종 찬이 테이블 위를 가득 메우고 있다.

하루는 어이없이 터져 나오려는 헛웃음을 감추려 오른손을 들어 입을 틀어막았다.

님, 아픈 거 맞아요?

그는 아무렇지 않게 집게로 새우를 하나 집어 들더니, 뜨겁지도 않은지 열심히 껍질을 까기 시작했다. 그러고는 껍질을 발라낸 새우 한 마리를 하루의 앞 접시에 놓아 준다.

새우 한 번, 새우 까 준 남자 얼굴 한 번, 다시 다이글 한 번, 거기 있는 새우 집어 드는 남자 한 번. 번갈아 여러 번 시선을 옮겨 대자 남자가 대뜸 한 소리 한다.

"먹으라고."

이건 무슨 종류의 고문인가 싶다. 하루는 젓가락으로 탱글탱글한 새우 살을 집어 들었다. 싱싱한 대하구이는 하루가 없어서 못 먹는 음식이다. 언니가 첫 월급을 타서 사 준 음식이 바로 대하구이였다.

하루는 한입에 꿀꺽 새우를 집어삼켰다. 쫀득쫀득하고 야들야들한 새우 살이 감칠맛 난다. 그는 껍질을 잘 발라낸 새우 살을 또다시 하루의 접시 위에 올린다.

"제가 까서 먹을게요."

"먹어."

일종의 식고문인가?

"사장님은 안 드세요? 여기 혹시 독 같은 거 타신 건 아니죠?"

그의 얼굴은 미쳤냐고 묻는 듯하다. 그래, 미친 것 같다. 손해배상으로 간병하라는 남자도 미친 것 같고, 그 남자가 까 주는 새우 살 받아먹는 여자도 미친 것 같고, 여기 독이 들어 있는 건 아닐까 의심하는 여자도 역시 미친 것 같고.

"새우 알레르기 있어."

"새우 알레르기 있는데 저녁으로 무슨 대하구이를."

맷돌을 돌리고 싶은데 손잡이가 없다는 표정으로 남자를 쳐다보는데, 또다시 믿을 수 없는 대답이 이어진다.

"너 먹으라고."

이거 묘하게 감동적인데? 나 여기서 감동받으면 미친년 인증하는 걸까?

제멋대로 상상력을 동원해 보자면, 무려 오늘 퇴원 전까지 환자였던 여자의 몸보신을 위해 환자복을 입은 이 섹시한 남자가 새우 껍데기를 벗기고 있는 거다.

근데 왜. 이 남자가 뭐하러?

뭉게뭉게 피어올랐던 상상력을 접어놓고, 하루는 방글거리며 입을 연다.

"감사합니다. 전 새우 엄청 좋아해요. 없어서 못 먹어요."

"알아."

하루의 고개가 저절로 비스듬히 기울어진다.

내가 새우 좋아한다고 회사 옥상에서 소리친 기억이 있던가? 혹시 옆 회사 게시판에 신 엔지니어링 회계팀 직원 연하루는 새우 킬러랍니다! 하는 대자보라도 붙었던가?

"어떻게 아시는데요?"

"그냥 알아."

대답을 내뱉는 남자의 얼굴이 무척이나 진지하다. 마치 그의 얼굴은 '나에게는 관심법이 있고, 모든 사람의 마음을 다 꿰뚫어 볼 수 있지.' 하는 드라마 속 궁예를 떠오르게 한다.

아!

순간 하루는 깊은 깨달음을 얻었다는 듯 미간을 찌푸렸다. 홍실장은 어디가 정확히 아프다는 말을 하지 않고 "심신이 상당히 미약해진 상태입니다."라고 했었다.

신(身)이 아니라, 심(心)상한 거구나.

나 구하느라 미팅 놓친 것 때문에 스트레스 쌓여서 정신줄을 놓은 걸까?

갑자기 어깨가 무거워진다. 이제껏 누군가에게 해 끼치고 산 적 없는데, 멀쩡한 남자 정신을 놓게 만들다니……. 하루는 일그러진 얼굴을 애써 펴기 위해 노력했다.

"와, 신기하다. 또 나에 대해 뭘 알아요?"

하루가 방긋 웃으며 물었다.

불쌍한 사람, 젊은 나이에 큰 사업체를 운영하는 책임이 너무 막중했던 탓일까? 하루는 갑자기 앞에 앉은 남자가 가엾어지기 시작한다.

"차차 말해 줄게."

"오오! 뭐 대단한 거 아나 봐요?"

새우에 집중하고 있는 정우와 시선을 맞추기 위해 하루는 상체를 굽히며 눈을 치떴다. 정우는 힐끗 하루의 애교 섞인 얼굴을 보곤 이내 시선을 거두었다.

"먹으라고, 어서."

"알았어요. 잘 먹을게요."

아직 이 남자의 마음 어디가 어떻게 불편한지 모르겠지만 일단 비위는 맞춰 줘야겠다 싶어서 하루는 그가 까 주는 새우를 맛있게 먹어 치웠다. 이 남자가 원하는 건 새우를 맛있게 먹어 치워 주는 일 같으니까.

대하구이와 함께 저녁 식사를 하고 난 뒤 침대에 누운 그는 하루에게 읽어 달라며 책을 한 권 건넸다.

"어?"

책 제목을 확인한 하루의 두 눈이 휘둥그레졌다. 언니에게 줄거리를 알려 주기로 했던 만화책 27권이다. 한국에 아직 26권까지밖에 안 나왔는데?

"이, 이걸 어떻게?"

"읽으라고."

"네."

단호하게 읽으라는 말에 읽기는 한다만, 내용이 심히…… 야하다. 26권에 고등학교를 졸업한 남주와 여주가 처음 몸을 섞……는……구……나!

정우가 눈을 번쩍 뜨고 하루를 쳐다본다.

"누가 감상하랬어? 읽으랬지?"

아, 이 또라이. 신박한 또라이. 지금 19금 장면이 난무하고, 하읏! 앙! 앗! 아파! 처음이라 그래! 좀만 천천히! 너무 빨라! 이런 대사를 읊으라는 것인가!

내내 태블릿PC로 향해 있던 남자의 시선이 하루가 들고 있는 만화책으로 뚝 떨어진다. 그러다 눈이 마주쳤다. 흠칫, 저쪽에

110

서 당황한다. 이쪽도 당황스럽습니다만?

하필 펼쳐진 곳이 남주가 여주의 양다리를 어깨에 걸고 '흐 웃!' 신음하는 장면이다.

"읽지 마. 재미없어 보여."

"그럼 책 읽지 말고 다른 거 할까요?"

검은 눈동자가 하루를 꿰뚫듯 바라본다.

어머, 나 지금 뭐랬을까요……?

상당히 부적절한 질문을 내뱉은 것 같은 순간, 남자의 딱딱한 목소리가 이어진다.

"가서 자. 피곤해."

"네, 그럼."

하루는 만화책을 들고 조용히 자리에서 일어났다.

"안녕히 주무세요."

꾸벅 인사를 하고 병실 한쪽에 있는 보호자 대기실로 향했다.

하루의 방보다 조금 작은 보호자 대기실, 싱글 침대 하나가 덩그러니 자리하고 있었고, 세면이 가능한 작은 욕실이 달려 있었다.

하루는 작은 침대에 몸을 누였다. 24시간 병실에 붙어 있으라는 말에 기가 막혔던 것도 잠시, 괜히 미안한 마음이 들어서 가슴 한쪽이 답답하다.

한번 울기 시작하면 끝없이 서러워져서 눈물짓는 일은 되도록 피하는 하루인데, 갑작스럽게 눈가에 고인 눈물을 그냥 내버려 두고 싶다.

어린 나이에 쓰러진 언니도 가엽고, 저렇게 멀쩡한 남자가 정신줄을 놓은 것도 가엽고. 갑자기 눈물이 폭포수처럼 쏟아지기 시작한다. 하루는 이불을 뒤집어쓰고 한바탕 눈물을 쏟아 냈다.

내일부터는 정말 잘해 줘야지. 나 구해 준 사람인데 이 정도야 뭐.

이불 안에서 코를 훌쩍이는 소리가 끊임없이 새어 나왔다.

근데, 나 여기서 진짜 자야 해?

「안녕하세요, 후원자 아저씨. 저는 밑도 끝도 없이, 병원에서 봤다는 이유로 아저씨의 후원을 받게 된 연하루라고 해요.

먼저 저에게 베풀어 주신 모든 혜택에 대해 감사하다는 인사를 드리고 싶어요. 아저씨 덕분에 저는 달동네 월세방을 벗어나 번듯한 신축 오피스텔로 이사했어요. 익숙하지 않은 곳이어서 두렵기도 하지만, 워낙 예쁘게 꾸며 주셔서 아직도 꿈인지 생시인지 잘 모르겠어요.

지금 이메일도 아저씨가 보내 주신 최신형 노트북으로 보내고 있어요. (좀 전에 이 메일을 쓰려고 인터넷 창을 열었는데요, 속도가 예술입니다. 이게 ADSL보다 빠른 뭐라고 하던데…… 잘 모르겠지만, 이것도 감사드려요)

감사할 것투성인데, 저는 사실 좀 겁이 나요.

아저씨께서는 왜 저한테 이런 막대한 후원을 하시는 건지요. 저는 부모도 없고, 아픈 언니가 있는 상고 학생인데요. 아저씨가 보내 주신 과외 선생님이 열심히 가르친다고 한들 노벨상을 탈 만큼 훌륭한 인재가 될 가능성도 적고요.

사실 솔직히 말씀드리자면 왜 대학에 가야 하는지도 저는 의문입니다. 아픈 언니를 두고 캠퍼스 생활을 만끽하는 게 말이나 되는 소리인가요? 하루라도 빨리 돈을 벌어 저희 언니를 책임지는 게……저의 하나뿐인 바람인걸요.

요즘 날마다 자기 전에 비는 소원이 있어요. 눈을 감았다 뜨면 10년 후의 제가 되어 있는 거예요. 번듯한 직장에 다니고 있는 커리어 우먼이라고나 할까요. 모아 놓은 돈도 많고, 남부럽지 않게 살아가는 여자 어른요.

그리고 가끔 언니를 만나러 가면 잔소리를 듣는 거예요.

연하루, 너도 결혼해야지. 연애는 안 하니?

그런 잔소리를 하는 언니의 곁에는 '처제가 알아서 하게 둬!' 하고 제 편 들어 주는 아빠처럼 듬직한 형부가 있었으면 좋겠고 '이모, 시집가지 말고 나랑 살자.' 하고 조르는 토끼 같은 조카들도 있었으면 좋겠어요.

말도 안 되는 일이라고 비웃으셔도 어쩔 수 없어요. 저는 그저 이 시간이 빨리 지나갔으면 좋겠거든요.

어쨌든 이야기가 삼천포로 빠지기는 했는데 본론으로 돌아가자면, 대학에 가고 싶지 않아요. 분명하게 말씀드리고 싶은 건요, 후원을 해 주시는 건 정말 감사하지만 제 인생에 관한 결정은 제가 내리고 싶다는 거예요.

건방지다고 생각하실지 모르겠어요. 그럼 저에게 베풀어 주신 은혜를 다 거둬 간다고 하셔도 저는 할 말이 없겠죠. 만약 그러실 거라면 이미 지불해 주신 언니 병원비는 제가 할부로 갚을게요. 그리고 보내 주신 용돈에서 오늘 저녁 식사를 위해 쓴 4만 5천 원도 함께 갚을게요.

혼자 먹는 저녁, 오랜만에 저는 아주 비싼 음식을 먹었어요. 소고기라도 먹었나 생각하시겠지만, 횟집에 가서 대하구이를 먹고 왔어요. 언니가 취직하고 첫 월급을 탄 저녁, 둘이 처음으로 함께한 외식이 대하구이이었어요.

입사 환영 회식 때 먹어 보고 저를 꼭 데리고 오고 싶었다면서, 언니는 새우를 까서 전부 제 그릇 안에 넣어 주었어요. 그때를 떠올리며 저는 혼자 그 많은 새우를 다 먹었어요.

언니의 첫 월급날 저녁, 저는 우리의 모든 게 분명히 긍정적인 방향으로 바뀔 거라는 확신을 했었어요. 오늘 저녁, 저는 그날과 같은 생각을 했어요. 모든 게 분명히 긍정적인 방향으로 바뀔 거라는 확신요.

버릇없이 이야기해 놓고, 후원을 취소해도 어쩔 수 없다는 말씀을 드려 놓고, 부푼 확신에 차 있다니 우습죠.

사실 너무 감사해서 눈물이 나요. 아직도 꿈만 같아서 가슴이 뛰어요. 하지만 제발 제 삶은 제가 결정할 수 있게 도와주세요. 빨리 어른이 돼서 언니는 제가 돌보고 싶어요.

새 가구 냄새조차 좋은 이사 첫날.

연하루 올림」

이메일을 보낸 지 한 달이 지나도록 후원자에게서는 답이 없었다. 답이 있을지 없을지 모를 거라 했던 후원자 대리인의 말이 괜히 더 야속했다.

과외 선생님은 예정대로 오피스텔로 찾아왔고, 꾸역꾸역 공부를 해야만 했다. 하기 싫은 공부를 하려니 죽을 맛이었다.

생활비는 거의 들지 않았다. 도우미 아주머니께서 일주일에 두 번씩 오셔서 집 안 청소와 빨래, 음식을 해 주셨고 장 보는 것도 그분의 몫이었다. 물론 시장 보는 돈과 그분의 임금은 후원자가 지불했다.

잠자리에 들기 전, 버릇처럼 노트북 전원을 켜고 이메일에 접속했다.

"헉! 왔어!"

심장이 철렁 내려앉는다.

《안녕하세요, 후원자 아저씨》의 이메일에 대한 답장이 와 있었다.

《RE: 안녕하세요, 후원자 아저씨》

심장이 파르르 떨린다. 마우스를 움직이는 손도 달달달 떨려서 몇 번이고 스크롤을 움직인 끝에 이메일을 클릭할 수 있었다.

"헐! 이게 뭐야?"

하루는 눈을 여러 번 깜빡거리며 달랑 한 줄뿐인 이메일을 재차 확인했다.

「나 아저씨 아닌데?」

한 달을 꼬박 기다린 이메일의 대답이 겨우!

나 아저씨 아닌데?

하루는 답 메일을 작성하려고 회신 버튼을 꾹 눌렀다.

《RE: RE: 안녕하세요, 후원자 아저씨》

아저씨 아니라는 대답에 대한 일종의 반항 심리였을까, 제목에 선뜩하게 보이는 '아저씨'라는 단어를 가볍게 무시해 버린다.

「안녕하세요, 후원자 여사님.

제가 큰 실례를 범한 것 같아 죄송합니다.

심려 끼쳐 드렸다면 너그러이 용서해 주세요.

연하루 올림」

짧은 이메일을 전송하고 나서 하루는 아랫입술을 잘근잘근 씹으며 기다렸다. 그러자 10분도 채 되지 않아 회신이 들어왔다.

대한민국 만세! 인터넷 강국 코리아 만세!

인터넷 속도와 맞먹는 속도로 이메일을 클릭했다. 또 달랑 한 줄이다.

「누가 여자래?」

아저씨라고 했더니 아저씨가 아니란다. 여사님이라고 했더니 누가 여자라고 했느냐 묻는다.

"그럼 대체 뭔데?"

하루는 회신 버튼을 눌러 놓고, 깜빡거리는 커서를 한참 동안 노려보았다.

그냥 평범하게 후원자님이라고 시작했어야 했나 하는 후회가 밀려온다. 후원자의 목소리가 남자였다는 소리를 담임한테 들어서 아저씨라고 부른 거였는데.

후원자가 오빠……일 리는 없잖아? 그렇게 부르는 것도 이상하고.

하루는 고개를 숙이며 두 손으로 머리카락을 쥐어뜯었다.

"아, 뭐라고 부르지. ……물어보면 되잖아?"

고민은 그리 길지 않았다.

「안녕하세요, 연하루입니다.

그럼 제가 어떻게 불러야 할까요?

연하루 올림」

역시나 후원자에게서는 답변이 쉬이 오질 않았다. 꼬박 한 달을 더 기다린 하루는 자포자기한 심정으로 이메일 쓰는 것을 관두려 했다.

대학 입시를 1년 정도 앞둔 시점이었기에 설득할 시간은 충분해 보였다.

"안녕하세요, 선생님."

대학을 가지 않겠다고 결정했을지라도 오피스텔로 찾아오는 선생님들께는 꼬박꼬박 예의를 갖추었다. 이 사람들은 자신에게 주어진 일에 최선을 다할 뿐이니까, 대학 안 갈 거라고 무례하게 굴어서는 안 될 일이었다.

그들은 대부분이 여대생들이었고, 부모 없이 언니만 있다는 환경을 배려한 것인지 새벽과 비슷한 나이이기도 했다.

"쌤은 대학 다니는 게 좋아요?"

그중 가장 하루의 맘에 들었던 선생님은 수학 선생님이었다.

어느 날 그녀가 출출하다며 동네 분식점에서 떡볶이와 순대를 사 들고 온 적이 있었다.

떡볶이 양념이 다 되어 있는데도 불구하고 간장을 찍어 먹는 모습이 새벽과 닮아 있었다.

그 이후로 괜히 마음이 가고, 만날 때마다 기분이 좋았다.

"좋지. 하루는 대학 다니는 게 별로라는 것처럼 들리네?"

"그냥 빨리 돈 벌고 싶어서요."

"대학 다니면서 돈 버는 사람 많아. 나도 봐 봐. 너 가르치면서 돈 벌잖아."

하루의 사정을 다는 알지 못해도 어느 정도 알고 있다고는 들었다. 그런데 그녀는 그저 하루가 빨리 돈을 벌고 싶어 하는 것에 의미를 두고 있는 듯했다.

빙그레 웃는 수학 선생님의 얼굴에 하루는 괜히 심장이 동당거렸다.

"선생님 말고도 돈 버는 사람 많아요?"

"그럼. 아르바이트도 하고, 페이는 적지만 경력 쌓으려고 인턴십 하는 경우도 있고, 방학 때는 풀타임으로 일하는 사람들도 많고."

후원자가 대학을 마칠 때까지 학비와 용돈을 대 준다는 건, 아르바이트를 한 돈은 전부 하루의 몫이라는 뜻이었다. 게다가 후한 용돈을 주면서도 후원자가 여러모로 신경을 써 주는 덕분에 그 용돈에 손을 댈 일도 없었다.

용돈도 모으고 아르바이트비도 모아서 적금 들면, 나중에 언니 깨어났을 때 내 힘으로 방 한 칸 얻을 수 있으려나?

"쌤은 대학에서 무슨 공부 해요? 수학 교육?"

"아니, 회계학. 나도 너처럼 상고 나왔어. 중학교 때 사고 무지 쳤는데, 고등학교 가서 늦게 공부한 케이스야."

"아…… 그렇구나."

상고에서 4년제 대학을 가도 과외 선생님처럼 평범한 대학생으로 보이는구나.

갑자기 가슴이 뻐근할 정도로 두근거리기 시작한다. 대학은 완전히 다른 세계일 거다.

이제껏 경험해 보지 못한 미지의 세계이면서, 불쌍한 연하루, 여전히 원조 교제로 오해받고 있는 고등학생 연하루의 부정적 존재감을 숨길 수 있을 만큼 크고 넓은 세계.

과외를 마친 하루는 노트북 앞에 앉아서 오랜만에 이메일을 하나 써 내려갔다.

「안녕하세요, 연하루입니다.

오늘 결심했어요. 지난번 고민하던 그 대학 입시 말인데요. 대학에 가는 것도 나쁜 선택은 아닌 것 같아서요.

일단 제 고등학교 전공을 살려서 회계학과에 가고 싶어요. 알아보니까, 회계학과 나와서 안정적인 회사에 취업하면 꽤 괜찮다고 하더라고요.

지난번 이메일에서는 무례하게 굴어서 정말 죄송합니다. 그 이메일은 삭제해 주세요. 저도 제 기억 속에서 삭제할게요.

안전한 곳에 거처를 마련해 주신 것도, 좋은 선생님 보내 주시는 것도, 날마다 맛있는 반찬에 따뜻한 밥 먹을 수 있게 해 주신 것도, 섬유유연제 냄새 나는 깨끗한 교복 남방 입고 학교에 갈 수 있게 해 주신 것도, 더 이상 수업료 밀렸다며 담임에게 불려 가지 않게 해 주신 것도 감사합니다. 그리고 제가 상상도 못 했던 좋은 치료를 언니가 받을 수 있게 해 주신 것도요.

태어나서 처음으로 그런 생각을 해 봤어요. 이 정도면 나 되게 행복한 아이다.

누군가의 선택을 받은 아이다. 이런 생각을 할 수 있게 해 주셔서 감사합니다.

　연하루 드림」

이메일을 보내고 정확히 한 달째 되던 날, 후원자에게서 회신이 왔다.

「잘 생각했어. 공부 열심히 해.」

달랑 두 문장이었다. 그런데 심장이 두근두근, 콩닥콩닥 울린다.

이제껏 깨닫지 못했던 사실 하나가 불현듯 머릿속을 스치고 지난다. 나의 이야기를 들어 주는 누군가가 있다는 것. 누군가 나의 목소리에 귀를 기울이고 있다는 것.

가슴이 뭉클 차오른다. 바쁘신 분이라고 했으니 여러 통의 이메일을 보내어 귀찮게 하면 안 된다는 생각을 하면서도 하루는 또다시 이메일을 써 내려간다.

「안녕하세요, 후원자님. 연하루예요.

고3이 되었으면서 하라는 공부는 안 하고 이메일만 쓴다고 뭐라고 하지 말아 주세요. 음, 일종의 보고라고 생각해 주시면 어떨까요?

자, 저는 학생이니까 그럼 학업에 대한 보고부터 할게요. 저 진짜 열심히 공부하고 있답니다. 사실 후원자님 만나기 전까지 성적이 그렇게 썩 좋은 편은 아니었어요. 그래서 수시전형은 어려울 것 같고, 정시를 노려야 할 것 같아요.

얼마 전에 모의고사를 봤는데요. 성적이 많이 올랐어요. 목표로 하고 있는 대학에는 아직 못 미칠 수준이지만, 과외 선생님들 이야기 들어 보니까 한 달에 10점씩 올린다고 생각하래요. 그럼 11월엔 어느 학교든 너끈히 갈 수 있는 수준이 될 거라네요.

평생 살아오면서 희망이 눈에 보일 것처럼 이렇게 생생하게 느껴지는 경우는 처음이에요. 언제나 막연한 이야기들뿐이었어요. '우리도 잘되겠지. 잘될 거야.' 하는 식의 일종의 자기최면 수준이었죠.

그런데 뚜렷한 목표가 정해지고 나니까 하루하루가 보람차다는 생각마저 들어요.(하루가 하루를 보람차다고 생각합니다. 씨익!)

감사합니다. 물질적 후원보다 훨씬 더 감사하게 생각하고 있어요. 저에게 희망을 선물해 주신 거요. 종교는 없지만, 매일 후원자님이 행복한 하루를 보내게 해 달라고 기도해요.(하루가 후원자님의 행복한 하루를 기도합니다! 씨익!)

그럼, 오늘도 행복한 하루 보내세요.

연하루 드림」

"이게 다 뭐예요?"

어제의 대하구이가 우스울 정도다. 병실 안에 호텔 뷔페라도 옮겨 놓은 양 산해진미가 넘쳐 난다.

"아침을 잘 먹어야 해."

그는 여전히 짤뚝한 환자복을 입고 있다. 아파트 공동 현관에서 마주친 뒷모습이 뇌리에 오래도록 남을 만큼 슈트를 멋지게 소화해 내는 남자인데.

"최고급 명품 슈트만 입으시다가 병원에 입원했다는 이유로

기성 환자복 입는 거, 혹시 억울하단 생각 해 보셨어요?"

뭐 그딴 질문이 다 있느냐는 듯 정우의 미간이 구겨진다.

"아니, 환자복 팔다리가 너무 짧은 것 같아서요."

그는 자신의 팔목과 발목을 한번 내려다보더니 심각하게 물어 온다.

"이상해?"

"이상하지는 않은데요, 제가 사장님 몸이라면 되게 억울할 것 같거든요."

그는 골똘히 생각에 빠진 표정을 지었다가 하루에게 하얀 접시 하나를 집어 내민다.

"식사부터 해."

"네."

이 남자, 어제부터 먹는 거에 상당히 집착한다. 식사 안 하면 매라도 들 것 같은 표정이다. 하루는 커다란 접시에 온갖 샐러드, 갈비찜, 유린기, 초밥 등을 담고 국그릇에 바지락 된장국을 가득 담은 뒤 김이 모락모락 나는 잡곡밥도 밥공기에 꾹꾹 눌러 담았다.

어제 대하구이를 먹었던 테이블에 음식이 담긴 그릇을 늘어놓자 정우의 얼굴에 희미한 미소가 비친다. 일종의 푸드 포르노인가? 다른 사람이 음식 먹는 모습에서 위안과 쾌락을 얻는 사람인가?

"이것도 먹어."

정우가 내민 접시에는 하루가 고기에 정신이 팔려 챙기지 못한 밑반찬이 소담하게 담겨 있었다.

"잘 먹겠습니다."

이제껏 아침 식사는 커피 한 잔이 전부였다. 조금 일찍 깨면 플라스틱 용기에 시리얼을 싸 갖고 출근해서 탕비실 냉장고에 들어 있는 우유를 부어 먹는 게 최상의 아침 식사였다.

평소 아침을 잘 챙겨 먹지 않았음에도 불구하고 음식은 술술 목구멍으로 잘도 넘어간다. 어릴 때 배곯아 보면 음식 가리는 법도 모른다.

"잘 잤나?"

하루는 밥공기 반을 거의 비우다시피 했는데, 그는 음식에 손을 대기는커녕 숟가락 한 번 들지 않았다.

"네."

그는 고개를 끄덕거리며 그제야 숟가락을 들어서 된장국을 휘휘 젓는다.

월세 밀려서 쫓겨난 게 몇 번이더라. 잠자리 바뀌는 건 밥 먹는 것만큼이나 익숙한 하루다. 바뀐 잠자리에 개의해 꿀잠 못 잘 만큼 예민하지도 않다.

"식사 안 하세요?"

"입맛이 없네."

그는 물끄러미 하루가 먹는 모습을 바라본다. 남 먹는 거 쳐다보는 게 제일 추접스러운 짓이라는 우스갯소리도 못 할 만큼 진지한 눈빛이다.

밥그릇을 싹 비워 내자 또다시 정우의 얼굴에 미소가 어린다.

"간단히 회의 좀 해야 할 것 같으니까 산책이나 하고 와."

기가 막히게도 그가 잠시 자리를 비워 달라는 시간이 중환자실 아침 면회 시간과 겹친다. 이쯤 되면 손해배상 요구에 따른 부당한 노동력 착취에 대한 분노는커녕 감사한 마음이 들 정도다.

언니의 병실로 향하는 길, 환기를 위해 열어 두었는지 작게 열린 복도 창문을 통해 제법 상쾌한 공기가 들어온다. 병원에 올 때마다 늘 신경이 곤두섰는데, 오늘따라 뭔지 모를 여유마저 느껴진다.

수년간 언니를 지켜봐서 하루와도 안면을 트고 지내는 중환자실 간호사는 평일 아침 일찍 나타난 하루를 향해 의뭉스러운 목소리를 낸다.

"휴가예요?"

"네, 휴가예요."

'휴가기는 합니다만, 간병인으로 노동력 착취당하고 있어요.' 라고 말하기도 뭣하다. 그를 간병하면서 한 일이라고는 배불리 먹고 꿀잠 잔 거?

"언니, 나 또 왔어. 놀랐지? 평일 아침에 와서! 나 휴가야. 그래서 아침 일찍 들렀어."

하루는 언니가 다 알아들을 거라 굳게 믿고 있다. 그래서 단 한 번도 언니가 걱정할 만한 이야기를 한 적이 없었다. 지금도 마찬가지다.

"휴가라 맛있는 거 먹고, 푹 자고, 그리고 아침 일찍 언니 보러 온 거야. 우리 언니는 누워 있어도 이렇게 예쁘네."

그렇다고 지금 거짓말을 하고 있는 것도 아니다. 말 그대로 잘 먹고 푹 잤으니까.

하루는 언니의 얼굴을 한 번 쓸어내렸다. 언니는 어제와 다를 바 없이 평온한 얼굴이다. 마른 손도 여전하고, 차가운 온도도 여전하다. 그래도 살아 숨 쉬고 있다는 사실에 감사한 마음도 다를 바 없다.

다시 그의 병실로 돌아왔을 때, 너른 공간에 커피 향이 가득했다.

"이거 마셔."

사육당하면 이런 기분일까?

그가 내민 머그컵 안에는 라테 아트로 그려 넣은 앙증맞은 고양이 얼굴이 있었다.

"이걸 어떻게 마셔요?"

"왜? 뭐 들어갔어?"

침대에 몸을 기대고 앉아 있던 그가 벌떡 일어나 하루가 앉아 있는 곳으로 다가온다.

"너무 귀엽잖아요."

눈을 찡끗하자 그는 "난 또." 하며 침대로 돌아간다. 카페 라테를 호로록 마시는데, 집에 두고 온 녀석 생각에 가슴 한편이 불편해진다.

"저 집에 좀 다녀와야 할 것 같아요."

"집엔 왜?"

"갈아입을 옷도 필요하고요."

"사다 줄게."

"속옷도 사다 주실 거예요?"

"필요하면."

뾰족하게 내민 질문이 무색하리만큼 돌아온 대답이 당연하다. 잠시라도 떨어지는 게 불안하다는 듯 얼굴색은 창백하다.

"녀석 밥도 챙겨 줘야 하는데."

"연하루 씨!"

깜짝이야! 갑자기 소리를 버럭 지른다.

"왜 갑자기 소리를 지르고 그러세요?"

"그 녀석은 밥도 혼자 못 챙겨 먹나 보지?"

고양이가 아무리 요물이라고 한들 스스로 사료 챙겨 먹는 재주는 없더이다. 하루는 멍한 얼굴로 씩씩거리고 있는 남자를 올려다보며 대꾸했다.

"네. 출근하면서 아침이랑 점심 같이 챙겨 주고 나오고, 저녁 따로 주고요. 주말에는 간식도 챙겨 주는데요?"

입술이 심상치 않게 실룩대는 모습이 곧 욕지거리를 내뱉을 것만 같은 표정이다.

"같이 가."

"네? 환자가 어딜 같이 가요?"

"같이 가자면 가! 들어가 있어! 옷 갈아입게!"

바락바락 소리를 지르는 정우 때문에 혼이 빠진 하루는 얼른 보호자 대기실로 피해 버렸다. 그럴 사람 같지는 않지만, 한 대 칠 것 같은 분위기였다. 그의 눈동자에 어린 분노는 분명한 살의였다.

설마 저 사람, 진짜 막 연쇄살인범 같은 거 아닐까?

병원에 입원해 있는 동안에는 살인 사건이 일어나지 않는 건지. 옆집 여자를 관찰하다가 통통하게 살을 찌운 다음에, 느낌이 좋을 때 완충된 무선 전기톱을 꺼내서 쑤컹쑤컹! 토막 살인?

"으으. 말도 안 돼."

갑자기 온몸에 오스스 소름이 돋아난다.

똑똑똑!

순간 들려온 노크 소리에 하마터면 졸도해 버릴 뻔했다.

"나와."

"네!"

문밖에는 눈에 익은 검은색 트레이닝복을 입은 남자가 서 있었다.

"가자."

소오름! 하필 왜 저 옷이야?

"검은색 좋아하시나 봐요."

"내가? 아니!"

"근데 왜 검은색 옷만 입으세요?"

트레이닝복만 검은색인 게 아니었다. 그가 입은 슈트도 검은색이었고, 그의 차도 검은색이었고, 운동화, 구두, 휴대전화, 양말, 그가 가지고 있는 모든 게 다 검은색이었다.

차 내부 인테리어도 당연히 검은색 일색이다. 파란색과 빨간색 LED가 아니면 어떤 버튼이 어디에 있는지도 찾기 힘들 거다.

평소 운전기사 혹은 수행비서를 대동하는 것 같았는데, 그는 지금 스스로 운전대를 잡고 있다. 아파트 지하 주차장에 신경질적으로 주차를 마친 그는 "내려." 하고 차갑게 내뱉더니 운전석을 박차고 나갔다.

"대체 왜 저러는 건데?"

의아하지만 별수 없다. 되새김질하자면, 물어 줄 만한 돈도 없으니 마음이 아픈 남자의 장단에 맞춰 주며 참는 수밖에.

"잠깐만 기다려 주세요. 녀석 밥 금방 주고, 저 물건 좀 챙겨서 나올게요."

'녀석'이라는 단어에 알레르기라도 있는 사람처럼 그는 잔뜩 찌푸린 얼굴로 601호와 602호 사이에 섰다.

뒤에서 노려보고 있는 시선 때문에 손에 땀이 배어나서 그런지 도어록 지문 인식도 자꾸만 오류가 난다. 아, 진짜. 가지가지 하네.

마침내 경쾌한 도어록 해제음이 울려 퍼지자 하루는 안도의 한숨을 내쉬며 현관문을 열어젖혔다.

"냐앙!"

앙칼진 울음과 함께 녀석이 뛰쳐나왔다. 어젯밤 주인이 집에 들어오지 않았음에, 또 아침 사료가 늦었음에 시위하는 모양이다.

그런데 이 녀석이 평소답지 않게 날뛰기 시작한다.

"녀석!"

슬쩍 열린 현관문 틈새로 빠져나온 녀석이 갑자기 계단 위로 달리기 시작한다.

"녀석이 고양이였어?"

대답할 겨를이 없다.

"녀석, 거기 서!"

"냐앙!"

주인 목소리에 대꾸는 하면서 서지는 않는 녀석을 잡기 위해 하루는 헐레벌떡 계단을 올랐다.

숨이 턱까지 차올라서 보니 8층이다. 겨우 두 개 층을 뛰어 올라왔다고 기진맥진하고 있는데, 갑자기 검은 인영이 쏜살같이 계단을 오른다.

"이 녀석아, 주인이 부르면 서야지. 냅다 뛰면 써?"

저 위에서 상냥한 목소리가 들려오는가 싶더니 녀석이 "에옹." 하고 운다.

"잡으셨어요?"

"어."

헥헥거리며 묻는 말에 돌아온 짧은 대답이 여느 때와 달리 상냥하다. 그리고 이제껏 보지 못한 환한 미소를 머금은 남자가 녀석을 돌려주며 묻는다.

"녀석이 고양이였어?"

"그때 제가 화단에서 꼬시는 소리 들으셨다면서요. 제가 밥 굶고 다니는 이 녀석 구하려고 얼마나 고생했는데요. 그치, 녀석? 근데 고양이 아니면 강아지인 줄 아셨어요?"

"근데 이름이 녀석이야?"

"처음에 부르던 게 버릇이 돼서요. 근데 이 녀석, 다른 사람한테 잘 안 가는데 사장님한테는 순순히 잡혔네요?"

그의 얼굴에 걸린 미소가 진해진다.

계단을 뛰어오른 탓인지, 짜증내고 신경질 부리던 그가 갑자기 근사한 미소를 머금어서인지, 아니면 녀석을 구해다 준 고마움 때문인지 갑자기 그 미소에 심장이 두근거린다.

"얼른 녀석 밥 주고 짐 챙겨서 나올게요. 잠시만 기다리세요."

"됐어."

"네?"

"바로 퇴원할 거니까 집에 있어."

예고라도 해 주면 안 될까요? 어느 장단에 맞춰야 할지 감이 안 서는데요.

빙글거리는 미소가 즐거워 보인다.

"혹시 고양이 좋아하세요?"

조심스럽게 건넨 질문에 그는 은혜를 베푸는 성직자의 얼굴처럼 환한 미소를 지으며 답한다.

"좋아할까 해."

"그건 지금부터 좋아하신다는 말씀이신 거죠?"

우리 녀석이 꽤 예쁘게 생기기는 했지만 말입니다.

"뭐, 비슷해. 이따 점심은 나랑 먹고."

"퇴원도 한 마당에 굳이 점심을 같이 먹어야 할 이유가……."

"1박 2일 간병으로 다 털어 냈다고 생각하는 거야?"

질문을 던지는 목소리가 묘하게 들떠 있다.

이 남자, 뭔가 신난 것 같다. 혹시 고양이도 쑤컹쑤컹……?

하루는 녀석을 꼭 끌어안았다. 품 안에서 녀석이 골골거리며 하루의 통통한 가슴에 꾹꾹이를 시작한다. 앞발로 차례차례 가슴을 꾹꾹 누르는가 싶더니, 반가운 나머지 하루의 가슴 언저리를 슬쩍 깨물며 쭙쭙거린다.

녀석아, 언니 아프다.

녀석의 머리를 쓰다듬는 동작에 그의 시선이 녀석이 앞발에 머문다. 아닌가, 가슴인가?

"그 녀석, 수컷인가?"

왠지 모르겠지만 기분이 상당히 나쁘다는 말투다.

"아뇨, 암컷인데요."

잠시 굳어졌던 그의 얼굴이 풀어지는가 싶더니 말도 못하게 보람차다는 미소가 어린다.

"나 그럼 연하루 씨 생명의 은인일 뿐만 아니라 녀석도 구해 준 좋은 이웃이네?"

뭐 굳이 따지고 보면 그렇다.

"감사합니다."

하루는 고개를 숙여 감사 인사를 건넸다.

"그리고…… 다행이다. 내가 생각했던 것보다 훨씬 잘 살고 있어서."

그의 얼굴에 생전 처음 보는 아련한 미소가 어린다.

'그리고…… 다행이다. 내가 생각했던 것보다 훨씬 잘 살고 있어서.'

아무리 생각해도 도저히 무슨 뜻인지 감이 안 잡힌다. 이웃애가 무척이나 강한 사람일까?

집에 들어오자마자 녀석의 화장실을 청소하고 사료를 넉넉히 준 뒤, 온 집 안 창문을 다 열어 환기도 하고 청소기도 한번 돌렸더니 점심시간이 훌쩍 지나 있었다.

그리고 부재중 통화는 역시나 10통. 다시 걸려는데 누군가 초인종을 누른다. 안 봐도 알겠다. 옆집 남자겠지.

"네."

하루는 누구시냐는 물음도 없이 현관문을 열어젖혔다.

"누군 줄 알고 현관문을 막 열어?"

"같이 점심 먹자고 하셨는데, 제가 청소하느라 전화를 못 받았어요. 방금 전까지 전화가 울렸고요. 공동 현관에서 벨 누르지 않고 바로 현관에서 벨 누르는 거 보면 거주자일 가능성이 높잖아요. 종합해 보면 사장님이죠."

그는 빙그레 웃으며 "나와." 한다.

"어디 가요?"

"점심 먹자."

바쁘다고 그 난리를 치더니 이 남자, 꽤 한가한 인생을 사나 보다.

서울외곽순환도로를 빠져나와 열심히 달린 차는 남양주에 위치한 한옥집 돌담 옆에 있는 주차장에 멈춰 섰다. 아까 집 앞에 도착했을 때는 "내려!" 하고 찬바람이 불던 남자였는데.

"잠깐 기다려."

상냥한 목소리로 기다리란다. 보닛을 돌아온 남자는 조수석 문을 열어 주고는 멋쩍은 듯 서 있기만 한다. 이런 상황이 익숙지 않다는 듯 쑥스러운 얼굴이다.

"여기 어딘데요?"

"밥 먹는 데."

딱 보기에도 식당의 모습은 아니다.

잔디가 깔린 마당에는 새하얀 무명천이 널려 있고, 반들반들하게 닦아 놓은 장독은 올망졸망하다. 목련은 막 꽃망울을 터뜨릴 것처럼 보슬보슬하게 부풀었다.

마당을 가로질러 별당을 지나 둥근 문을 하나 더 지나니 살림집처럼 보이는 공간이 나타난다. 대청마루에 앉아 유기그릇을 닦고 있던 중년 여성이 두 사람을 발견하고는 화들짝 놀라 일어난다.

"밥 먹으러 왔어요."

식당이라고 해 놓고……. 식당이라면 당연히 밥 먹으러 오는 건데. 하루는 남자의 뒤에 서서 눈치를 살피며 잠자코 있었다.

"이쪽으로 들어와요."

안내를 받아 들어간 곳은 문풍지에 스며든 볕이 따사로운 방 안이었다. 가끔 머무는 사람이 있는 것처럼 방 안에는 전통 문양이 들어간 장식장과 좌식책상이 있고, 그 위에는 책 몇 권이 놓여 있다.

"금방 준비할 테니까 기다려요."

어머니뻘 되는 분의 존대에 하루는 고개를 꾸벅 숙이며 감사 인사를 하고는 정우에게로 시선을 옮겼다. 무슨 일인지 설명 좀 해 보라는 얼굴을 했지만, 그는 빠끔히 열린 창문 틈으로 마당을 응시할 뿐이다.

"집이 참 멋지네요."

"응."

싱거운 대답에 하루는 한숨을 집어삼켰다. 한참을 가만히 앉아 있던 그는 주머니 속에서 휴대전화를 꺼내 들더니 "잠깐 통화 좀." 하고는 밖으로 나가 버렸다.

방 안에 덩그러니 남겨져 있는데, 아까 뵀던 분과 다른 아주머니 한 분이 커다란 상을 들고 방으로 들어오신다.

하루는 얼른 일어나 상 귀퉁이를 잡으려 손을 뻗었다.

"아니, 괜찮아요. 그냥 있어요."

자애로운 미소를 짓는 아주머니의 말씀에 하루는 머쓱해진 손으로 머리카락을 귀 뒤로 한번 넘겼다.

"어디 갔어요?"

정우의 부재를 묻는 질문인 듯했다.

"잠깐 통화한다고 나갔어요."

"아……."

짧은 물음에 밴 담백한 말투와 또렷한 이목구비가 그와 많이 닮은 모습이다. 어딘지 모르게 세상과 이격된 모습도 정우와 비슷하다.

"나 정우 엄마."

이렇게 당황스러울 때가.

"정우가 말 안 하고 데려온 거죠?"

"네……."

조심스러운 대답에 여인은 소녀처럼 맑은 웃음을 터뜨린다. 해사한 미소에 황당함도 잊힌다.

"녀석도 참."

"저…… 감사히 잘 먹겠습니다."

눈을 가만가만 깜빡거리며 하루의 등을 한번 쓸어내린 여인은 아들이 돌아오기 전에 방을 나섰다. 통화를 마치고 돌아온 그의 얼굴에는 수심이 가득하다.

이 양반아, 그 수심은 내가 가득해야 하거든요? 어머니?

하루는 뾰족한 목소리를 냈다.

"밥 먹을 땐 편하게 먹죠?"

찌푸렸던 얼굴이 사르륵 풀어지더니 미소가 드리운다. 그가 얌전히 숟가락을 들어 올리는 모습을 바라보며 하루도 숟가락을 들었다.

식사를 마치고 나오는 길, 그는 들어올 때와 같은 서먹한 태도로 여인에게 인사를 건네고는 대문을 나섰다. 하루는 미소를 머금으며 예의를 갖춰 "잘 먹었습니다. 감사합니다." 인사하고 그의 뒤를 따랐다.

보통의 모자 관계는 아닌 듯 보이는 두 사람.

태생 탓인지 타인의 아픔에 공감하는 능력이 탁월했고, 그걸 아픔 있는 사람 앞에서 내비치지 않는 방법도 제법 잘 알고 있는 하루였다. 그런데 오늘따라 알은체하고 싶은 마음이 든다.

"어머님 음식 솜씨가 좋으시네요. 이런 집밥 얼마 만인지 모르겠네."

가슴이 조마조마하다. 깊은 사연까지 알지 못해도 좋으니, 이 남자가 마음 아픈 일 없었으면 좋겠다는 주제넘은 생각마저 든다.

"감사합니다. 덕분에 잘 먹었어요, 진짜."

말을 보냈는데도 그는 묵묵부답이다. 도대체 저 머릿속에 무슨 생각이 들어 있는 건지 알 수가 없다.

"보답이라도 하고 싶은데…… 나오기 전에 후식으로 과일 먹었으니까 제가 커피 살까요?"

점점 말이 늘어질수록 심장이 콩닥콩닥 뛰는 속도를 더해 간다.

"이런 정찬에 겨우 커피?"

내내 침묵을 유지하던 남자의 목소리가 이채롭다.

"커피는 좀 그렇죠? 그럼 딴 거 뭐요?"

"글쎄. 뭐가 좋을까. 입가심이 될 만한 거면 다 해 주겠다는 거야?"

"뭐, 후식 정도야 얼마든지."

바람 빠지는 웃음소리가 들려오자 아차 싶다. 은근히 쳐 놓은 거미줄에 목이 걸린 것처럼 기분이 께름칙하다.

비상등 버튼을 누른 그는 강변이 내려다보이는 갓길에 차를 세웠다. 운전석 차창 너머로 해가 뉘엿뉘엿 지고 있는 탓에 그의 얼굴에 그늘이 진다.

"여기 아무것도 없는데요?"

"있어."

그러니까 뭐가 있다는 건지 같이 좀 압시다.

갑자가 그의 얼굴이 성큼 다가온다.

"키스해 줄래?"

잘못 들었나 싶어서 되물어 본다.

"네?"

"키스해 줄 거냐고, 입가심거리면 다 된다며. 해 줄래, 말래?"

136

"미쳤어요?"

미쳤냐고 물은 게 아차 싶은 순간, 다가온 남자의 얼굴에 불편한 기색이 어린다.

"병원에서 자란다고 자질 않나. 내가 어딜 데려갈 줄 알고, 내가 누굴 만나게 할 줄 알고, 내가 뭘 먹일 줄 알고 넙죽 따라와? 연하루, 조심성이 너무 없는 거 아냐?"

"그쪽이 나 협박했잖아요! 손해배상이 어쩌고 하면서!"

"협박하면 다 해 줄 거야?"

어이가 없어서 말문이 턱 막혔다.

"누가 협박하면 다 해 준대요? 그쪽이 많이 안 좋아 보이고, 간병인 둘 수 없는 처지라고 해서 도와준 것뿐이거든요. 이웃 위하는 마음으로, 그리고 나 구해 주기도 했고!"

"그럼 이웃 위하는 마음으로, 구해 준 마음에 감사하면서 키스할 생각은 있나?"

"허! 저 그런 여자 아니거든요?"

"그럼 다행이고."

기가 막혀서 "참 나, 헛!"만 반복하고 있는데 차가 출발한다.

그럼 다행이고?

하필 이 남자는 왜 앞집에 사는 건지, 기분 나쁘다는 표시를 내며 쌩하니 사라지고 싶은데 집 앞까지 함께해야 했다.

"할 생각 있으면 알려 줘."

끝까지 곰살맞은 태도로 일관하는 남자에게 하루는 눈을 한 번 흘긴 뒤 집으로 들어왔다.

현관문에 기대선 하루는 가슴이 뻐근할 정도로 울려 대는 심장을 가만히 눌러 보았다. 기분 나쁜 티는 다 냈지만 가슴은 속절없이 두근거린다.

그냥 한번 해 볼 걸 그랬나?

미친 남자랑 같이 있었더니 급기야 미쳤나 보다.

— 하루 씨, 정말 미안한데. 회사 난리야. 나오면 안 될까? 아직 많이 힘들어?

"아뇨. 이제 괜찮아요. 나갈게요."

고기도 먹어 본 놈이 먹는 거고, 쉬는 것도 쉬어 본 놈이 하는 거다. 고등학교 때 이후로는 평생 아무것도 안 하고 지낸 날이 없었다. 휴가도 계획에 맞춰 잡은 뒤에 언니 병간호를 하거나 밀린 집안일을 하며 지냈었다.

예정에 없던 휴가가 생기고 나니 뭘 해야 할지 몰라서 저 남자한테 휘둘린 거다. 차라리 회사에 나가게 되어 바쁜 척을 하자 싶었다.

어제 키스가 어쩌고 한 이후로 손해배상에 대한 책임과 그에 대한 연민은 말끔히 잊기로 한다.

배 째라 그래. 나도 성희롱으로 신고해 버릴 거야!

현관을 나서는데 말끔한 슈트를 입은 남자가 현관문을 열고 나온다.

"어디 가?"

"……."

"몸은?"

갑작스럽게 걱정스러운 얼굴을 하는 남자 때문에 잠시 주춤한다.

그러는 그쪽은 정신 말짱합니까? 하고 되물을 수는 없으니 하루는 "괜찮아요." 하면서 엘리베이터 버튼을 누른다.

"출근해? 내 차 타고 가. 나도 나가는 길이니까."

"절대 싫거든요?"

"몸도 안 좋았는데 퇴원한 지 얼마나 됐다고 출근이야? 멀미도 심하게 하면서. 버스 탈 거 아니야?"

몸도 안 좋은데 누가 병원까지 불러냈더라?

근데.

"나 멀미 하는 건 어떻게 알았어요?"

"얘기했었어, 나한테."

"제가요?"

"어."

"언제요?"

"했었다고."

"기억 안 나는데요?"

며칠 동안 이 남자 때문에 정신없이 보냈더니 했던 말과 안 했던 말의 경계조차 희미해졌나 보다.

"어쨌든 아무 짓도 안 할 테니까 타고 가."

그는 막무가내로 하루가 누른 1층 버튼을 다시 눌러 취소해 버렸다.

"아니면 직원을 이렇게 혹사시키느냐고 신 엔지니어링 신흥백 사장한테 전화라도 할까? 맨파워 못 믿겠다는 핑계로 거래선 끊어 버리는 수도 있어?"

이 남자는 협상 테이블에서 협박에 도가 튼 남자다. 하루는 1층 버튼을 다시 누르며 대꾸한다.

"해 보시든지."

엘리베이터가 1층에 도착하자 정우가 하루의 앞을 막아선다. 열린 문 사이에 선 그는 휴대전화를 들고 보란 듯이 전화를 걸었다.

"네, 신 사장님."

하루의 두 눈이 커다랗게 뜨였다. 이 남자는 상식 안에서 사는 사람이 아닌 거다.

"네, 견적서 잘 받았습니다. 장비에 들어가는 로봇 암 센서 부분의 품질 보증 기간만 다시 협의했으면 합니다만."

신 사장의 이야기를 듣고 있는지 잠자코 있던 그가 입 모양으로 묻는다.

타고 갈 거지?

하루는 한숨을 내뱉으며 고개를 슬쩍 끄덕였다. 얼굴 볼 일도 많지 않은 일개 사원이 사장한테 불려 가서 옆 회사 사장이, 그것도 신 엔지니어링의 갑 중의 갑인 SJW테크에서 그쪽 직원이 어쩌고 떠들어 댔다고 하면 사직서를 프린트해야 할지도 모르니까.

"그럼 그 일은 만나서 상의하는 걸로 하시죠. 점심때 시간 괜찮으시면 뵙겠습니다."

통화를 마친 그는 엘리베이터 안으로 들어오며 빙그레 웃는다.

"진작 그럴 것이지."

운전하는 내내 뭐가 그리 만족스러운지 흡족한 표정을 짓고 있는 정우와 달리 하루는 찜찜한 얼굴로 차창 밖만 바라보았다.

"저 블록 입구에서 내려 주세요."

또 뭐라고 토를 달 줄 알았는데, 이번엔 순순히 차를 세운다.

"무슨 일 있으면 연락하고."

"저기!"

저기, 그쪽이랑 나랑 그렇게 의무적으로 연락을 주고받아야 하는 사이는 아니거든요!

이미 떠나 버린 차의 뒤꽁무니를 바라보며 하루는 입만 뻐끔거릴 뿐이다.

회사에 도착하니 다들 격한 환영의 인사와 함께 일거리를 던져 준다.

"하루 씨, 괜찮아? 나와도 되는 거야? 놀랐겠다. 미안한데 AR List 오늘 오전 중으로 좀 처리해 줘."

대답도 하기 전에 돌아서서 가는 부장의 뒷모습을 바라보는데, 낯익은 얼굴이 인상을 쓰며 걸어온다.

"왜 나왔어? 쉬라니까."

"아시면서 갈구지 마세요, 대리님."

하루는 부장이 건네고 간 D링 파일을 펼치며 승원을 향해 조그맣게 대꾸했다.

"이게 갈구는 걸로 들려? 걱정하는 거지."

"괜찮아요. 나올 만하니까 나온 거예요. 인사팀은 안 바빠요?"

"바빠. 바쁜데 내려왔잖아. 출근했다고 해서."

파티션 너머로 대화 소리가 들릴까 싶어서 하루는 입가로 검지를 가져가며 미간을 찌푸린다.

"저기, 대리님."

조심스럽게 떨리는 목소리의 주인공은 회계팀 의진이다.

"의진 씨, 왜?"

하루의 물음에 그녀는 "안녕하세요, 선배님. 나오셨어요?" 하더니 승원을 향해 묻는다.

"저 잠시 여쭤 볼 게 있어서요."

의진은 자리를 옮기자는 눈치였다.

"그럼, 오늘도 수고하세요."

먼저 일갈한 하루가 모니터로 시선을 옮기자 승원은 마뜩잖은 표정을 지었다가 의진을 향해 고개를 까닥거렸다. 두 사람이 자리를 뜨고 난 뒤, 당연한 순서처럼 기술영업지원팀 혜경이 하루를 찾았다.

"뭐야? 병문안 가려고 했더니 바로 퇴원했다고 하고. 나와도 괜찮은 거야?"

"어, 괜찮아."

괜찮다는 말에 혜경은 가볍게 눈을 한번 흘기더니 상체를 숙이며 팔꿈치로 하루의 옆구리를 쿡 찌른다.

"너 오 대리님이랑 뭐 있지?"

"있긴 뭐가 있어?"

대답해 놓고 보니 주말에 세 번 만나기로 했던 약속이 떠오른다.

"에이, 있으면서? 너어!"

"어우, 정신 사나워. 가, 나 바빠."

"야, 오 대리님, 너 쓰러졌다는 말 듣고 장난 아니었어. 완전 나라 잃은 얼굴이었다니까?"

하루가 회사 입구에서 쓰러졌다는 말을 들은 승원은 정신이 나간 사람처럼 보일 정도였기에, 혜경은 두 사람 사이에 그럴 만한 진전이 있었을 거라 여겼다.

"수고해, 그럼."

시치미를 뚝 떼며 바쁜 척하고 있는 하루에게 귀엽다는 듯 눈을 한번 가볍게 흘긴 혜경은 1층 복도 끝에 있는 탕비실로 향했다. 이놈의 커피 좀 끊어 보려는데, 마시지 않으면 정신을 차릴 수가 없다. 카페인이 들어가야 뇌가 깨어나는 구조가 되어 버렸나 보다.

머그잔 손잡이를 손에 걸고 빙그르르 돌리며 복도를 지나는데, 소회의실 안에서 웅얼거리는 소리가 들려온다.

"대리님, 그러지 마세요. 네?"

날카롭게 새어 나온 목소리는 의진이었다. 엿들으려고 한 것도 아니거니와, 듣고 싶지 않은 엥엥거리는 목소리여서 혜경이 눈살을 찌푸리며 돌아서려던 찰나였다.

"그래서, 그거 연하루한테 이야기해서 뭐 할 건데?"

뒤 이어 들려온 짜증 섞인 목소리의 주인공은 인사팀 오승원 대리다.

소회의실 안, 허리에 손을 얹은 승원이 삐딱한 시선으로 앞에 선 의진을 내려다보고 있다. 문이나 닫고 떠들 것이지, 온 회사에 소문 낼 작정인지 회의실 문이 빠끔히 열려 있던 탓에 마주 선 두 사람의 모습이 혜경의 시야에 들어오고야 말았다.

"그래서? 그거 연하루한테 이야기해서 뭐 할 건데?"

저 사람, 오승원 대리 맞아?

언제나 젠틀한 인상을 주는 사람이었다. 그런데 지금 그의 말투에서는 정나미 뚝뚝 떨어질 만큼 치가 떨리는 신경질이 묻어난다.

"하루 선배 상처받을 거예요. 먼저 말씀하시고……."

하루가 상처를 받아? 왜? 무슨 이야긴데, 대체?

엿듣는 게 썩 유쾌한 짓은 아니지만, 베프인 하루의 이름이 미묘한 상황에서 오르내리는 게 신경이 쓰인다. 아니, 신경이 쓰이다 못해 화가 난다.

"말을 해도 내가 해. 내가 하고 싶을 때 한다고."

"그럼 빨리 하세요."

"윤의진 씨. 그쪽이 나한테 이래라저래라 할 권리 있어, 지금?"

"없어요."

"그럼 가만히 있어! 참견하지 말고!"

"아니요! 저한테 그럴 권리 없는 거 아는데요. 그래서 저한테 막말하셔도 괜찮은데요! 하루 선배한테만큼은 그러지 마세요. 저 진짜…… 하루 선배 좋아요."

"그래, 나도 연하루 좋아해. 이제 됐지? 내가 알아서 해!"

"알아요. 그래서 제가 더 그러는 거잖아요."

"여기까지다. 더 하면 나 진짜 화낸다? 이 얘긴 다신 안 했으면 좋겠다."

발걸음 소리가 가까워 오자 혜경은 얼른 탕비실 안으로 몸을 숨겼다. 심장이 기분 나쁜 박자로 쿵쿵 울린다.

소회의실 안에서 훌쩍이는 울음소리가 들려오고, 한숨을 내쉬며 옆 계단으로 향하는 승원의 그림자가 탕비실 앞을 스치고 지난다.

이런 쌍! 둘이 뭐 하는 거야, 지금?

번듯한 사람이라 여기고 하루의 곁에서 승원을 응원하고 있었는데, 우연찮게 엿들은 내용은 치정에 가까웠다.

저 나이에 과거 없는 남자가 어디 있겠느냐마는 깨끗이 정리되지 않은, 그것도 같은 회사에서 여자를 바꿔 가며 만나는 남자는 곱게 봐 주기 힘들다. 또 이런 상황에서 과거 여자를 울리는 남자는 완전 최악이다.

오승원, 안 되겠네?

인생이 타이밍이라면 지금은 노선을 변경해야 할 시간이다.

탕 하고 족구공이 튀어 나가는 소리에 함성이 터져 나왔다. 하루 역시 응원석에 앉아서 룰도 제대로 숙지하지 못한 족구 경기를 응원하는 중이다. 그저 사람들이 소리를 지르면 함께 소리를 지르고, 박수를 치면 점수를 얻었나 보다 할 뿐이다.

오늘 정우가 신 사장과 점심을 함께한다고 하더니만, 퇴근 후에 클러스터 내 레포츠 센터에서 양 회사 간의 친선 족구 경기가 열렸다. 갑과 을이 친선을 도모하며 임하는 족구 경기라니, 정답기 그지없다.

"SJW 사장도 나왔다던데? 누구야?"

"야, 저긴 무슨 사장이 경기에 나와? 그러니까 여기 을이 이렇게 줄줄이 끌려와 있지."

"저기 저 머리 벗겨지고 배바지 입은 사람 아냐? 저 사람이 나이 제일 많아 보인다, 그치?"

"그런 것 같기도 하다."

등 뒤에서 타 팀 여직원 두 명이 죄 없는 옆 회사 아저씨를 씹어 댄다.

탕!

공이 바닥에 내리꽂히는 소리에 짐승 소리처럼 우렁찬 환호성이 들려온다. SJW테크의 누군가가 공격 포인트를 올렸나 보다.

"사장님, 대박!"

SJW 여직원들이 한목소리로 자기네 사장을 응원한다. 와, 직원들한테 저렇게 사랑받는 사장이 다 있다. 그런데도 정우는 얼음송곳을 벼려 놓은 듯 시크한 표정이다.

"저 회사는 완전 정치판인가 보다. 저러고 사장 응원하는 인간들 많은 거 보면."

하루는 뒤에서 타 팀 여직원들이 쑥덕거리는 소리를 들으며, 배바지 입은 아저씨에게 사장 자리 내준 진짜 사장 서정우를 바라본다.

평소와 같은 검은색 트레이닝복을 입은 그는 마치 블랙 재규어 같은 모습이다. 날렵한 몸짓과 날카로운 눈빛은 그의 먹잇감이 되고 싶은 환장할 환상마저 갖게 한다.

"연하루."

목소리를 낮춘 혜경의 부름에 하루는 목소리를 내지 않고 몸을 기울인다. 목소리가 비밀 얘기라도 할 듯 음산했다.

"그래서 저 회사에서 너 구하고 119 불러 준 사람이 누구야?"

이거, 대답해 주면 또 혜경에게 무언가 엄청난 이야기를 털어 놓아야 할 것 같아서 하루는 입술을 한 번 비틀었다.

"빨리 말해. 내가 연하루 구한 남자 누구냐고 소리치기 전에."

가만히 있는 사람 호구 잡는 것들이 나쁜 걸까, 아니면 당하는 사람이 맹한 걸까.

혜경의 성격상 절대로 그냥 물러설 리 없다. 일단은 침묵을 고수해 본다. 설마 진짜로 소리칠까 싶다.

"야, 연하루 너 쓰러졌을 때 말이야!"

이 기지배는 기차 화통을 회 쳐 먹었나? 목소리가 왜 이렇게 커? 순간 정우와 눈이 마주쳤다. 자연스럽게 시선을 돌리려고 했는데, 어색해졌다.

"그래서 연하루 너 그때 119 불렀다는……!"

하루는 얼른 혜경의 팔뚝을 끌어당기며 조용히 읊조렸다.

"좀, 그만 좀! 구혜경. 저기 저 검은 트레이닝복이다!"

"허어? 진짜? 저 검은 옷? 대박! 완전 대박!"

뒤에서 검은 트레이닝복 입은 남자가 제일 괜찮다고 떠들어 대는 타 팀 여직원을 의식했는지 혜경은 일부러 오버해서 떠들어 댔다.

"왜? 저 검은색 트레이닝복 입은 남자가 뭘 어쨌는데? 연하루 씨, 저 남자 알아?"

여직원들의 눈동자에 과한 관심이 어려 초롱초롱 빛난다.

"아니요, 몰라요."

하루는 얼른 고개를 내저으며 잠자코 있으라는 뜻으로 혜경의 허벅지를 꼭 움켜잡았다. 옆 회사 사장하고 엮인 게 소문나 봤자 좋을 게 하나도 없다.

"그래? 난 또 아는 사람인 줄 알았네."

"우리 경기 끝나고 말 걸어 볼까?"

"그럴까?"

뒤에 앉은 여직원들이 들뜬 목소리로 쉼 없이 떠들어 대는 동안 경기는 싱겁게 끝이 났다. 을의 입장에서 져 준 건지, 경기는 신 엔지니어링의 완패였다.

총무팀 직원들이 음료를 나눠 주는 가운데, 관중석에 앉아 있던 직원들이 우르르 코트 위로 내려갔다.

"오 대리, 수고 많았어! 아쉽게 졌네."

신 사장이 득점을 가장 많이 올린 오 대리를 향해 너털웃음을 터뜨린다.

"죄송합니다. 사장님. 이거 이겨야 하는지 져야 하는지 판단이 안 서서 경기에 집중 못 했습니다."

승원의 너스레에 신 사장은 더 크게 웃는다. 승원은 사장에게 묵례를 한 번 하고는, 총무부 직원이 건넨 복숭아 향 이온음료를 들고 하루가 서 있는 곳으로 다가갔다.

"수고하셨어요, 대리님."

"언제부터 봤어? 경기 6시 땡 치자마자 시작했는데, 그땐 관중석에 없던데?"

"6시 반쯤 왔어요."

"괜찮은 거야?"

"아무렇지도 않아요. 입원한 것부터가 오버였어요."

"이거 마셔."

"아니에요. 대리님 드세요. 전 딴 거 마시면 돼요."

"마셔. 음료수 동나고 물밖에 안 남았어."

"괜찮은데."

경기 뛴 사람이 관중석에 앉아 있던 사람에게 음료를 건네는 그림도 이상한데, 더 거절을 했다가는 옥신각신하는 우스운 모양이 될 것 같아서 손을 뻗어 캔 음료를 움켜잡았다.

"연하루 씨 복숭아 안 좋아해요. 알레르기 있어서."

요 며칠 익숙해진 목소리가 등 뒤에서 들려오자 긴장감에 목덜미가 바짝 올라붙는다.

"이건 그쪽 마시고, 연하루 씨는 이거 마셔요."

정우는 복숭아 음료를 낚아채서 승원에게 가볍게 던진 후 하루의 손에는 사과 주스를 쥐어 주었다.

"이거 좋아하는 거 맞지?"

확신에 찬 물음을 던진 남자는 여유로운 미소를 지으며 사라졌고, 하루는 손에 들린 꼬마 주스 병을 물끄러미 내려다보았다.

족구 경기가 끝나고 당연한 수순처럼 회식 자리가 이어졌다. 인당 회식 비용이 3만 원으로 규제되어 있어서 기껏해야 삼겹살에 소주를 들이켜는 게 전부였지만 오늘은 다르다.

"대박. 사장이 누군지는 모르겠지만 통 크다. 어떻게 족구 이겼다고 한우를 쏴?"

"회사에 캐시가 많대. SJW 사장 수완이 장난 아니라더라? 의료기기 다루다가 바이오 시밀러(Biosimilar, 복제 의약품) 사업까지 진출했잖아."

여직원들끼리 모여 앉았더니 하루와 혜경, 그리고 경기 때 뒤에 앉았던 타 팀 여직원 두 명이 한 테이블에 모이게 되었고, 뜨겁게 달궈진 불판에서 지글지글 소리를 내며 잘 익어 가는 고기만큼이나 SJW 사장에 관한 이야기도 무르익었다.

"우리 회사는 어디 합병된다더니 그 소문은 쏙 들어갔나 봐?"

"차라리 어디 합병돼서 퇴직금 왕창 받고 퇴사했으면 좋겠네. 우리 회사는 진짜 미래가 없다. 무슨 얘기 없어? 두 사람은 듣는 얘기 우리보다 많을 거 아냐?"

내내 입을 꾹 다물고 있던 하루와 혜경에게 갑자기 불똥이 튄다. 사장이 팀장 역할을 하는 기술영업 소속 혜경과, 회사 재무 자료를 다루는 회계팀의 하루가 앞에 앉은 CS(Customer Service)팀에 비해 내부 정보에 밝은 것은 사실이지만.

"저희도 잘 몰라요. 그런 건 임원급이나 알죠."

혜경이 심드렁히 대답하자 두 사람은 "그래. 그렇긴 하지, 또." 하며 금세 화제를 바꿔 간다.

"근데 아까 저 검은 트레이닝복이 하루 씨 알은척하던데?"

"아는 사이 아니라며, 뭐야?"

일단 시간을 끌기 위해 소주라도 한 잔 들이켜야 할 것 같아서 잔을 들었다.

"연하루 씨, 퇴원한 지 며칠이나 됐다고 소주야?"

너무 놀라서 하마터면 잔을 떨어뜨릴 뻔했다. 테이블 옆에 엄한 표정을 지은 채 검은 트레이닝복을 입은 남자가 서 있다.

"그래. 연하루 씨 퇴원한 지 얼마 안 됐는데 술은 좀 그렇다."

맞장구를 치는 여직원은 안중에도 없다는 듯 팔짱을 낀 그는 음산한 목소리로 읊조린다.

"기껏 구해 놨더니 또 쓰러지려고?"

빙글거리는 웃음이 걸린 얼굴에 소주를 확 들이붓고 싶다.

본인의 사회적 지위와 내 안위를 좀 지켜 주시죠?

그래요, 소문 확 나라고 합시다. 제가 시달리지, 사장님이 시달리시겠어요?

"어머! 우리 연하루 씨 구해 주신 분이시구나! 우리 하루 씨가 그렇게 몸이 약한 편은 아닌데 무리를 좀 했나 봐요. 아끼는 후배가 쓰러져서 내가 얼마나 걱정했는지 몰라요. 감사합니다. 술 한잔하시겠어요?"

고객 응대하는 솜씨가 수준급인 베테랑 CS직원답다. 소문에 의하면 사내 연애를 무려 세 번이나 했단다. 사내 커플을 지양하는 회사에서 몰래 연애한 것도 대단한데, 결과는 한결같이 남직원의 퇴사로 이어졌다고.

"그쪽이 어떻게 압니까?"

사근사근한 미소를 지으며 소주잔을 들고 있는 여자의 얼굴에 차가운 물음이 던져졌다.

"네?"

"연하루 씨 원래 몸이 약한지 안 약한지 그쪽이 어떻게 알아?"

팔짱을 끼고 내려다보는 모습이 위압적이기까지 하다. 분위기를 엿같이 몰아가는 재주가 참 가상하구나.

공기에 살얼음이 낀 것처럼 분위기가 얼어붙었다. 그런데 고압적인 태도에 굴하지 않고, 대꾸가 이어진다.

"우리 하루 씨 입사해서 한 번도 아픈 적 없어요. 아프다고 조퇴한 적도 없고, 지각한 적도 없고. 병가 낸 적도 없고. 독감 걸려서도 야근할 만큼 건강 체질인데요?"

대답을 한 건 저 여잔데, 한심하다는 눈빛은 하루를 향한다.

"그렇게 몸을 혹사하니까 갑자기 쓰러지지."

정우의 목소리에 안타까움이 어린다.

「감기에 걸렸어요. 화장실에 가는데도 어지러워서 벽을 짚고 갔어요. 오늘 아침에 아주머니께서 오셔서 열이 엄청 난다며 놀라시더라고요. 그냥 누워 있으면 나을 거라고 말씀드렸는데도 병원에도 데려가 주시고, 죽도 끓여 주셨어요. 겨우 감기인데 너무 호들갑을 떠는 건 아닌가 싶어서 죄송하기도 하고, 아플 때 누가 이렇게 챙겨 주는 건 처음이라 어색하기도 하고……. 암튼 그랬어요. 아프지 않다고 생각하면 정말 안 아픈 것 같거든요. 마음이 풀어졌나? 하는 생각도 들었어요. 아프면 누군가 와서 밥도 챙겨 주고 약도 챙겨 줄 거니까, 하는 생각에 아팠나 봐요.」

감기에 자주 걸리는 체질이다. 환절기만 되면 감기에 걸렸다는 이메일이 왔고, 병원에서는 편도가 크고 잘 부어서 열이 쉽게 오른다는 말을 했다고 오피스텔 가사 일을 돕던 아주머니께서 전해 주었었다.

「아플 땐요. 언니가 자꾸 생각나요. 제가 언니를 잘 돌보지 못하는 것 같아서 자꾸만 미안해져요. 저만 이렇게 멀쩡히 살고 있는 것도 너무 미안해요. 저 공부 시키겠다고 밤낮없이 일하다가 쓰러진 언닌데……. 저 요즘에는요, 공부 진짜 열심히 해요. 언니가 깨어나면 좋은 모습 보여 주고 싶어요. 우리 언니 일어나겠죠?」

그녀의 언니는 아직 사랑스러운 여인이 된 동생의 모습을 보지 못했다.

"어이구, 서 사장. 우리 연하루 씨 구해 줘서 내가 얼마나 고마운지 몰라요."

벌써 술기운이 거나한 신 사장이 우뚝 서 있는 정우의 곁으로 다가오며 너털웃음을 터뜨린다.

"우리 하루 씨가 얼마나 일을 잘하는지 몰라. 전부 퇴근한 회사에서 혼자 밤새워 가며 실사 자료 정리도 하는 직원이야."

정우는 하루를 똑바로 내려다보는 시선을 비키지 않았다.

「아무리 적응하려고 해도 익숙해지지 않는 일이 있다면, 밤에 자다가 깼는데 어두컴컴한 집에 혼자 있는 거예요. 언니가 야근을 하는 날이면 혼자 잠들기는 했어도 자다가 깨서 보면 등 뒤에 항상 언니가 자고 있었는데……. 언니의 숨소리를 들으며 "아, 우리 언니가 옆에 있었지." 하고 다시 눈을 감곤 했었어요. 시계 초침 소리만 들려오는 새벽녘, 언니의 숨소리가 듣고 싶어요.」

적막한 밤을 무서워한다. 나중에는 기계적 소음에 불과한 시계 초침 소리가 듣기 싫어서 건전지를 빼 버렸다는 내용의 이메일도 왔다.

"그럼 맛있게들 먹고, 서 사장은 나랑 한잔해야지."

신 사장이 임원진이 모여 앉은 자리로 정우를 끌고 간 뒤, 테이블 위에 잠시 정적이 흘렀다. 침묵을 깨뜨린 건 CS부 쪽이다.

"연하루 씨 구해 준 저 사람이 SJW 사장이야?"

소주잔을 들고 빙글거리던 여직원의 목소리가 지금은 제법 건조하다.

"네."

짧은 대답에 소주잔이 테이블과 부딪치는 소리가 들린다.

"그렇구나."

과했던 호기심이 금세 사그라진다. 현실적으로 서정우가 이 테이블에 앉은 누구와도 사적으로 얽히거나, 그보다 더 깊어질 수 없다는 결론이 암묵적으로 빠르게 내려진다.

"근데 저 남자는 왜 하루 씨한테 반말이야?"

"그냥 아랫사람 보듯이 하는 것 같아요."

"뭐 그럴 수도 있겠네."

수긍이 빠르다.

"저 잠깐."

하루는 화장실에 간다는 핑계로 자리에서 일어났다. 눈치 빠른 혜경이 얼른 하루의 뒤를 따른다.

"야."

팔짱을 껴 오는 혜경의 부름에 호기심이 가득하다.

"난 아닌 것 같아."

"뭐가 아닌 것 같아?"

"저 회사 사장, 널 아랫사람 보듯이 하는 게 아니라 자기 여자 보듯이 하던데?"

154

직설적인 성격만큼이나 표현이 거침없다.

"설마."

"사업 수완 좋고 추진력 훌륭하다던데, 대박. 완전 내 여자라고 표시 내는 것 같았다니까?"

"그런 거 아냐. 좀 사람이…… 뭐랄까……."

하루는 목소리를 낮추며 주위를 둘러본다.

"똘끼가 좀 있달까?"

진지한 얼굴의 하루를 마주한 혜경은 크게 웃음을 터뜨린다. 차마 정신 건강이 온전치 못하다는 말은 못 하겠어서 내뱉은 말에 혜경은 술기운이 올랐는지 눈물까지 찔끔 보이며 웃는다.

"암튼 내가 격하게 응원해 줄게. 너 혹시 저기 사모님 되면 친구 일자리 좀 보장해 줘, 알겠지?"

"그래! 내가 어디든 사모님 되면 네 일자리는 보장하마."

장단을 맞춰 가며 주거니 받거니 하는데, 화장실로 향하는 복도에서 승원과 딱 맞닥뜨렸다.

"연하루가 어디 사모님이 되는데? 내 일자리도 좀 보장해 줘?"

삐딱한 물음에 가시가 박혀 있다.

"농담이에요. 사모님은 무슨."

세 번은 만나자는 약속을 한 지 일주일도 되지 않았는데, 장난으로 한 말이라도 예의가 아닌 것 같아서 내뱉은 변명에 혜경은 이맛살을 구기며 진지한 목소리로 덧붙인다.

"나 장난한 거 아닌데? 진짜 그 남자 객관적으로 봐도 괜찮잖아. 너한테 관심도 있는 것 같고. 잘해 봐."

오늘 아침만 해도 승원의 편에 서서 잘해 보라고 난리였던 혜경이 갑자기 얼굴색을 달리해서 하루는 의아한 얼굴로 그녀를 바라본다. 질투심을 유발하려는 뉘앙스도 아니다.

분위기가 불편해지자 하루는 조용히 혜경을 나무란다.

"그러지 마, 왜 그래."

"내가 뭘."

승원은 혜경이 하는 말은 들은 체 만 체 하며 입을 연다.

"가자. 데려다줄게. 오늘 3차까지 갈 건가 봐. 사장님 많이 취하셨더라."

"오 대리님은 남아 계셔야죠. 인사팀이 이럴 때 직원들 고충도 듣고 그래야지, 자리 비우면 써요? 하루는 제가 데려다……."

"실례합니다."

옥신각신하는 틈에 어딘지 모르게 귀에 익은 목소리가 들려온다.

"아, 안녕하세요?"

등 뒤에 서 있던 남자를 발견한 하루는 고개를 꾸벅 숙여 인사를 건넨다.

"누구야?"

"나중에 이야기해 줄게."

혜경의 물음을 일갈하는 찰나, 남자는 정중히 고개를 숙이며 자신을 소개한다.

"안녕하십니까? SJW 대표 비서실 소속 홍준상입니다."

홍 실장은 혜경과 승원에게 차례로 명함을 건네고는 다시 하루를 향한다.

"사장님께서 모셔다 드리라고 하셨습니다. 가시죠."

"택시 타고 가도 되는데요."

"저는 반드시 모셔다 드리라는 전달을 받았을 뿐입니다. 퇴원한 지 얼마 되지 않으셔서 걱정된다는 말씀과 함께 댁에 도착하시면 전화 달라는 말씀도 전하라고 하셨습니다."

따지려면 자기 사장에게 가서 이야기하라는 듯 홍 실장의 태도가 단호하다. 신 사장 옆에 앉아 있는 정우에게 들어가 따질 수도, 그렇다고 승원과 혜경이 보는 앞에서 전화를 할 수도 없는 상황.

"혜경아, 내 가방 좀 갖다 줄래?"

"그래, 여기 있어."

혜경이 사라지고 나자 승원이 건조한 목소리를 낸다.

"SJW테크 서정우 사장님께 감사드려야겠네요. 타 회사 여직원 귀가까지 걱정해 주시고."

"사장님은 의미 없는 말과 행동은 절대 하시지 않습니다. 그렇게 시간을 허비할 여유도, 이유도 없으시고요."

홍 실장의 대답으로 분위기가 이상해졌다. 하루를 내려다보고 있는 승원의 눈빛은 설명을 원하고 있다.

"나중에 말씀드릴게요."

"뭔데? 뭐가 있는데 나중에 말을 해? 할 거면 여기서 해."

뜻하지 않게 어장 관리 비슷한 상황이 되어 버렸다. 승원을 달래자고 정우의 사생활을 가볍게 떠들 수는 없는 일이고, 그렇다고 승원을 이대로 두고 홍 실장을 따라 집으로 가는 것도 신경 쓰인다.

"우리 주말에 봐요, 대리님. 회사에서 드릴 말씀도 아니고, 그때 말씀드릴게요."

"주말?"

"네, 세 번 중에 한 번요."

알아들었다는 듯 그제야 딱딱하게 굳었던 얼굴이 풀어지기 시작한다.

"하루야, 여기 가방!"

"어, 고마워!"

혜경은 가방을 전해 주며 빙그레 웃고는 승원과 하루 사이를 가로막고 선다.

"가자, 얼른. 너 가는 거 보고 들어가게."

"그래, 너도 조심해서 들어가."

하루가 검은색 세단 뒷좌석에 오르자 혜경은 문까지 닫아 주며 손을 흔들어 주었다.

빨간 후미등이 멀어지자 등 뒤에서 나지막한 목소리가 들려온다.

"구혜경 씨, 잠깐 얘기 좀 하죠."

"저 대리님이랑 할 얘기 없는데요?"

"갑자기 나한테 왜 이렇게 까칠해요. 내가 뭐 밉보였어요?"

말 나온 김에 물어봐야겠다. 대체 한 팀 미혼 여직원 두 명을 놓고 뭐하고 있는 짓인지.

"대리님, 윤의진 씨랑 무슨 사이예요?"

"무슨 사이냐니, 그건 무슨 뜻이에요?"

"제가 엿들으려고 한 건 아닌데요, 아까 오전에 의진 씨랑 이

158

야기하는 거 들었어요. 하루가 알면 상처받는다는 두 사람만 알고 있는 일이 대체 뭐예요? 둘이 사귀다가 헤어졌어요? 근데 의진 씨가 매달리는 거예요?"

돌아가면 오해만 부풀리는 법이니까 속 시원히 물어보는 게 낫다는 생각에 혜경은 와다다다 질문을 쏟아 냈다.

승원이 어이없다는 듯 웃음을 한번 흘린다.

"왜 웃어요? 난 하나도 안 웃겨요. 그래서 오 대리님이 하루한테 그러는 거, 의진 씨가 뭐라고 하는 거죠?"

"아닌데요."

"그럼 뭔데요?"

"혜경 씨, 하루랑 친하다고 생각하죠?"

"그럼요. 걔 나만큼 친한 친구 없을걸요?"

"그럼 하루 씨가 일주일에 두세 번 이상 한국병원에 가는 이유, 알아요?"

처음 듣는 소리에 혜경의 얼굴이 구겨진다. 일주일에 두세 번 이상 가는 장소가 병원이라니.

"몰라요."

"그럼 그 이상은 나도 말해 줄 수 없어요. 하루가 원치 않아서 알리지 않은 것 같은데, 아무리 친구여도 내가 말하면 안 되겠죠?"

이래서 하루에게 승원을 밀어붙였던 거다. 믿음직한 구석이 몹시 인상적인 남자여서.

"혹시 하루…… 어디 아파요? 갑자기 쓰러진 것도 그렇고……."

"하루는 괜찮아요. 그건 걱정 말고."

"근데 대리님은 하루가 말 안 하는 걸 어떻게 알아요?"

"어떻게 알게 됐는지 말하기엔 너무 복잡하고. 나중에 기회가 되면 말할게요. 됐죠?"

고개를 끄덕이긴 했지만, 혜경은 여전히 마뜩잖은 표정이다.

승원이 다시 식당 안으로 들어간 뒤 혜경도 화장실에 들렀다가 다시 회식 자리에 합석했다. 처리해야 할 일이 남아 있어서 늦게 온 의진은 하루가 앉았던 자리에 앉아 있었다. 1차 자리는 거의 파하는 분위기였고, 다들 호프집으로 2차를 가자며 시끌벅적했다.

"저기, 의진 씨."

친구 위하는 마음과 궁금한 건 그때그때 풀고 넘어가야 하는 성격과 의진을 의심했던 미안함에 술기운이 중첩되어 입이 쉽게 떨어진다.

"잠깐 나랑 얘기 좀 할래?"

"네, 그러세요."

호프집으로 향하는 무리에서 빠져나온 두 사람은 근처 커피숍에 마주 앉았다.

"무슨 일 있으세요?"

의진의 조심스러운 물음에 혜경은 뜨끈한 아메리카노를 한 모금 들이켠다.

"있잖아, 의진 씨. 내가 물어볼 게 있는데."

"네, 말씀하세요."

"나 돌려 말하는 거 못하니까 그냥 얘기할게. 너무 기분 나쁘게 생각하지 마. 오 대리님이 하루 마음에 두고 있는 거 같아서 난 두 사람 잘됐으면 좋겠거든. 근데 오늘 아침에 오 대리님이랑 의진 씨랑 이야기하는 거, 탕비실 가다가 들었어. 하루가 상처받는다는 얘기. 뭐야, 그게?"

너무 대놓고 물어봤나 하는 후회도 들었지만, 이런 일은 돌아가면 더 꼬이는 법이다. 혜경은 당혹스러운 얼굴을 하고 있는 의진을 말끄러미 바라보았다.

"그게 좀 복잡한데요."

"아, 왜 의진 씨나 오 대리님이나 복잡하다는 말만 할까? 결론부터 말해 봐."

"저는 오 대리님이 하루 선배한테 안 그러셨으면 좋겠어요."

"그러니까 왜? 내가 보기엔 오 대리님 너무 괜찮은 사람인데."

"오 대리님 괜찮은 사람인 거, 저도 아는데요. 그 집은 안 괜찮아요."

"왜? 오 대리님이 한국병원장 아들이라?"

"어? 선배님 어떻게 아셨어요?"

"구남친이 그 병원에 근무했어. 우연히 알게 됐고. 근데 그게 왜?"

"저희 친오빠가 거기서 근무하는데요. 나중에는 결국 오 대리님이 병원 경영 물려받을 거래요. 며느릿감도 고르고 골라서 받을 거라고, 오 대리님 집에서 난리도 아니라고 들었어요."

"그래서 의진 씨 생각에는 만약에 잘돼서 결혼까지 한다 쳐도 하루가 고생할 게 뻔하니까 말리고 싶다?"

"네."

"일리는 있네."

"그리고요…….."

"그리고 뭐?"

"이건 말씀드리면 안 될 것 같은데……. 하루 선배한테는 모른 척해 주세요."

"뭔데? 안 될 것 같고 모른 척해야 하는 일이면 아예 말을 말든지."

"오빠 갈아입을 옷 갖다 주려고 병원에 갔다가, 하루 선배를 만났어요."

하루가 일주일에 두세 번은 한국병원에 간다는 이야기를 했던 승원의 목소리가 머릿속을 울려서 혜경은 지그시 눈을 한 번 감았다가 떴다.

"하루 어디 아프니?"

"아뇨. 하루 선배가 아픈 게 아니고요."

"그럼? 뜸 들이지 말고 시원하게 좀 말해 봐 봐, 이왕 입 연 거."

"하루 선배 언니분이 중환자실에 계세요. 부모님 안 계신 건 아세요?"

"어, 그건 대충 들었는데…….."

언니에 대해서 하루는 입도 뻥긋한 적 없었다. 어릴 적부터 혼자 지내 왔지만, 구김살 없는 하루의 모습에 유복하게 자랐을 거라 여겼었다.

"꽤 오래 아프신 것 같았어요. 그래서 하루 선배가 언니분 병간호 중이시고요. 오 대리님도 여차저차해서 알게 되신 것 같아요."

연하루, 그래서 연애도 안 하고 오 대리님한테 튕기는 거였어? 대학 때 그 첫사랑 선배도 바보같이 놓치더니.

"의진 씨가 하루 위하는 마음 이해는 해. 그런데 이건 두 사람이 결정할 문제 아닐까? 사실 당장에 하루가 오 대리님 좋다고 방방 뛰는 것도 아니고, 오히려 오 대리님이 목매고 있는 거니까."

"그래서 더 걱정이에요. 아무리 사랑해서 결혼한다고 해도 시간이 지나고 사랑이 식으면 현실적인 문제에 부딪치게 되는 거잖아요. 시댁이 장난 아니에요. 근데 남편 사랑은 식었어요. 든든한 친정도 없어요. 그럼 어떡해요?"

"하아, 머리 아프네. 진짜."

"제가 복잡하다고 말씀드렸잖아요."

"그래서 의진 씨는 계속 오 대리님 뜯어말릴 생각이야?"

"가능하면요."

승원을 마음에 두고 하루를 질투하는 줄 알았더니 선배 사랑이 하늘을 찔러서, 정작 당사자들은 진전도 없는데 시댁이니 친정이니 하는 걱정을 싸안고 있는 의진이다.

"의진 씨."

"네."

"선배 위하는 마음은 예쁘네. 하루가 그렇게 좋아?"

"저 사실요. 입사해서 실수 엄청 많이 했어요. 거래처에 입금 두 번 한 적도 있고요. 지출결의서랑 같이 올라온 영수증 한 달치를 파쇄기에 갈아 버린 적도 있고요. 팀 밖으로 새어 나가면 안 되는 이메일을 타 팀장님한테 보낸 적도 있고요."

"많이도 해 드셨네요."

"입금 두 번 한 거 하루 선배가 다 처리해 줬고요. 영수증도 법인카드사와 업체에 전화하셔서 일일이 다 다시 받아 주셨고요. 누군지 말씀드릴 수는 없지만, 그 팀장님께 가서도 하루 선배가 대신 혼나고 오셨어요. 그래도 신입 사원 때는 실수하는 거라고, 주눅 들면 실수 더 많이 하게 되고, 일도 못 배우니까 힘내라고 해 주셨고."

의진이 울먹이자 혜경은 테이블에 아무렇게나 놓여 있던 티슈를 집어 주었다.

"저는 하루 선배 그런 포용력이 정말 좋아요. 누구든 하루 선배하고는 잘 지내잖아요. 근데 그게 다 하루 선배가 그만큼 희생해서 그런 거잖아요. 그래서요……."

"그래서?"

"그래서 오 대리님은 안 돼요. 오 대리님은 진지하게 만나실 생각이래요. 먼 미래도 내다볼 만큼 진지하대요. 저 그냥 편하게 말씀드려도 되죠?"

"그래라."

"원장 사모님 성격이 정말 보통이 아니라고 했어요. 누군지 며느리 될 사람 정말 불쌍하다고 간호사들이 수군거린대요. 만약에 하루 선배가 오 대리님이랑 결혼하면 시달릴 게 뻔한데, 그럼 하루 선배는 또 웃는 얼굴로 다 참을 거예요. 회사에서도, 언니 병간호도, 혼자서 힘든 일은 다 참고 사는 선밴데……. 사랑은요, 사랑만큼은요. 결혼만큼은 선배가 정말 기댈 수 있고, 선배를 마냥 예뻐해 줄 수 있는 분이랑 했으면 해요."

혜경은 대답 없이 고개만 가만히 끄덕거리다가 한숨을 한 번 내쉬고는 입을 열었다.

"근데 우리가 당사자들도 아닌데 이런 이야기 해서 뭐하냐? 뭐 대안이 있는 것도 아니고."

"그래서 말인데요, 저희 오빠 진짜 괜찮거든요! 신경외과 레지 4년 차고요. 되게 착해요. 저는 정말 착한 시누이 할 수 있어요!"

헛웃음이 픽 튀어나온다.

"넌 하루가 그렇게 좋니?"

"좋아요. 하루 선배 같은 언니 있으면 좋겠어요. 그러니까 새 언니 하면 되죠."

"나는 어때?"

"……솔직히 말해도 화 안 내실 거죠?"

"어."

"선배님은…… 너무 세요."

화 안 내기로 했으니 안 내겠다만, 너무 솔직한 대답에 어이가 없어서 얼굴이 구겨진다.

"늦었다. 가자, 그만."

혜경은 오빠에 대해 끊임없이 떠들어 대는 의진을 데리고 커피숍을 빠져나왔다. 찬바람이 휭 불어오자 어설프게 마신 술이 깨려는지 머리가 띵 울린다.

연하루, 나쁜 계집애. 우리가 친구로 지낸 세월이 얼만데, 나한테 언니 얘기는 입도 뻥긋 안 하고.

의진을 돌려보낸 뒤 혜경은 짠한 친구 목소리가 듣고 싶어서 휴대전화를 만지작거렸다.

"우리 참한 연하루. 기특한 연하루. 예쁜 연하루는 집에 잘 도 착했나?"

도로 위에 점점이 줄을 잇는 빨간 후미등을 바라보며 혜경은 하루가 타고 간 검은색 차를 떠올렸다.

혜경이 떠올린 문제의 검은색 차 안, 적막함이 어색해 숨을 내쉬는 것조차 조심스러워져서 하루는 가슴이 갑갑해지는 것만 같다.

"연하루 씨."

"네, 홍 실장님."

"다른 회사 분이신데 직함 붙여서 불러 주시니까 이상하네요."

"그렇다고 제가 '준상 씨.' 하고 이름 부를 수는 없잖아요."

"하루 씨가 저를 '준상 씨.' 하고 부르시면 사장님이 화 많이 내실 것 같은데요."

룸미러를 통해 운전대를 잡은 홍 실장과 눈이 마주치자 하루 는 빙그레 미소를 머금었다.

"근데 사장님은 이제 괜찮으신 거예요? 갑자기 퇴원하신 것 같아서요."

"사장님 아프신 곳 없었어요. 무턱대고 입원하실 수는 없으셔 서, 그날 미뤄 두셨던 검진 몇 개 받으셨어요."

"네? 아파서 입원하셨다고 홍 실장님이 그러셨잖아요."

"하루 씨가 병원에 계셔서 그러신 겁니다."

룸미러를 통해 보이는 홍 실장의 미소가 짙어진다.

"그게 무슨 말씀이세요?"

"앞으로 준상 씨라고 편하게 부르시면 말씀드리고요."

"그러죠 뭐, 준상 씨. 어려울 거 있나요?"

괜히 민망해서 유쾌한 웃음을 터뜨리자 운전석에서도 듣기 좋은 웃음소리가 들려온다.

"아까 말씀드렸던 것처럼, 사장님…… 의미 없는 말이나 행동은 삼가시는 분입니다."

"그럼 어떤 의미가 있는 건데요?"

"그건 사장님께서 말씀하시겠죠. 그런데요, 연하루 씨."

"네."

"아마…… 쉽게 말씀하시기는 어려운 것 같습니다."

"그 이유, 여쭤 봐도 말씀 안 해 주실 거죠?"

"당연하죠."

어느새 차는 아파트 공동 현관 앞에 다다라 있다.

"감사합니다, 조심히 가세요."

"네, 하루 씨도 조심히 들어가세요. 들어가시면 사장님께 전화드리는 거 잊지 마시고요. 안 하시면 저 사장님께 혼납니다."

처음 손해배상이니 어쩌니 하며 협박 아닌 협박을 해 올 때는 영 질이 안 좋은 사람인가 했는데, 지금 보니 서정우 사장보다는 비교적 인간적인 면이 있는 듯하다.

홀로 공동 현관을 지나 엘리베이터에 오르는데 괜히 허전한 생각이 든다. 늘 따라붙던 블랙 마스크가 없어서 그런가.

전화를 해야 하나 말아야 하나 하는 고민이 무색하게 하루는 현관문을 열자마자 정우에게 전화를 걸었다.

ㅡ 도착했어?

"네, 방금 들어왔어요. 신경 써 주셔서 감사합니다."

– 그래. 그럼 쉬어.

짧은 대구와 함께 전화가 뚝 끊겼다. 아직 회식 자리인지 수화기 너머가 시끌벅적했다.

"뭘 기대한 거야, 연하루."

허전하고 안달이 날 것만 같은 생경한 기분에 심장이 두근두근 울리기까지 한다. 홍 실장이 정우에게 전화하라고 한 순간부터 기대했나 보다. 어떤 목소리로 무슨 이야기를 나눌지.

그런데 기대에 미치지 못하는 짧은 대화는 이상하게 허탈한 조바심만 안겨 주었다.

연하루, 정신 차려. 언감생심, 말이 돼?

설마…… 어쩌면…….

서정우가 그 사람이라면, 그 사람의 관심과 나의 조바심이 설명될까?

「안녕하세요, 후원자님. 연하루예요.

입시에 시달리느라 한동안 이메일 쓸 시간이 없었어요. 소식 전하라고 강요하신 적도 없는데 감사하다는 표현을 게을리하고 있는 것 같아서 죄송한 마음이 들어요.

여러 번 이메일을 쓰려고 했는데, 쓰다가 지우기를 반복했어요. 좋은 소식을 가지고 후원자님을 기쁘게 해 드리고 싶은데, 지금껏 그럴 만한 일이 없었거든요. 멀리 떨어진 부모님께 소식을 전할 때 마음이 이럴까요? 아무튼 그런 제가 오늘 이메일을 쓴다는 건 좋은 소식이 있기 때문이라는 거, 눈치채셨나요?

오늘 대학 합격자 발표가 났어요. 저 합격하다 못해 4년 전액 장학금 받아요. 꺄룩! 물론 일정 성적을 유지해야 하지만요. 제 대학 학비는 걱정 안 하셔도 된답니다!

그런데 조금 서글퍼요. 후원자님이 돈 안 쓰게 돼서 서글픈 게 아니니까 이상한 오해 마시고요. 언니가 깨어 있었다면 아마 외식하자고 난리를 쳤겠죠. 만약 제가 부모님이 계신 아주 평범한 가정에서 자랐다면, 오늘 저희 부모님은 친척들한테 자랑 전화 하시느라 목소리가 쉬었겠죠?

오피스텔이 너무 조용해요. 1년 넘게 여기 오시는 도우미 아주머니께 4년 장학금 받는다는 소식을 전했는데, 괜히 말한 것 같아요. 도우미 아주머니 아들은 이번에 대학 입시를 망쳤대요. 제 기분에만 들떠서 아주머니 기분을 언짢게 해 드린 것 같아서, 제가 너무 이기적인 아이인 것 같아서 조금 속상했어요.

저 칭찬해 주실 거죠? 잘했다고 말씀해 주실 거죠? 조금 전까지만 해도 엄청 우울했는데, 이메일 쓰고 나니까 기분이 조금 나아진 것 같아요.

후원 감사합니다. 답장 주지 않으셔도, 제 이야기 들어 주시는 것만으로도 정말 감사합니다.

날씨가 계속 춥네요. 건강 유의하세요.

스무 살이 된 연하루 드림」

환경은 사람을 놀랍도록 변화시킨다는 사실을 몸소 체험하고 있는 하루다. 열여덟, 후원자의 도움을 처음 받았을 때만 해도 삐딱한 시선을 갖고 있었다.

날마다 잠자리를 걱정해야 하고, 끼니때 배곯는 게 일상이 되었던 삶에서 벗어나고 나니 삐딱한 시선으로 세상을 바라보던 자신이 부끄럽기까지 했다.

나중에 언니 깨어나고, 사회에 나가면 나도 어려운 사람 돕고 살아야지. 생면부지의 사람을 돕는 후원자에 대한 경외심마저 생겨났다.

대체 어떤 사람일까? 어떤 삶을 살면 이렇게 모르는 이를 선뜻 도울 수 있는 걸까? 궁금증은 시간이 갈수록 커졌다

「안녕하세요, 연하루예요.

말씀드리기 부끄럽지만, 오늘 대학 동아리에서 봉사활동을 하고 왔어요. 어려운 일은 아니었고요. 대학생 한 명당 중고생 다섯 명을 맡아서 산행하는 거였어요. 일종의 대학생 멘토링 프로그램 같은 거였는데요. 도움을 주려고 간 자리에서 제가 더 많은 걸 느끼고 온 것 같아요.

오랜 시간 봉사활동을 하셨다는 어떤 분을 만났는데, 그분이 그러시더라고요. 봉사활동을 하면 할수록 겸손해진다고요. 나를 내세우고 인정받고자 하는 사람은 차라리 안 하는 게 낫다고요. 봉사활동 하러 와서 이기적으로 굴어서 아이들에게 상처 주는 사람도 참 많다고 하셨어요.

그분 말씀에 후원자님 생각이 났어요. 어릴 때만 해도 이메일에 제대로 된 답장 한 번 주시지 않는 후원자님께 당치 않은 서운함을 느꼈던 적도 있어요. 그런데 지금은 후원자님 마음을 조금은 이해할 수 있을 것 같아요.

감사합니다.

후원자님을 닮고 싶은 연하루 드림」

머리가 굵어질수록 대가 없이 온정을 베푸는 이에 대한 마음은 깊어졌다. 잠시 잠깐 만났던 아이들이 바르게 자라기를 바랐던 것처럼, 후원자도 자신이 올바르게 살기를 바랄 것이다.

"저도 절대 후원자님 실망시키지 않을게요."

세 번 중의 한 번이 될 주말이 오고야 말았다. 정우는 회식 날 이후로 얼굴을 볼 수가 없었다. 걱정이 되어 연락을 해 볼까도 싶었지만, 아무 사이도 아닌데 괜한 오지랖을 부리는 것 같아서 그마저도 그만두었다.

"무슨 생각 해?"

하루가 든 숟가락 위로 스파게티를 돌돌 만 포크가 하염없이 돌고 있다.

"그러다 포크가 숟가락 뚫고 나가겠다. 어서 먹어."

자상한 목소리로 빙긋이 미소를 머금은 승원을 마주하고도 정우를 떠올리고 있었다는 생각에 괜히 미안해진다.

"대리님, 영화 되게 슬펐죠? 미국 영화였으면 애 아빠 안 죽었을 텐데."

영화 생각을 하고 있었던 양 묻자 승원의 얼굴이 짐짓 굳는다.

"하루야."

"네?"

"나 지금 너랑 같은 회사 다니는 입사 선배로 여기 앉아 있는 거 아냐."

"알아요."

"알면 그러면 안 되지."

"제가 뭘요?"

"계속 대리님, 대리님 할 거야?"

픽 웃음이 터졌다.

"웃어? 난 심각한데?"

서로 썸 타기로 합의 본 사이에 부끄러울 게 뭐 있나 싶기도 하다.

"난 재미있는데요, 승원 씨."

엄한 표정을 짓고 있던 얼굴이 빨갛게 달아오르더니 목덜미와 귓불까지 빨개진다.

"그렇다고 그렇게 갑자기 부르고 그래. 심장 터질 것 같네."

간지러운 기분이 든다.

나를 설레게 하는 남자. 내가 가슴 떨리게 하는 남자.

연애 시작의 이유로 충분해 보인다.

여전히 얼굴을 붉힌 채 은은한 미소를 짓는 남자를 물끄러미 바라보는데, 테이블 위에 올려 두었던 휴대전화가 부르르 진동한다.

– 잘 지내나?

누군가 팽팽하게 잡아당겼던 심장을 갑자기 놓아 버린 것처럼 가슴이 덜컹거린다. 가벼운 설렘 따위 우스운 감정이라는 듯 심장이 입 밖으로 튀어나올 것처럼 내달린다.

"뭔데 그래?"

저도 모르게 심각한 얼굴을 하고 있었는지, 승원의 물음이 심

172

상찮다.

"별거 아니에요."

세상에 별거 아닌 문자메시지에 이렇게 가슴이 떨어져 나가
도록 심장이 반응하는 경우도 있나? 앞에 앉은 남자에게 예의가
아닌 것 같아서 머릿속을 비워 내려고 노력할수록 마음은 복잡
해졌다.

식사를 마치고 돌아가는 길.

"바람이나 좀 쐴까?"

"좋아요."

승원은 하루의 아파트에서 버스로 한 정거장 떨어진 곳에 차
를 세웠다.

"여기서부터 걷자."

차에서 나란히 앉아 있는 것보다 적당한 소음이 있는 거리를
걷는 게 차라리 낫겠지 싶었다. 길거리를 지나는 이들에게 자연
스럽게 시선을 돌리며, 미안하도록 떨리는 가슴을 감출 수 있을
거라 생각했다.

"잡아도 되지?"

승원이 손을 잡아 온 순간.

"왜 이렇게 떨어?"

미묘한 떨림을 들키고 말았다.

"좀 추운 것 같기도 하고요."

추위 탓을 하기엔 민망할 만큼 날씨는 완연한 봄이다.

"몸 안 좋은 거 아냐? 오늘 날씨 괜찮은데."

미안해져서 앞만 보고 걷는데, 잡고 있던 손이 스르륵 풀리더니 어깨 위에 무게감이 더해진다.

"괜찮아요, 대리님."

"걸치고 가, 집까지. 괜히 걷자고 했나 보다. 차로 다시 갈래?"

하루는 고개를 내저으며 "그 정도는 아녜요." 하고 덧붙였다.

"근데 다시 대리님 됐네, 나?"

은근한 미소를 머금고 있지만, 어쩐지 승원의 표정이 씁쓸해 보인다.

"입에 붙어서 그런가 봐요."

"어떻게 하면 떨어질까, 그거?"

나란히 걷던 승원이 하루의 앞을 가로막아 섰다. 승원은 한숨을 한 번 내쉬고는 하루를 내려다본다. 은근한 시선에 마음을 들킬 것 같아서 하루는 가볍게 시선을 내렸다.

"연하루."

"네."

"나랑 있을 땐 나한테 집중해 주면 안 될까?"

내내 딴생각을 했다는 걸 알고 있었다는 눈치다. 하루는 어깨 위에 오른 캐시미어 코트를 벗어서 승원에게 건넨다.

"저 안 추워요, 대리님. 죄송해요."

"아까 그 문자 온 이후로 더 안절부절못하더라."

"죄송해요."

"나한테 미안할 건 없고. 까놓고 말해서 너랑 나랑 지금 연애하고 있는 것도 아니잖아."

저렇게 말하니 더 나쁜 년이 된 것 같다.

"서정우 사장이었지?"

"……."

"둘이 무슨 사이야? 단순히 응급 구조 해 준 사이, 맞아?"

스스로 정의가 되지 않는 사이를 타인에게 설명하기는 어렵다.

"단정하기 어려운 사이지, 아직? 나도 그렇고, 서정우 사장 쪽도 그렇고."

"대리님……."

콕 집어 물어 오는데 말문이 탁 막힌다.

"나한테 오라고 강요 안 해. 오게 만들 자신 있으니까."

하루는 단단하고 검은 눈동자를 물끄러미 들여다보았다. 진중하고 깊은 승원의 눈동자는 확신에 차 있다.

"연하루는 어떻게 해야 하는지 알려 줄까? 열심히 재 봐. 최선을 다해서 고민해 봐. 결국에는 내가 놓치기 힘든 남자라는 걸 알게 될 테니까. 아마 땅을 치고 후회할걸, 나 놓치면?"

승원이 갑자기 장난스럽게 거드름을 피우는 바람에 픽 하고 웃음이 터진다.

"아까부터 진지한 상황에 계속 웃네? 웃는 입 확 막아 버리고 싶게."

커다란 손이 다가오는가 싶더니 엄지손가락이 가볍게 아랫입술을 훑는다.

"대리님, 있잖아요."

"뜸 들이지 말고 말해. 지금 충분히 답답하니까."

"저희 회사가 사내 연애 지양하는 분위기고, 대리님은 게다가

175

인사팀 소속이고. 저 솔직히 대리님께 폐 끼치고 싶지 않아요."

"내가 회사 그만두면 답이 좀 쉽게 나와?"

"무슨 연애 때문에 회사를 그만둬요? 요즘 경기가 얼마나 안 좋은지 아세요? 이직이 말처럼 쉬워요? 미쳤나 봐, 진짜."

다그치고 났더니 이번에는 승원이 픽 웃음을 터뜨린다.

"왜 웃어요? 나 진지한데."

"대답해. 내가 회사 그만두면 답이 좀 쉽게 나와?"

"누가 그게 더 쉽대요? 제 말은."

승원의 되지도 않는 퇴사 논리에 반박하려는데, 등 뒤에서 음산한 목소리가 들려온다.

"문자 씹어 드시고 여기서 뭐 해?"

누가 머리끄덩이를 잡아당긴 것도 아닌데, 뒤통수가 확 당겨지는 기분이다.

뒤돌아보려는 찰나, 승원이 한 박자 빠르게 움직였다. 승원의 손이 보란 듯이 하루의 손을 움켜잡았고, 몸이 휩쓸린 하루는 승원의 옆에 나란히 서서 정우를 돌아보았다.

아무 감정도 담기지 않은 시선이 꼭 잡힌 두 사람의 손에 머물렀다가 하루의 얼굴로 올라왔다.

"안녕하세요, 서정우 사장님. 하루가 문자메시지 확인을 못 했나 본데요? 쭉 저랑 같이 있었거든요. 중요한 일인가요?"

토요일인데도 말끔한 슈트를 입고 있는 정우다.

"어디 다녀오세요?"

잡힌 손에 가해지는 악력이 강해진다.

"출장."

176

공기가 붕 뜬 것처럼 어색한 침묵이 흐른다.

"두 사람은 여기서 뭐 하고 있는 거지?"

정우의 시선은 하루를 향하고 있지만, 대답은 승원에게서 흘러나온다.

"주말 저녁에 남녀가 손 붙잡고 길거리에 있으면 뭐 하는 걸까요?"

빙글거리는 질문에 정우의 미간이 대놓고 구겨진다.

"연하루. 아주 잘 지냈나 보네?"

되묻는 말에서 치가 떨리는 배신감마저 느껴진다. 썸 타는 남자와 나란히 서 있는 상황, 초등학생도 아니고 주위를 뱅글뱅글 돌면서 괴롭힐 찬스를 노리고 있는 것 같은 남자와 마주쳤다.

배신감을 느낄 만큼 내가 잘못한 건가? 바람나서 떠난 구여친 맞닥뜨린 상황도 아니고.

"그럼, 제가 잘 지내지 못했어야 했나요?"

이가 갈린다는 표정을 하고 있는 정우 때문에 질문이 날카롭게 튀어나왔다.

"누가 그렇대? 다행이라고. 잘 지낸 것 같아서."

으르렁거리듯 읊조린 정우는 두 사람을 가볍게 스치고 지나갔다. 성큼성큼 멀어지는 뒷모습을 바라보는데, 실소가 터져 나온다.

저 남자, 진짜 왜 저러는 건데? 소프트한 사디즘을 가진 남잔가? 아니, 근데 아픈 데 없이 멀쩡하다고 홍 실장님이 그랬는데. 하기야 모시는 사장이 정신병 있다고 떠들고 다닐 비서는 없을 거다.

"서정우 사장이랑은 예전부터 알던 사이야?"

"아뇨."

"꼭 잘 아는 사이처럼 구네, 근데."

그게 저도 의문입니다.

"근데 이건 언제까지 잡고 계실 거예요?"

꽉 잡힌 손을 가리키자 딴청을 피운다.

"춥다. 얼른 가자."

아파트 공동 현관까지 걷는 동안 승원은 꽉 잡은 손을 놓지
않았다.

"들어가. 집에 가서 전화할게."

"조심히 가세요. 차 있는 데까지 걸어가려면 춥겠다."

"그럼 같이 걸어갔다 다시 올까?"

"그런 짓을 왜 해요?"

"더 오래 같이 있고 싶으니까 그런 거지."

정수리를 쓰다듬는 손길이 다정하다. 어릴 적 누군가 머리를
쓰다듬어 주는 일이 드물었다. 그래서인지 어른이 되어서도 등
을 토닥여 주거나 머리를 쓰다듬어 주는 행동에 가슴이 말랑말
랑해진다.

"얼른 가요."

미소를 머금은 채 작별을 고하자 승원의 얼굴에 긴장감이 어
린다.

"하루야."

"네?"

쪽, 하는 소리와 함께 입술이 맞부딪쳤다가 떨어졌다.

"집에 가서 전화할게."

"이러는 법이 어딨어요?"

버럭 소리를 지르자, 도망치듯 내달리던 승원이 멈춰 서서 손을 크게 한번 흔들고는 활짝 웃는다.

기습 뽀뽀에 놀란 가슴이 진정이 되질 않는다. 승원의 모습이 사라질 때까지 서 있던 하루는 표시도 나지 않을 텐데 입을 가리고는 공동 현관 안으로 들어섰다.

"잘하는 짓이다."

동굴을 울리는 짐승의 낮은 으르렁거림처럼 음산한 목소리가 아파트 계단을 울린다. 흠칫 놀라서 보니 엘리베이터 앞에 정우가 서 있다.

"왜 자꾸 시비예요, 나한테?"

정우는 대꾸 없이 엘리베이터에 올라타며 하루를 무시했다. 하루는 씩씩거리며 엘리베이터에 올라 정우를 노려보았다.

굳게 다물린 입술과 힘이 들어간 턱선에 시선을 빼앗겨 화를 내고 있었다는 사실조차 잊어버린 순간, 엘리베이터가 6층에 도착했다.

하루는 일부러 발을 쿵쾅거리며 엘리베이터에서 내려 현관문 앞에 섰다. 또다시 도어록이 오류를 내며 말썽을 부린다. 배터리 갈 시기가 됐나, 속으로 별 게 다 타이밍을 딱 맞춰서 지랄한다고 구시렁거렸다.

"연하루."

"왜요? 왜 자꾸 부르고."

삐뚜름한 대답을 이어 가려는데, 몸이 획 돌려세워졌다.

179

"난린데요?"

내뱉지 못했던 말을 덧붙이고 확인한 정우의 얼굴은 흙빛에 가깝다.

"그놈이랑 손을 잡으셨어?"

"그래서요?"

정우의 팔이 하루의 머리 양옆, 현관문을 짚으며 사람을 가두 듯 한다.

"그놈이랑 길바닥에서 키스도 하셨어?"

"그게 무슨 키스예요!"

"왜. 혀가 좀 꼬여야 키슨가?"

"이봐요, 서정우 씨!"

"남들 다 보는 길바닥에서 키스할 정도면 둘이 있을 땐 뭘 할 까? 더한 짓도 하겠네?"

"뭐라고요?"

"아까 그 키스는 꽤 마음에 안 들어 하는 것 같던데. 섹스는? 어땠어? 잘하던가?"

"……개새끼!"

경멸하듯 내뱉은 욕설에 하루를 가두었던 팔이 움직인다. 돌 아서는데 왈칵 눈물이 치솟아 오른다. 이를 꽉 물었는데 어깨가 흔들거린다. 차가운 울음이 잇새로 흘러나올 것만 같아서 숨조 차 내뱉기 힘들다.

시야를 가리는 눈물을 떨구려는데 또다시 몸이 홱 돌아간다.

"뭐 하는 거예요, 지금!"

소리를 버럭 지르고 마주한 정우의 얼굴에 당황한 기색이 역력하다. 눈물이 또르르 뺨을 타고 흘러내린다.

"······울어?"

"내가 얼마나 우습게 보였는지 모르겠지만, 좋은 마음에서 그쪽 도운 걸 우스운 쪽으로 이용하려고 들지 마요. 내가 아무리 등신 호구같이 보여도 뭐가 어쩌고 어째요? 앞으로 나 두 번 다시 알은척하지 마요!"

소리를 버럭 지르고 돌아서 현관문을 열고 안으로 들어가 버렸다.

쾅 하는 소리와 함께 현관문이 닫히고 나자, 정우는 망연자실한 얼굴로 굳게 닫힌 문만 바라보았다.

"한 번에 알아볼 수 있다며. 넌 나를 2년이 넘도록 못 알아보고 있잖아."

3화. kissing you

「안녕하세요, 후원자님.

기말고사가 다 끝났어요. 다행히 장학금 사수할 만한 성적은 나올 것 같아요. 시험도 끝났고 성적도 잘 나올 것 같은데, 밤늦도록 잠이 안 와요.

오늘 봉사 동아리 모임이 있었어요. 다음 학기에 복학한다는, 막 제대한 선배가 왔었는데요. 까무잡잡한 피부에, 웃을 때마다 얼굴에 장난기가 어리는 선배였어요.

저한테 "너는 무슨 대학생이 초등학생처럼 생겼냐?" 그러는 거 있죠. 세상에 어떻게 스무 살이나 된 숙녀한테 초등학생처럼 생겼다는 말을 할 수가 있어요?

공부하려고 들고 다니는 전공서적을 보고요. "너 대학생인 거 티 내려고 그거 들고 다니지? 로커 신청 안 했어?" 이러는 거 있죠! 완전 예의 없지 않아요?

근데요, 후원자님. 기분 나빠야 하는데, 자꾸 웃음이 나요. 장난스럽게 웃던 얼굴이 눈앞에 아른거려요. 저 미쳤나 봐요. 그죠?

새벽 2시, 눈이 말똥말똥한 연하루 드림」

「안녕하세요? 연하루예요.

오늘 저 엠티 갔다 왔어요. 대한민국 대학생이면 누구나 한 번쯤은 엠티로 다녀온다는 대성리로요.

첫째 날은 동강에서 래프팅을 했는데요. 진짜 힘들어 죽는 줄 알았어요. 아, 맞다! 래프팅 할 때요. 보트에 타기 전에 신발을 벗고 타야 하거든요? 아쿠아 슈즈 같은 거 챙겨 온 사람들도 있기는 했는데, 저는 그냥 맨발로 탔거든요.

보트에서 내려서 신발을 신으려는데 제 운동화만 안 보이는 거예요. 유리 구두 잃어버린 신데렐라도 아니고, 발은 젖었지, 아쿠아 슈즈도 없지. 난감해서 죽을 뻔했어요.

저희 인솔했던 강사가 와서 "신발이 어떻게 생겼어요?" 하고 물었는데, 정말 기가 막히게도 제가 무슨 신발을 신고 왔는지 전혀 기억이 안 나는 거예요. 어떻게 그럴 수가 있을까요? 왜 신발에 대한 기억이 사라져 버린 걸까요?

그런데 그때! 두둥!

"하루 신발, 하얀색 운동화예요. 아디다스 슈퍼스타고, 줄무늬는 초록색이었던 거 같네요. 맞지, 하루야? 너 그거 키즈 사이즈지? 발도 엄청 작은 것 같네."

너무 자상하지 않아요? 어떻게 제 운동화를 저렇게 정확히 기억할 수 있냐고요!

그러고 밤에 뒤풀이하는데, 자꾸 그 선배랑 눈이 마주치는 거예요. 운동화 찾아줬으니까 은혜 갚으라는 말에는 진짜 영혼까지 바칠 뻔했다니까요! 결국 뒤풀이 끝나고 저 한숨도 못 잤어요.

밤 꼴딱 새우고, 둘째 날은 땅콩 보트라는 걸 탔어요. 땅콩처럼 생긴 튜브에 엉덩이만 끼고 타는 건데, 두 사람이 같이 타는 거거든요. 한 사람이 물에 빠지면 균형을 잃어서 다른 한 사람도 물에 빠진다고 그러더라고요.

근데 그 어마어마한 땅콩 보트를(왜 어마어마한 땅콩 보트가 되었는지 말씀드릴게요) 무려 그 선배랑 같이 탔어요! 글쎄, 그 선배가요.

"앞으로 오빠라고 안 부르면 나 손 놓고 물에 빠진다? 그럼 너도 빠질 텐데 어떡할래?"

이러는데! 저 심장 떨려서 하마터면 손 놓칠 뻔했다니까요.

오빠라고 부르겠다고 했더니, 자기가 1학년 1학기 마치고 군대를 가서 다음 학기엔 저랑 같은 수업 많이 듣게 될 거라고, 시간표 같이 짜자고 하더라고요. 어쩜 좋아요. 2학기는 학교 다니는 게 더 즐거울 것 같아요.

저 대학 꼭 가라고, 꼭 가야 한다고 해 주셔서 정말 정말 무지하게 감사합니다!
대학에서 또 다른 의미를 찾고 있는 연하루 드림」

「후원자님……. 사람은 참 간사해요.

후원자님 만나기 전에 저는 손이 부르트도록 마늘 껍질을 까기도 했고, 돈 많이 벌 수 있다는 말에 다방 새끼 마담이라는 여자한테 홀려서 위험한 길로 빠질 뻔한 적도 있었고, 그래서 하루하루 삶이 위태로웠던 날들이…… 불과 2년 전이에요.

그런데 지금은 아무것도 아닌 일에 가슴이 찢겨져 나갈 것 같아요. 숨을 쉬어도 쉬는 것 같지 않고, 도우미 아주머니께서 해 주시는 맛있는 밥이 모래알처럼 입안을 굴러다녀요. 푹신한 침대에 잠을 자려고 누웠다가도 벌떡 일어나 앉아요.

아시다시피 언니 병세가 갑자기 악화된 것도 아니고요, 후원자님께서 갑자기 오피스텔에서 나가라고 해서 제가 길바닥에 나앉은 것도 아닌데요. 후원자님 덕분에 복에 겨운 생활을 하고 있는데도 불구하고, 이제껏 겪어 보지 못한 아픔에 너무 힘들어요.

"장학금 지키려고 어떻게든 공부하는 애니까 옆에 있으면 팀플도 수월하고, 걔처럼 초딩 같은 애를 내가 가까이 둘 이유가 따로 있겠냐?"

동아리방 문 앞에 서 있었던 저한테 잘못이 있는 걸까요? 아니면 동아리방 안에서 우리 동아리도 아닌 무용과 애랑 밀어를 속삭이던 선배가 잘못한 걸까요? 그것도 아니면…… 제가 우스웠던 걸까요?

　가슴이 미어지는 것 같아요.

　어떡하면 기억에서 지울 수 있을까요. 바보같이 기대했던 제 잘못인가요. 그럼에도 불구하고 그 선배를 나름 좋은 사람이었다고 생각하는 저, 호구 맞죠?

　연하루 드림」

　손도 잡았다. 마치 CC라도 된 것처럼 캠퍼스를 누비고 다녔었다. 아무도 없는 동아리방에서 첫 키스도 했다. 티셔츠 안을 비집고 들어와 가슴까지 올라오는 선배의 손을 저지하려다 내버려 둔 적도 있었다.

　가슴을 아프게 주무르며 밭은 숨을 몰아쉬던 선배의 얼굴이 아직도 눈에 선하다.

　'겨울 방학 때 여행 갈까, 둘이?'

　낮게 쉰 목소리로 묻는 말에 고개를 끄덕이자 입술이 집어삼켜졌다. 머릿속이 아득해지도록 행복했다. 짜릿함에 살아 있음을 느꼈다.

　수업이 없는 금요일, 동아리방으로 꼭 와 보라는 혜경의 말에 학교로 향했을 뿐이었다. 그런데 눈앞에 그런 믿지 못할 광경이 펼쳐지리라곤 상상조차 하지 못했다.

　생각해 보니 정식으로 고백을 받은 적도 없었고 사귀자는 말도 듣지 못했다.

　"마셔, 연하루. 오늘은 진탕 마시고 잊어."

186

"나…… 휴학할까?"

혜경은 안타까운 눈빛을 했다. 손에 들고 있던 젓가락을 신경 질적으로 집어 던진 혜경은 자리에서 일어나며 욕설을 내뱉는다.

"에이, 씨발. CC 한 번 하고 나면 좆 될 수도 있다더니. 휴학 할 거면 그 새끼보고 하라고 해. 왜 네가 피해?"

"그러게, 왜 내가 피하냐."

몸을 가눌 수 없을 지경이 될 때까지 마셔 댔다. 그깟 어설픈 연애 한 번 끝났다고 인생 종치는 거 아니라는 혜경의 말에 무너 져 내리는 몸을 일으켜 앉았다가, 이내 눈물을 터뜨렸다.

어설픈 연애라는 말이 서러워서. 그 연애가 끝났다는 말이 더 서글퍼서.

"나 한 대 피우고 올 테니까 딱 기다려. 3차 가자."

소주 뚜껑을 일곱 개까지는 세었던 것 같은데, 이렇게 마시고 도 혜경은 멀쩡해 보였다.

하루는 니스 칠이 반질반질한 나무 테이블에 얼굴을 기댔다. 기분 나쁜 끈적끈적함도 잠시, 차가운 온도에 빨갛게 익은 뺨이 위안을 얻는다.

"나쁜 새끼."

시원하게 욕이라도 해 주고 싶은데 고작 입에서 튀어나온 게, 나쁜 새끼다. 이제 오빠랑은 이렇게 엮이고 싶지 않다고 통보한 건 하루였다. 아쉽지만 어쩔 수 없다는 식의 반응을 보인 첫사 랑 한준은 미련스러운 전화 한 통 없다.

울리지 않는 휴대전화, 하루에도 수십 번 문자를 주고받았던 휴대전화를 물끄러미 바라보고 있는데 전화가 울린다.

[발신번호 표시 제한]

　심장이 바닥으로 훅 꺼지는가 싶더니 손이 달달 떨린다.

　하루는 서둘러 상체를 일으키고 뺨을 닦아 냈다. 흠흠 목을 가다듬고, 울음 섞인 목소리를 내지 않기 위해 노력해 본다.

　"여보세요?"

　─ 연하루?

　그런데 휴대전화 너머에서 들려온 목소리는 나쁜 새끼 한준이 아니다.

　"네, 그런데요. 누구세요?"

　─ 어디야?

　"저 여기 학교 후문 술집인데요. 근데 누구세요?"

　혹시 한준이 친구를 시켜 전화를 한 것은 아닐까 하는 멍청한 기대감마저 생겨날 즈음이었다.

　─ 이메일 보낼 시간이 없어서 전화한 거야.

　"호, 혹시 후원자님?"

　휴대전화 너머에서 들려오는 목소리가 제법 젊다. 아니, 술기운에 젊다고 느끼는 걸지도 모르겠다.

　─ 학교는 계속 다닐 수 있겠어?

　"네, 다녀야죠. 걱정 마세요. 장학금도 안 놓칠게요."

　─ 그런 뜻이 아니라. 그 새끼, 아니, 수업 같이 듣는다며? 괜찮겠냐고.

　꾹 참고 있던 울음이 속절없이 엉엉 터지고 만다.

　"안 괜찮아요. 미치겠어요. 내가 잘못한 것도 아닌데 왜 내가 더 아파야 해요? 왜 내가 피해야 해요?"

− 잘못 없는 사람이 아픈 법이야. 못 다니겠으면 이번 학기는 휴학하든지. 아니면 보란 듯이 멀쩡한 얼굴로 다니든지. 어떡할래?

"저기요, 후원자님. 있잖아요."

− 말해.

"저 한 번만 보러 와 주시면 안 돼요? 목소리도 대따 멋진데, 후원자님 한 번만 오셔서 그 나쁜 놈 코 납작하게 눌러 주시면 안 돼요?"

술기운에 못 할 소리는 없다. 휴대전화 너머에서 헛웃음 소리가 들려온다.

− 내가 가면, 나 알아볼 수 있나?

"그럼요! 전 한 번에 알아볼 수 있어요! 완전 한 번에 알아볼 수 있어! 자신 있어요!"

술기운에 평생 처음 객기도 부려 본다.

− 내가 가서 뭘 해 줄까?

동아리방에서 엄청나게 야한 키스를 나누던 한준과 무용과 여우의 모습이 눈앞에 아른거린다.

"키스해 주세요. 그놈 앞에서 보란 듯이."

휴대전화 너머에서 어이없다는 듯 웃음이 터진다.

"하루야, 키스해 줄래? 하고 물어보면 제가 할게요! 보란 듯이! 찐하게! 우엥."

비현실적인 서러움에 울음이 빵 터지고 만다.

− 그 기운으로 학교 열심히 다니고. 당장은 내가 못 가.

"왜요? 아, 맞다……. 후원자님 결혼하셨을 수도 있구나. 죄송합니다."

하루는 마치 그가 앞에 앉아 있는 양 일어나서 고개를 푹 숙이며 사과했다.

─그런 건 아니고.

"그럼 왜요?"

휴대전화 너머가 소란해지는가 싶더니 전화가 뚝 끊겼다. 그리고 하루는 반질반질한 테이블 위로 다시 고꾸라졌다. 생애 처음으로 필름이 끊긴 날이다.

쾅 소리가 나도록 현관문을 닫아 버린 하루는 방으로 들어와 침대에 몸을 던지듯 엎드렸다. 베개에 얼굴을 묻은 채로 흐르는 눈물이 쏟아지도록 내버려 두었다.

"개새끼."

대학을 졸업하고 직장 생활을 하면서 하루가 구사할 수 있는 욕도 진화했다.

"미친 새끼. 얻다 대고 감히. 키스해 달라고 덤빌 때부터 알아봤어. 아니다, 도로에서 응급처치 한답시고 내 옷 벗겼을 때부터 알아봤어야지. 내가 호구, 등신, 병신이다!"

욕지거리를 내뱉었는데도 기분만 더러울 뿐, 속이 전혀 시원하지가 않다.

"와안전 짜증나!"

침대 위에서 발광을 하며 발을 구르던 하루는 벌떡 몸을 일으켰다.

"물어나 보자, 저 나쁜 새끼한테. 나한테 왜 저러는지!"

하루는 씩씩대며 어깻숨을 몰아쉬고는 방문을 열어젖혔다.

"내가 그렇게 만만해? 아니면 뭐 그쪽이 돌아가신 우리 아버지랑 뭐라도 돼? 내가 길바닥에서 뽀뽀를 하든 키스를 하든! 애를 만들든! 무슨 상관인데!"

신경질을 내며 현관문을 열어젖힌 하루는 그 자리에 그대로 굳어 버린다.

아까 그 모습 그대로 정우가 그 자리에 서 있다.

예의 없는 말을 내뱉었던 것과 달리 정우는 음울한 얼굴이다.

"왜, 왜요?"

따지려고 했는데, 왜 그러고 서 있느냐는 물음이 궁색맞게 튀어나왔다.

"연하루."

"네."

분위기에 눌려 버렸다.

"너 우습게 본 적 한 번도 없어."

말과 행동이 전혀 일치하지 않지만, 일단은 들어 보기로 한다.

"널 우습게 봤다면, 그 오랜 시간을 내가 그냥 지켜보기만 했을까?"

"하루야, 천천히! 넘어진다!"

이제 막 걸음마를 뗀 아이는 아스팔트를 박차며 우다다다 내달린다.

"으이그, 우리 강아지. 엄마가 꼭 안아야 멈추지?"

해사한 웃음을 머금은 희연은 이제 스물한 살밖에 되지 않은 어린 엄마다.

"하루 엄마, 우리 애도 좀 봐줘. 부동산집 애 성적 엄청 올랐다며? 서울서 유명한 대학 다녔다고 하더니 다르긴 다르네."

희연은 서울 신촌에 자리한 대학교의 경영학과에 다녔었다. 취업이 가장 잘되는 과를 선택하겠다는 말에 담임이 추천한 과였지만, 실은 수학교육과를 나와 선생님이 되고 싶었었다. 집안 형편이 여의치 않아 선생님이 되는 것은 일치감치 포기했다.

아버지는 교도소를 들락날락하는 사기꾼, 엄마는 술집 작부. 임용이 될까 싶었다.

"과외비 넉넉히 줄게. 우리 애도 좀 봐줘. 응?"

"하루가 아직 너무 어려서요. 더 시간을 빼는 건 무리예요."

"수업할 때 하루 데리고 와. 내가 봐줄게."

이제 막 첫돌이 지난 하루는 희연이 과외 하는 학생 집을 전전하며 자랐다. 낯가림이 없고, 웃음이 많은 하루는 가는 곳마다 사랑을 독차지했다. 대부분 고등학생 자녀를 둔 집이었는데, 어린 하루의 귀염성이 눈에 밟혀서 과외를 못 그만두겠다는 집들도 있을 정도였다.

"엄마! 나 100점 맞았어!"

"와! 우리 아들 대체 몇 번째 100점이야?"

"열 번째! 나 1000점짜리 아들이지?"

"응, 우리 하루 1000점짜리 아들이야."

하루가 초등학교에 입학하고 난 뒤, 연희는 지역 유지 자식들의 과외를 도맡아 하며 방통대에서 다시 공부를 시작했다. 나중에 학원이라도 차리려면 학위가 필요했다.

아빠 없이 자라는 하루에게 든든한 버팀목이 되고 싶었다. 하루가 태어난 직후에는 지하 원룸에 살았었지만, 지금은 방 두 개짜리 17평형 임대 아파트에 들어가 살고 있다.

하루가 고등학교 들어갈 때쯤 24평 아파트를 분양받고, 학원도 차렸으면 좋겠다. 나중에 엄마가 학원장이라고 하면 어디 가서 가정형편 기운다는 소리는 안 듣겠지. 희연이 바라는 것은 그게 전부였다.

이 사람이 나의 구원이라 여겼던, 온몸과 마음을 다 바쳐 사랑했던 남자가 갑자기 세상을 떠나고 난 뒤 딱 일주일 만에 희연은 입덧을 시작했다.

하루하루 살아가는 게 버겁지만, 네가 있어서 엄마는 버틸 수 있다. 나의 전부, 나의 하루를 의미 있게 만들어 주는 내 소중한 아이. 그래서 아이의 이름은 하루가 되었다. 강하루.

"강희연 씨?"

"그런데요?"

"서윤철 씨 아시죠?"

그날도 과외를 마치고 돌아가고 있었다. 하루는 지금쯤 태권도에 다녀와 흰색 도복이 노랗게 물들고, 노란 띠가 새까맣게 될 때까지 희연을 기다리며 놀이터에서 뛰어놀고 있을 것이다.

"모르는 사람인데요."

서윤철, 이름 세 글자로 울고 웃을 수 있었던 존재, 하루가 꼭 닮은 그 사람.

검은 양복을 입은 남자는 투박한 모양의 휴대전화를 희연에게 내민다.

– 엄마!

희연의 가슴이 철렁 내려앉는다.

"하루야! 너 지금 어디야?"

– 어떤 할아버지가 엄마한테 데려다준다고 해서 차에 탔어. 나 피자도 먹었다? 완전 맛있었어! 이 할아버지 부자래. 아빠 사진도 보여 줬어. 엄마, 내가 아빠 사진 한 장 받았거든? 엄마 없다고 했잖아. 이따 보여 줄게!

하루의 목소리가 전에 없이 들떠 있다. 희연의 눈가에 눈물이 핑 돈다.

본능적으로 느껴진다. 오늘 이후 하루가 희연의 곁에서 사라질지도 모른다는 불안감이 엄습한다.

"엄마가 모르는 사람 따라가지 말라고 했잖아!"

– 모르는 사람 아니야. 나 이 할아버지 알아. 우리 동네에서 많이 봤는데?

아이는 얼굴을 익힌 사람이면, 생판 모르는 사람이었어도 아는 사람으로 인식한다고 들은 적 있다.

"하루야, 내려! 엄마가 갈 테니까. 내려 달라고 해."

– 올 거 없다.

휴대전화 너머에서 묵직한 목소리가 들려온다.

"윤철이 핏줄은 내가 거둬 가마."

일방적으로 통화를 마친 서병훈 사장은 옆에 앉아 있는 꾀죄

죄한 몰골의 아이를 물끄러미 내려다본다. 아이의 존재를 알게 된 건 딱 여섯 달 전이다.

"아가."

"네, 할아버지."

"엄마가 과외 때문에 많이 바빠서 못 데리러 온다는구나. 할아버지 집에 가서 기다릴까?"

"엄마 온다고 했는데요? 여기서 내려 주시면 걸어서 집까지 갈 수 있어요!"

"어, 엄마가 낯선 사람이 우리 하루 데려갈까 봐 걱정된다고, 할아버지랑 꼭 같이 있으라고 하던데?"

비서가 누구인지 지목하기도 전에 병훈은 놀이터에서 뛰놀고 있는 자신의 손주를 쉽게 알아보았다. 죽은 외아들의 어릴 적 모습과 꼭 닮은 아이, 또래답지 않게 총기 어린 눈동자를 가진 아이를 꾀어내는 게 그리 쉽지만은 않았다.

어미는 생활고에 자신을 버렸고, 기적처럼 친할아버지가 와서 자신을 데려갔다는 것을 아이 스스로 인식하도록 만들 작정이었다.

"할아버지, 장난감 저한테 왜 주시는 거예요? 저는 할아버지한테 아무것도 못 해 드리는데요? 그리고 할아버지가 좋아하실 만한 말이나 행동을 한 적도 없고요. 선물이라고 해도 아무거나 받으면 안 되는 거잖아요."

없이 산다고 해서 귀한 장난감이나 먹을 것에 혹할 줄 알았는데, 겨우 여덟 살밖에 되지 않은 어린것이 물질에 현혹되지 않는 기개마저 보인다.

병훈은 손자 녀석의 기개마저 마음에 들었다.

지난 여섯 달 동안 공들이며 서울에서 충북 영동을 하루가 멀다고 왔다 갔다 했다. 손자 녀석이 경계심을 걷어 냈다 싶은 순간 병훈은 아이를 자신의 차에 태웠다.

사랑 때문에 애비 곁에서 도망치려다 영영 떠나 버린 외아들 놈의 하나뿐인 핏줄을 거둔 순간 죽은 아들이 살아 돌아오기라도 한 듯했다.

"이제부터 네 이름은 서정우다."

"정우요?"

엄마가 자신을 버렸다는 할아버지의 말에 울음이 터지고 말았다.

"사내 녀석이 그렇게 울면 쓰나. 할애비 집으로 가자."

할아버지의 집은 TV드라마 속에 나오는 것처럼 멋졌다. 너른 잔디밭에는 정우를 위해 만들어 놓았다는 원목 놀이터도 있었다.

엄마가 비싸서 절대 자주는 못 해 준다고 했던 고기반찬들이 날마다 식탁 위에 올라왔다.

식탁…… 식탁도 있었다. 잘사는 친구 집에 갈 때마다 부러워했던 식탁과 소파가 할아버지 집에 있었다. 그것도 친구들 집과는 비교도 되지 않는 어마어마한 크기였다.

장난감, 책, 멋진 옷, 갖고 싶은 건 뭐든 다 가질 수 있었다.

그런데 딱 하나가 없었다.

엄마.

여덟 살이 되도록 정우는 엄마의 품 안에서 잠이 들었었다. 혼자 잘 수 있을 것 같기도 했는데, 어쩐지 엄마가 혼자 잠드는 모습은 보고 싶지 않아서 엄마의 품을 더 파고들었다. 열 살이 되면 나이가 두 자리 수가 되니까, 혼자 자겠다고 멋지게 선언도 했었다.

그런데 그런 엄마가 가장 소중한 하루를 버렸단다.

그리움이 깊어지자 그게 원망이란 걸 알게 되었다. 겨우 정우가 된 하루의 나이 여덟 살이었다.

할아버지의 임종을 지킨 저녁, 정우는 병실을 나와 병원 로비를 서성였다.

절대 죽음을 맞이하지 않을 분이라 여겼는데, 갑작스럽게 찾아온 심근경색이 그토록 아끼던 하나뿐인 손자 얼굴도 보지 못하게 했다.

"도련님. 장례 절차는 사장님께서 미리 작성해 놓으신 유언장대로 진행하겠습니다."

"그러세요. 잠시 바람 좀 쐬고 들어가겠습니다."

스물다섯, 할아버지가 남긴 모든 걸 책임지기에는 너무 어린 나이라는 생각이 들었다. 자리가 사람을 만든다고는 하지만 할아버지의 자리를 대신하기에 정우는 그릇도 작고, 경험도 부족하고, 힘도 없었다.

스물다섯, 아버지가 세상을 등진 나이와도 같다.

대학시절, 다섯 살 어린 대학 후배와 불같은 사랑에 빠진 아버지는 할아버지의 눈을 피해 도피 행각을 벌이다 빗길 교통사고로 목숨을 잃었다.

"하루 학생, 아직 부모님 연락 안 됐어요?"

병원 로비를 서성이던 정우는 등 뒤에서 들려오는 간호사의 부름에 우뚝 멈춰 섰다.

하루?

고개를 돌린 곳에는 교복을 입은 여자아이가 서 있었다. 대놓고 쳐다보는 것도 모르고, 아이는 병원 복도 바닥만 내려다본다.

"언니가 아파. 쓰러졌는데, 당장 응급수술을 해야 한대. 내가 수술 동의서에 사인하고 싶은데, 난 안 된대."

비보를 전하는 아이의 모습이 초연하다.

"아……. 엄마 못 와? ……그렇구나…… 못 오는구나."

아무런 감정도 드러나지 않던 아이의 목소리에 원망의 기색이 옅게 베어 났다가 사라진다.

"괜찮아, 엄마. 어. 수술 잘되겠지. 어. 그래. 나중에 엄마가 연락 줘. 기다릴게."

통화를 마친 아이는 입술을 꾹 깨물고 어깻숨을 내쉰다. 울지 않으려는 듯 고개를 쳐들고 얼마간 천장을 바라보던 아이는 또 다시 어딘가로 전화를 건다..

"네, 작은아빠. 안녕하셨어요? 늦게 전화드려서 죄송해요. 실은 언니가 좀 아픈데요…….아, 아뇨! 병원비는 저희가 알아서 할 거예요. 그게 아니고요……."

저쪽에서 돈에 관한 싫은 소리를 해 대는지 아이는 인상을 찌푸렸다가 이내 급히 말을 뱉기 시작한다.

"병원비는 정말 저희가 알아서 할 거예요. 절대 돈이 급해서 전화드린 거 아녜요. 수술 동의서에 사인해 줄 어른이 필요해서 그래요. 와 주세요, 네? 사인만 해 주고 가세요. 급해요⋯⋯. 안 그럼⋯⋯ 언니 죽을지도 몰라요."

언니의 죽음을 예견하는 순간에도 아이의 말소리는 빠르게 흘러나오기만 할 뿐, 울음 한 점 묻어나지 않는다.

가까스로 두 번째 통화를 마친 아이는 의료진을 향해 쪼르르 달려간다.

"오신대요. 수술 바로 들어가면 안 돼요? 금방 오신대요."

언니의 위중한 수술을 앞두고 있는 마당에 친모는 외면하고, 작은아빠는 돈타령을 해 댄다. 그런데도 아이는 '저 어린애 아니에요. 저한테 말씀해 주세요.' 하며 의연하고 씩씩한 얼굴로 의료진을 대한다.

정우는 하루라는 아이가 시야에서 벗어날 때까지 한참을 바라보았다.

"도련님, 이제 그만 장례식장으로 가셔야 할 것 같습니다."

"정 전무님."

"네."

"이제 제 밑에 계실 건가요?"

할아버지인 서병훈 사장을 보좌했던 정 전무의 얼굴은 대답이 필요없다는 듯 결연하다.

"강희연 씨를, 저희 어머니 찾아 주세요. 그리고 방금 전에 이 앞에 서 있던 하루라는 이름을 가진 학생에 대해서도 알아봐 주세요."

"너 우습게 본 적 한 번도 없어. 널 우습게 봤다면, 그 오랜 시간을 내가 그냥 지켜보기만 했을까?"

심장이 두근거리는 소리가 귓가에서 울리는 것만 같다. 세상이 멈춘 듯 옴짝달싹할 수가 없다.

위층인지 아래층인지, 어디선가 현관문이 열리고 닫히는 소리가 들려온다.

"거, 조용히 좀 하죠."

계단을 울리는 걸걸한 소리에 정우가 대답한다.

"죄송합니다."

짧은 대답을 건넨 정우는 손을 뻗어 멀뚱히 서 있는 하루의 손을 움켜잡는다. 손이 잡힌 채로 엘리베이터에 올랐다. 차로 가는 동안 반드시 지켜야 할 것처럼 침묵은 계속되었다.

차는 어느새 출발해 고속도로를 달리고 있다. 어디 가느냐는 물음조차 나오질 않는다. 한참을 달린 차가 어딘가에 멈춰 섰다.

"답답해요."

"창문 좀 열까?"

"네."

열린 차창 틈으로 파도 소리가 들려온다. 마주하고 있는 검은 공간이 바다인 듯하다.

"후원자님?"

조심스러운 물음이 이제야 튀어나온다.

"그래."

"왜 말씀 안 하셨어요? 옆집에 계셨으면서 왜 알은척 안 하셨어요?"

"네가 날 후원자로 보지 않았으면 했으니까. 그런 식으로 네 인생에 끼어들고 싶지는 않았으니까."

"그럼 옆집엔 왜 이사 오셨어요?"

"네가 연락을 끊어 버릴 것 같아서."

"답장도 안 해 주셨잖아요."

"처음 이메일 받았을 때는 남들보다 좀 늦게 군대에 있었어. 휴가 나올 때마다 짧게 답했고. 전역하고 나서는, 갑자기 긴 이메일 쓰기가 어색해서 못 했어."

하루는 가만히 입술을 깨물었다. 물어보고 싶은 게 많지만 가장 근본적인 것부터 묻자 싶었다.

"그럼, 절 후원해 주신 이유는요?"

"지금 네 옆에 앉아 있는 것과도 같은 이유."

"제 옆에 왜 앉아 계신 건데요?"

내내 앞 유리를 바라보고 있던 시선이 하루에게 건너온다.

"지키고 싶어서."

심장이 터질 것 같다.

"옆집으로 이사 오신 게 연락이 끊길까 봐 그러신 거라면, 그럼 제가 어떻게 지내는지 궁금했다는 거네요?"

"궁금한 것 이상이었지."

"제 옆에 계신 이유가 지키고 싶어서라고요?"

침묵이 이어진다.

"후원자로 보이고 싶지 않다는 말, 그건 무슨 뜻인데요? 제가 그럼 사장님, 아니, 후원자님을 어떻게 봐야 하는 건데요?"

"내가 연하루를 보듯이."

"……나를 보듯이?"

지금도 충분히 깊은 시선이 깊이를 알 수 없을 만큼 가슴을 파고든다. 심장이 두근두근 울린다. 손끝이 파르르 떨린다.

어이없는 웃음이 픽 하고 튀어나온다.

"왜 웃어?"

"그래서 키스해 줄 거냐고 물었어요?"

수년 전 첫사랑한테 차이고, 처음이자 마지막으로 통화를 했던 기억이 떠오른다. 무거웠던 정우의 표정이 스르륵 무너지는가 싶더니 근사한 미소가 떠오른다.

"찐하게 해 준다더니 미친놈 취급하데?"

"그땐 술기운에 헛소리한 거고. 그리고 진짜 어디 아픈 사람인 줄 알았단 말예요."

"날 정말 미친놈으로 봤다는 거야?"

"충분히 미친놈처럼 굴었거든요. 입원은 왜 하셨어요?"

"녀석이 남자인 줄 알았어."

"아니, 옆집에서 저 왔다 갔다 하는 거 보셨으면서 제가 남자랑 사는 줄 아셨어요? 그래서 저 집에 못 가게 간병인이 어쩌고 하신 거예요?"

펄쩍 뛰며 건넨 말에 정우도 어이가 없다는 듯 웃음이 터진다.

"집에서 남자 하나 키우나 했지."

"미쳤어요?"

"나도 미쳐서 너 키웠잖아."

말문이 턱 막힌다.

"어떻게 병원에서 한 번 보고 그런 후원이 들어왔나, 신기하고 무서웠지?"

고개가 저절로 끄덕여진다.

"하나밖에 없는 언니는 쓰러져서 수술실로 향하고, 친모가 외면하는 상황에도 처연함을 잃지 않는 너의 우아함에 반해서."

심장이 멈출 것처럼 가슴이 뻐근하다.

"미쳤어."

혼이 빠졌던 여고생을 우아하다고 느꼈단다.

"그래, 내가 미쳤나 보다. 그래서 2년 넘도록 연하루 들어오는 거 기다렸다."

귓갓길에 따라붙었던, 검은 트레이닝복을 입은 이상한 남자였는데.

"왜 기다리셨어요?"

"처음 아파트 들어섰을 때 시범 단지여서 주변이 휑했잖아. 걱정돼서 그랬지."

"그냥 말을 하죠!"

"그랬다면 연하루는 나를 그냥 고맙고, 존경스러운 나머지 가까이하기엔 너무 먼 후원자로 봤겠지."

부정은 못 하겠다. 절대 넘볼 수 없는, 넘봐서도 안 되는 남자라고 여겼을 것이다.

"지금은 나한테 개새끼라고 욕도 하고, 미쳤다고 윽박지르기도 하잖아?"

"죄송해요, 욕해서."

"됐어. 아깐 내가 좀 심했어."

나쁘지는 않았던 분위기가 갑자기 누그러든다.

"오승원…… 그 남자랑은 무슨 사이야?"

단도직입적으로 물어 오니 대답하기 민망하기는 하지만, 그렇다고 죄를 지은 것도 아니고.

"썸 타기로 합의 본 사이요."

"아직 연애 단계는 아니야?"

"네."

"왜?"

"사내 연애는 부담스러워서요. CC 비슷한 거 한 번 했다가 그 난리를 쳤었는데, 회사는 헤어지면 더 불편해질 거예요."

"그럼 단지 사내 연애여서 주저하는 거야? 언니 문제나 뭐 다른 문제가 있는 건 아니고? 아니면 그걸 무릅쓸 만큼 그 남자한테는 안 끌리는 거 아닐까?"

"그런가."

"사내 연애가 싫으면."

이 남자 지금, 뜬금없이 연애 상담을 해 주려는 건 아닐 거다.

"사외 연애는 어때?"

"그게 더 편하겠죠."

"널 아주 잘 알고 있는 꽤 조건 좋은 남자가 있는데."

"누구요?"

바보 같은 물음이라는 건 심장이 반응하고 난 뒤에 깨닫는다.

"네가 생각하는 바로 그 사람."

한눈에 반해서 후원을 했다는 남자, 궁금한 나머지 옆집으로 이사 왔다는 남자, 지켜 주고 싶어서 곁에 머문다는 남자.

"사내 연애는 확실히 거절하고."

잘생긴 얼굴이 근사한 미소를 머금더니 조수석 쪽으로 바짝 다가온다. 흠칫 놀라 어깨가 움츠러들자 얄미운 목소리로 빙글거린다.

"지금 당장 키스해 달라고 할 생각은 없으니까 겁은 먹지 말고. 물론 마음은 굴뚝같지만."

자존심이 상하는 건 왜일까?

"왜 그런 생각 없으신 건데요?"

"연하루 놀랄까 봐."

"지금도 충분히 놀랐거든요!"

"다른 의미로 놀란다는 뜻이었는데?"

"무슨……?"

갑자기 머릿속에 야한 이미지가 펑 하고 봇물 터지듯 쏟아진다.

"너무 잘해서?"

저도 모르게 침이 꼴깍 넘어갔고, 그 소리가 조용한 차 안을 크게 울리고 말았다.

아이고야, 연하루. 바닷물에 빠져 죽자, 그냥.

"뭐, 정 그렇다면 해야겠네."

얼굴이 슥 다가오자 짙은 세이지 향이 코끝을 스친다. 뺨에 닿는 손이 따뜻하다. 목덜미를 스치는 손가락 끝에서 미세한 떨림이 느껴지자 갑자기 심장이 터질 듯 두근거린다.

민트 향 섞인 숨결이 입가를 적시고 난 뒤 부드럽게 입술이 뭉개진다. 한 번 닿았다가 떨어지고, 두 번째 닿았다가 다시 떨어지고.

짧은 입맞춤은 가슴에 새겨질 만큼 진하고, 입술 끝이 파르르 떨릴 만큼 아쉬워서 한숨이 절로 흘러나온다.

"하아."

짧게 내쉰 한숨의 의미를 아는지 모르는지 정우가 엷은 미소를 짓는다. 기분 좋은 웃음을 머금은 입술이 왼쪽 뺨 위를 서성인다.

"입만 살았네요."

"뭐?"

웃음 섞인 되물음이 유쾌하다.

"깜짝 놀랄 정도는 아닌데요?"

뾰로통한 목소리에 안달이 난 심정이 그대로 드러난다.

연하루, 연애 고자인 걸 대놓고 광고하지 그러냐?

이쯤 되면 능력치를 보여 주겠다고 덤벼 와야 하는 거 아닌가?

하루는 조심스럽게 왼쪽으로 고개를 돌려 본다. 장난스러운 얼굴을 하고 있을 거라 생각했는데, 마주한 표정은 윤리 교과서에서나 보던 철학자처럼 심각하다.

"……지금 시작하면 키스로 안 끝나."

듣기 좋게 쉰 목소리가 귀에 착 감긴다.

"지금 차 안이거든요?"

"차 안에서 어디까지 갈 수 있는지 확인시켜 줘?"

갑자기 심장이 뜨끔 달아오른다.

"아니 뭐, 그 정도는 저도 알거든요!"

"앞뒤가 안 맞아. 차 안이라고 했다가, 안다고 앙탈 부리는 거."

"누구는 입만 살아서…… 흡!"

부드럽게 뭉개지던 장난스러운 키스가 아니다.

커다란 손이 작은 턱을 움켜잡으며 악관절을 눌러 하루의 입술 사이를 벌렸다. 입안으로 밀치고 들어오는 단단하면서 말캉하고, 뜨거우면서 부드러운 혀의 움직임이 느껴지려는 찰나 목젖이 딸려 올라오는 듯 빨려 들어간다.

"으음."

생경한 흡인력에 놀라 야릇한 신음이 목울대를 울린다. 턱을 움켜잡고 있던 손이 목뒤로 부드럽게 미끄러진다. 뒷목을 주무르는 손길에 머릿속이 녹아내리는 것처럼 아득해진다.

"하아, 하아."

잠시 각도가 비틀린 사이 거친 숨이 터져 나온다. 한 번 더 크게 숨을 내쉬려는 순간, 숨결을 앗아 가듯 입술이 먹혔다. 먹힌다는 표현이 가장 정확했다.

달콤하고 맛있는 아이스크림을 녹여 먹는 것처럼 혀를 살살 굴렸다가, 타오르는 갈증을 못 이기고 매달리는 사람처럼 마셔댄다.

하루는 손을 뻗어 정우의 팔뚝 언저리를 움켜잡았다. 힘이 들어간 팔뚝 근육이 손바닥 안쪽에서 느껴지자, 단단한 몸을 품안 가득 끌어안고 싶은 충동이 인다.

팔뚝을 더듬거리던 손을 올려 세이지 향이 유독 진한 목덜미를 끌어안았다. 자연스럽게 손가락은 정우의 부드러운 머리칼을 움켜잡았다.

격했던 박자가 끈적끈적하게 맞아떨어져 간다. 목덜미를 주무르던 손이 등줄기를 타고 내려오자, 하루는 본능적으로 허리를 세워 말캉한 젖가슴을 정우의 단단한 가슴팍에 밀착시켰다.

"흐음."

빠르게 뛰는 심장이 서로의 가슴에 맞닿자 참기 힘든 신음이 흘러나왔다. 두근두근, 쿵쾅쿵쾅거리는 소리가 하루 자신의 것인지, 아니면 정우의 가슴에서 나는 것인지 구분이 되질 않는다. 꼭 닮은 박자로 빠르게 뛰는 심장 때문에 열기는 끝 간 데를 모르고 치솟는다.

지잉.

생경한 진동 소리와 함께 조수석 등받이가 뒤로 넘어간다. 질척하게 붙어 있던 입술이 야한 소음을 내며 떨어졌고, 깊고도 짙은 눈동자가 하루를 내려다본다. 무겁고 야릇한 분위기가 자아내는 집중력이 놀라울 정도다.

"저기. 충분히 놀랐는데요?"

"차 안에서 어디까지 갈 수 있는지 정확히 알려 줄 생각인데?"

"아직은 거기까지 갈 자신이 없어서요."

"그럴 자신이 생기면, 말해 줄 건가?"

"글쎄요. 그건 또 분위기 따라가는 거니까요. 딱히 말로 하기는 좀 그런데."

"지금 분위기로는 부족한가 봐?"

부드러운 손등이 빨갛게 달아오른 뺨을 스치고 내려간다. 색색거리는 자신의 숨소리가 듣기 민망해서 하루의 미간이 슬쩍 좁아진다.

"근데요, 우리 지금 사귀는 건가요?"

야한 눈빛을 하고 있던 정우에게서 픽 하고 유쾌한 웃음이 터진다.

"그게 중요한가?"

"사귀지도 않는데 막 키스하고 그러는 거면."

하루는 단호히 입술을 앙다문다. 대학교 때와 같은 일은 또다시 일어나서는 안 된다.

"연애 시작을 정의해 달라는 거야?"

고개가 절로 끄덕여진다.

"내가 아까 연애하자고 안 했던가?"

'네가 생각하고 있는 그 사람'과의 '사외 연애'라고 했었지.

"그럼, 오늘부터 우리 1일이에요."

자신 있게 말해 놓고도 유치하고 어이가 없어서 웃음이 픽 흘러나온다.

참 아이러니하다. 승원과의 연애를 떠올릴 때는 재고 따지는 것들이 너무 많았다. 이래서 안 되고, 이것 때문에 걸리고, 그래서 불편할 거라는 생각만 했다. '이런 좋은 사람이랑 연애하면 좋겠지.' 하는 막연한 상황을 상상하기도 했었다.

그런데 옆집 사는 남자가, 옆 회사 사장이, 심지어 인생을 구원해 준 후원자가 해 온 갑작스러운 고백인데 전후 상황이 눈에 들어오지 않는 지경이 되어 버렸다.

사랑은 빠지고자 해서 빠져드는 게 아니라, 깨닫지도 못한 순간에 풍덩 나를 빠뜨리고 마는 어리석음이라고 누가 그랬던가.

진한 키스도 했고, 오늘부터 1일이라는 낯간지러운 말도 했는데, 집으로 돌아오는 내내 마치 잘못을 저지른 것처럼 심장이 불안하게 날뛰었다.

"연하루."

조용한 엘리베이터 안, 나지막한 정우의 목소리가 울린다.

연하루, 연하루, 연하루.

이름을 말해 주는 목소리를 녹음해 놓고 싶을 정도다. 세상에서 가장 사랑스러운 이름을 갖고 있는 여자가 된 기분이다.

이름을 달콤하게 불러 주는 남자. 사랑받고 있다는 느낌.

이것만으로 충분한 걸까?

"우리 집으로 갈래?"

"네? 아직 그럴 분위기는 아닌데요?"

깜짝 놀라 되물은 말에 그는 빙긋이 미소 지으며 하루의 어깨를 끌어당겨 품에 안았다.

"내일 아침에 일어나면 무르자고 덤빌 것 같은 얼굴이라, 아침까지 옆에 둬야 안심이 될 것 같은데?"

"어떻게 아셨어요?"

"정말 그럴 생각이었어?"

잠시 간격을 두고 정우가 하루를 내려다본다.

"그렇다는 게 아니고요. 너무 갑작스럽게 이렇게 돼서요. 이게 뭔가 싶기도 하고."

"그래서 싫다는 뜻이야?"

"아뇨! 싫다는 건 아닌데요!"

"그럼 됐어."

이마에 부드러운 입술이 가볍게 닿았다가 떨어진다.

"연하루."

"내 이름 불러 주는 거 너무 좋아요."

"나도 네 이름 부르는 거 너무 좋아. 얼마나 불러 보고 싶었는데."

갑자기 가슴이 짠해지며 눈물이 핑 돈다. 어머니와 데면데면했던 모습과 모자가 꼭 닮아 있던 세상과 이격된 외로움의 정체가 갑자기 궁금해진다.

"앞으로 마음껏 불러요."

묻고 싶은 게 많지만 차차 알아 가면 되는 거다.

"들어가, 쉬어. 늦었다."

하루는 대답 없이 고개를 끄덕였다. 드레스 셔츠에 얼굴이 자연스럽게 부대끼며 코끝에 정우의 향기가 진하게 머물렀고, 등을 쓸어내리는 커다란 손이 주는 위안은 발끝이 둥둥 떠오를 정도로 황홀하다.

"잘 자요."

"그래. 연하루도 잘 자."

문 앞에서 아쉬운 작별 인사를 몇 번이나 나눈 뒤에야 하루는 겨우 현관문을 열고 집 안으로 들어왔다. 안온했던 집이 갑자기 낯설게 느껴질 만큼 밖에서 나눈 온기가 그리워진다.

황홀경에 빠져 말도 안 되는 사고를 칠 것만 같아서 속으로 '침착하자.'를 수백 번 되뇌어 본다.

뜨거운 물로 긴긴 샤워를 하는 동안, 아찔했던 키스가 머릿속에서 제멋대로 편집되어 리플레이 된다. 목덜미를 먼저 잡았는지, 혀가 먼저 들어왔는지. 등받이가 나중에 넘어갔는지, 신음 소리가 나중에 흘러나왔는지.

더운 김이 서린 욕실을 빠져나오자, 마치 꿈속을 빠져나온 것처럼 정신이 확 들었다.

"이상해, 꿈같아."

침착하자고 하면서 이내 불안해지고 만다.

누군가의 인생을 구제해 줄 만큼 많은 부를 가진 남자가 왜, 잘나가는 회사 사장이라는 남자가 왜, 평범하게 살아 보려고 악착같이 버티고 있는 나를 왜?

의문이 들기 시작하자 또다시 불안감이 증폭된다.

"이러면 안 되는데."

안 된다고 생각하면서도, 하루는 현관문을 열고 나가 옆집 현관문을 두드리고 있다.

"누구……?"

현관문이 벌컥 열렸고, 머리카락이 젖은 정우가 의아한 눈빛으로 하루를 내려다본다.

"무슨 일 있어?"

금세 정우의 눈빛엔 걱정이 어린다.

"이상하게 불안해서요. 내일 아침에 내가 무르는 게 아니라, 사장님이 '실수였다, 잊어라.' 이러면…….."

말끝이 흐려진다. 현관문을 열고 나온 순간부터 이러면 안 된다고 후회하고 있었는데, 그를 마주하고 입을 뻥끗거리는 순간 자존감이 바닥으로 내려앉는 기분이다.

고개가 절로 바닥을 향해 떨어지자 정수리 위에서 웃음소리가 들려온다.

난 하나도 안 웃겨요.

"그러게 같이 있자고 했잖아."

심장이 쿵 내려앉음과 동시에 손을 덥석 잡혔다. 고개를 들어 정신을 차린 순간 이미 그의 집 현관에 발을 들이고 말았다.

"여기까지 와서 빼려고? 들어와."

"아직 자신이 생겼다는 건 아니고요!"

"목욕재계하고 남자 집 현관문 두드린 여자가 하는 말치고는 진정성이 좀 부족하단 생각 안 들어?"

"진짜예요!"

버럭 새된 목소리가 튀어나왔다.

"알아. 놀린 거야."

빙글거리는 웃음이 얄미운데, '이제 됐어요!' 하고 쿨한 모습으로 돌아서고 싶은데, 발길이 떨어지질 않는다.

"뭐 해? 계속 거기 서 있을 거야? 얼른 들어와."

마치 사람 속을 다 꿰뚫어 보는 것처럼 웃고 있는 얼굴에 괜히 자존심이 상한다.

"놀리기는. 뭘 안다고."

"연하루."

"왜요?"

지나치게 다정한 부름에 심장이 고장이라도 난 것처럼 날뛴다.

"내가 널 지켜본 세월이 얼만데…… 알아. 걱정 마."

불안하게 얼어붙었던 우려가 한순간에 사르륵 녹아 없어질 만큼 정우의 목소리는 따뜻하고 달콤하다.

"앉아 있어. 투정 부리는 연하루 코코아라도 한 잔 타 주게."

"남자 혼자 사는 집에 코코아도 있어요?"

"남자는 혼자 살면서 코코아 마시지 말라는 법 있어?"

딱히 반박할 거리가 없어서 하루는 멀거니 손등만 내려다보았다. 전기 포트에서 보글보글 물이 끓는 소리가 들려오고, 곧이어 달콤한 향기가 공기 중에 실려 온다.

"마셔. 마시멜로도 들어 있다?"

머그잔 안에 동동 떠 있는 새끼손톱보다 작은 마시멜로 알갱이에 웃음이 픽 터진다.

"나 이거 되게 좋아하는데."

"알아."

정우는 머그잔에 입을 가져다 대고 호로록 뜨겁고도 달콤한 음료를 마셨다.

"설마 내가 좋아한다고 해서 마시기 시작한 거예요?"

"어."

한 치의 망설임도 없는 대답에 머리끝까지 달콤함이 차오른다.

"미쳤나 봐요, 나. 고등학생 때부터 나 후원해 준 사람인데, 그런 사람이 지금, 그때부터 저 좋아했다고 고백했는데, 스토커처럼 옆에 붙어 있었는데, 이게 심각하게 무서울 수도 있는 상황인 거잖아요?"

머그잔을 잠시 입에서 떼어 낸 정우가 불안한 표정으로 하루를 바라본다.

"근데 너무 좋아요. 아무래도 미친 것 같아요."

"다행이네."

"미쳐서 눈에 콩깍지가 씌어서요?"

"미쳐도 곱게 미쳐서."

장난기를 머금은 얼굴에 유쾌한 미소가 어린다. 하루는 그를 따라 호로록 코코아를 마셨다가, 다시 미소를 머금기를 반복했다.

그새 다 마셨는지 머그잔을 소파 테이블에 내려놓은 정우는 장난기 쏙 뺀 말간 시선으로 하루를 바라본다.

귀 뒤로 넘겨 놓았는데 물기가 마르면서 튀어나온 머리카락 한 가닥, 화장을 지우고 나니 흐릿하게 나타난 뺨 언저리의 주근깨, 코코아를 마시며 샐쭉거리는 입술.

뚫어져라 바라보는 시선이 불편할 만도 한데, 뜨거운 욕정이 느껴지지 않는 시선은 따뜻하고 편안하다.

하루는 유리 테이블 위에 놓인 정우의 머그잔 옆에 자신이 들고 있던 머그잔을 나란히 내려놓은 후 정우의 시선을 따라 하듯 바라봤다.

반듯한 이마 위에 흐트러진 촉촉한 머리카락, 깊고 진한 눈동자 위에 드리워진 기다란 속눈썹, 매끈한 콧날 아래 또렷한 인중, 뜨거운 음료 때문에 빨갛게 충혈된 입술.

갑자기 웃음이 픽 터진다.

"내가 웃기게 생겼어?"

"입술 위에 코코아 자국 났어요. 꼭 조커처럼."

하루는 잠시 머뭇거리다 조심스럽게 손을 뻗어 정우의 오른쪽 입술 위를 살짝 닦아 주었다. 입술에 살짝 손가락이 스치자 다정했던 눈빛이 온도를 높인다.

"넌 안 묻은 줄 알아?"

"어? 그래요?"

입가로 손을 올리려는데, 정우가 하루의 손목을 움켜잡았다. 긴장감에 꼿꼿이 세우고 있던 상체가 손목에 가해진 악력에 의해 자연스럽게 푹신한 소파 등받이로 기대졌다.

얼굴이 천천히 가까워지고, 마침내 숨결이 섞일 것 같은 순간 하루는 슬그머니 눈을 감았다.

"입 닦는데 눈을 왜 감아?"

"이게, 아닌가?"

눈꺼풀을 들어 올려 코앞에 있는 얼굴에 초점을 잡으려는 순간, 입술이 쪼록 빨려 들어간다.

"흠."

방심한 순간 놀라서 튀어나온 소리가 무색하게 단단한 무게감이 덮쳐 온다. 소파 등받이에 기대 있던 상체가 스르륵 옆으로 미끄러졌고, 머리가 푹신한 팔걸이에 닿았다. 손목에는 여전히 커다란 손이 둘러져 있다.

마시멜로 듬뿍 들어간 코코아도 충분히 달다고 생각했는데, 혀끝을 알싸하게 휘감는 까끌까끌한 감촉에 비하면 아무것도 아니었다.

하루는 손목을 비틀어 풀어서 정우의 목을 끌어안았다. 차곡

차곡 쌓이던 가슴속 열기가 순간순간 높이를 재지 않고 수직 상
승하는 바람에 발끝이 오므라들고, 무릎 언저리가 저릿했다. 이
상하게 풀려 버려 흐느적거릴 것만 같은 다리를 움직이자 단단
하고 긴 다리와 휘감겼다.

하루의 머리카락과 옆얼굴을 쓰다듬어 내리던 다급한 손이
그녀의 등허리로 내려가 바짝 끌어당겼다. 옷을 입고 있는데도
몸을 섞는 듯한 착각이 인다. 단단한 몸에 찰싹 달라붙어서 하
루는 끊임없이 신음을 삼켰다.

"으음."

목울대가 야릇하게 울리자, 거칠게 빨아들이고 뭉개던 입술
이 하루의 턱선을 따라 움직인다.

하루는 본능적으로 소파 팔걸이에 머리를 깊이 묻으며 턱을
치켜 올렸다. 턱선을 배회하던 입술은 하얗게 드러난 목덜미를
머금었다.

"으읏."

간지럽고, 짜릿하고, 두근거리고, 뜨거운 열기가 끊임없이 차
올라서, 하루는 입을 다물 수가 없었다.

"저기, 아직."

"……후우…… 알아…….."

짙은 한숨, 낮게 성긴 목소리에서 들끓는 욕망이 느껴진다.

"자신 있는 데까지만 해."

적당히 쉰 목소리가 듣기 좋다. 섹시한 목소리에 취해 잠시
정신을 놓은 사이, 티셔츠 아랫단이 들리더니 뜨거운 손이 옆구
리를 따라 올라온다.

맨살에서 느껴지는 생경한 감촉에 놀라기도 전에 티셔츠가 말려 올라갔고, 브래지어 컵이 위로 훌러덩 올라갔다.

"흐읏!"

가슴을 움켜잡는 손이 부드럽지는 않았다.

"으음."

말캉한 젖가슴을 주무르며 정우는 억눌린 신음을 내뱉었다. 하루는 오른손을 들어 정우의 머리카락을 쓸어 넘겼다. 그러자 목덜미를 배회하던 입술도, 가슴을 터질 듯 주무르던 손길도 멈춘다.

"하아, 하아."

더운 숨을 고르는데, 슬쩍 고개를 든 정우가 하루를 반듯한 시선으로 바라본다. 마치 허락을 구하는 듯 정중한 느낌이 들어서 갑자기 부끄러워질 정도다.

"왜요?"

질문 끝이 이상한 목소리로 떨려서 하루는 미간을 살포시 찌푸렸다.

"여기까지는 괜찮은가 보네?"

"……."

굳이 대답해야 하나 싶어서 입술을 잘근 깨물었는데, 전혀 예상치 못한 물음이 날아온다.

"아니면 여기까지는 경험이 있는 건가?"

하루는 저도 모르게 입을 쩍 벌리고 말았다.

"암튼 솔직해."

"……."

"반박도 안 하네? 도전 정신 생기게?"

뭐 이런 걸로 도전 정신이 생겨?

"아, 난 연하루가 첫사랑한테 차인 사연까지 속속들이 알지만, 연하루는 나에 대해 잘 모르지? 내가 얼마나 남한테 지는 걸 싫어하는지 아나?"

하루는 얼른 고개를 내저었다.

"감히 내가 애지중지하다 못해 바라보고만 있던 연하루한테 손을 대고 튀어? 그때 나 한국에 있었으면 그 새끼 내 손에 죽었어."

"……한국에 없었어요?"

"영국, 유학 중이었어. 논점 흐리지 말고, 연하루."

"다른 건 몰라도 하나는 알겠네요. 입만 산 거."

기다란 엄지와 검지가 어느새 단단히 솟아오른 유두를 꼬집듯 휘감는다. 반듯한 얼굴에 빙글거리는 웃음이 걸리는가 싶더니.

"살아 있는 입이 어떻게 하나 한번 볼래?"

대꾸하려는데 정수리가 보인다.

"흐읏!"

입술을 헤집고, 목덜미를 뭉개던 입술이 가슴을 크게 베어 물었다. 츄릅 빨아들이는 소리에 머릿속이 아찔해지고, 발가락 끝까지 전율이 흐른다. 이를 세워 단단한 가슴 끝을 살살 물어 대는데 숨이 멎을 뻔했다.

그 모습을 바라보던 하루는 고개를 한껏 뒤로 젖히며 이제 거의 다 마른 정우의 머리카락을 움켜잡았다. 가슴에서 느껴지는 야릇한 통증과 함께 팬티 아래에서 뭉근한 열기가 피어오른다.

"하아."

더운 숨이 쉴 새 없이 터진다. 심장을 빼앗긴 것도 아닌데 조바심이 나고, 숨이 막힌 것도 아닌데 답답하다.

"아아."

열기를 발산하듯 내지른 커다란 신음이 부끄럽게 느껴지지도 않는다. 상체를 뒤틀자 소파 가죽과 붙어 있던 등허리에서 땀이 축축하게 배어나 질척이는 소음이 야릇하다. 가죽과 맨살이 붙었다 떨어지는 생경한 느낌에도 민망하기는커녕 열기만 더해진다.

"하아, 하아."

하루가 더운 숨을 두어 번 내뱉은 순간, 가슴 언저리에서 시원한 공기가 느껴지더니 뜨겁게 부푼 입술이 숨결을 앗아 갈 듯 덮친다.

빳빳하게 긴장한 유두가 단단한 가슴에 붙은 면 티셔츠에 닿아서 따끔거렸고, 혀뿌리가 딸려 나가는 느낌에 목이 뻐근하다. 허벅지 안쪽을 비벼 대는 단단한 존재감에 숨이 헉 차오른다.

모르겠다, 어디까지 갈 수 있는지.

연애는 곧 섹스인 구혜경이 하루의 머릿속을 들여다본다면, 이제 그만 처녀 딱지 좀 떼 보라고 다그칠지도 모른다.

사귄 지 겨우 1일째, 하루는 단단한 가슴을 손바닥으로 슬쩍 밀었다.

왜? 하고 묻는 듯한 얼굴을 한 정우가 하루를 내려다보더니 재빨리 표정을 달리한다.

"여기까지?"

그만해라, 더 하자. 승강이도 없이 정우는 깔끔하게 물러서는 쪽을 택한다. 갑자기 아쉽게.

"진짜요?"

"그럼, 진짜지. 싫다는데 더 하면 범죄야."

입만 산 줄 알았던 남자가 이제 보니 준법정신도 투철하다.

"비겁하게 아쉽다는 표정 짓지 마. 그거 반칙이야."

할 말 없게 만드는 재주도 아주 탁월하다.

이미 몸을 일으켜 앉은 정우를 따라 상체를 일으키며 하루는 가슴까지 말려 올라간 티셔츠를 끌어 내렸다.

"잠깐 있어. TV를 보든지, 스마트폰 게임을 하든지."

"어디 가세요?"

"기대치 꺾으러 간다."

음? 눈썹을 추켜세우며 정우의 얼굴을 바라보던 하루는 갑자기 그가 몸을 일으키는 바람에 화들짝 놀라 뒤로 물러나 앉았다.

회색 트레이닝복 가운데가 불룩하다. 허벅지 안쪽을 비벼 대던 단단했던 존재감이 떠올라서 얼굴이 홧홧 달아오른다. 하루가 놀란 입을 다물 새도 없이 정우가 방 안으로 사라졌다.

저기, 그러니까…… 방에는 왜……. 혹시 화장실에서…….

생각이 거기까지 미치자, 대학교 때 구혜경이 대단한 능력으로 구했다는 야동을, 그것도 무척이나 감각적인 화면으로 구성된 여성용 야동이라는 물건을 처음 접했을 때처럼 기분이 야릇하다.

원래 이렇게 야릇한 거라는 확인이라도 받고 싶었을까.

- 저기, 친구야.

아니면 심장이 너무 뛰어서 미친 나머지, 정상적인 사고가 가능한 친구에게서 위안을 받고 싶었을까.

- 왜 이렇게 다정해? 너 뭐 사고 쳤어?
- 남자는 서면 힘들어?
- ????????????

스마트폰 메신저 창이 물음표로 가득 찬다.

- 그러니까…… 힘드냐고.
- 너 누구랑 있냐?

하필 왜 구혜경을 떠올렸을까?
하기야 구혜경 말고 이런 얘기 터놓고 할 친구도 없다.

- 야! 연하루, 너 오늘 오승원 대리 만났어? 잤어? 자기 직전까지 갔어? 너 어디야? 나 쫓아간다!
- 아니, 오 대리님은 만났는데 아까아까 헤어졌고.
- ????????????? 설마 연하루가 술 마시고 원나잇은 아닐 거잖아! 너 지금 오타 하나도 없는데? 술도 안 취했는데?

갑자기 전화가 울린다.
경험 부족이 몰고 온 사달이 어마어마해질 것 같은 불길한 예감이 든다.

- 전화받아, 연하루! 안 그럼 나 경찰에 신고한다!

전화를 안 받았더니 협박까지 해 댄다. 혜경의 끈질긴 성격을
모르는 바 아니지만, 여기서 섰네, 안 섰네, 했네, 안 했네 하기
는 좀 많이 그러니까.

쉴 새 없이 진동하는 휴대전화를 물끄러미 바라보는데, 굳게
닫혔던 안방 문이 딸깍 하고 열리는 소리가 들려온다. 다 말랐
던 정우의 머리카락이 다시 축축하게 젖어 있다.

"누구 전환데 안 받아?"

"아, 친구요!"

"남자야?"

"아뇨. 제 베프요. 혜경이."

"받아, 그럼."

"아녜요. 안 받아도 돼요."

"왜 내 눈엔 안 받는 게 이렇게 이상해 보일까? 친구 맞아? 그
대리 아냐?"

성큼 다가오는 발걸음에 놀란 나머지 손가락이 미끄러졌고,
전화가 받아졌다. 할렐루야!

- 야, 연하루! 너 어디야? 누구랑 같이 있어? 뭘 봤는데? 서서 힘들
대?

이 기지배는 목소리가 정말 더럽게 크다. 할렐루야까지 외쳤
건만 신은 나를 버렸구나.

"혜경아, 나중에 전화할게."

전화를 끊은 하루는 판타지 영화에나 나오는 텔레포트 능력

이 어디선가 갑자기 극적으로 생겨났으면 좋겠다는 생각이 들었다.

내 눈앞에서 저 남자가 사라지든지, 내가 사라지든지. 둘 중 하나 사라져라, 뿅!

"여자들은 친구들끼리 정말 별의별 얘기를 다 하는구나. 이 짧은 시간에?"

생각 외로 대수롭지 않게 받아쳐서 하루는 안도의 한숨을 내쉬었다.

"하하. 그게, 녀석이요! 녀석이 가끔, 제가 사료 줄 때 두 발로 서거든요. 빨리 달라고. 그래서 오래 서 있으면 힘드냐고…….
혜경이가…… 걔도 고양이 키우고 싶다고……."

"그냥 서 있는 게 힘들기야 하지."

빙글거리는 웃음이 걸린 얼굴은 한없이 여유로운데, 정우의 여유에 하루는 죽을 맛이다.

"근데 머리가 젖었네요?"

검게 젖은 머리카락을 가리키며 묻자, 물기를 털어 낸 정우가 심드렁히 대답한다.

"찬물로 샤워했어."

"아……!"

깨달음의 표시를 너무 격하게 해 버렸다.

"딴짓하고 나온 줄 알았어?"

"아뇨오!"

그냥 대답을 하지 말걸.

"앞으로 연하루 베프한테 오해 사지 않으려면 나 되게 잘해야

224

겠다, 그치?"

대답할 틈도 주지 않고 질문이 이어진다.

"반박도 안 하네?"

얄밉게 되물은 정우는 대답 들을 생각도 없다는 듯 냉장고로 다가가 맥주 두 캔을 꺼내서 하루가 앉아 있는 곳으로 다가온다.

"영화나 볼까?"

"저 지난주에 〈그것이 궁금하다〉 보고 싶었는데 못 봤거든요. 그거 VOD로 봐요!"

"그래, 그러든지."

〈그것이 궁금하다〉는 즐겨 보는 프로그램도 아니거니와, 지난주에 어떤 내용이 방송했는지조차 모른다. 그런데 영화가 아닌 시사교양 프로그램을 택한 이유는 딱 하나다.

영화에서 키스 장면이라도 나오면 또 서니 마니 야릇해질 것 같아서.

"미제 연쇄살인 사건 편이네? 연하루 이런 거 좋아해?"

"네!"

이런 걸 좋아할 리가요. 혼자 살면서 강력 범죄와 공포를 즐기는 여자는 흔치 않아요.

소파 등받이에 바짝 등을 기대앉고 나자 〈그것이 궁금하다〉 다시 보기가 시작되었다.

범죄 장면을 재구성하는 거무튀튀한 장면은 공포 영화보다 훨씬 괴기스러웠고, '아직 범인이 잡히지 않았다.'를 강조하는 사회자의 눈빛은 소름이 오스스 돋아날 만큼 강렬하다.

무서워서 잔뜩 몸을 웅크리자 단단한 손이 허리를 감싸 안는가 싶더니 몸이 답삭 들린다.

"에?"

"이러고 보자."

정우는 허벅다리를 넓게 벌려 공간을 만든 뒤 그 사이에 하루를 앉혔다. 그러고는 하루의 어깨에 턱을 괴고 허리를 친친 감아 안았다.

심장이 두근두근 날뛴다.

백 허그를 당한 채로 하루는 꼼짝없이 시사 교양 프로그램 한 편을 시청했다. 너무 긴장했더니 손에 땀이 배어나기까지 했다. 엉덩이를 조금만 뒤로 움직이면 또 서네 마네 하는 존재와 부딪치려나?

어떻게 움직여야 하나 고민하고 있는데, 등 뒤에서 고른 숨소리가 색색 들려온다. 고개를 살짝 돌려 보니 어깨에 턱을 기대고 있던 그는 어느새 소파 등받이에 몸을 기댄 채 자고 있다.

아까 출장 다녀오는 길이라고 한 것 같은데.

"피곤했나 보네."

조심스럽게 읊조리는 소리가 들려오는가 싶더니, 가느다란 손가락이 이마를 스치는 느낌이 난다. 흐트러진 머리카락을 정리하는 듯 손길이 분주하다.

정우는 가만히 부드럽게 움직이는 손길을 느끼며 눈을 감은 채 기다린다.

그동안 이 손길이 닿기를 얼마나 간절히 바랐던지…….

감사하다고 했다. 존경한다고 했다. 닮고 싶다고 했다.

그 말이 나서기 어렵게 했다는 걸, 연하루는 아나?

정우는 뺨 위에 가만히 올라 있는 작은 손을 슬며시 잡았다.

"졸리다."

눈을 감은 채로 속삭이자, 기분 좋은 웃음소리가 들려온다.

"그럼 자요."

"나 자면 갈 건가?"

"자면 가야죠."

"손만 잡고 잘게."

나른하게 눈꺼풀을 들어 올린 순간 새빨갛게 물든 뺨이 눈에 들어온다.

먹고 싶어.

손만 잡고 자겠다는 다짐이 무색하게 정우는 하루의 잘 익은 뺨 위에 베어 물듯 입을 맞췄다. 츄릅 하는 소리와 함께 입술이 떨어지자 가늘게 뜬 눈이 정우를 가볍게 노려본다.

"손만 잡고 잔다면서요?"

"이 정도는 봐줘라."

어머니 품을 떠난 후로 부려 본 적 없는 어리광도 부려 본다. 우스워서 웃음이 다 난다.

"봐줄게요."

싱긋 웃어 솟아오른 뺨에 입을 한 번 더 맞춘 정우는 번쩍 하루를 안아 들었다. 야릇한 분위기가 감돌자 안아 올린 얼굴이 불안해진다.

"걱정 마. 안 해, 오늘은."

그래서 힘들겠다, 오늘 밤은.

- 얼굴 좀 보여 주지?

역발행 세금계산서 내역을 정리하던 하루는 휴대전화를 손에 꼭 쥐고 2층 테라스로 나갔다.

SJW 사장실에서 보이는 공간이라며 정우는 가끔 하루에게 테라스로 나오라는 메시지를 보내왔다.

그날 밤 이후로 몇 번, 아니, 거의 매일 밤을 손만 잡고 잤다. 일요일에는 내내 둘이 붙어 있었고, 월요일부터는 퇴근 시간 이후부터 다음 날 출근하기 전까지 붙어 있었다.

- 나 나왔어요.
- 응, 보여.

사내 연애를 하는 것만큼이나 감질이 나고.

- 손 흔들어 봐.

스릴 넘친다.

하루는 옆 건물을 향해 손을 살짝 흔들었다.

"어떻게 알고 나와 있어?"

아래서 갑자기 들려오는 목소리에 정신이 번쩍 든 하루는 얼른 시선을 내려 보았다.

"대리님, 오셨어요?"

월요일부터 목요일인 어제까지 국가직무능력표준(NCS) 관련 직무능력중심 채용 교육을 받고 오는 승원이 아래서 인사를 건넨다.

"나 오는 거 보고 손도 흔들어 준 거야?"

빙긋이 웃는 얼굴에 걸린 미소가 화사하다.

- 무슨 얘기 해?

그리고 휴대전화를 울리는 메시지는 불안하다.

"아, 그런 건 아니고요."

"그럼 누구한테 손 흔들고 있었어?"

"그냥 마우스 때문인지 손목이 좀 아파서요."

가볍게 손을 풀어서 흔들자 승원의 얼굴에 금세 걱정이 어린다.

"바쁜가 보네."

"네, 그럼 수고하세요."

하루가 꾸벅 고개를 숙여 인사를 건넨 뒤 휴대전화로 시선을 돌리자 승원은 "수고!" 하면서 건물 안으로 사라졌다.

- 오 대리님이 계속 교육 갔다가 주말 이후로 처음 출근하는 거예요.

메시지를 보냈는데 답이 없다.

- 전화나 문자로는 할 얘기가 아닌 것 같아서, 오 대리님한테 아직 말 못 했어요. 절대로 안 하려고 그런 건 아니고요.

- 그래서?

- 오늘 저녁때 잠깐 오 대리님 만나고 들어갈게요.

재깍재깍 답을 보내던 정우였는데, 상황이 상황인 만큼 답이 느리다. 하루는 초조하게 휴대전화를 바라봤다가, 사장실이라고 했던 위치를 바라봤다가, 시선을 반복해서 옮겨 댔다.

- 대신

조건이 달린다.

- 네!

심장이 두근두근 울린다.

만약 정우가 어떤 여자와 독대를 한다면 정말 싫을 것 같다. 그런 생각이 들자 뭐든 해 줄 수 있겠다는 자신만만한 생각마저 든다.

- 거기서

- 네, 여기서……?

- 머리 위로 하트 3초

잠시 고민에 빠져 있는데, 또 다른 메시지가 들어온다.

- 웃으면서, 활짝

인상을 찌푸리고 있는 게 저 멀리서도 보이나 보다.
　하루는 밝고 어색하게 웃으며 두 손을 머리 위로 올려 하트를 그리고는 속으로 셋을 세었다.
　미쳤다, 연하루. 회사 테라스에서 이게 뭐 하는 짓이냐.
　웃으래서 입은 웃고 있는데, 혹시 보는 눈은 없나 눈동자는 쉴 새 없이 움직이고, 긴장감에 이맛살이 파르르 떨린다.
　죽겠다, 좋아서. 진짜다.

　검은색 모직 원피스를 입은 여자를 물끄러미 바라보던 정우는 피식 웃음이 터지고 말았다.
　"화이트 바이오산업 진출을 모색하고 있는 국내 기업 중 JH 케미컬이 우선 협상 대상으로 보입니다. JH케미컬의 진훈 사장은 현재 바이오디젤 등의 연료 생산 분야에 중점을 두고 싶다면서 여기저기 운을 떼고는 있지만, 연구진을 포함한……."
　찰칵!
　"사장님?"
　사업 진행 현황 보고를 받던 정우가 갑자기 창밖을 향해 휴대전화 카메라 셔터를 누르는 바람에 홍 실장의 시선이 창밖으로 향했다.
　멀리 신 엔지니어링 사옥 2층 테라스에서 머리 위로 하트를 그리고 있는 여자의 모습이 눈에 들어온다.

일요일 오후, 사장 집무실을 3층 접견실로 바꾸라는 지시가 떨어지도록 만든 장본인, 연하루인 듯하다.

"듣고 있으니까 계속해요."

"사업 악화로 화이트 바이오 쪽 연구진을 적당한 곳으로 옮기고 싶어 하는 눈치였습니다. 표면적으로는 사업교환(Business Swap)을 주장하고 있지만, 그냥 연구진을 넘기는 것도 검토 중이라고 합니다."

"JH케미컬이 동종 업계 다른 회사에 비해 연봉은 적어도 평생직장이라는 이미지로 굳건하죠. 진훈 사장은 그거에 대한 자부심도 막강하고. 우리가 데려오죠. 기성 바이오팜(Biofarm)은 미팅 잡혔습니까?"

"네, 다음 주 수요일 점심으로 잡았습니다."

조부께서 물려주신 의료기기 회사는 정우가 맡으면서 바이오-시밀러 사업에 진출해서 가시적 성과를 거두었다.

이미 의약품과 의료기기를 아우르는 레드 바이오 분야는 꽉 잡고 있는 SJW테크이지만, 정우는 SJW를 국내 최고의 바이오 회사로 만들 생각이다.

의약품, 의료기기 등 생명과 관련한 레드 바이오, 하얀 굴뚝 연기를 연상케 하여 이름 붙여진 친환경 원료 사업 화이트 바이오, 미래 식량 문제를 고민하는 그린 바이오까지.

조부는 정우를 호적에 올린 뒤, 회사 이름을 SJW테크로 바꾸었다. 생활가전에 들어가던 작은 부품을 생산하던 회사가 바이오산업에 발돋움한 것은 불과 13년 전이다.

샌프란시스코에서 열린 바이오 장비 업체 박람회에서 방사선 치료 장비의 한국 내 독점 영업권을 따낸 것이 그 계기였다.

밉지 않은 것은 아니다. 원망도 많이 했다.

어린 시절, 어머니가 어린 아들을 버렸다는 생각에 잠 못 이룬 밤이 셀 수 없다. 서정우와 SJW테크, 죽은 조부가 눈도 감지 못하도록 동시에 파멸시켜 버리고 싶었던 순간도 있었다.

그런데 친모에게 친언니의 병환을 전하고 또다시 버림받으면서도 초연했던, 어릴 적 자신과 이름이 같았던 여고생 하루……그 아이 때문에.

어머니를 다시 찾았을 때, 그녀는 어릴 적 기억보다 훨씬 쇠약한 모습이었다. 슬퍼하지 않았다고 했다. 언젠가는 찾을 아들이라며 더 열심히 살았다고 했다.

"밥은 먹었어, 우리 하루? 아. 이름이 바뀌었다고 들었는데 엄마는 이게 더 편하네."

17년 만에 다시 만난 아들을 어머니는 마치 어제 보고 오늘 보는 것처럼 대해 주셨다. 아들을 잃고, 하나 남은 핏줄은 거두고 싶지만, 아들이 세상을 뜨게 만든 원흉이라 생각했던 손자의 어미는 받아들일 수 없었던 조부의 마음도.

식도 제대로 올리지 못한 채 사랑하는 남자를 잃고, 아들을 빼앗기고도 최선을 다해 살아왔다는 어머니의 기구한 삶도. 하물며 TV에 나오는 생판 모르는 타인의 감정에도 일말의 동정을 느끼는 인간으로서 저버릴 수 없는 이들.

그래서 내린 최선의 선택은 조부가 물려준 회사를 더없이 훌륭한 모습으로 키워서 어머니를 지키는 것이었다.

그리고 또 하나. 어릴 적 자신과 이름이 같아서. 그 이름을 버린 자신 때문에 그 아이가 더 힘들게 사는 건 아닐까 하는 말도 안 되는 죄책감에, 자신의 삶이 그렇게 되었을지도 모른다는 밑도 끝도 없는 생각이 들자 구원해 주고 싶은 마음에.

손을 뻗은 순간, 하루는 정우의 또 다른 자아가 되어 버린 것처럼 삶을 파고들었다. 일거수일투족이 신경 쓰였다.

매일같이 할아버지의 비서였던 정 전무의 보고를 받았지만, 드문드문 오는 이메일은 강하루였어도 잘 살았을 거라는 확신을 주는 듯한 착각까지 일게 했다.

「후원자님, 감사합니다.

결국 답장은 후원 초기에 받았던 짧은 이메일이 전부네요.

오늘 마지막으로 찾아오신 거라 말씀하신 대리인분과 점심 식사를 같이했어요. 며칠 전에 보내 드린 이메일에 대한 답도 대리인분을 통해 들었어요.

후원금 전부를 갚을 수는 없어도, 제 손으로 번 첫 월급으로 뭔가 해 드리고 싶었는데…… 후원자님 말씀처럼 저보다 어려운 누군가를 돕는 데 쓰도록 할게요.

무사히 대학을 졸업할 수 있도록 아낌없는 후원 보내 주셔서 감사합니다. 누군가의 믿음과 기대 속에 자란다는 사실이 이렇게 값진 것인 줄 미처 몰랐어요. 저를 믿어 주셔서 감사합니다.

무척 바쁘시다고 들었는데, 제가 이메일로 신경 쓰이게 해 드린 건 아닌지…… 이제야 죄송하다는 생각이 들어요.

죄송하고, 감사하고, 존경합니다.

연하루 드림」

마지막이었다. 그전에 착실하게 모아 둔 돈으로 경기도 화성 어딘가에 분양받은 아파트에 입주할 거라며, 근처에 새로 생긴 디지털 클러스터에 위치한 회사에 입사할 거란 이메일도 왔었다.

"옆집. 프리미엄 주고라도 매수하세요."

홍 비서에게 집을 사라고 한 건 의도한 거였지만, 사옥 이전 위치까지 의도한 것은 아니었다. 옮기고 보니 하루가 입사했 던 회사의 바로 옆이었다. 그리고 공교롭게도 하루의 회사는 SJW테크의 협력업체이기도 했다.

모르는 척하면 된다. 그저 잘 살고 있는지가 궁금했던 거다.

그리고 다시 마주한 하루는 순간 말을 잃게 만들 만큼 깊숙 이, 정우의 마음에 쏙 들어와 버렸다.

밤길이 걱정되어 몇 시간을 밖에서 기다린 적도 허다했고, 술 을 마신 날에는 콧노래를 부르며 밤길을 걷는 하루의 목소리를 들으며 몰래 뒤를 따른 적도 있었다.

미친 짓이다. 미쳤다고 생각하면서도, 회사 근처에 집을 구한 거라며 합리화했다. 존경한다는 말이나 하지 말지, 그럼 이런 미친놈 짓 덜했을 텐데.

그날도 늦은 귀가를 기다리고 있었다.

"앞으로 세 번만 더 주말에 이렇게 보자. 마지막 주말, 그때 결정해. 그래도 아니라고 하면 내가 물러날게."

하마터면 검은색 편의점 비닐봉지에 있던 맥주 캔을 오 대린 지, 육 대린지 하는 놈 머리에 던져 버릴 뻔했다.

연하루, 안 되겠다. 나, 네 인사 제대로 받아야겠다, 이제.

미쳤다고 하면 미친놈이라고 인정해 줄 생각이었는데, 이제 보니 연하루도 정상은 아니다. 스토커 같은데 좋아 죽겠단다.

정우는 방금 찍은 사진을 물끄러미 들여다봤다. 하트를 올리고 있는 모습은 잘 찍혔는데 표정이 흐릿하다.

"홍 실장."

"네."

"DSLR 카메라랑 망원 렌즈 하나 사 와요."

홍 실장은 어떤 용도로 쓰실 거냐 되물으려던 말을 삼키며 고개를 끄덕였다.

사장실에서 나와 복도 창문으로 보이는 옆 회사 2층 테라스를 바라본 홍 실장은 꽉 묶인 넥타이를 느슨하게 당겼다.

하루가 어떤 여직원에게 붙들려 심각한 이야기를 듣고 있었다.

"아, 우리 사장님. 조만간 저 여직원 뒷조사도 시키겠네."

홍 실장은 이마에 송골송골 맺힌 땀을 닦아 내며 크게 한숨을 내쉬었다. 생전 여자하고는 친하게 안 지내더니 연애도 참 유별나게 하는 사장 때문에 요즘 더 늙는 기분이다.

주머니 속 홍삼 스틱을 꺼내 문 홍 실장은 스마트폰으로 DSLR 카메라를 검색하기 시작했다.

문제의 그 여직원은 당연하게도 구혜경이다. 승원처럼 생산성 본부에서 하는 영업전략 관련 교육을 받고 온 혜경은 '서네마네' 사건 뒤 처음으로 하루를 마주했다.

"연하루, 빨리 불어. 너 내 카톡도 다 씹더라?"

"그래? 이상하네. 카톡이 안 들어왔나?"

"거짓말도 못 하는 기지배가 시치미 떼는 거 봐? 어떤 사람이야?"

"그냥 예전부터 알던 사람."

"오 대리님 말고 네가 예전부터 알던 남자가 있어? 내가 아는 바로는 없는데? 이 등신! 너 혹시 한준 선배 연락받고 그런 건 아니지?"

"야, 넌 아무리 그래도 친구한테 등신이 뭐냐."

"그럼 등신짓을 말든가. 토요일 밤에 서면 힘드냐고 카톡하는 여자야, 너."

혜경이 윽박지르자 하루는 자신이 생각하기에도 어이가 없어서 픽 하고 웃음을 터뜨렸다.

"나 구해 준 남자야."

"뭐?"

눈치 빠른 혜경은 심각하면서도 벙찐 표정이 되어 하루를 바라봤다.

"서정우 사장 말하는 거야?"

대답 대신 조심스럽게 하루는 고개를 끄덕거렸다. 주말 이후 회사에 있는 시간을 빼고는 내내 붙어 있었지만, 사실 아직도 믿기지가 않는다.

길바닥에서 자신을 구해 준 남자가, 옆집 남자가, 옆 회사 사장이, 구원이라 생각한 남자가 자신과 연애 중이라는 사실이.

"저 남자랑 알던 사이라고?"

"어."

"연하루, 너 정말."

혜경은 희미하게 배신감이 치밀어 올라서 입을 꾹 다물었다.

기지배가 언니 아프다는 것도 말 안 하고, 한준 선배랑 동아리방에서 있었던 일도 다 이야기해 놓고, 순진한 기지배가 저 남자랑은 대체 어떻게 알던 사이인데?

친구의 얼굴이 뾰족하게 굳어 가자 하루는 혜경의 팔에 팔짱을 끼며 배시시 웃는다.

"혜경아, 나중에. 좀 이따 내가 다 말해 줄게."

후원을 받으면서 안정적인 삶을 살았던 것은 사실이다. 하지만 누워 있는 언니를 곁에 두고 행복해지기란 쉽지 않았다.

그래서 갑자기 찾아온 행복이 깨어질까 조심스러운 마음이 생긴다. 또 그 행복을 지키고 싶어선지 전에 없던 용기가 생겨난다.

자격지심이었을 것이다. 대학 입학 전까지 따라다니던 불쌍한 아이라는 꼬리표를 떼어 내고, 평범한 삶을 살면서 사귄 소중한 친구가 자신을 연민 어린 시선으로 바라보지 않았으면 하는 마음에 숨겨 온 아픔.

아픔을 숨기다 보니, 아프지 않은 것 같았고, 웃다 보니 웃을 일이 생기는 것 같았고, 즐겁다 보니 인생을 즐기는 법을 아주 조금씩 배워 가는 듯했다.

그렇게 밝고, 어려움 모르는 순진한 아가씨인 척 살다 보니, 혜경에게는 더더욱 입을 떼기가 어려워졌다. 소중해서 잃고 싶지 않았으니까. 자신의 불행을 얕잡아 보고 차가운 눈길을 주던 이들이 이전에 너무 많았으므로.

하지만 이제는 말할 수 있을 것 같다. 온전한 모습을 속속들이 다 알고 있으면서도 제게 연정을 품은 남자 덕분에.

"오늘 저녁때 봐, 그럼."

"오늘은 안 돼."

하루의 목소리는 단정했지만, 말투는 단호했다.

"왜?"

"오 대리님 만나려고."

혜경은 가만히 하루의 눈을 들여다보았다.

심한 말로 호구 등신이라 욕하지만, 하루는 싫은 소리 못하고, 좋은 게 좋은 거라 늘 웃는 얼굴을 하는 친구이자 동료다. 그래서 손해 보는 모습을 볼 때마다 복장이 터져 나가지만, 그렇기에 하루를 좋아하는 이들도 많다.

여기서 중요한 건 싫은 소리 못하는 연하루가 고백받은 남자에게 다른 남자가 생겼다는 말을 해야 한다는 거다. 아픈 언니 이야기를 가장 친한 친구에게조차 입도 뻥끗 못 했던 소심하고 여린 연하루가.

걱정돼 미치겠네.

"걱정 마. 알아서 잘할게."

"알아서 잘한다는 기지배가 지금 사내에서 썸 타다 말고 옆 회사 사장 그게 섰다고 카톡질이냐?"

"야!"

하루는 얼른 손을 올려 혜경의 입을 틀어막았다. 나무라는 말투였는데, 혜경의 눈에는 장난기가 가득하다.

"너 진짜 아무한테도 말하면 안 된다."

"누가 믿기나 하겠냐? 근데 저 사장이 뭐가 부족해서 널……."

"내가 뭐?"

"아니 뭐. 너는 소시민, 저쪽은 금수저잖아."

"그 금수저가 나의 우아함에 반하셨단다."

"지랄."

웃음이 빵 터져서 깔깔거리는데, 테라스 유리문이 갑자기 활짝 열린다.

"뭐가 그렇게 재미있어?"

"어머! 우리 인사팀 오 대리님 감찰 나오셨네요. 들어갑니다!"

혜경이 얼른 자리를 피해 주었다. 둘 다 아무도 없는 곳에서 입을 떼고 싶은 얼굴이었다.

"저, 대리님."

"회사에서는 그냥 대리님이야? 그래, 그게 낫지."

주말 이후 하루의 마음은 태풍을 맞아 전혀 다른 기류가 되고 말았는데, 승원은 여전히 따스한 봄날에 머물러 있다.

"오늘 저녁에 시간 되세요?"

건조한 물음에 승원의 얼굴이 굳는다. 잠시 침묵이 흐르고, 진지하게 되묻는다.

"거절인가?"

눈치 빠른 승원이 하루가 저녁때 만나자는 의미를 단번에 알아챈다.

"……죄송해요."

"이유는?"

입을 떼려는 순간, 테라스 유리문이 다시 한 번 열린다. 승원의 인사팀 선배인 고 과장이다.

"오 대리, 부장님이 찾으시던데? 교육 보고서 때문에. 하루 씨, 안녕?"

"금방 갈게요, 과장님."

"왜 이래, 부장 성격 알잖아. 빨리 가 봐."

승원을 들여보낸 고 과장은 뒤따르려는 하루를 붙잡아 세운다.

"연하루 씨."

"네?"

안경 너머로 사람을 가늠하듯 노려보는 시선이 부담스럽다. 고 과장은 시선 하나로 사람을 불편하게 만들 수 있는 아주 재수 없는 능력을 가지고 있는 사람이다. 그리고.

"언니는 여전해?"

걱정스럽게 건네는 말은 네 비밀을 알고 있으니 알아서 기라는 듯 권위적이기까지 하다.

"네, 그렇죠."

"걱정 많겠어. 아이고. 차라리 빨리 떠나야 남는 사람이 좀 편하지."

꾹꾹 눌러 담아 놓은 슬픔이 좁은 가슴을 견디지 못하고 갑자기 툭 미어져 나올 때가 있다. 지금처럼.

"말씀이 좀 심하시네요. 전 언니 일어났으면 좋겠는데요?"

"아이고, 내가 이거 우리 연하루 씨 앞에서 크게 실수했네. 미안해. 응? 얼른 들어가 봐. 테라스에서 업무 볼 건 아니잖아?"

재수 없는 새끼. 일하러 가는 사람 붙잡아서 뺄소리 해 놓고.

업무는 전부 승원에게 떠넘기고 온종일 층별 테라스, 옥상 흡

연부스, 남직원 휴게실을 돌아다니며 뭐 건수 하나 잡을 거 없나 킁킁거리고 다니는 주제에 인사팀이랍시고 으름장을 놓는다.

자리로 돌아오니, 테라스에서 어색하게 헤어진 승원에게서 문자가 하나 와 있다.

— 오늘 저녁 7시 반, 작년 그 파스타집에서 보자.

산부인과 전문의와 소개팅했던 장소, 백마 탄 왕자님처럼 짜잔 하고 승원이 나타났던 그곳.

왜 하필 이곳에서 보자는 건지, 하루는 10분 먼저 도착해서 애먼 물 잔만 빙그그르 돌리고 있었다.

"일찍 왔네?"

"출발이 좀 일렀어요."

"주문부터 하자."

"대리님……."

"밥부터 먹자. 배 안 고파?"

예의 없는 소개팅남과는 식사 전에 헤어졌기에, 유명하다는 파스타 맛은 보지 못했었다. 허기진 탓인지, 아니면 소문처럼 맛이 좋은 건지 고르곤졸라 스파게티는 훌륭했다.

식사를 마친 승원은 질질 끌 것 없다는 뉘앙스로 입을 열었다.

"연하루, 내가 너한테 고백할 게 있다."

"어떤 고백요?"

"나 한국병원장 아들 맞아."

그러니까 1년 전에 산부인과 전문의 소개팅남을 엿 먹였던 일에서 일부는 진정성이 있었다는 걸 밝히고 싶었나?

"그래서요?"

"내가 한국병원장 아들이든 아니든 그거 중요한 거 아니지, 그치? 나도 그래."

"무슨 말씀이세요?"

"세 번 중에 한 번이 나한테는 너무 큰 확신을 줬거든. 그래서 이제 모른 척 숨기지 않으려고 해. 언니분 주치의가 우리 형인 것도."

갑자기 귀가 멍해지는 것 같아서 하루는 벙찐 얼굴로 잠시 승원을 바라봤다.

"병원에서 형 만나고, 응급수술 들어간대서 집에 가려다가 널 봤어."

벼랑 끝까지 몰렸던 날, 자신을 본 두 남자.

"형한테 대충 얘기를 들어서 고등학생이 참 안됐다 싶었는데, 아주 가끔 생각이 나더라."

"뭐가요?"

"보호자 대기실에서 이런 일 아무것도 아니라는 듯 앉아 있던 모습이."

두 남자 모두 비슷한 느낌을 말한다. 초연하고, 아무렇지 않은 모습.

아니었는데, 세상이 무너질 듯 아팠는데. 이를 악물고 버틴 건데. 무너지면 받쳐 줄 사람 없이 쓰러져 버려서 흔적도 없이 사라질 것만 같은 공포감에 벌벌 떨고 있었는데.

"그러다가 회사에서 널 만난 거야. 정확히는 입사 원서를 보고 널 알아봤지. 이름이 독특하잖아."

"꼭 저 뽑아 주신 것처럼 말씀하시네요."

"그건 아니고. 내가 그럴 능력이 어디 있어? 이제 대리 달았는데. 암튼 그래서 나도 고민이 많았다. 네 상황 모르는 바 아니었고, 지켜보고만 있었는데. 네가 갑자기 소개팅을 한다잖아. 그래서 쫓아온 거고."

그때 일을 떠올리던 하루의 얼굴에 흐릿한 미소가 머문다.

"1년 고민했어. 너한테 어떻게 다가가야 할지. 언니가 병원에 계셔서 그러는 거라면."

"아니에요, 대리님."

"아니면?"

단도직입적으로 이유를 물었던 승원은 온종일 생각을 정리하며 언니 때문일 거라는 결론을 내리고 이 자리에 왔나 보다.

"죄송해요. 대리님 들으시면 기분 나쁘실 거예요. 그렇지만 거짓말하는 건 더 나쁜 거니까 말씀드릴게요. 저 다른 사람 생겼어요."

하루의 고백에 잠시 벙찐 얼굴을 했던 승원이 핫! 하고 웃음을 터뜨렸다.

"연하루, 하마터면 속을 뻔했다? 어디서 거짓말을……."

말끝을 흐리던 승원이 이내 얼굴을 달리한다.

"……누구야?"

"……."

"내가 아는 사람이야?"

"안다고 하기도 그렇고, 모른다고 하기도 그렇고요."

"말하기 곤란해? 실체가…… 있기는 해?"

또다시 승원은 하루가 핑계를 대고 있다고 생각하는 듯하다.

"있죠, 여기. 실체."

갑자기 들려온 익숙한 목소리에 오스스 소름이 돋아난 하루는 얼른 고개를 돌려 문제의 '실체'를 확인한다.

"연하루, 너 오승원 씨랑 연애한 거 아니라며?"

정우는 하루의 대답은 들을 생각 없었다는 듯 말을 이어 가며, 하루의 옆자리에 앉아서 대각선 방향에 마주 앉은 승원을 노려본다.

"그런데 왜 이렇게 말이 길어지지, 신경 쓰이게?"

"그렇다고 이렇게 끼어드는 건 예의가 아닌 것 같은데요, 서정우 사장님?"

승원의 되물음에 팽팽한 긴장감마저 감돈다.

"오승원 대리님, 듣자 하니까 그쪽도 연하루 소개팅에 끼어든 전적이 있으시던데요, 바로 이 자리에서? 내가 보기엔 뭐 그거하고 별다를 바 없는 것 같은데요? 굳이 따지자면 그쪽은 아무 사이도 아닌데 오지랖 부려서 소개팅 주선해 준 쪽까지 곤란하게 만든 거고, 나는 내 여자 내가 챙기려고 나선 거고."

빙그레 웃음 짓는 정우의 얼굴엔 여유가 넘쳐난다.

"그리고 수술실 밖에서 연하루 보고, 회사에서 또 봤다고 운명이라고 생각하는 겁니까?"

"이런 걸 운명이 아니면 뭘 운명이라고 합니까?"

두 남자 사이에 끼어들어야 하는데 타이밍을 못 잡겠다. 탱탱볼처럼 통통 튀는 정우와 오랜 시간 뿌리 내린 소나무처럼 움직이지 않겠다고 버티는 승원, 둘 다 물러서지 않을 기세다.

"난, 이 여자 키웠는데?"

승원이 황당하다는 얼굴로 정우와 하루를 번갈아 본다. 하루는 얼굴이 빨개지다 못해 곧 터질 것 같다.

"키워서 남 줄 생각은 없었고. 지금도 남 주고 싶은 생각은 없고."

"이게 무슨 소리야, 연하루?"

"프라이버시를 너무 캐묻는다는 생각은 안 듭니까, 오승원 씨?"

자상하고 젠틀한 남자의 표본이었던 승원을 한순간에 예의 없고 막무가내인 남자로 둔갑시키는 정우다.

"두 분 그만요."

보다 못한 하루가 끼어들었다.

"제가 정말 어려웠을 때, 서정우 사장님이 저 후원해 주셨어요."

"후원하다가 사랑에 빠졌다?"

기가 차다는 승원의 물음에.

"이런 게 운명이죠."

정우는 빙글거리며 대답했다.

"연하루, 이 사람이 너 협박했어? 후원금 뱉어 낼 거 아니면 몸으로라도 때우라고 협박이라도 하디?"

"오승원 씨, 인정하고 싶지 않아도 현실로 돌아와요. 범죄 영화를 너무 많이 봤네."

결코 가능하지 않은 일이라는 듯 믿을 수 없다는 표정을 하고 있는 승원을 정우가 달래듯 한다.

"알아요. 닭 쫓던 개 지붕 쳐다보는 격인 거. 1년 고민했다고 했죠? 난 이 여자 열여덟부터 지켜봤어. 연차로 보나 뭐로 보나 내가 더 낫지."

뭐로 보나? 은근히 승원을 자극하는 말을 서슴없이 내뱉는 정우 때문에 소심한 연하루는 심장이 벌렁거려 죽을 맛이다.

"한번 해보자는 겁니까, 서정우 사장님?"

"뭐 해보자고 한 적 없는데."

"같은 회사에 있는 내가 더 부딪칠 일이 많으니까 두고 보죠."

으름장을 놓는 승원의 얼굴을 물끄러미 바라보며 정우가 낮게 속삭인다.

"아직 몰라? 내가 옆집 사는 거?"

궁금해서 묻는 게 아니라, 들으라는 소리다.

"옆집? 언제부터? 혹시 스토커 짓도 했습니까?"

"스토커 같은 미친놈이라도 연하루는 내가 좋다는데 어쩌나?"

아이고야. 하루는 고개를 푹 숙이고 한숨을 몰아쉬었다.

첫인상이 바뀌는 법은 없다. 서정우가 또라이 기질 다분한 인간이라는 점 역시 변함없다. 상황을 이렇게 거지같이 몰아가다니.

"내가 이대로 물러설 생각 없다고 하면 어쩔 겁니까?"

"그럼 그쪽이 스토커 되는 건가? 연하루 취향이 그쪽이긴 한데, 내가 한 8년 걸린 것 같으니까 한번 해보든가."

늘 웃는 상에 젠틀하기만 했던 승원의 눈빛에 살기가 어린다.

"한번 덤벼 봐요. 얼마든지 마크할 자신 있으니까."

"저기 저는 좀 그러네요. 근저당 설정해서 유치권 행사하는 것도 아니고, 두 분 대화가 참."

정우의 표정은 '네 반응이 참 그렇다.'는 얼굴이다.

"연하루, 그럼 너 세 번 만나자는 말에는 왜 OK 한 거야?"

"그때는 이분을 몰랐고요."

"뭐어?"

승원의 얼굴에 반짝 빛이 난다.

"그러니까 후원을 해 줬는데, 약 2주 전까지는 이쪽이 그랬다는 걸 몰랐다? 근데 지금은 연애를 해? 이걸 나보고 믿으라고?"

그래요, 나도 지금 이렇게 된 상황이 믿기지 않는다고요.

하루는 크게 한번 숨을 들이마시고는 입을 열었다.

"좀 상식적이지 않은 상황인 거는 맞는데요. 연애하는 것도 맞기는 하고요."

"아니, 그럼 8년 동안 그냥 지켜보기만 했습니까?"

정우는 마치 아련했던 시절을 떠올리는 듯 희미한 미소를 지으며 고개를 끄덕인다.

"진짜 스토커네, 이거!"

"이거?"

"저기 진정 좀 하시고요. 나가죠, 우리. 자꾸 사람들이 쳐다봐요."

이 파스타집에 오는 게 아니었다. 여기 올 때마다 이런 사달이 나니 여긴 마가 낀 게 분명하다.

바깥바람을 쐬자 정신들이 좀 돌아왔는지 비교적 멀쩡한 얼굴들이다.

"가자, 데려다줄게."

오 대리가 보란 듯이 나선다.

"공식적으로 내가 연애하는 사인데 집까지 데려다주는 건 내가 해야지. 공식 스토커는 따라오든지 말든지."

절대 이 남자랑 연애하면서 밀당은 못 하겠지 싶다. 사람 놀리는 솜씨가 수준급이다.

"차로 가자, 여기 공영 주차장에 있어."

하루는 고개를 끄덕이며 뒤따르는 승원을 흘끗 보았다.

정말 따라오시게요? 하는 눈빛을 하자, 어깨를 으쓱하며 빙그레 웃기까지 한다.

가장 처참했던 순간 자신을 봤다는 두 남자. 한 명은 인생을 구원한 후원자, 한 명은 다정하고 자상했던 회사 선배. 그런데 알고 보니 둘 다 똘기 다분한 내면을 깊게 숨기고 살았던 건가? 그걸 개발해 내고 발전시킨 사람은 바로, 나?

그래서 또 알고 보니 나는 타고난 에세머였던 거? 아이고야. 정상적이지 않은 상황에 혼이 비정상이 되었나 보다.

"베이비는 여기 타고."

느끼한 미소를 지으며 조수석 문을 열어 주는 정우.

"난 그럼 뒤에 타면 되나?"

굳이 따라와서 뒷좌석에 타겠다고 다가서는 승원.

"그러든지."

그걸 또 받아치고 앉아 있다.

결국 정우의 차에 세 사람이 올라타고 말았다. 좁은 차 안 어색한 기류에 정수리가 곤두선다.

"저기, 지금 제가 상당히 불편하거든요."

"알아."

운전석에 오른 정우가 심상한 목소리를 낸다.

"나는 지금 상당히 많이 화가 나 있거든?"

"저기, 나도 기분 나쁜 건 마찬가진데?"

"왜들 이래요, 진짜!"

버럭 소리를 치자 운전석에서 픽 하고 웃음이 터진다.

"오승원 대리, 잘하고 있어요. 난 얘 화낼 때가 정말 섹시한데 나한테는 화를 잘 안 내거든."

"아직 그쪽이 많이 어렵나 보죠? 그런 사이에 어떻게 연애를 합니까? 연하루 욱하는 성질 있어서 자주 발끈하는데?"

"제가 언제욧!"

버럭 소리를 치며 뒷좌석을 노려보는데, 승원이 빙글거린다.

"이봐, 이봐. 지금도 욱하잖아."

"연하루. 전방 주시. 한 번만 더 뒤로 고개 돌렸단 봐. 어떻게 되나."

"뭘 어쩌실 건데요?"

"오늘은 손만 잡고 안 자."

"뭐? 둘이 같이 잤어?"

승원이 운전석과 조수석 사이로 얼굴을 들이밀며 소리치는 사이, 차는 아파트 지하 주차장에 안착했다.

"기다려, 문 열어 줄게."

달콤한 목소리를 내뱉은 건 정우였지만, 정작 조수석 문을 열어젖힌 건 승원이었다.

이 남자가 이렇게 얼굴이 두꺼웠나?

하루가 어색하게 차에서 내려서자 정우가 하루의 어깨를 또 보란 듯이 낚아채서 감싸 안는다.

"암사자가 된 기분이에요."

두 남자가 똑같이 의뭉스러운 눈빛으로 하루를 내려다본다.

"동물의 왕국 같다고요."

두 남자가 똑같이 큭큭거린다.

허우대 멀쩡하다 못해 훌륭한 남자들이 왜 이런 짓을 벌이는 걸까? 결국 나란 여자한테 문제가 있는 건가?

급기야 승원은 엘리베이터까지 따라 탔다. 6층에 엘리베이터가 도착하자 승원이 '이런 짓을 벌이고 있지만, 난 지극히 정상이오.' 하는 목소리로 묻는다.

"나 좀 재워 주죠?"

"그쪽을 내가 왜 재워 줘? 혹시 연하루는 연막이고 나한테 관심 있어?"

"둘이 같이 잔다며? 셋이 자는 건 어떨까 해서요."

"연하루는 내 옆에서 재우고 그쪽도 내 옆에서 자, 그럼."

"그만들 좀 하세요, 좀!"

"어우, 우리 연하루 섹시한 것 좀 봐."

정우가 하루의 이마에 쪽 소리가 나도록 입을 맞춘다.

"들어가죠, 오승원 씨. 나한테 할 얘기 있는 것 같은데."

하루는 두 남자를 번갈아 올려다보았다.

"섹시한 연하루는 얼른 집에 들어가고."

"저기!"

늘 현관문 앞에 서서 하루가 집 안에 들어갈 때까지 기다리던 남자가 연적인 남자와 먼저 집 안으로 사라져 버렸다.

환장하겠다.

엿듣는다고 들리는 것도 아닌데, 하루는 현관문 밖에 서서 발만 동동 굴렀다.

"아…… 피곤하다, 진짜."

인기 연예인 기분이 이럴까?

현관문을 열고 집 안으로 들어서자마자, 마치 보고 있었던 것처럼 휴대전화가 진동한다. 타이밍이 무당 뺨치는 구혜경이다.

– 어떻게 됐어?

"미치겠다."

– 왜? 오 대리님 막 진상 부려?

이것도 일종의 진상이라고 봐야 할까?

"지금 서정우 사장이랑 같이 있어."

– 어디에?

"서정우 사장 집에."

– 뭐어?

말하자면 긴데, 간단히 설명해 보기로 한다.

"서정우 사장이 옆집 살거든."

– 원래부터 알았다는 의미가 옆집 산다는 뜻이었어?

"뭐, 그렇기도 하고."

– 근데 지금 그 집에 왜 둘이 같이 있어.

"모르겠다, 나도. 저 남자들이 무슨 생각으로 저러고 있는 건지."

— 설마 쥐 패기야 하겠어?

"허? 그 생각은 못 했네? 때리면 어떡하지?"

— 자, 연하루 대답해 봐.

"뭘?"

— 때린다는 말에 누구 걱정했는지.

"오승원 대리님."

— 야, 너 연애는 서정우 사장이랑 한다며?

"몸은 서정우 사장이 훨씬 좋아. 운동을 많이 했다고 들었어. 고등학교 때 태권도 선수였대. 맞으면 사망이야. 연애하는 남자 감방 가는 꼴은 보고 싶지 않다."

— 왜! 맞는 사람 걱정한 게 아니라 때리는 사람 걱정한 거였어? 연하루 대박.

"그래서 말해 봐 봐. 나 어떡해, 이제?"

— 뭘 어떡해. 둘이 결론 내게 둬. 뭐 서정우 사장 성격에 그냥 물러날 것 같지도 않고, 오 대리님도 너랑 썸 탄다고 생각했는데 뒤통수 맞은 격이라 객기 부리는 거 아냐? 그러다 말겠지.

"그치? 둘 다 이러다 말겠지?"

크게 얕잡아 본 거다. 이러다 말겠지라는 말을 후회한 건 이로부터 정확히 두 달 뒤다.

다음 날 새벽, 하루는 시끄럽게 울리는 초인종 소리에 잠에서 깬다.

253

"누구세요?"

"문 열어 봐."

현관문 밖에서 들려온 목소리는 정우다. 카디건 앞섶을 여미며 현관문을 열자 커다란 인영이 불쑥 안으로 들어온다.

"으읏!"

들어오자마자 하루의 허리를 당겨 안은 정우는 목덜미에 입술을 묻고 빨아 댄다.

"저기, 오 대리님은 갔어요?"

"좀 전에 옷 갈아입으러 간다고 갔어."

"그래서 가자마자 오신 거예요?"

"어."

"둘이 뭐 했어요?"

"손만 잡고 잤어, 믿어 줘."

어이없는 웃음이 터지고 만다.

"알았어요. 믿어 드릴게요."

밤새도록 고민한 게 무색하리만큼 정우의 품은 따뜻하고 달콤했다.

"좀 자자. 한숨도 못 잤어."

"여기서요?"

"그럼, 연하루는 내 침대에서 며칠 밤을 잤으면서 연하루 침대는 안 돼?"

"좁은데."

"그러니까 좋지."

막무가내로 밀고 들어오는 모습이 귀엽기까지 하다. 하루는 정우를 현관에 세워 둔 뒤 방 안을 대강 정리했다.

"이제 들어와요."

정우는 방에 들어오자마자 하루를 끌어안은 채로 침대 위로 고꾸라진다.

슈퍼 싱글 사이즈 침대는 두 사람이 꼭 끌어안고 누워 있기에 충분히 넓었다.

"왜 작은방을 써? 안방은 안 쓰고."

"여기 내 집 아니거든요."

품에서 꿈꾸는 목소리로 조용히 읊조리는 하루에게 정우는 귀를 기울여 본다.

"여기 언니 집이에요. 언니 깨어나면 살 집. 안방은 언니 신혼 방. 여긴 철없는 동생인 내가 신혼인 언니한테 얹혀사는 작은 방."

정우는 갑자기 울컥 가슴이 차올라서 침을 한 번 꿀꺽 삼켰다. 하루의 언니, 새벽이 깨어날 확률은 희박하다는 게 주치의 소견이었다.

"철없는 동생 되기 전에 내가 얼른 데려와야겠네?"

찰싹, 하루가 정우의 가슴을 때린다.

"지금 이 상황에 프러포즈하는 거예요?"

"연하루는 데려온다는 말이 결혼하자는 말로 들려?"

입술을 샐쭉거리며 노려보는 눈길이 귀여운데, 자극적이다. 정우는 뾰족하게 튀어나오려는 입술을 머금었다. 작은 입술을 쪽 빨아들였다가, 갈라진 틈으로 혀를 밀어 넣었다.

"으음."

여린 신음이 울린다. 둘이 있을 때, 달아오른 감정을 숨기지 않는 하루 때문에 안 그래도 뜨거운 가슴이 펄펄 끓어오른다.

모로 누워서 하루를 품에 안아 마주 보고 있던 정우는 하루의 허리를 끌어당기며 올라타듯 몸을 겹쳤다.

작은 손이 더듬거리며 정우의 목덜미를 더듬거렸다. 남자 미치게 하는 기가 막힌 신음 소리를 내면서, 몸을 더듬는 손은 서툴기만 하다.

정우는 얽혔던 혀를 풀고 입술을 잠시 떼 본다.

눈을 가늘게 뜬 채로 뺨을 붉히고 있는 하루의 얼굴이 스탠드 불빛에 아스라이 비친다. 내려 보는 시선이 부끄러운지 이내 고개를 돌린 하루는 정우의 팔뚝 언저리에 얼굴을 묻고 색색 숨을 고른다.

팔뚝 위로 오롯이 쏟아지는 뜨거운 숨결에 안 그래도 두드러진 단전 아래가 불끈 치솟는다.

정우는 도톰한 원피스 잠옷 자락을 끌어 올려 브래지어를 입지 않아 푸딩처럼 부드럽게 탱글거리는 젖가슴을 손바닥으로 받치듯 움켜잡았다.

"하아……."

또다시 뜨거운 숨결이 팔뚝 안쪽에 쏟아진다.

뭉그러뜨릴 듯 움켜잡았다가, 뱅그르르 돌렸다가, 검지와 중지 사이에 단단해진 가슴 끝을 끼워 튕겨 내자, 가느다란 다리가 정강이를 스친다.

"흐읏."

가는 신음을 내뱉는 입술을 다시 집어삼키고, 달콤한 타액을 마셔 대자, 바짝 세운 손톱이 어깨 언저리를 긁어내린다.

스치고, 긁어내리는 행동들이 자극이 되는 줄도 모르고, 하루는 또다시 다리를 스치며 단단한 팔뚝을 꽉 움켜잡는다.

부드러운 살덩이를 주무르던 손은 헐떡이는 호흡 때문에 두드러진 갈비뼈를 지나 납작해진 배를 쓸어내리며 레깅스 위를 더듬기 시작한다.

아랫배를 쓰다듬던 손은 본능적으로 아래로 내려간다. 적당히 살이 오른 둔덕을 손바닥으로 감싸자 정강이를 스치던 하루의 다리가 뻣뻣하게 굳는다.

정우는 집어삼킬 듯 마셔 대던 입술을 떼어 내고 하루의 얼굴을 내려다보았다.

여전히 붉은 뺨, 부풀어 오른 입술, 가늘게 뜬 눈 사이로 보이는 깊어진 눈동자, 열기를 품은 얼굴을 바라보는 것만으로도 정수리에 찌릿찌릿한 전기가 오르는 기분이다.

둔덕을 감싼 손바닥을 아래로 내리며 검지와 중지로 차지하고 싶어서 미치겠는 공간의 틈새를 문질러 보았다.

"으응."

신음 비슷한 소리와 함께 하루가 고개를 내젓는다. 정우는 손을 떼지 않고 가만히 하루를 내려다보았다.

"나중에요."

어깨를 긁어내리던 손이 손목을 잡고 밀어낸다. 허락을 구하는 간절한 눈빛이 통하지 않는다.

"그래, 나중에."

정우는 고개를 내려 하루의 말랑말랑한 가슴에 얼굴을 묻어 버렸다.

"너."

"네?"

머리카락을 쓸어내리는 손길을 느끼고 있으니 잠이 쏟아지는 것도 같다. 미친놈처럼 연하루 덮치기 전에 차라리 잠들어 버리자.

"심장이 너무 빨리 뛴다."

가슴이 터져 나가도록 밀어붙인 사람이 누군데, 하루는 손가락에 감긴 머리카락을 꽉 움켜잡았다.

"아야."

가슴팍을 누르고 있던 머리가 들리더니 심상한 얼굴이 하루를 향한다.

"왜 잡아당겨?"

"놀리는 게 얄미워서요. 누구 때문에 빨리 뛰는데."

"잠옷 바람에 현관문 열어 줬으면서 안 된다고 하는 너도 얄밉거든?"

"너무 진도가 빠르잖아요."

"연하루 성인 된 시점부터 따지고 보자면, 난 6년을 기다렸는데?"

"연애 시작한 지는 이제 일주일도 안 됐는데요?"

갑자기 정우의 얼굴에 피곤한 기색이 어린다.

"자자, 피곤하다."

내내 목을 받치고 있던 팔뚝이 쑥 빠져나가더니 큰 덩치가 돌아눕는다.

"뭐야, 왜 등 돌리고 자요? 나 보고 자요! 안 그럼 집에 가서 자든가!"

"연하루, 진짜. 협박에, 고문에. 여러 가지 한다."

구시렁거리며 돌아눕는 정우가 하루를 포근히 감싸 안는다.

"잘 자, 연하루."

"네, 잘 자요."

두 사람의 목소리에 달콤한 잠기운이 어려 있다.

새벽잠을 설친 탓에 늦잠을 잔 하루는 회사 근처까지 정우가 데려다준 덕분에 지각을 간신히 면했다.

몽롱한 정신을 커피 한 잔으로 몰아내 본다. 카페인의 힘을 빌려 억지로 정신을 차리고 났더니 어제 있었던 일이 느리게 재생되는 영화처럼 머릿속을 지나가기 시작한다.

새벽녘 몸으로 밀어붙이던 남자 때문에 까마득히 잊고 있었던 '두 남자 사이에 있었던 일'에 대해 알아내야 하나, 말아야 하나?

새벽에 침실로 쳐들어온 남자는 절대 말해 줄 생각이 없는 것 같고, 그렇다고 어제 선을 그어 버린 남자한테 무슨 일이 있었는지 물을 수도 없는 노릇이고.

고민에 고민을 더하고 있는데, 메신저 창이 깜빡거린다. 당연히 구혜경이다.

영업, 혜경 : 어이, 양다리 연하루

회계, 하루 : 양다리 아니거든.

영업, 혜경 : 어장 관리 기술 보유자 겸 밀당 특허 보유자, 연하루?

회계, 하루 : 그런 거 아니라고. 그런 기술 좀 있었으면 좋겠다, 진짜!

영업, 혜경 : 어떻게 너 같은 상호구한테 그런 남자 둘이 꼬여서……
ㅉㅉㅉ

회계, 하루 : 죽는다.

영업, 혜경 : 오 대리님 아침에 잠깐 봤는데 멀쩡하던데?

회계, 하루 : 그럼 나 차였소! 얼굴에 써 놓고 다니냐?

영업, 혜경 : 아니, 내 말은, 멀쩡한 거 이상이던데? 막 얼굴에서 빛이
나! 오 대리님 앞머리 내리고 다녔었잖아. 포마드 스타일로 완전 뒤로
넘기고! 이 구역의 멋진 놈은 나다! 하는 포스 풍기면서 다닌다? 드레스
셔츠도 한 사이즈 작은 거 입었나 봐. 가슴 근육 터질 것 같던데?

"좋은 아침."

문제의 드레스 셔츠 한 사이즈 작게 입은 남자가 갑자기 파티
션 너머로 인사를 건네 와서 화들짝 놀란 하루는 얼른 메신저 창
을 닫았다. 혹시 메신저 창을 본 건 아닌지 걱정도 된다.

"네, 대리님. 좋은 아침요."

혜경의 말마따나 머리를 깔끔하게 뒤로 넘긴 승원의 얼굴은
전보다 더 훤칠해 보였고, 드레스 셔츠는 터질 듯 팽팽했다.

"봄 체육대회 조 편성이 미리 나왔어. 그거 주려고."

두 달이나 남은 체육대회 조 편성을 굳이 지금 줄 필요가……?

하루는 승원이 건네는 A4용지 두어 장을 받아 들었다.

"좀 이따 회사 인트라넷에 공지할 거야. 그 전에 미리 보라고."

"아, 네. 감사합니다."

그게 용건의 전부라는 듯 승원은 빙긋이 웃으며 유유히 자리를 떴다. 승원의 뒷모습에서 전에 없던 전의가 불타오른다.

대체 지난밤에 두 남자는 무슨 이야기를 나눴을까? 그것도 그 새벽까지? 치고받지도 않고, 지극히 이성적으로?

한쪽은 입을 꾹 다물었고, 다른 한쪽에는 물어보면 곧 터질 시한폭탄처럼 아스라한 모습이다. 속 터져 죽겠다.

하루는 한숨을 몰아쉬며 승원이 건네고 간 체육대회 기획서를 살핀다.

<종목: 짝 피구, 짝 족구, 2인 3각, 동료 업고 뛰기, 동료와 함께 풍선 터뜨리기, 접은 신문지 위에 동료와 함께 올라가기>

전부 짝을 이루어 진행되는 게임이다. 그리고 승원이 여유로운 미소를 남기고 간 이유가 여기 있었다.

<3조 1팀: 회계팀 연하루 사원 - 인사팀 오승원 대리>

또다시 메신저가 깜빡거린다. 어김없이 구혜경이다.

영업, 혜경 : 이번 체육대회 볼만하겠다잉?
회계, 하루 : 벌써 공지 올라왔어?

영업, 혜경 : 어, 야. 이번에 너랑 나랑 같은 3조더라? 장기 자랑 선물 장난 아니래. 우리 짬 날 때 연습하자!

회계, 하루 : 친구야, 너는 지금 장기 자랑이 눈에 들어오니?

영업, 혜경 : 안 들어올 건 또 뭐야? 뭐 유독 너랑 오 대리님만 남녀 홀짝이 안 맞는다는 핑계로 남녀 팀이기는 하더라. 근데 다른 팀 봐 봐. 넌 아무것도 아냐. 인사팀 고 과장님이랑 우리 팀 허 상무님이랑 한 팀이다?

회계, 하루 : 진짜? 대박! 지난번에 영업 인센티브 건으로 둘이 크게 한판 하지 않았나?

영업, 혜경 : 그러니까, 내 말이! 완전 앙숙들끼리 붙여 놨대. 사장이 그러라고 시킨 거라던데? 화합과 융화를 도모하는 소통의 장을 만들기 위해서!

회계, 하루 : 소통 같은 소리 하네. 불통이다! 근데…… 진짜 볼만하겠다.

영업, 혜경 : 그러니까 너는 별로 껄끄러울 것도 없다, 뭐. 썸 타다가 '스톱' 할 수도 있는 거잖아. 둘이 뭐 진하게 연애를 했었어, 아님 결혼을 했었어? 오 대리님도 이제 마음 접고 편하게 지내보자는 의미로 그러는 거 아닐까 싶다.

회계, 하루 : 그렇겠지?

영업, 혜경 : 오 대리님이 뭐가 아쉬워서 매달려.

회계, 하루 : 그래, 친구야. 나 같은 소시민한테 한국병원장 막내아들이 왜 매달리겠니? 그렇게 돌려 까지 않아도 알아듣는다.

영업, 혜경 : 말했나 보네?

회계, 하루 : 어, 어제 들었어. 암튼 일이나 하자.

영업, 회계 : 참참! 장기 자랑! FAS 동희 씨도 우리 조거덩? 이따 점심 먹고 옥상에서 보자!

유일한 남녀 커플이라고 놀림이라도 받으면 어쩌나 걱정했었다. 그런데 회사 방침상 반드시 팀원과 식사를 해야 하는 월요일 점심시간, 저마다 철천지원수와 한 팀이 되어서 성토의 장을 여는 바람에 하루와 승원은 가볍게 묻혔다.

식사를 마치고, 혜경의 성화에 옥상 정원으로 향했더니 동희가 혜경의 앞에 서서 어설프게 팔을 흔들고 있다.

"뭐 해요?"

"아, 사장님 최애 걸그룹이 SES잖아요. 우리 체육대회 때 그거 하기로 했어요."

"우리?"

"응, 하루 씨랑, 혜경 씨랑, 나랑."

백여시 구혜경은 연하루가 얼굴 붉히지 못할 상대를 잘 골라서 폭탄을 떠넘기곤 한다. 이번에는 그 폭탄을 동희가 끌어안고 있다.

"하루 씨, 할 거죠?"

"상품이 뭐래요?"

"1등 백화점 상품권 300만 원, 2등 백화점 상품권 200만 원, 3등 백화점 상품권 100만 원."

"대애박! 해요, 해!"

상품을 듣고 나니 눈이 뒤집힌다. 추억의 걸그룹 커버가 문제냐, 이 정도 상품이면 메소드 눈물 연기도 할 수 있을 것 같다.

그나마 셋 중에 가무에 가장 능한 혜경이 시키는 대로 하루는 열심히 팔다리를 흔들어 댔다. 운동 부족인지 간주 부분만 열심히 따라 했는데도 숨이 헉헉 차오른다.

"연하루, 팔을 아래위로 크게 흔들어. 동작만 커도 그럴듯해 보인다니까!"

"이, 이렇게?"

두 팔을 위로 모았다가, 허공을 휘저어 내리는 동작을 반복하고 있는데, 벤치 위에 올려 둔 휴대전화가 요란하게 울린다.

"연하루 전화 온다."

"어, 잠깐만. 여보세요?"

– 옥상에서 뭐 해?

점심 잘 먹었느냐는 안부 인사를 건네올 줄 알았는데.

하루는 서너 걸음 물러나서는 손으로 입가를 가리며 조용히 속삭였다.

"에스, 이, 에스요."

– 뭐? 에스 이 엑스?

이 남자가 진짜! 옥상에서 왜 그런 걸 해?

"아뇨! 에스, 이, 에스. 걸그룹요!"

– 알아, 나도. 에스, 이, 에스. 근데 그 걸그룹은 왜?

"체육대회 장기 자랑 연습해요."

– 그래서 팔다리를 그렇게 휘저은 거야?

"네."

– 난 또 옥상에서 에스 오 에스 치는 줄 알았지.

"재미없거든요."

– 춤은 영 못 추더라.

굳이 알고 있는 사실을 콕 집어 말해 주니 정말 무지하게 고오맙다.

"알거든요."

– 그래서 연하루가 체육대회 때 걸그룹 춤을 춰?

"네."

– 누구 마음대로?

하루는 벙쪄서 귀에 달라붙어 있는 휴대전화를 떼고는 잠시 바라봤다.

"제 마음대로요. 하면 안 돼요?"

– 내 여자가 다른 놈들 앞에서 몸 흔드는 꼴을 그냥 두라고?

"아니, 그렇게 비약하실 거까지야."

– 체육대회 때 막 짝 피구나. 2인 3각 경기 같은 저질스러운 게임도 하나?

그것만 하면 다행이게요? 짝 족구도 하고, 신문지 작게 접어서 그 위에 같이 올라가는 것도 하고, 끌어안고 풍선 터뜨리기도 한대요, 글쎄.

"못쓰겠네, 신 엔지니어링."

안절부절못하는 하루의 모습을 내려다보며 정우는 미간을 구겼다.

지난밤, 승원은 절대 포기 못 한다며 자기는 자기 방식대로 하루를 설득할 거라 했었다.

그런데 그새 유치하게 체육대회를 기획하셨어? 일 잘하네, 오승원 대리?

"혹시 짝이 누군지도 공지 됐나?"

─ 아뇨! 아직 몰라요!

"오승원 대리가 연하루 짝꿍이셔?"

─ ······.

"맞나 보네?"

─ 네······.

연하루, 차라리 끝까지 거짓말을 하든지. 어설프기는.

"연하루, 회사 그만둘 생각 없나?"

─ 그럼 뭐 먹고 살아요.

"내가 먹여 살리면 되지."

─ 자꾸 이러실 거예요?

자존심이 상했다는 듯 목소리가 뾰족하다.

그래, 후원해 준다는 사람한테 자기 인생은 자기가 결정하겠다며 대학 거부 의사를 가장 먼저 전해 왔던 당찬 여고생이었다.

"그럼, 성실한 연하루 사원은 오후 업무에 매진하도록."

통화를 마친 정우는 심상치 않은 말투에서 풍기는 아우라를 감지하고 어쩔 줄 몰라 하는 홍 실장를 향해 낮게 뇌까렸다.

"신 엔지니어링 아직 시장에 있나?"

"네, 사장님. 신 사장이 꾸준히 매각 의사를 밝히며 비밀리에 투자자들을 접촉하고 있다고 하지만, 보유 기술이 업계 탑에 비해 많이 떨어져서 선뜻 나서는 곳이 없다고 들었습니다."

"흐음."

정우는 결단을 내린 듯 고개를 끄덕거리며 다시 입을 연다.

"우리가 삽시다."

"네? 지금 무슨⋯⋯."

홍 실장이 어리둥절한 얼굴로 승원을 바라본다.

"못 들었어요? 우리가 인수하자고."

4화. 울어도 섹시해서

FA(Factory Automation) 기술팀이 없는 건 아니었지만, 사업 확장을 하면서 손봐야 할 부분 중에 하나였다. 업계 톱 기술을 갖고 있는 회사를 웃돈 주고 사 오느니, 적당한 기술력을 갖고 있는 국내 중소기업을 매각해서 기술 투자를 확고히 하는 게 사업적으로 더 유리할 것이다.

게다가 SJW테크 성장에 크게 기여한 시술 장비의 로봇 암도 신 엔지니어링에서 납품한 것이었다. 꾸준히 거래를 해 온 협력 업체이기에 신용 또한 보장되어 있는 거나 마찬가지였다.

이렇게 표면적으로는 합당해 보이는 신 엔지니어링 매각 의사를 밝혔지만.

체육대회? 허! 짝 피구? 허! 에스, 이, 에스? 허!

달리는 자전거를 멈추려면 운전자이거나, 운전자가 아니라면 달리는 자전거에 뛰어들어야 한다. 무작정 뛰어들어서 그만두라고 생떼를 부려서 연하루를 괴롭히는 건 정우 자신도 꽤나 괴로울 테니까, 정우는 스스로 자전거 운전자가 되기로 결심한다.

두고 봐, 그 체육대회 뜻대로 되나. 짝 피구도 못 하게 하고, 장기 자랑도 못 하게 하고, 오승원은 내 밑으로 들어오게 할 거다! 무려 1석 3조다!

게다가 회의 핑계로 연하루 얼굴 보고, 회식 핑계 대고 연하루랑 밥 먹고, 가끔 스트레스 쌓이면 사장실로 연하루 불러올려서……? 상상만으로도 몸이 반응한다. 사장실 개조해서 밀실이라도 하나 만들어야 하나?

"일정 조율은 어떻게 할까요? 벌써 인수 관련 MOU(Memorandom of understanding, 양해각서)까지 작성했는데도 신 사장이 좀 안달이 나나 봅니다."

핵심을 정확히 파악하는 탁월한 통찰력과 뛰어난 집중력으로 사업을 이끌어 온 그였다. 회의가 많고 길수록 비생산적인 활동에 시간을 낭비하는 것이므로 질질 끄는 공리공론은 질색이었다. 언제나 회의는 짧게, 용건만 간단히.

그런데 요즘 오너로서 가장 집중해야 할 회의 시간에 사진을 찍지 않나, 딴생각을 하지 않나. 이게 다 연하루 때문이다.

창가에 서서 신 엔지니어링 사옥을 바라보는 정우의 시선이 이채롭다.

"이견이 있는 것도 아니고, 빨리 진행해. 법적 처리는 절차에 따르기로 하고. 우선 한 달 안에 신 엔지니어링 직원들한테 공식적으로 발표하는 것으로 협의합시다."

"한 달 안요? 시일이 촉박합니다, 사장님."

"시일이 촉박할 게 뭐가 있지? 제시한 가격과 조건보다 우리가 훨씬 더 좋은 조건을 제시했고, 신 엔지니어링은 수락했으며 MOU 단계까지 왔는데, 당연히 우리가 품어야 할 직원들에게 먼저 인사를 하는 게 순서 아닌가?"

홍 실장은 그저 고개를 끄덕거렸다. 첨언을 해 봤자 좋을 게 없어 보인다.

"저, 그럼 절차 협의는 어떻게 진행할까요?"

"오늘 저녁 식사가 신 사장인가?"

"네."

부득이하게 출장을 가는 경우를 제외하고, 정우는 저녁 약속을 잡지 않았었다. 연하루가 집에 잘 들어가는지 확인해야 두 다리 뻗고 잘 수 있었으니까.

하지만 급히 진행한 일을 뜻대로 따라 준 것에 감사하는 의미로 특별히 오늘은 신 사장과의 저녁 약속에 응했다.

"내가 알아서 할 테니, 홍 실장은 그 부분에선 빠져 있어요."

신 사장은 소위 말해서 풍류를 즐기는 한량과였다. 경기도 용인에 디지털 산업단지가 들어서면서 그곳에서 농사짓던 땅을 판 부친은 하루아침에 벼락부자가 되었다고 한다.

그로부터 얼마 뒤 신 사장이 포장마차에서 만난 돈 없고, 빽 없이 기술만 갖고 있던 한 대학원생에게 투자를 약속한 게 신 엔지니어링의 시작이었다고 한다.

아무리 먹고 마셔도 줄어들지 않는 돈이 신기하기도 하고, 결혼을 앞두고 있던 여자에게 '투자자'라는 번듯한 직업을 내보이고 싶어서 그랬다는 게, 족구 시합이 끝나고 가진 회식 자리에서 술이 거나했던 신 사장의 설명이었다.

당시 대학원생이 갖고 있던 기술은 실리콘밸리의 것보다 훨씬 앞선 로봇 암 제어 기술이었고, 결과는 대박 이상이었다. 또 신 사장의 부친은 용인 땅을 판 돈의 일부를 일산에 투자했고, 훗날 또 대박이 났단다.

돈이 돈을 번다는 말이 맞다며, 대대로 내려오는 운빨과 더불어 투자에 대단한 자부심을 갖고 있는 신 사장은 족구 경기가 있었던 날 이후부터 은근히 정우를 가르치려 들었다.

과거에는 최첨단 신기술이었지만, 지금은 시대에 뒤처진 기술을 겨우 업그레이드만 해 가며 팔고 있는 걸 뻔히 아는데도 연구 개발과 경영에 대해 논하며 윗사람 노릇을 하려 했다.

그러한 태도는 정우가 큰맘 먹고 하루의 귀갓길을 홍 실장에게 맡긴 채, 저녁 식사 자리에 나온 지금까지도 계속되고 있다.

"그래, 직원들한테 먼저 공고를 하고 싶다고?"

말투가 꼭 태권도 1단 딴 초등학생한테 고려 품새 한번 해 보라는 투다.

"네. 회사가 어딘가로 인수된다는 소식을 사내 공식 발표가 아닌, 다른 매체를 통해 접하게 된다면 임직원들의 동요가 있을 겁니다. 정리 해고 같은 후 폭풍을 걱정할 수도 있고요. 어수선한 분위기가 되지 않도록 미리 발표하고, 대응할 생각입니다."

"아, 우리 서 사장 참 헛똑똑이야."

정우는 신 사장이 도장을 찍기 전까지 경험은 부족한데 패기만 가득한 젊은 사장 코스프레를 하기로 마음먹었다. 괜히 심기

272

를 건드려서 다 된 밥에 코 빠뜨릴 수는 없는 노릇이다.

신 사장은 정우가 경청하고 있는 자세가 마음에 든다는 듯 거만한 목소리로 말을 이었다.

"이렇게 대범하질 못해서야. 내 그래서 말인데, 서 사장 커리어에 도움이 될 만한 사람을 한 명 소개해 주고 싶은데 말일세."

"사장님께서 소개해 주시는 분이시면 믿을 만한 분이겠죠. 곧 시간 비우겠습니다."

"아냐, 아냐! 바쁜 거 뻔히 아는데, 시간을 왜 비우나? 그냥 내 알아서 하지."

적당한 은퇴 시기를 잡고 있었는데, 회사를 넘길 수 있을 만큼 믿음직한 사람이 없었다며 신 사장은 정우를 만난 게 천운이라 했다. 물론 대대로 내려온 운빨에 대해서 장황하게 늘어놓고는 그런 운도 실력이라며 자신의 우월함을 강조하는 것도 잊지 않는다.

"우리 집안이 그런 집안이라니까. 앞산이 올라 가지고 팔고 나서 뒷산을 샀더니 뒷산도 오르고, 그거 팔아서 옆 산을 샀더니 그게 또 대박이 나니 말이야. 얼마나 대단한 운이 따르는 집안이야?"

수지, 일산, 송도, 동탄을 거친 부동산 투자 신화가 또다시 지루하게 이어질 무렵 정우의 휴대전화가 울린다.

"사장님, 잠시 실례하겠습니다. 중요한 전화라서 받아야 할 것 같습니다."

"그래그래. 사업하는 사람이 그래야지."

정우는 한정식당 VIP룸 밖으로 나와서 혹여 목소리가 새어 들어갈까 싶어 잔뜩 낮춘 목소리로 전화를 받는다.

"잘 들어갔어?"

— 와, 이젠 미행도 붙여요? 내 뒷조사 어디까지 했어요?

으름장을 놓는 것도 이 여자가 애교를 부리는 방식이다.

"아직 성적 취향까지는 못 갔고."

— 저질.

"집인가? 샤워는 했어? 지금 뭐 입고 있어?"

— 변태! 끊어요!

버럭 화를 내더니 전화가 끊긴다. 얼굴이 새빨갛게 달아올라서는 씩씩거리며 어깻숨을 내쉴 하루를 생각하니 절로 웃음이 난다.

아무래도 급히 처리해야 할 일이 있다며 양해를 구하고 자리를 빨리 파해야 할 것 같다. 8년을 가만히 지켜보기만 했는데, 요즘은 한시도 기다리기가 버겁다.

룸 안으로 들어서니 신 사장이 거만한 눈빛에 어울리지 않는 사람 좋은 얼굴을 하고 앉아 있다.

"죄송합니다, 신 사장님. 제가 급히 처리해야 할 용무가 있어서 이만 들어가 봐야 할 것 같습니다."

허리를 꾸벅 숙여 인사를 건네자, 신 사장은 허허 너털웃음을 터뜨린다.

"안 그래도 들었네. 지난번 회식도 그렇고, 저녁 식사 자리도 그렇고. 이렇게 특별 대우 받는 경우는 내가 처음이라지?"

"네, 그렇습니다."

"그럼, 내 자네도 특별 대우 해 줘야지."

불과 한 달 전만 해도 신 엔지니어링은 SJW테크의 협력업체에 불과했는데, 은근히 어른 노릇을 하려던 신 사장이 이제는 대놓고 거만하다. 하지만 거만함을 견디는 것도 회사를 인수하고 나면 끝날 일이다.

집으로 향하는 길, 같이 사는 것도 아닌데 따스한 미소를 마주하고 말캉한 피부를 쓰다듬을 수 있다는 생각에 미소가 번진다.

똑똑똑.

하루네 집 현관문을 두드린다.

"누구세요?"

꼭 알면서 저렇게 묻더라.

"나야."

익숙한 도어록 해제음과 함께 현관문이 빠끔히 열리더니 도끼를 품은 눈이 정우를 노려본다.

"밤길에 내가 없어서 삐졌나?"

"스토커!"

"잠옷 아니네?"

정우는 좁게 열린 현관문을 활짝 열어젖히며 집 안으로 밀고 들어갔다. 헐렁한 박스 티셔츠에 무릎까지 오는 반바지를 입고 있는 하루는 어딘가에 얼굴을 기대고 있었는지, 왼쪽 뺨에 빨간 자국이 두 줄 나 있다.

"아직 잘 시간 아니거든요?"

"난 잘 시간인데."

"가서 자요, 그럼."

"나 오늘 되게 힘든 협상 하고 왔는데, 토닥토닥해 주면 안 되나?"

불쌍한 척을 좀 했더니 새초롬했던 눈빛에 연민이 어린다.

"회사에 심각한 일 터졌어요?"

"획기적인 일을 좀 벌였지, 내가."

"남의 회사 일 캐물을 수도 없고……. 힘내요."

작은 손으로 어깨를 토닥거리는 하루를 내려다보는데, 헐렁한 반팔 티셔츠 소매 안쪽으로 하늘색 브래지어와 젖무덤이 보인다.

"하늘색?"

팔뚝을 옆구리에 딱 붙여 내리며 눈을 부릅뜨는 모습이 귀엽다. 아니, 섹시하다. 미치도록. 지난 2년을 어떻게 옆에서 지켜보기만 했는지, 스스로도 놀라울 정도로 몸이 빠르게 반응한다.

"아오, 진짜! 체통 좀 지키시죠, 서정우 사장님?"

"안고 싶어서 미쳐 버릴 것 같은 여자 앞에서 체통 지키는 놈이 어디 있어?"

정우는 하루의 허리를 바싹 끌어당겨 안았다. 다그칠 때는 언제고 금세 얼굴을 붉혀 버려서 픽 하고 웃음이 나온다.

"왜 웃어요?"

대답 대신 혀를 날름 내밀어 하루의 콧잔등을 한 번 핥았다.

"뭐 하는 거예요?"

"이 반응 뭐지? 더러워?"

"아니, 더럽다는 게 아니라."

"그럼 괜찮은 거네."

정우가 혀를 내밀어 입술을 한 번 적시자 하루가 안절부절못하는 얼굴을 한다. 막상 시작하면 적극적으로 덤벼들면서, 아직은 안 된다고 사람 돌게 만들 거면서, 내숭은.

젖은 입술을 비스듬히 내려 귓불을 머금자 여린 신음이 흩어진다. 목덜미에서 은은한 장미 향이 올라온다. 신경 안 쓴 척 무심하게 티셔츠에 반바지 입고 있었으면서 향수는 뿌렸나 봐?

귓불을 자근자근 깨물었더니 허리춤을 잡고 있던 손이 등허리를 더듬는다.

"연하루."

"왜요?"

"한 달 안에 내가 너 안는다."

선전포고를 내린 정우는 또 빽 소리를 지를 것 같은 입술을 집어삼켜 버렸다.

어젯밤, 정우가 귓가에 속삭인 말이 자꾸만 어디선가 불쑥불쑥 나타나서 일상생활이 불가능할 정도다.

부장한테 불려 가서 엑셀 그래프 형태가 마음에 들지 않는다며 방사형 그래프를 도넛형으로 바꾸라고 까이는 중에도. 점심시간, 설렁탕집에서 마주한 총각무김치를 베어 무는 중에도. 옥상에서 SES 군무를 연습하고 있는데 혜경이 '야, 체육대회 이제 한 달도 안 남았다!' 하는 중에도.

왜 하필 한 달일까? 아니, 그거 하자고 선전포고하는 건 뭐야? '안는다'의 의미가 포옹은 아닌 거지?

말 한마디에 천 냥 빚을 갚는다더니 말 한마디에 기를 쪽 빨리는 기분이다. 거기에 더해 부장은 요즘 사소한 것에도 길길이 날뛴다.

'계속 이따위로 할 거야? 내일 아침까지 다시 해 와!'

며칠 전, 과거 5년간의 현금 흐름표를 위에서 지시한 기준에 맞춰서 작성해 오라는 지시가 떨어졌다. 그전에는 분기별 영업이익을, 그전에는 회계 기준에 따른 고객사별 분포도를, 그전에는 설립 이후부터 지금까지의 회계상 주요 이슈를 다시 정리하라는 지시가 있었다.

"우리 며칠째 야근이죠?"

"글쎄다. 한 2주 됐나?"

의진이 한숨을 내쉬며 묻는다.

"저녁 주문할까요? 뭐 드실래요?"

"짬뽕 어때? 매운 거 당긴다."

"저도 짬뽕 좋아요."

옆에서 의진이 짬뽕 두 그릇을 주문하는 사이 하루는 잠시 바람이라도 쐬기 위해 2층 테라스로 향했다. 마치 보고 있는 것처럼 전화가 온다.

– 오늘 또 야근?

"네."

– 신 엔지니어링 안 되겠네. 우리 회사는 내가 마지막 퇴근인데. 연하

루, 내 밑에서 일할래?

"스카우트 제의예요?"

– 스카우트할 만큼 괜찮은 인재인가?

"됐거든요! 오라고 해도 갈 생각 없거든요! 서정우 씨 밑에서 일할 생각 없어요."

– 그럼 내 밑에서 딴 거 하는 건 어때?

갑자기 얼굴이 화르르 달아오른다. 멀리서 지켜보고 있을 것만 같아서 하루는 동요하지 않는 척 가만히 서 있었다. 그런데 어색한 침묵이 너무 길었다.

– 무슨 생각 하나? 왜 말이 없어? 야한 생각 했나?

"아니거든요!"

– 그래서 오늘 몇 시쯤 끝나?

"대충 한 10시?"

– 10시? 기다릴게.

"안 그러셔도 돼요."

– 나도 일 많아.

일갈하듯 전화를 끊은 정우가 괜히 아쉽다.

처음 마음을 고백해 왔을 때, 이 남자와는 동화적 상상력을 마음껏 펼칠 수 있는 로맨틱한 연애를 할 수 있을지도 모른다는 아주 소녀다운 꿈을 꿨었는데. 그 꿈은 가련한 인어공주처럼 물거품이 된 지 오래다. 동화 속 왕자님이 에로 영화 대사를 즐겨 한다면 모를까.

지옥의 매운 맛을 보여 준다는 짬뽕을 먹고, 지옥의 데이터 정리를 하고 난 뒤 시계를 보니 밤 11시가 넘었다.

"의진 씨, 조심해서 들어가."

"선배님, 택시 부를까요? 선배님 댁 쪽으로 가는 버스 10시 반이면 끊기잖아요."

"아니야, 괜찮아."

"지금 택시 잡기 힘들 텐데, 제가 불러 드릴게요!"

괜찮다는데도 의진은 위험하다면서 고집을 피웠다.

의진의 고집은 이상한 데서 발동해서 꺾이는 법이 없다

— 저 오늘 택시 타고 가야겠어요.

— 왜?

— 후배가 택시 불러 준다고 난리예요.

— 연하루, 바보야?

— 뭐라고요? -_-+

— 후배 하나 못 잡네.

더 이상 답문 보내기를 포기한 하루는 정우 말마따나 곧 죽어도 잡기 힘든 의진을 맥없이 바라보았다.

"선배, 택시 5분 안에 온대요. 나가요!"

그런데 5분 안에 온다던 택시는 10분이 지나도록 오지 않는다. 의진은 안절부절못하며 발을 동동 구른다.

"죄송해요. 분명히 5분 안에 온다고 했는데."

"괜찮아. 죄송할 게 뭐 있어."

길가에 벚꽃은 흐드러지는데 밤바람은 여전히 차갑다. 횡하고 요란한 소리를 내며 바람이 한 번 불자 꽃잎이 우수수 떨어지고 어색한 침묵도 이어졌다.

"저기, 선배님."

침묵을 깨는 의진의 목소리가 파르르 떨린다. 또 무슨 소리를 하려고 이렇게 진지한 걸까.

"선배님, 봄인데 연애 안 하세요?"

연애한다고 대답하면 의진의 성격상 꼬치꼬치 캐물을 것 같고, 안 한다고 하면 정우의 존재 자체를 부정하는 것 같아서 마음에 걸린다. 대답도 하기 전에 역시나 의진이 먼저 입을 연다.

"있잖아요, 선배님."

그래, 뭐가 있는지 한번 들어는 드릴게.

"제가 진작 말씀드리려고 했는데요, 저희 오빠가 한국병원 레지던트거든요. 한번 만나 보실래요? 너무 부담 갖지 마시고요. 저희 오빠 진짜 성격 좋아요!"

사이 안 좋은 시누이도 문제지만, 이렇게 하늘처럼 우러러보며 경외심을 드러내는 시누이도 몹시 피곤할 것 같다. 아니면 내가 만만해 보이나?

하루는 더는 묻지 말라는 듯 짧게 대꾸해 버린다.

"미안, 나 만나는 사람 있어. 저기 택시 온다!"

"진짜요? 누구요? 어떤 분이신데요? 혹시 제가 아는 사람이에요?"

아는 사람이라고 해야 하나. 말해 줄 것도 아니면서 쓸데없는 고민을 한다.

"여기 있었네?"

등 뒤에서 들려온 목소리에 화들짝 놀란 하루는 고개를 돌려 정우를 바라본다.

"택시 부르셨죠?"

앞에서는 택시 기사가 조수석 창을 열고 물어본다.

"기사님, 죄송합니다. 착오가 좀 있었네요."

정우는 지갑에서 5만 원권 두 장을 뽑아서 택시 기사에게 건네며 사과의 말을 전하고는 택시를 보내 버렸다.

"선배님께서 연애하신다는 분?"

눈치 빠른 의진이 조심스러운 얼굴로 묻는다. 족구 경기가 있던 날, 업무 때문에 뒤늦게 회식 자리에만 잠깐 참석했던 의진은 정우를 알아보지 못하는 것 같았다.

"네, 맞습니다."

"와! 안녕하세요? 저는 하루 선배의 하나밖에 없는 후배 윤의진입니다!"

정우는 '아, 그 후배?' 하는 눈빛으로 하루를 한번 흘끔 내려다보더니 이내 자상하고 듬직하며 능력 좋은 남자 친구의 표본과 같은 얼굴로 다정한 미소를 머금는다.

"반가워요. 그럼, 조심히 들어가요. 갈까, 우리는?"

하루가 어색하게 웃으며 고개를 끄덕이는데 의진이 휴대전화 화면을 보며 우는소리를 한다.

"어? 버스 시간표 바뀌었었네?"

"댁이 어디세요? 가는 길이면 내려 드릴게요."

이 남자가 왜 이러실까?

하루는 정우만 보이도록 고개를 비스듬히 기울여 삐딱한 시선으로 올려다본다. '어쩌려고 이러신답니까?' 눈빛으로 묻는 말을 그는 가볍게 뭉갠다.

"정말 그래도 될까요?"

"그럼요. 가시죠."

다행스럽게도 정우의 차는 그의 회사 주차장이 아닌 도로변에 임시 정차해 있었다.

옆 회사 사장인 거 알아 봤자 좋을 게 하나 없으니까, 어차피 부딪칠 일도 없을 거고, 나중에 뭐 하는 사람이냐고 물으면 그냥 평범한 회사원이라고 해야겠다. 생각이 여기까지 미치자 불현듯 불안감이 엄습한다.

연애가 깊어져서 나중에 미래를 바라보는 관계로 발전하면 어떻게 하지?

갑자기 등장한 정우의 환상 같은 존재감과 운명처럼 끌린 감정에 정신 못 차리던 하루를 의진이 현실 속으로 끄집어 왔다.

이 남자는 나랑 어디까지 갈 생각일까?

인생이 완벽하다고 생각하면 삶이 힘들어진다. 원래 인생은 문제도 변수도 많은 거라고 마음먹으면, 문제가 생기거나 변수가 나타났을 때 그 해결 방법만 고민하면 되는 거다. 적지 않은 나이, 적지 않은 풍파를 겪은 인생을 살아온 하루의 지론이다.

지금은 정우의 존재가 뜻하지 않은 변수로 작용한다.

이 남자는 정말 나랑 어디까지 갈 생각일까?

나는 이 남자랑……?

생각의 고리는 의진의 질문으로 끊긴다.

"하루 선배 어디가 좋으세요?"

위로 오빠 둘, 딸 귀한 집에서 나고 자란 고명딸 의진이 천진

난만함을 가장하며 묻는다. 눈치 빠른 의진이지만, 지금은 물색없는 후배가 되어 궁금증을 해결하기로 마음먹었나 보다.

"글쎄요."

글쎄요오?

조수석에 앉은 하루는 애써 미소를 머금으며 어금니를 꽉 깨문다.

이럴 때 감동적인 미사여구가 들어간 황홀한 언사로 여자 체면 좀 지켜 주시면 안 된답니까?

"그냥…… 나와 같아서?"

나와 같아서?

하루의 미간이 설핏 좁아진다. 그런데 뒤에 앉은 의진은 호들갑을 떨며 좋아한다.

"와! 뭔가 되게 철학적이고, 있어 보이고, 멋져요! 만나신 지는 얼마나 되셨어요? 하루 선배는 연애한다는 말씀도 오늘에서야 해 주셨다니까요."

"연하루, 회사에서 솔로인 척하나? 누구한테 잘 보이려고?"

"어머! 아녜요! 우리 하루 선배가 예쁘고 매력적이긴 한데요, 넘보는 남자는 없었어요."

뻔히 아는데 의진은 최선을 다해 하루 역성을 든다.

네가 내 하나밖에 없는 후배 자리에서 참 고생이 많다.

"제가 재미있는 이야기 하나 해 드릴까요? 예전에 하루 선배랑 단둘이 술 마실 기회가 있었거든요? 근데 선배랑 이상형 이야기가 나왔어요. 근데 선배는요, 글쎄. 과묵하고 말 시켜도 대꾸 잘안 하는 남자가 이상형이라는 거예요! 말수 적으신 편이세요?"

"그렇지는 않은데요."

"하루 선배가 말을 되게 조리 있게 잘하거든요. 아마도 하루 선배 목소리에 귀 기울여 주는 남자를 원하시는 것 같았어요."

포장 솜씨가 무슨 포장 이사 전문가 같다. 하루는 흡족한 얼굴로 고개를 끄덕거렸다. 그러니까 제발 '내가 한 달 안에 너 안는다.' 이런 말은 삼갑시다.

또 생각하고 말았다. 바빠서 잠시 잊었는데, 섹시한 목소리가 불쑥 어디선가 튀어나와서 당황스럽다.

"새겨들어야겠네요. 의진 씨라고 했죠?"

"네!"

"보통 이상형은 이성한테만 국한되는 게 아니라, 동성한테도 일부분 적용이 되더라고요. 의진 씨는 우리 하루 말 잘 들어 주는 편인가요?"

자상하고 담백한 목소리가 전혀 비꼬는 소리처럼 들리지 않는다. 심지어 달콤하기까지 하다. 그리고 하루는 비염 때문에 꽉 막혔던 코가 뻥 뚫린 것처럼 갑자기 후련하다.

"잘 들으려고 노력해요. 근데 저는 선배님이 자꾸 걱정이 돼요. 왜 그런지 모르겠는데 어딘지 모르게 자꾸 신경 쓰이고, 챙겨 드리고 싶고."

"이제 내가 챙길 테니까 걱정 그만해요."

"에이, 사내에선 제가 챙겨야죠. 사외에서 우리 하루 선배님 열심히 챙겨 주세요!"

정우와 의진이 은근히 말에 뼈가 있는 대화를 나누는 사이, 차는 어느새 의진이 살고 있는 오피스텔 앞에 도착했다.

"감사합니다! 그럼 즐거운 시간 되세요!"

깜찍한 인사를 남기고 내린 의진이 오피스텔 공동 현관으로 뛰어가는 모습을 바라보며 정우가 웃음을 터뜨린다.

"연하루. 저 후배 잡기는 글렀네."

"왜요? 내가 완전 쟤 꽉 잡고 있거든요?"

"센 척은. 내가 잡아 줄까?"

하루는 미간을 확 구기며 정우를 노려보았다.

"잡긴 뭘 잡아요? 내 회사 후배를 왜 잡아?"

"뭐야? 질투하는 거야? 또 섹시해지려고?"

상상 속의 후원자는 절대 이런 이미지가 아니었다. 반듯하고, 훌륭한 성품을 지닌 본받고 싶은 위인 격이었는데!

"아, 그만 좀 해요. 확 깨, 진짜."

"깨기만 해? 아니면 신경 쓰여?"

신경 쓰여서 미쳐 버릴 것만 같은데, 그래도 자존심이 있지, 하루에 열두 번도 넘게 얼굴을 붉힐 만큼 신경 쓰인다는 말은 차마 못 하겠다.

"근데 그 회사 너무하네. 일을 너무 많이 시키는 거 아냐?"

"갑자기 일이 좀 많아졌어요. 이렇게 줄야근 달고 살지는 않았는데."

"평소에도 야근 종종 하기는 했지, 참. 인원이 부족한가?"

"회사에서 고정비 아끼는 가장 좋은 방법이 뭐겠어요. 월급 받는 직원 수를 적게 유지하는 거지."

정우는 골똘히 생각에 빠진 표정으로 앞 유리창을 응시한다. 이 남자도 한 회사의 CEO인데, 말이 거슬렸나 싶어서 신경이 쓰인다.

"뭐 안 그런 회사도 많겠죠."

"괜히 반성하게 만드네."

"그쪽 회사도 고정비 그런 식으로 아껴요?"

"아니. 우린 야근 거의 없어. 수요일은 의무적으로 4시 퇴근이고……. 내가 이렇게 했으니 다른 회사 경영주들이 내가 얼마나 얄미웠겠어?"

거드름을 피우는 모습에 웃음이 난다. 상상했던 것과 많이 다른 모습이어서 당혹스럽기는 하지만, 그렇다고 싫은 건 아니다. 너무 좋아서 문제지.

"연하루."

왜 또 이렇게 근사한 목소리로 부르실까?

"왜 이상형이 과묵한 남자였어?"

"답장 잘 안 했잖아요."

심각했던 남자의 얼굴에 행복해 죽겠다는 미소가 어린다. 그런데 저 미소 좀 위험해 보인다.

아니나 다를까, 1차로를 달리던 차가 단숨에 가장자리 차선인 4차로로 향하는가 싶더니 갑자기 멈춰 선다.

늦은 밤, 신호등은 노란빛으로 깜빡거리고 있고, 도로는 텅비어 있다. 눈앞에 뻥 뚫린 도로가 있는데 숨이 꽉 막혀 올 것처럼 가슴이 답답하다.

점점 부피가 커지는 것 같은 심장 때문인지 두근두근 울리는 소리가 귓가를 울린다. 이제 곧 입술이 부딪쳐 오고 끈적끈적한 마찰이 시작되겠지, 라고 머릿속을 붉게 물들이고 있는데 시동이 꺼지고 운전석 문이 열린다.

보닛을 돌아온 정우는 조수석 문을 열어 주며 내리라고 고개를 까딱한다. 다정히 내민 손을 부드럽게 움켜잡았다.

"걷자, 좀."

유구한 역사와 오랜 전통을 자랑한다는 지역에서 가장 유명한 고등학교 앞이었다. 학생들이 빠져나간 학교는 어두컴컴했지만, 학교를 에워싼 벚나무는 은빛 가로등과 하얀 달빛을 받아 새하얗게 빛났다.

그저 밤길을 나란히 걷는 거다. 정동길처럼 낭만 가득하기로 유명한 데이트 코스도 아니고, 제주도 둘레길처럼 힐링 코스도 아닌데.

단둘이 걷는, 벚꽃 잎이 하나둘 날리는 보도블록 위가 그렇게 낭만적일 수가 없다. 진한 스킨십이 있는 것도 아니고 가만히 잡아 준 손에서 전해지는 따뜻한 온도가 눈물이 날 만큼 감동적이다.

낭만이며 힐링이 멀리 있는 게 아닌가 보다. 이 남자랑 단순히 봄밤의 학교 옆길을 걷는 것만으로도 충분하다.

"사랑한다."

보도블록 바닥에 닿는 구둣발 소리, 또각또각.

나와 함께 걷는 그의 발걸음, 저벅저벅.

갑자기 생경하게 들려오는 심장 소리, 두근두근.

잘못 들었나 싶을 만큼 정신을 몽롱하게 만드는 말, 사랑한다.

환상처럼 예쁘게 피어 있는 벚꽃 잎이 바람결에 후드득 날려 뺨을 스치고 지난다. 달콤하지만 담백하고, 짧지만 길게 남고,

무심한 듯 내뱉은 목소리에 가슴이 울린다.

"있잖아요, 나."

눈물이 왈칵 목구멍을 타고 솟구쳐 올라서 하루는 숨을 한번 골랐다.

"처음 들어 봐요."

그는 잡은 손을 가볍게 흔들며 느린 걸음을 멈추지 않는다.

"나도 처음 해 봐."

"치, 거짓말. 여자 한 번도 안 사귀어 봤어요?"

"없었는데?"

대답이 뭐 이래.

하루의 나이 열여덟, 그의 나이 스물다섯이었을 것이다. 그리고 지금 그의 나이 서른 셋. 진지하게 만나 본 여자가 없다면 이상할 나이다. 현재의 연인에게 과거는 절대 밝히지 말라는 불문율을 따르는 것인지는 모르겠지만.

그의 고백은 봄밤의 벚꽃 잎을 닮았다. 이제 따뜻한 봄이 완연할 것을 알리며 미풍에 날려 오는 벚꽃 잎을 꼭 닮았다.

느리게 걷던 걸음이 자연스럽게 멈춰졌다. 그가 멈춰 선 곳에는 교문 앞, 지금껏 지나온 나무 크기의 두 배쯤 되어 보이는 벚꽃 나무가 서 있다.

인적이 끊긴 밤, 어쩐지 쑥스러워진다. 내리쬐는 시선이 너무 뜨거워서 그런지도 모르겠다.

가만히 손을 잡은 채로 한참을 내려다보던 그는 천천히 고개를 숙여 가볍게 입을 한번 맞춰 온다. 잠시 입술이 떨어졌다 붙었을 뿐인데, 금세 더운 숨이 흐른다.

"자정이네."

"자정이 왜요?"

"이 나무 아래서 자정에 키스하면."

하루는 진지한 눈빛으로 정우를 올려다보았다.

소원이 이루어진대?

영원한 사랑을 한대?

"한 달 안에 잘 수 있대."

"아! 진짜!"

가볍게 정우의 가슴을 내려치려던 손을 그가 움켜잡더니 힘껏 끌어당긴다. 방심한 순간 맥없이 끌려갔고, 입술이 삼켜졌다. 감미롭게 감기는 혀의 감촉에 다리가 풀려 버릴 것만 같다. 그의 키스는 어금니가 간질거릴 정도로 달콤하다.

"하아."

입술이 떨어지고, 하루는 뜨거운 숨을 토해 냈다. 얼굴을 감싸고 있던 손이 가볍게 뺨을 쓸어내리고, 아랫입술을 부드럽게 매만진다.

"그 말, 또 해 주면 안 돼요?"

"무슨 말?"

"아까 내가 평생에 처음 들어 본 말."

수줍게 졸랐다가.

"내가 널 안는 날, 침대 위에서 해 줄게."

폭탄을 맞았다.

내일 또 일상생활이 불가능해질 것만 같은 불길한 예감이 든다.

오늘 연하루는 기분이 좋은 듯하다. 뭐가 그리 재미있는지, 점심시간이 끝나 가는 지금, 하루는 혜경과 함께 테라스에 앉아서 고개를 뒤로 젖히고 박수까지 쳐 대며 웃고 있다. 깔깔거리는 웃음소리가 여기까지 들리는 착각이 인다.

오랜만에 야근 없는 금요일이어서 그런가 보다. 곧 한 회사에서 마주할 수 있는 건 기쁜 일이었지만, 인수 합병에 쓰일 자료 정리 때문에 줄야근을 하는 모습은 안쓰러웠다.

한참을 웃더니 눈물까지 훔친다. 웃음기 어린 목소리가 듣고 싶어서 휴대전화를 집어 든 순간, 테라스에 끼어든 불청객 때문에 정우의 미간이 구겨진다.

하루에게 뭐라고 한참을 설명한 승원이 그녀를 데리고 건물 안으로 사라진다.

신경이 곤두선다. 같은 회사 동료이니 부딪치는 건 자연스러운 일이다. 승원이 흉포한—정우의 입장에서 볼 때 흉악하고, 포악한— 선전포고를 했어도, 절대 하루를 내줄 생각 없었다.

그리고 연하루도 내가 좋아서, 나랑 연애하고 있으니까.

잠깐. 연하루가 나한테 고백한 적이 있던가?

없다. 그러니까 연하루의 뜨거운 고백을 받아 본 적이 없다. 사랑한다는 말에 "나도."라는 짧은 말도 덧붙이지 않았다. 고작해야 저 테라스에 서서 머리 위로 3초 동안 하트를 그리고 있던 게 전부다.

갑자기 믿을 수 없을 만큼 초조해지기 시작한다. 정우는 신경

질적으로 전화를 걸었다. 한참 신호가 가더니, 안 받는다.

오승원이랑 둘이 사라지더니 감히 전화를 안 받아?

받을 때까지 할 생각이었다. 안 받으면 회사로 쳐들어갈지도 모른다.

똑. 똑. 똑—

갑자기 들려오는 노크 소리가 생경하다.

"들어와요."

문을 열고 들어온 홍 실장이 쭈뼛거린다.

"왜?"

"저, 손님이 오셨는데요."

"손님?"

홍 실장이 저렇게 안절부절못하는 손님이 존재한다는 사실이 의아할 뿐이다.

"누군데 그래?"

정우가 휴대전화를 내려놓으며 묻자, 홍 실장이 두 눈으로 직접 확인하라는 듯 한 걸음 비켜선다.

"안녕하세요, 서정우 사장님."

연분홍색 트위드 재킷에 베이지색 H라인 스커트를 입고, 긴 진주 목걸이를 늘어뜨린 여자는 한눈에 보기에도 성형 미인이다.

"누구시죠?"

누군데 약속도 없이 불쑥 찾아왔느냐는 차가운 질문에 여자는 주눅 드는 기색도 없다.

"신현진이라고 해요. 부친이 신흥백 사장님 되세요."

아버님을 닮았다든지, 아버님하고 하나도 안 닮았다든지 하는 말을 건넬 수도 없다. 강남에서 저 여자랑 닮은 여자를 당장 열 명은 찾아올 수 있을 만큼 특색 없는 얼굴이다.

"그런데요?"

여전히 저 여자가 왜 찾아왔는지, 정우는 의문이다.

"계속 이렇게 세워 두실 건가요?"

너무도 당당하게 자신의 위치를 요구해 와서 기막혀 하고 있는데, 홍 실장이 얼른 자리를 권하라며 눈짓한다.

"앉으세요."

정우는 턱짓으로 집무용 책상 앞쪽에 자리한 회의용 테이블을 가리켰다.

"아직 점심시간인데 바쁘신가 봐요?"

"약속 없이 찾아와서 할 질문은 아닌 것 같습니다만?"

정우는 전화를 받지 않는 하루 때문에 신경이 잔뜩 곤두섰다. 심각한 표정으로 하루를 불러낸 승원의 얼굴이 머릿속을 어지럽힌다.

"아버지가 말씀하셨던 것보다 훨씬 무뚝뚝하시네요."

느닷없이 여자가 웃는다. 안 그래도 기분 더러운 마당에 일면식도 없는 여자가 찾아와서 영문 모를 파안대소를 하고 있으니 울화가 치민다. 인수 과정이 남아 있지 않다면 당장에 내쫓았을 여자다.

"제가 나이가 더 어리더라고요. 오빠라고 불러도 되죠?"

교태 섞인 목소리에 소름이 오스스 돋아난다. 정우는 미간을 슬쩍 찌푸린 채로 여자를 바라보았다.

"안 된다고 하셔도 그렇게 부를 생각이기는 하지만요."

현진은 싱긋 웃으며 고개를 갸우뚱 기울였다. 태어나서 단 한 번도 남자에게 까여 본 적 없는 현진이다. 있는 집에서 유리 온실 속 화초처럼 자랐지만, 자신의 장단점을 매우 잘 파악하고 있는 지혜로움도 가졌다고 자부한다.

어떤 각도로 고개를 기울일 때 가장 우아해 보이는지, 어떤 눈빛일 때 가장 사랑스러운지, 모델 출신이었던 친모에게 물려받은 기질을 십분 활용할 줄 아는 여자였다.

현진은 입술을 살짝 벌린 채로 빙그레 웃었다. 남자는 여전히 무뚝뚝한 얼굴이지만, 눈빛에는 동요의 빛이 어린다며 혼자 착각하고 만다.

아버지가 입이 마르도록 칭찬했다. 지금껏 선 자리에서 만난, 아버지가 정말 괜찮다고 했으나 현진의 눈에는 각양각색의 오징어로 보였던 이들하고는 차원이 다르다고 했었다.

밑져야 본전이니 한번 들러 보라는 아버지 말씀을 현진은 못 이기는 척 따랐다. 그것도 문전 박대를 각오하고, 약속도 없이.

물론 아무런 정보 없이 이 자리에 온 건 아니다. 신 엔지니어링 비서실을 통해 서정우에 대한 정보를 충분히 습득한 후에 움직인 터였다. 나름 높은 콧대를 자부하는, 있는 집 영애 신현진을 움직이도록 만든 남자 서정우. 이제껏 선본 남자들하고는 비교도 되지 않는 특급이었다.

하지만 제아무리 특급이래 봤자 남자는 남자다. 찍어서 안 넘어온 남자 없었던 바, 현진은 이전보다 조금 더 심혈을 기울이면 될 거라고 예상할 뿐이다.

"신 사장님은 바쁘십니까? 대신 전하실 말씀이 있어서 오셨습니까?"

무뚝뚝하다는 표현은 모호하고 부족하기 그지없다. 여전히 직무용 책상 앞에 앉아 있는 남자는 우수에 젖은 눈빛만 빼고는 혼이 없는 로봇처럼 보일 정도다.

흰색 드레스 셔츠 밖으로 튀어나올 듯 불끈거리는 저 팔뚝도 신 엔지니어링에서 만든 로봇 암은 아닐까, 싶은 생각이 드는 순간 현진은 웃음이 터졌다.

왼쪽 눈썹을 치뜬 의뭉스러운 눈빛이 현진을 향한다.

"죄송해요. 제가 좀 웃음이 많죠? 아버지가 말씀하셨던 것보다 훨씬 좋은 분인 것 같아서요."

정우는 대놓고 얼굴을 구기지는 못하고, 팔짱을 끼며 집무실 의자에 깊숙이 기대앉았다.

저것도 애교라고 부리는 것 같은데 가식이 철철 넘친다. 저도 모르게 활짝 웃었다가 뒤늦게 내숭 떠는 깜찍한 연하루에 비하면, 대놓고 나 좀 봐 달라고 부려 대는 애교는 너무 식상하다.

아, 근데 이 여자가 전화를 못 받았으면 왜 못 받았는지 보고를 해야 할 거 아냐?

정우는 눈앞에 앉아 있는 현진의 존재 따위 개의치 않는다는 듯 휴대전화를 노려보았다.

"기다리시는 전화가 있나 봐요?"

질문이 날아온 순간 때마침 휴대전화가 울린다.

"여보세요?"

- 전화했었네요?

"뭘 하고 있는데, 전화를 안 받아?"

- 잠깐 혜경이랑 수다 떠느라 그랬어요.

와! 뻔히 오승원이랑 같이 들어가는 걸 봤는데 이 여자가 지금 거짓말까지 하네?

"잠깐 보자. 의논할 것도 있고."

- 네? 보긴 어디서 봐요? 지금 점심시간 10분 남았어요. 요즘 회사 분위기 좀 이상해서 자리 비우기 눈치 보여요.

"10분 안에 끝나. 장소는 문자로 보내 줄 테니까, 그렇게 알고."

약이 바짝 오른 정우는 옷장에서 슈트 재킷을 꺼내 들었다.

"선약이 있었습니다. 특별한 용건 없이 오신 것 같은데, 그럼 살펴 가십시오."

"저도 지금 막 일어나려던 참이었어요. 다음에 또 뵙죠, 오빠."

얼굴을 구기며 기분 나빠할 거라 생각했는데 현진은 화사한 미소까지 머금으며 아양을 떨었다. 뒷덜미에 소름이 확 끼쳐서 정우는 그대로 먼저 집무실을 나와 버렸다.

'안에 있는 여자 처리해!' 하는 눈빛으로 홍 실장을 노려보자, 죄 없는 홍 실장의 얼굴만 사색이 되어 버렸다.

- 회사 뒤 산책로 안으로 들어오면 약수터 오른쪽으로 샛길 있어. 거기로 50m만 더 들어와.

"진짜 누구 똥개 훈련시키는 것도 아니고."

하루는 누가 찾으면 잠시 자리를 비웠다고 전하라며 의진에게 당부하고 회사 뒤 산책로로 향했다.

약수터 옆 샛길로 들어서자 한낮인데도 어두컴컴할 만큼 으스스한 분위기의 숲길이 나타난다. 정우의 말대로 50m쯤 걸어 들어가자 서너 개의 그루터기가 있는 쉼터가 나타났다. 그리고 그곳에 숲속 분위기만큼이나 음산한 분위기를 자아내는 정우가 서 있다.

"뭐 이렇게 으슥한 데로 불러내요?"

"연하루."

목소리가 여느 때와 달리 다정하지 않다.

"왜요?"

갑자기 불러내서 시비 거는 남자에게 고운 목소리가 나오지 않는다.

"거짓말을 해?"

뜨끔 찔린다. 구내식당에서 일찍 점심을 먹고 테라스에서 혜경과 수다를 떨며 체육대회 장기 자랑 동작을 맞추다가 깔깔거리고 있는데, 심각한 얼굴로 승원이 찾아왔었다.

'회사가 매각된다는 소문이 있어. 뭐 짚이는 거 없어?'

회사가 매각될 경우 기술자들은 당분간 살려 둘 것이다. 하지만 매입 대상 회사에도 있을 경영 관리나 지원 쪽 인원들을 온전히 흡수하는 곳은 극히 드물다. 명예퇴직과 정리 해고를 통한 인원 감축은 당연한 수순이었다.

'요즘 일이 좀 많기는 했어요. 예전에는 정리한 적 없는 자료도 달라고 했었고. 아! 신용 평가도 저희가 하던 데 말고 업체가 하나 더 추가되긴 했었는데······. 그건 고객사 요청으로 그렇게 되는 경우도 있거든요? 저도 위에서 지시하는 대로만 해서 잘 모르겠는데요.'

아무리 연인이라고 해도 사내 흉흉한 소문까지 전할 수는 없는 터. 그리고.

"저 감시하세요?"

자기는 맨날 뻔히 보이는 자리에 앉아서 시시콜콜 들여다보지만, 여전히 다가가기 어렵게 은근한 벽을 치는 정우가 야속했다.

"연하루. 너 아까 오승원이랑 있느라 내 전화 안 받은 거 아냐?"

"그러니까, 저 감시하냐고요?"

"넌 왜 거짓말하는데? 둘이 무슨 얘기를 했는데 내 전화를 안 받아?"

"말 못 해요, 그건."

정우의 표정이 순식간에 딱딱하게 굳어 버렸다. 차가운 얼굴을 마주하자 심장이 쿵쾅쿵쾅거린다.

"선의의 거짓말이죠. 내가 오승원 대리님이랑 같이 있느라 전화 못 받았다고 하면 이런 반응 보일 거 뻔한데."

"그럼 둘이 같이 있는 걸 나한테 들키지나 말든가."

"내가 그렇게 못 미더워요? 왜 맨날 감시해요?"

한번 어긋난 대화는 정상 궤도를 찾지 못했다. 세상에 감정 안 섞인 싸움은 없다. 그중에서도 진득한 애정이 섞인 연인 사이에 일어나는 싸움은 밑도 끝도 없이 이성을 잃게 만들곤 한다.

정우는 무서운 얼굴로 하루의 코앞까지 성큼 다가섰다. 형형한 눈빛이 하루를 쏘아본다. 가슴이 따끔따끔거린다. 별것 아닌 걸로 말씨름하고 싶지 않아서 져 주고 싶은 마음 반, 매일 감시하듯 지켜보는 남자에 대한 야속함 반.

"감시한 게 아니라."

낮게 울리는 목소리에 오스스 소름이 돋아난다.

이 남자한테 딱 한 번 겁먹었던 적이 있다. 후원자였던 걸 알기 전 현관문 앞에서 갑자기 몰아붙였을 때, 불손한 태도에 화도 났지만 무섭기도 했다. 마치 그날처럼 정우는 화가 난 듯 보인다.

"……보고 싶어서 본 거야."

뜻밖의 말에 딱딱하게 굳었던 가슴이 풀어지고 머릿속이 간질거린다.

"그 새끼랑 무슨 얘기 하느라 내 전화를 씹어?"

얼굴이 더욱 가까워 오자 향긋한 세이지 향이 코끝을 찌르고 들어온다. 가슴이 쿵 내려앉을 만큼 설레는 체취도 느껴진다. 하지만 그렇다고 해서 인생을 구제해 준 후원자, 그리고 지금은 연인인 그에게 회사 기밀을 누설할 수는 없다.

"일 얘기 했어요."

"그럼 처음부터 일 때문에 못 받았다고 하면 되지, 왜 거짓말을 해? 사람 불안하게."

꾹꾹 눌러 담은 목소리가 미세하게 떨린다.

덩치는 숲속에서 막 튀어나온 곰처럼 크고, 으르렁거리는 목소리는 맹수 뺨치는 남자의 목소리가 떨리자 고집이 단번에 누그러든다. 질투하는 모습에 심장이 찌릿하고, 보고 싶었다는 말에 발밑이 동동 떠 있는 기분이다.

코끝이 닿아 숨결이 섞일 만큼 얼굴이 가깝다. 하루는 발뒤꿈치를 살짝 들어서 정우의 입술에 쪽 입을 맞췄다. 당황한 듯 멈칫하던 정우가 하루의 허리를 와락 끌어안는다.

"내가 정말 너 때문에 미치겠다, 진짜."

목덜미에 입술을 묻은 그가 혀를 굴리며 살갗을 핥기 시작한다. 금세 배꼽 아래가 뭉치며 열이 오른다. 하루는 아무 말 없이 정우의 목을 꼭 끌어안았다.

"연하루."

이제야 정우의 목소리에 다정함이 실린다.

"네."

고분고분 대답하는 목소리도 부드럽다.

"너 내가 이번 주말에 안는다."

산책로에서 어떻게 빠져나왔는지 모르겠다. 엄청난 선전포고를 듣고 난 직후, 부장이 급히 찾는다는 의진의 전화를 받고 나서 헐레벌떡 회사로 뛰어왔다.

별거 아닌 엑셀 필터링에 목숨 걸고 덤벼 오는 부장에게 혼나고 정신이 나갔다 돌아올 즈음, 숲속에서 심장을 울린 짐승의 목소리가 쉴 새 없이 머릿속을 울렸다.

처음 선전포고하고 3주가 지났고, 은근히 그가 내뱉은 말에 신경 쓰고는 있었지만 이번 주말이라니! 무려 오늘은 금요일인데!

오후 일이 도무지 손에 잡히질 않는다. 주간 보고서 하나만 정리하면 되는데 한 주 동안 무슨 일을 했는지 하나도 생각이 나질 않는다. 머릿속이 온통 침대 위에서 뒹구는 상상뿐이다.

미친 거야, 연하루. 진짜 미쳤어.

"선배님, 부장님한테 많이 혼나셨어요?"

"응? 아니. 별로."

"근데 왜 그러세요?"

혼이 나가 있는 하루를 향해 의진은 걱정스러운 눈길을 보내온다.

"선배 열나는 거 아녜요? 얼굴이 빨개요."

"어, 그런가. 오늘은 칼퇴해야겠다."

하루는 아픈 척 얼버무리며 PC 모니터에 시선을 고정했다. 업무에 집중하는 척 미간을 구기고 있지만, 머릿속에서 제멋대로 재생되는 살색 향연에 호흡곤란이 올 지경이다.

가까스로 퇴근 시간이 다가왔는데, 언제나 퇴근길 접선 장소를 문자메시지로 은밀하게 알려 오던 남자가 오늘은 조용하다.

─ 저 오늘 일찍 퇴근해요.

이거 너무 대놓고 속 보이는 문자를 보냈나?

- 먼저 들어가. 일이 좀 많아서.

금요일 점심시간에 폭탄을 날려서 오후 업무 마비되게 만들어 놓고!

- 그래요. 수고해요.

별로 개의치 않는다는 듯 답 문자를 보내기는 했지만 바짝 약이 오른다.

회사를 나서는 길, 해가 길어져서 6시가 되어도 제법 밝았다. 야근하느라 지난주에는 평일 내내 언니한테 가 보지 못했기에 하루는 곧장 병원으로 향했다.

"언니, 나 왔어. 이번 주에 되게 바빴어. 평일에 계속 못 와서 미안."

대답이 없는 얼굴은 무척이나 말라 있다.

언니, 아직 거기 있는 거 맞지?

얕은 숨을 내쉬며 생명을 이어 가기 위해 고군분투하는 언니의 모습을 마주할 때면, 일상에서 겪는 소소한 고민에 투정을 부리던 자신이 작아짐을 느낀다.

사귄 지 얼마 되지 않은 연인과의 밀당에 잔뜩 약이 올랐던 마음이 어느새 누그러져 버렸고, 별것도 아닌 걸로 꼬투리를 잡아 사람 피를 말리는 부장도 그러려니 싶다.

"언니, 나 그분 만났어. 내가 얘기 안 했지, 아직⋯⋯."

언니가 다 듣고 있다고 여기는 하루는 입을 떼기가 괜히 부끄러워진다.

"좋은 사람이야, 정말. 나이는 나보다 조금 많고, 나 그 사람한테 고백도 받았다? 그 사람 덕분에 내가 되게 귀한 사람이 된 것 같은 기분이 들어, 언니."

갑자기 울컥 밑바닥에 있던 설움이 복받친다.

"……얼른 일어나."

언니는 아직도 스물두 살에 머물러 있는 것 같은데, 나는 벌써 스물여섯이란 말이야.

새벽이 쓰러졌던 나이인 스물두 살을 지나면서 하루는 무척이나 힘들었다. 스물두 살이 엄청 많은 나이인 줄 알았거늘, 언니도 어렸는데 어른 노릇을 했다는 생각과 이제 자신도 그런 어른이 되어야 한다는 부담감이 하루를 억눌렀다.

대학을 졸업하고 언니가 살아온 삶을 앞질러 가면서 스스로를 가두려 했는지도 모른다. 겉으로는 밝은 척, 당당한 척, 괜찮은 척 살고 있어도 언니는 누리지 못하는 인생을 살고 있다는 죄책감이 하루를 옥죄었다.

언니 혼자 살았다면 그렇게 험하게 살지 않아도 됐을 거야. 그랬다면 쓰러질 일도 없었을 거고.

"미안해, 언니."

하루는 마치 죽은 짐승의 가죽을 만지는 것과 비슷한 감촉이 느껴지는 새벽의 이마를 한번 쓸어 넘겼다. 평생 느끼지 못했던 행복이 짙어지자 언니에 대한 죄책감도 깊어 간다.

그래서 하루는 악착같이 잘 살려고 노력했는지도 모른다. 언니에 대한 죄책감을 지우기 위해서. 언니가 깨어났을 때 열심히 산 모습을 보여 주려고.

면회를 마치고 돌아가는 길, 고개를 푹 숙인 채 걷고 있는데 누군가의 시선이 느껴진다.

"언니 보러 왔어?"

"네."

"울었구나."

"아녜요."

"아니긴."

승원은 안타까운 얼굴로 하루를 내려다보았다.

"저 그럼 가 볼게요."

복받친 감정을 추스르는데 굳이 안타까운 얼굴을 한 남자의 다정한 목소리를 더해 다른 종류의 죄책감을 더하고 싶지는 않아서 하루는 급히 돌아섰다.

"하루야."

"하실 말씀 있으세요?"

회사에서는 되도록 둘이 마주하는 일을 피해 왔다. 일 때문에 부득이하게 얼굴을 마주해야 하는 경우라도 용건만 간단히 끝내 왔다. 할 말이 있느냐는 질문이지만, 그게 무슨 말이든 지금 은 하지 말았으면 좋겠다는 뜻이었다.

"나도 있어……. 너 생각하는 사람, 나도 있다고. 기운 내."

하루는 승원을 향해 미소를 한번 보이고는 다시 병원 공동 현관을 향해 발걸음을 내디뎠다.

눈물이 뺨을 타고 주르륵 흘러내렸다. 미안하단 말조차 꺼낼

304

수 없을 만큼 승원의 얼굴은 안타까웠다.

그런데 두 사람에게 미안한 마음이 무색할 만큼 정우가 보고 싶다. 따뜻하게 안아 주는 품이 그리워서, 밤마다 뒤척이는 아기를 달래듯 보듬는 손길이 그리워서 가슴이 저며 온다.

집에 도착하자마자 옆집 현관문을 두드렸는데 답이 없다. 일이 많다더니 아직 귀가 전인가 보다. 전화도 받지 않고, 언제 끝나느냐고 묻는 메시지에도 답이 없었다.

바쁘겠지. 날마다 야근하는 자신을 기다려 준 거라 여겼었는데, 사실 그도 바쁜 거였나 보다.

거의 매일 밤을 함께 보냈다. 잠들기 직전에 집으로 건너오면 그가 새벽녘 현관문을 두드리는 경우가 허다했고, 맘먹고 둘이 한 침대에서 잠만 잔 적도 많았다.

아직은 아니라고 그를 거부한 이후 가슴을 만지고 다리 사이를 더듬는 패팅에 가까운 애무는 있었지만, 그 이상 진도를 나가지는 않았다. 연인 사이에 당연한 애정 표현이고 섹스에 대한 혐오 감정이 있는 건 아니지만 누구나 처음은 두려운 법이니까. 제대로 된 연애도 처음인 데다 대범한 성격도 못 돼서 막연한 거부감이 있었는지도 모르겠다.

그런데 정우가 선전포고를 내린 이후 3주, 머릿속에서 살색 향연 침실에 대한 상상을 너무 많이 했더니 이제는 판타스틱한 기대감마저 생길 지경에 이르렀다.

"금요일 저녁부터 주말 아닌가?"

주말이 디데이라고 선언한 남자가 갑자기 연락 두절이다.

이 남자가 진짜! 보고 싶어 죽겠는데 연락해도 답은 없고. 보고 싶어 죽기 전에 답답해서 돌아가시겠다.

새벽 2시에 마지막으로 휴대전화 시계를 확인하고 잠이 든 것 같다. 눈을 뜨니 벌써 토요일 오전 11시가 넘어가 있었다. 누군가 현관문을 두드리는 소리에 잠이 깬 하루는 손가락으로 머리를 빗어 내리며 현관으로 향했다.

"누구세요?"

"나."

어제 퇴근 시간 이후 연락 없던 그 남자다.

"왜요?"

"왜요오?"

밖에서 되묻는 목소리에 웃음기가 배어난다. 심통을 부리고 싶은데, 당장 현관문을 열고 달려 나가 너른 품에 안겨서 보고 싶었다며 단단한 가슴에 코를 부비고 싶어진다.

"준비하고 나와."

"어디 가는데요?"

"빨리 준비하고 나와. 시간 없어."

이미 현관문에서 멀어진 하루는 "알았어요!" 하고는 욕실로 쏙 들어갔다. 평소보다 꼼꼼하고 빠르게 샤워를 마친 하루는 큰 맘 먹고 장만한 레몬색 봄 원피스를 꺼내 들었다.

무릎 위로 짧게 올라붙는 A라인 스커트가 적당히 발랄하고 적당히 여성스러워 보인다.

오늘따라 앞머리도 잘 말리고 화장도 잘 먹는다. 베이지색 메리제인 펌프스까지 신고 현관 전신 거울 앞에 서자 무척이나 만족스럽다. 첫 경험을 앞둔 데이트 복장으로 손색이 없다. 아니, 그게 아니라.

서정우의 무시무시한 마수에 걸린 것처럼, 하루의 머릿속에는 계속 기-승-전-그거만 떠오른다.

미쳤구나, 연하루.

현관문을 열기 전 하루는 정우에게 전화를 걸었다.

"나 지금 나가요."

– 얼른 나와. 밖에 있어.

집에 들어가 있는 줄 알았는데, 문밖에서 기다렸나 보다. 현관문을 열고 나가자 노란색 프리지어와 하얀색 델피늄이 섞인 꽃다발을 들고 있는 정우가 눈에 들어온다.

"와! 통했다. 노란색! 나도 노란색."

늘 검은색 옷만 즐겨 입던 남자가 오늘은 베이지색 니트에 회색 드레스 팬츠를 입고 갈색 로퍼를 신었다.

"오늘은 검은색 옷이 아니네요?"

조수석에 올라타며 묻는 하루의 목소리는 평소보다 아주 조금 들떠 있다. 정우는 대답 없이 빙긋이 웃기만 한다.

"바가지 안 긁네?"

"바가지?"

"밤새 연락 못 했는데."

"아, 맞다. 나 좀 삐져야 하나?"

"출장을 콘퍼런스 콜로 대체하느라 새벽 4시쯤 집에 왔어. 잘 것 같아서 연락 안 했지."

하루는 팔짱을 끼며 뚱한 얼굴을 해 보였다. 입을 삐죽거리고 있지만, 눈가엔 물색없이 좋아 죽겠다는 감정이 오롯이 배어 있다. 이미 현관문을 두드리며 나오라는 그의 목소리를 들은 순간부터 마음은 풀어져 버렸다.

"연하루 얼마나 삐질 건가?"

"글쎄요. 생각 좀 해 봐야겠는데요. 아무리 바빠도 그렇지, 어떻게 밤새 연락 한 번 못 해요?"

일하다 보면 밤새 연락 못 할 수도 있는 거다. 하지만 삐졌다고 하면 이 남자는 어떻게 달래 줄까? 하는 기대감에 한없이 뾰족해지고 싶어진다. 둘이 있을 때면 늘 입술 먼저 부딪쳐 오던 남자가 오늘은 은근히 거리를 둔다.

"연하루."

좋아, 좋아. 이름만 불러 줘도 좋은 걸 어떡해. 입꼬리가 뺨을 타고 오를 것만 같아서 하루는 입 안쪽 말캉한 살을 한 번 깨물었다.

"낮에는 져 주지만."

엔진 스타트 버튼을 지그시 누른 그가 기어를 옮기고 엑셀을 밟으며 나지막이 속삭인다.

"밤에는 안 봐준다, 오늘부터."

이제 갓 오후 1시를 넘긴 시각, 요즘 해가 몇 시에 지더라? 저녁 7시? 7시 반? 앞으로 6시간은 져 주겠다는 말인가? 해만 지면 밤인가?

갑자기 낮과 밤의 정의가 어려워진다. 정우가 내뱉는 말 한마디, 목소리 톤, 의미심장한 눈빛 한 번에 하루의 세상은 다르게 정의된다.

"무슨 생각을 그렇게 골똘히 해?"

"해가 언제쯤 지나."

그냥 해가 언제 지는지 궁금해서, 해가 언제쯤 지나 생각하고 있었기 때문에, 무슨 생각 하느냐고 물어봐서……. 망했다.

정우는 어이가 없다는 듯 피식 웃으며 고개를 절레절레 내젓는다.

"좀 멀리 갈 건데 괜찮지?"

멀리 간다는 말은 자고 온다는 뜻인가? 하루는 그저 눈만 깜빡거리며 여유로운 얼굴로 운전대를 잡고 있는 정우를 바라보았다.

"자고 와요?"

"그럴 생각은 없었는데, 원한다면."

갑자기 얼굴이 화르륵 달아오른다.

대학교 때 지질한 첫사랑과 헤어진 뒤 오랜 공백을 깨는 연애다. 서로 마음이 통해서 시작한 연애는 처음이나 다름없다.

한 번도 경험해 보지 못한 것에 대한 막연한 두려움과, 연애 시작한 지 얼마 되지도 않았는데 진도가 너무 빠른 것 아닐까 하는 다소 보수적인 정조 관념에 사로잡혀서 "거기까진 자신 없다."라는 말을 했었다.

약 30일 전 "한 달 안에 내가 너 안는다." 발언을 처음 들은 이후, 머릿속에 첫날밤 비상대책위원회를 하나 꾸린 듯 사고의 방향이 늘 그쪽으로 향한다.

그러다 보니 자연스럽게 상상하게 되고, 상상에 상상을 더하게 되고, 이렇게 저렇게 요렇게 구성하다 보니 상상 속에서는 침대 위의 여전사라도 된 기분이다.

"가까운 데서 점심부터 먹을까?"

"좋아요."

철야 근무를 한 탓에 기력이 쇠했다며 정우는 삼계탕 전문 식당으로 하루를 이끌었다. 닭 한 마리를 멋지게 분해하고 해체한 그는 곱게 발린 속살이 담긴 뚝배기를 하루 앞으로 내민다.

"많이 먹어."

삼계탕 권하는 남자 얼굴이 세상 섹시하다. 짙은 눈썹과 날렵한 콧날, 새빨간 입술은 그 존재만으로도 색기 충만한데, 불멸의 밤을 앞둔 남자의 얼굴은 숨이 턱 막힐 정도다.

"네, 맛있게 드세요."

정우는 영계백숙 한 마리를 순식간에 뚝딱 해치웠다.

잘 먹는 남자, 되게 섹시한 거구나.

결전의 순간을 위해 힘을 비축하듯 보양식을 씹어 넘기는 정우의 목울대가 움직일 때마다 하루는 괜스레 열이 올라서 한숨을 한 번 내쉬고, 찬물을 한 번 들이켜고, 다리 꼰 방향을 바꾸었다.

"잘 먹네, 연하루. 기특하게."

진득한 시선에 부끄러워진다. 지금 삼키고 있는 게 벗은 닭 살이지, 남자 속살은 아닌데. 입안 세포 하나하나가 일어서는 것만 같은 착각이 인다.

식사를 마친 뒤 그는 아무 말 없이 조용히 차를 몰았다. 평소 같으면 카스테레오 버튼을 눌러 음악이나 라디오라도 켜 볼 텐데. 손끝이 떨려서 움직이질 못하겠다.

조용한 차 안, 그의 숨소리가 차 안을 가득 메운다. 갑자기 불현듯 침대 위에서 애무가 짙어질 때 그가 내뱉는 한숨 소리가 들리는 듯해서 하마터면 신음을 흘릴 뻔했다.

연하루, 미쳤구나. 일상생활이 불가능해졌어! 해 떠 있는 낮이 대수냐? 밤은 언제 와? 그냥 합시다!

하루는 정면을 바라보던 시선을 옮겨 정우의 옆얼굴을 결연한 눈빛으로 뚫어져라 바라보았다. 얄밉도록 여유롭고, 야속하도록 냉정해 보이는 얼굴. 이제껏 저질, 변태라고 윽박지르며 벽을 친 건 하루인데 왜 이렇게 초조한지 모르겠다.

내 우아함에 반했다고 했잖아. 연하루, 침착하자. 이제……음…… 몇 시냐, 보자. 고작 2시 반밖에 되지 않았다. 대체 해는 언제 지는 건데?

어느새 경부 고속도로에 진입한 차는 얼마를 달리다 원주 방향 영동고속도로로 빠진다.

"강원도 가요?"

"어. 동쪽으로 가야 해가 빨리 지지."

그래, 해는 서쪽으로 지니까 동쪽으로 달려가면 해가 빨리 지겠지. 상식에 가까운 지구과학 이론이 세상 설렌다. 입꼬리가 저절로 뺨을 타고 오른다.

주말 오후, 강원도로 향하는 영동 고속도로는 꽤 막혔다. 아니, 심하게 막혔다. 그가 계획한 목적지였는지는 모르겠지만 속초에 도착하니 해가 뉘엿뉘엿 지고 있다.

"저녁 먹어야겠네."

이 남자는 오늘 먹는 거에 뭐가 꽂혔나 보다. 횟집에 들어간

311

그는 회 한 접시와 대게 한 마리를 주문한다.

"그걸 우리 둘이 어떻게 다 먹어요?"

"걱정 마, 내가 많이 먹을 거니까."

그가 잡아먹겠다는 건 자연산 활어와 대게인데 왜 내 심장이 이렇게 두근거리나?

병실에서 새우를 까 줬던 것처럼 정우는 대게 속살을 발라서 하루의 앞 접시에 소복이 쌓아 주었다. 오늘따라 정우가 발라 주는 속살의 종류가 참 다양하다. 점심 거하게 먹은 뒤 한 일이라곤 그저 조수석에 앉아 있던 것밖에는 없다. 그런데도 회와 대게 속살이 입안으로 쏙쏙 잘도 들어간다.

회 접시가 깨끗이 비고 게 껍데기만 뒹굴자 친절한 사장님이 와서 묻는다.

"매운탕 드릴까요?"

"아뇨."

이제껏 많이 먹으라고 했던 정우가 정색하며 매운탕은 됐다고 한다.

"우리 매운탕 엄청 맛있는데, 드시고 가세요."

"아닙니다. 해가 져서요."

갑자기 심장이 입 밖으로 튀어나올 것처럼 날뛴다. 정우의 말마따나 식당 유리문 밖으로 보이는 하늘이 깜깜하다. 하루는 얼굴이 새빨개진 채로 스테인리스 컵을 움켜잡았다.

주인의 표정도 이상하게 변해 가서 하루가 헛기침을 하며 일어섰다.

"어우. 집에 가려면 서둘러야겠어요. 얼른 일어나죠."

"그래. 운전해서 가려면 한참이겠네."

어라? 이게 아닌데?

계산서를 집어 든 그는 "거스름돈은 괜찮습니다." 하고는 돈을 지불한 뒤 먼저 가게 밖으로 나섰다.

김칫국을 너무 마셨지, 내가. 밤에 안 져 준다는 뜻을 그렇게 해석한 내가 등신이지. 이게 다 경험 부족이라 그런 거야. 아니지! 주말에 어쩌고 입방정 떤 게 누군데?

뒷모습마저 섹시한 남자의 깔끔한 뒤통수를 노려보고 있는데 갑자기 그가 돌아본다. 내려 보는 눈빛이 다정한 듯 뜨겁다.

"앗, 깜짝이야!"

"왜 그렇게 놀라?"

"갑자기 돌아봐서요."

그는 귀엽다는 듯 하루의 볼을 살짝 꼬집는다.

"하지 마요!"

갑자기 생뚱맞게 어린애 취급하는 것 같아서 기분이 정말 엿 같다. '예고편에 낚여서 영화 보러 갔는데 예고편이 전부더라!' 와 비슷한 감상이랄까.

"디저트 좀 먹을까?"

"오늘 먹을 거에 목숨 걸었어요? 계속 먹기만 해요, 왜? 집에 간다면서요."

"가긴 갈 건데. 난 디저트 먹기 전에는 집에 갈 생각 없는데. 연하루는 안 먹을래?"

스트레스를 받았더니 갑자기 당이 달리는 것 같다.

"그래요, 먹읍시다. 먹어요. 먹고 죽은 귀신이 때깔도 좋다는데 까짓것 먹죠, 뭐. 대신 단거 먹어요. 이가 썩어 빠지도록 단거."

"단거 좋지. 나도 단거 먹고 싶었는데."

"저 앞에 카스텔라 전문 카페 있던데, 거기 갈까요?"

"카스텔라 별로 안 달던데, 내 입에는."

갑자기 까다로운 입맛까지 자랑하신다.

"그럼 그 입에는 뭐가 달아요?"

"내 입에?"

고개를 갸우뚱 기울이며 새빨갛고 도톰한 입술을 가리키는 손가락을 콱 깨물어 주고 싶다.

와! 그러고 보니 이 남자 어젯밤에 연락 한 통 없어 놓고! 오늘 나한테 키스는커녕 뽀뽀도 한 번 안 해 줬어!

갑자기 말도 안 되는 짜증이 물밀 듯이 밀려와서 하마터면 욕이 나올 뻔했다. 언제는 예뻐 죽겠다고 물고 빨고 핥고 난리더니 밑밥 잔뜩 깔아 놓고 이게 지금 뭐 하자는 거지? 경험이 아주 없어서 두려웠던 세상이 미지의 판타지가 되어 버린 것인가? 내가 이렇게 밝히는 여자는 아니었잖아?

그렇다! 밝히는 여자 아니다. 우아해지자. 이 남자는 나의 우아한 모습에 반했다고 했다! 침착하고 우아하게. 릴렉스.

"그래요. 그 입에."

새빨간 입술이 묘하게 섹시한 모양새로 휘어지며 미소를 머금는가 싶더니, 그가 대뜸 상체를 기울이고 고개를 비틀어 하루의 귓가에 보드라운 입술을 대고 속삭인다.

"내 입엔 연하루가 제일 달지."

항복! 두 손 두 발 다 들었다. 그래, 해 지면 그냥 내가 지고 만다!

하루는 숨도 내뱉지 못하고 그 자리에 굳어 버렸다. 갑자기 한기가 느껴지는 것도 같고, 몸 안에서는 이상하게 열기가 피어 오르는 것도 같다.

어깨를 움찔 떨었더니 듬직한 팔이 감싸 온다. 그리고 지극히 평안하고 여유로운 목소리가 울려 퍼진다.

"닭살도 먹어 봤고, 대게 속살도 먹어 봤고, 생선 살도 날로 먹어 봤으니까 이제 디저트 먹어야지."

어깨를 감싼 손에 힘이 들어가는가 싶더니 귓가에 달콤한 목소리가 속살거린다.

"연하루 속살로."

모든 게 계획적이었던 거다. 모든 게 의도되었던 거다. 2년 동안 옆집 살면서도 시치미 뚝 떼고 모른 척했던 남자를 너무 얕잡아 본 거다.

마치 미리 예약해 둔 곳이었다는 듯 그는 근처 리조트로 하루를 이끌었다. 토스카나풍으로 꾸며진 리조트 외부와 마찬가지로 리조트 객실 내부도 고풍스러운 중세 유럽 분위기다.

얼결에 들어오자마자 샤워도 했다. 입었던 옷을 다시 입고 침대로 가는 건 아닌 것 같아서 배스 가운도 입어 보았다. 대담하게 속옷은 입지 않았다.

그렇게 촉촉이 젖은 모습으로 나온 하루를 감상하듯 머리부터 발끝까지 훑어본 그는 아무 말 없이 욕실로 향했다.

맥주라도 한잔하자고 할까, 여기 냉장고에 맥주 있겠지? 없으려나? 룸서비스로 와인 같은 거 올라오는 거 아냐?

그간 영화나 드라마를 통해 접했던 아주 진부하게 로맨틱한 상황을 되새김질하며 안절부절못하고 있는데, 벌컥 욕실 문이 열렸다. 하루는 침대 끝에 앉을락 말락 한 어정쩡한 자세로 물었다.

"맥주? 아니, 와인 시켰어요?"

맥주 마실래요? 아니면 와인은 어때요? 와 같은 자연스럽고 세련된 멘트를 하려고 했는데…… 정우의 미간에 미세한 주름이 잡힌다. 뭔가 마음에 들지 않는다는 뜻이다.

"입맛 버리게 지금 그런 걸 왜 먹어?"

순식간에 코앞까지 다가온 남자의 숨결이 정수리에서 느껴진다. 옆구리를 올려 안은 손에 의해 몸이 일으켜 세워졌고, 마침내 뜨거운 숨결이 코끝을 스친다.

"하루야."

낮게 성긴 목소리가 정우도 적잖이 흥분했음을 알려 준다. 대답 없이 고개를 들어 정우의 입술을 바라보았다.

낮에는 말끔했던 새빨간 입술 주변이 막 돋아나려는 수염으로 푸르스름하다.

하루는 엄지손가락으로 파르라니 매혹적인 턱선을 쓸어 보았다. 손끝에 까끌까끌한 감촉이 미세하게 돋아난다.

"면도를 깜빡했네."

"괜찮아요."

"따가울 텐데."

가만히 고개를 내저어 본다.

뜨거운 숨결이 코끝을 스치고, 기분 좋은 미소를 머금은 새빨간 입술이 다가온다. 하루는 턱을 들어 도톰한 입술 끝을 베어 물었다. 몸 안 구석구석 찌릿한 전율이 오른다. 입술이 깊게 맞물리자 까끌까끌한 수염이 매끈한 뺨을 기분 좋게 억누른다.

"하아, 하아."

입술이 잠시 떨어지자 받은 숨이 터진다. 새빨간 입술은 하얀 목덜미를 따라 움직였고, 하루는 목을 뒤로 젖히며 정우의 머리카락에 손가락을 묻었다. 물기를 촉촉이 머금은 머리카락이 손가락에 부드럽게 휘감긴다. 뜨겁고 매혹적인 입술과 함께 따끔따끔한 수염이 여린 피부에 낙인을 찍듯 자극한다.

"안 따가워?"

여전히 면도를 하지 못한 수염 때문에 신경이 쓰이나 보다.

"아니, 좋아요."

두 발이 허공으로 두둥실 떠오른다. 동화 속 공주처럼 정우의 품에 안긴 하루는 향긋한 보디샴푸 향을 풍기는 목덜미에 얼굴을 묻었다. 정우가 자신에게 그랬던 것처럼 하루는 매끈하게 드러난 그의 쇄골에 입을 맞추었다.

"하아……."

가슴 떨리는 한숨 소리가 들려온다. 마치 터질 듯한 심장이 입 밖으로 튀어나올까 봐 한숨도 조심스럽게 내뱉는 듯하다.

"그거 알아?"

아는 것도 모른 척하고 싶은 순간이다. 감미로운 목소리가 더 듣고 싶어서 가만히 귀를 기울인다.

"능숙한 것보다 어설픈 게 더 위험한 거."

푹신한 침대 위로 몸이 넘어간다. 갑자기 한없이 요염해지고 싶은 생각마저 든다. 하루는 정우의 목을 끌어안은 채로 빙긋이 미소를 머금는다.

"연하루."

"음?"

괜스레 대답도 요염해진다.

"어쩌려고 이럴까."

입술이 목덜미에서 속살거린다.

"안 그래도 죽겠는데."

목선을 타고 올라온 입술에서 뜨거운 숨결이 흐른다. 하루는 푹신한 베개에 묻혀 있던 고개를 들어 올려 주름마저 섹시한 새빨간 입술을 머금는다. 도톰한 입술에 그어진 금 사이사이를 채워 주고 싶은 욕망에 키스는 부드럽고 진득하다.

어깨를 쓰다듬어 내려가던 손길이 배스 가운 깃을 젖힌다. 하루는 머리카락을 움켜잡고 있던 손을 내려 정우의 배스 가운 여밈을 풀고 어깨 뒤로 넘겨 버렸다. 그 덕에 먼저 나신을 드러낸 건 정우였고, 그는 음험한 눈빛으로 하루를 내려다보며 입꼬리를 올린다.

"미치겠네, 정말."

가늠하듯 아래위로 훑는 시선에 하루는 꼼짝없이 갇힌 듯한 기분이다. 그리고 배스 가운을 여며 놓은 끈을 푸는 손이 성마르게 움직인다.

"뭘 이렇게 단단히 묶어 놨어?"

마침내 끈이 풀리고 가운이 완전히 젖힌다. 정우는 하루의 다리 사이에 무릎을 꿇고 앉아 감상하듯 내려다본다.

온전한 나신을 마주한 정우의 단단한 가슴이 거친 숨결로 크게 들썩인다. 잘 자리 잡힌 복근을 타고 내려가자 배꼽 근처까지 솟아오른 검붉은 물건에 돋아난 핏줄이 눈에 들어온다.

시선이 이리저리 훑어가고 여기저기 부딪힌다. 벗은 몸을 오롯이 내려다보는 눈빛이 부끄러워서 하루는 조심스럽게 손을 뻗어 정우의 목덜미를 어루만졌다.

"하루야."

다정한 부름이 지나치게 매력적이다.

"사랑한다."

두 번째, 사랑한다는 말이 눈물이 핑 돌 만큼 감동적이다. 가슴과 가슴이 맞닿았다. 시선만으로 꼿꼿이 선 유두가 단단한 가슴에 닿아 찌릿하다. 두근거리는 두 개의 심장이 터질 듯하다.

"흐음."

부드럽게 가슴을 움켜잡는 손길에 어깨가 움츠러든다. 단단하게 솟아오른 물건이 허벅지 안쪽 말캉한 살을 비벼 댄다.

하루의 얼굴 위에 가벼운 입맞춤을 더하던 정우의 입술이 천천히 아래쪽으로 향한다. 목덜미를 가볍게 깨물고, 쇄골을 핥고, 가슴 한가운데 딱딱한 뼈에 입을 맞춘다. 왼쪽 가슴, 심장 가까운 곳에 뜨거운 숨결이 떨어지는가 싶더니 탐스럽게 굳은 가슴 끝이 빨려 들어간다.

과즙을 짜내듯 깨물고 빨아들이는 움직임에 눈이 저절로 감겨 온다.

"흐읏."

부드러운 머리카락을 움켜잡는 손에 힘이 더해진다. 본능적으로 등허리가 매트리스에서 떨어지고 가슴을 앞으로 내밀어도 본다.

"하아."

빨아들이는 입술에 심장을 빼앗길 것만 같은 착각이 일어서 하루는 밭은 숨을 내뱉었다. 가슴 밑을 쓸어 대는 따끔한 수염에 머릿속이 아득하다.

심장이 놓아진 순간, 따끔거리는 자극이 배꼽 언저리로 옮겨 갔다. 하얀 허벅지를 커다란 손이 양쪽으로 받쳐 올린다. 치부를 온전히 드러내는 자세가 부끄러워서 다리가 빳빳하게 굳는다.

"긴장 풀어."

"……네."

하루는 가만히 눈을 감고 정우의 머리카락을 만지작거렸다. 손에 잡힌 머리카락이 점점 아래로 멀어진다.

입술이 향하는 곳을 직감한 하루가 본능적으로 다리를 오므렸다.

"목 조르려는 건가?"

"아, 아니요!"

"그럼, 좀 풀지?"

골반에 힘이 풀려 벌어진 사이로 뜨거운 숨결이 쏟아짐과 동시에 생경한 느낌이 나기 시작한다. 엉덩이 밑을 타고 무언가 흐르는 느낌에 아랫입술을 지그시 깨물었다.

타인의 것은 그 무엇도 닿은 적 없는 곳에 정우의 입술이 닿았다. 미끈한 애액이 흐른 흔적을 따라 핥는 소리가 음탕하다. 부드럽게 휘감기는 자극에 눈을 질끈 감고 있는데도 어둠이 그리워질 만큼 은밀하다.

"흐읏."

처음 느껴 보는 감각인데도 좋아서 넋이 나가 버릴 것만 같다. 부끄럽고 생경한 감정도 공존해서 하루는 이불 끝을 당겨 한쪽 팔로 끌어안았다.

"추워?"

"아니, 그냥."

갑자기 몸을 일으킨 정우가 이불을 들어내서 등에 두른 뒤 하루를 덮쳐 온다. 부드러운 이불과 뜨거운 몸이 동시에 느껴진다. 갈증이 이는 듯 목이 타서 하루는 얼른 정우의 입술을 머금었다. 깊숙이 차지하고 들어와 목젖 언저리까지 핥아 대는 혀의 움직임이 간질간질하다.

정우는 하루의 허리 밑으로 팔을 넣어 단단히 끌어안았다. 허벅지 사이에서 단단히 올라붙은 물건이 느껴진다.

"하아……."

깊은 한숨을 한 번 내쉰 그의 손이 아래로 향한다. 입구를 가늠하듯 기다란 손가락이 흥건히 젖은 틈새를 가른다.

"흐응."

혀로 두드렸던 곳에 손가락이 미끄러져 들어온다.

"아훗."

아까 보았던 그의 물건보다 굵기가 훨씬 얇은 침입에도 통증

321

이 밀려온다. 동시에 더 깊숙이 들어왔으면 하는 열망도 일어난다. 손가락이 들락날락하며 들려오는 질퍽거리는 소리가 야하다.

"흐읏."

"하아, 하루야."

낮게 성긴 목소리가 애원한다. 뭐든 들어주고 싶을 만큼 간절하다.

"괜찮아요……. 나 괜찮아."

"하아……."

쏟아지는 한숨의 의미를 이해할 수 없어서 하루는 부드러운 손길로 정우의 뺨을 부드럽게 쓸어내렸다. 까끌까끌한 턱을 끌어당겨 입술을 머금었다.

"으음."

아래를 차지하고 있던 손가락이 멀어짐과 동시에 입술이 떨어진다. 채웠던 공간이 아쉬운 듯 움찔하자 뭉툭하고 뜨거운 선단이 입구를 비벼 댄다. 안 그래도 얕아진 숨이 힘겨울 만큼 차오른다.

감긴 눈가에 입술이 내려앉는가 싶더니, 뚫고 들어오는 통증의 성질이 달라졌다. 골반이 부서질 것만 같은 충격에 몸이 산산조각 날 것만 같았다. 정우의 허리를 감고 있는 다리에 힘이 들어간다.

"하아…… 하루야……."

좁은 틈에 자리한 그도 힘겨운 듯 애달픈 한숨을 내쉰다.

"정우 씨…… 흐읏."

322

이름을 불림과 동시에 치골이 완전히 맞닿았다.

"이대로도 미쳐 버리겠다."

이를 악물고 내뱉는 말에 머리끝까지 전율이 흐른다.

"더 좁히면 어떡해. 미치겠다니까."

어쩔 줄을 몰라 하는 하루의 얼굴 위로 입맞춤이 더해진다. 이마에서 눈꺼풀, 콧잔등에서 뺨으로 급히 옮겨 가던 입술이 벅찬 숨을 내뱉고 있는 입술을 머금는다. 숨결을 앗아 가듯 집요한 키스와 동시에 안을 채우고 있던 그의 물건이 천천히 빠져나간다. 쓸려 나갔다가 다시 밀고 들어오는 그의 움직임에 등허리가 들썩인다.

"흐읏, 앗, 저, 정우 씨!"

정우는 대답 없이 허리를 묵직하게 움직였다. 느릿한 움직임에도 하루는 격하게 반응한다.

작은 손으로 단단한 어깨를 꽉 움켜잡았더니 느릿했던 움직임이 빨라진다. 울음이 터질 것만 같다. 슬프지도 않은데 눈물이 또르르 흘러내린다. 정우는 물기 어린 하루의 얼굴을 내려다보며 어금니를 꾹 깨물었다. 하루는 손을 뻗어 정우의 굳어진 턱을 어루만졌다.

"흑."

저도 모르게 울음이 터져 나왔다. 정우가 미간을 찌푸리며 고개를 내려 하루의 귓가에 속삭인다.

"큰일이다. 울어도 섹시해서."

야릇한 순간에 웃음이 픽 하고 터져 나온다. 목덜미에 입술을 여러 번 찍어 누른 정우가 천천히 고개를 들어 하루를 마주한다.

"그래도 울지 마. 심장 떨어져 나갈 것 같아."

가만히 눈을 감았더니 눈 옆으로 또르르 눈물이 흘러내린다. 흘러내린 눈물을 핥아 내는 입술이 부드럽지만, 움직임은 빨라진다.

하루는 있는 힘껏 정우의 어깨를 끌어안았다. 숨이 차오른다. 머릿속이 아득해진다. 통증은 거세지고, 격한 통증 속에서 피어오른 열감은 무서울 정도로 몸을 잠식한다. 이대로 끝나지 않고 영원토록 계속되었으면 하는 갈망이 생겨날 만큼 뜨겁고, 감동적이다.

"하아, 하아. 정우 씨……."

이름을 부를 때마다 움직임 속에서도 굵게 도드라지는 물건이 느껴진다. 숨이 끊어질 듯하다. 빠르게 뛰는 심장이 버거워 멈춰 버렸으면 좋겠다는 생각이 든다. 이대로 나락으로 떨어져 버릴 듯 아찔하다.

질퍽거리는 소리가 거세지고, 하루는 정우의 목을 있는 힘껏 끌어당겨 안았다. 매달리지 않으면 죽을 것 같은 기분. 꼬리뼈를 타고 올라온 전율이 뒷목덜미를 타고 정수리 끝까지 번진다.

"아아……."

귓가를 울리는 한숨 소리와 함께 왈칵거리는 움직임이 몸 안에서 느껴진다. 눈물과 땀으로 젖은 얼굴을 커다란 손이 쓸어 넘긴다. 감긴 눈이 떠지질 않는다. 부드럽게 어루만지는 손길에 차올랐던 숨결이 내려앉고 가슴 한가운데가 따뜻해진다.

안온한 품 안, 잠이 쏟아진다.

❖

"연하루, 너 어디 아프냐?"

"내가? 아니."

"근데 얼굴이 왜 그래? 다크서클이 무릎까지 내려왔는데?"

가늘게 접어 뜬 혜경의 눈에서 곧 레이저가 발사될 것만 같다.

"앉아. 피곤해 보이는데 서 있지 말고."

"아냐, 서 있는 게 편해."

혜경의 얼굴에 사특한 미소가 떠오른다.

"연하루."

"다정하게 부르지 마라. 징그럽다."

"너 주말에 뭐 했어?"

테라스에 놓인 의자에 다리를 꼰 채로 앉은 혜경은 팔짱을 끼
며 하루를 올려다본다. 대답 안 해 주면 꼬치꼬치 캐묻겠다는
눈빛이다.

"하긴 뭘 해."

좀 자연스럽게 넘어가야 하는데, 어렵다. 조신했던 삶이 하루
아침에 욕망덩어리로 점철된 탓이다. 오전 내내 지난 주말에 있
었던 일들을 떠올리며 하루는 끊임없이 얼굴을 붉히고, 몸을 꼼
지락거리며 안절부절못했다.

"잤냐?"

"뭐어?"

이 계집애는 넋 놓고 있는 순간에 예리하게 치고 들어오는 비
상한 공격력을 가졌다.

"대답 못 하는 거 보니까 잤네."

촉도 좋은 계집애.

"너 촉 되게 좋다?"

"내가 촉이 되게 좋은 게 아니라 연하루가 되게 순진하신 거지. 그래서."

혜경이 의자에서 벌떡 일어나며 하루의 얼굴을 살핀다.

"좋았어?"

"넌 뭐 그런 걸 다 물어보냐?"

"의자에 앉지도 못할 만큼 막막 그랬어? 화장실 갈 때마다 죽겠지?"

"너 성희롱으로 신고한다, 내가?"

"해 봐, 해 봐! 오승원 대리님한테 가서 신고하게? 나 남자랑 처음 잤다고 구혜경이 놀려요! 하고?"

하루는 가볍게 혜경을 노려보았다.

"몇 번이나 했는데 상태가 이 모양이야?"

"글쎄……."

지난 주말 기억을 더듬는 하루의 눈가가 가늘어진다.

커다란 손이 머리카락을 부드럽게 어루만지는 손길에 잠이 들락 말락 한 순간 이불이 걷혔다. 단단한 품에 안긴 채 욕실로 들어갔고 뜨거운 물줄기가 쏟아지는 곳에서 정신없이 키스를 하고 서로를 더듬거렸다.

욕실에서 나와 커다란 배스 타월을 침대 위에 깐 채로 한 번 더, 목이 말라서 물을 마시다가 뒤에서 덮친 그 때문에 소파 위에서 한 번 더, 아침에 눈뜨자마자 한 번 더, 집으로 돌아오는 길에 차를 세우겠다는 남자를 간신히 말려서 집에 도착한 뒤에 또 한 번 더.

대략…… 다섯 번?

저도 모르게 손가락을 차례차례 구부리고 있는 하루를 보고 혜경은 입을 쩍 벌린다.

"연하루, 언니가 뭐 가르칠 필요가 없겠다. 대박인데? 너 출근한 게 용하다?"

"친구야. 그동안 네가 들려준 경험담만 합쳐도 야동 1테라는 나와. 그 정도면 충분하지 않을까?"

"그래서 처음인데 다섯 번이나 하셨어? 그래, 잘했다. 뒷산에 잡초도 얼크러지고 설크러져서 사는 마당에 우리 깜찍이 연하루도 얼크러지고 설크러져 사는 거지? 안 그냐?"

도도한 미소를 머금은 얼굴로 잘도 음험한 질문을 해 대는 혜경이다.

"그래서 좋았냐고."

"처음엔 이거 왜 하나 싶었다."

초록은 동색인 법. 가지런히 단정한 치아를 드러내며 청순한 미소를 머금은 얼굴로 하루는 사특한 대답을 내뱉었다.

"오호. 나중엔 좋았다 이거야?"

"노코멘트하겠어."

"어우, 연하루! 완전 엉큼해! 경험도 없는 기지배가 벌써 느낀 거야? 대박!"

그래, 느껴 버렸다. 그걸 왜 하는지 알아 버렸어. 신세계가 거기 있더라. 그깟 통증 따위 잊을 만큼 황홀했다. 계속 덤벼 오는

327

그가 반가울 정도로 열렬히 응했다.

"테크닉이 훌륭한가 본데?"

비교 상대가 없으니 훌륭한지 부족한지는 모르겠다만.

"꼭 건전지 같더라."

"뭐? 건전지? 그렇게 작아?"

하루는 그런 뜻이 아니라는 듯 고개를 내저었다. 그러고는 낮게 읊조린다.

"힘세고, 오래가는……."

혜경이 새된 비명을 지르며 하루의 등짝을 팡팡 내려친다.

"연하루 웬일이니? 웬일이야!"

"아, 그만 때려! 아파!"

하루는 재킷 주머니에서 윙윙 울려 대는 휴대전화를 빼 들고는 혜경의 눈앞에 흔들어 댔다. 혜경은 테이블 위에 올려 두었던 종이컵을 들어 올려서 커피를 홀짝거리며 얼른 받으라고 검지를 까딱거린다.

"여보세요?"

─ 그 여자 손목 부러뜨려 버린다고 해.

하루는 빙그레 웃으며 혜경을 향해 나불거린다.

"네 손목 부러뜨린대."

"누가? 혹시 저기서 보고 있어?"

고개를 끄덕거리자 수화기 너머에서 나지막한 목소리가 울린다.

─ 장난하는 거 아니다.

"장난하는 거 아니래."

혜경은 얼이 빠진 표정이다.

— 털끝 하나만 더 건드려 보라고 해.

"털끝 하나만 더 건드려 보래."

파마한 지 오래돼서 웨이브가 형체를 잃어 가는 머리카락을 쭉 잡아당긴 혜경은 옆 건물을 향해 혀를 날름 내밀었다.

— 이번 주 금요일에 보자고 해.

"이번 주 금요일에 보자는데?"

"금요일에 우리 체육대회잖아."

"아, 맞다. 금요일에 우리 체육대회 하는데요?"

— 응징은 금요일부터 시작이다.

통화가 뚝 끊겼다.

"뭔 말이야. 응징은 금요일에 한다도 아니고, 금요일부터 시작이라니."

"뭐래? 금요일에 뭐 한대?"

"몰라. 가끔 속을 모르겠어."

하루는 고개를 절레절레 내저으며 휴대전화 시계를 한번 확인한다.

"양치하러 가자. 점심시간 끝나 간다."

테라스 유리문 안으로 사라지는 두 여자를 바라보며 정우는 회심의 미소를 머금었다.

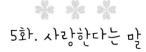

5화. 사랑한다는 말

잔디 위에 내려앉는 5월의 햇살이 눈부시다.

단체 티를 사이좋게 나눠 입은 신 엔지니어링 직원들은 체육대회 시작을 앞두고 삼삼오오 모여서 수다를 떨고 있다.

"아, 씹. 이놈의 회사는 무슨 근로자의 날에 체육대회야?"

"그러니까. 임직원의 자발적 참여 같은 개소리 하고 앉았네, 진짜."

CS팀 여직원들 말마따나, 체육대회가 열리는 오늘은 근로자의 날이다. 또 하필 금요일이어서 토요일과 일요일을 붙이면 사흘 연속 쉴 수 있는 황금연휴이기도 하다.

"근데 오늘 뭐 발표한다는 얘기 있더라."

"어, 사장이 어젯밤에 임원회의에서 뭐라고 했다나 봐?"

"설마, 진짜 우리 회사 어디 팔린 거 아냐?"

"퇴직금이랑 위로금이나 두둑이 받아서 시집이나 가야겠다."

"야, 너 참 선본 남자는 어떻게 됐어?"

두 여자의 대화가 남자 이야기로 넘어가자 혜경이 하루의 옆구리를 쿡 찔렀다.

"넌 어떻게 돼 가냐? 밤마다 뜨거우시냐?"

사람들 많은 데서 이상한 소리 말라며 하루는 가볍게 눈을 흘겼다.

"결혼하재?"

"언제부터 구혜경한테 그게 결혼으로 이어졌냐?"

"나는 그게 결혼으로 이어지지 않는 구조지만, 연하루는 그게 결혼으로 이어져야 하는 구조 아냐? 너 한준 선배 만났을 때도 거기까지 은근히 고민하고 그러지 않았어?"

연애의 목적이 결혼이라고 볼 수는 없다. 하지만 하루는 언제나 늘 결혼을 고민했다. 아니, 걱정하고 두려워했다. 평범하지 않은 집안 사정, 따뜻하게 보듬어 줄 남자를 찾는 것보다 그런 상황을 자신의 입으로 털어놓을 만한 용기부터 나지 않았다. 어려움을 털어놓는 것보다 평범함을 가장하고 사는 게 세상 살기는 더 쉬우니까. 하지만 사랑 앞에 평범해지는 건 어렵다.

"어? 저거 서정우 사장 아냐?"

그런데 사랑 앞에 평범한 여자로 만들어 준 남자가 지금 눈앞에 걸어 나오고 있다.

"뭐야? 족구 시합 한 번 했다고 체육대회도 와? 저 둘 저렇게 사이가 좋았나?"

혜경의 물음에 하루는 장난스럽게 대꾸한다.

"너 응징하러 왔나 보다."

"대박. 무서워 죽겠네, 진짜."

혜경이 장난스럽게 몸을 부르르 떠는 사이 신 사장이 마이크 앞에 섰다.

"신 엔지니어링은 첨단의 FAS 기술을 바탕으로 설립된 국내 최상의 로봇 암 회사입니다. 설립 당시부터 이미 실리콘밸리의 기술을 앞서 나갔으며……."

체육대회 연설치고는 무겁다. 회사 연혁을 줄줄이 읊는 장광설에 직원들 분위기가 숙연해지기까지 한다.

"지금까지 저를 따라 주신 임직원 여러분께 머리 숙여 감사 인사 드립니다. 그동안 감사했습니다."

사장의 연설은 묘한 작별 인사로 끝을 맺었다. 그리고 SJW테크의 대표이사 비서실 소속 홍준상 실장이 마이크 앞에 섰다.

"안녕하십니까? SJW테크 홍준상입니다. 제가 왜 이 자리에 서 있는지 궁금하실 겁니다. SJW테크는 레드 바이오뿐 아니라 그린 바이오, 화이트 바이오를 아우르는 복합 바이오 그룹으로 거듭나기 위해 발전 가능성이 농후한 회사들과 여러 차례 합병 과정을 거쳤습니다."

뭐어? 합벼엉?

신 엔지니어링 직원들이 웅성대기 시작한다. 시설 투자라면 기겁했던 신 사장이 곧 회사를 팔아넘길 거라는 소문이 왕왕 돌기도 했었다. 홍 실장의 설명은 계속해서 이어졌고, 소문은 현실이 되었다.

"앞서 들으신 바와 같이 신 엔지니어링은 SJW테크에 인수 합병되었음을 알려 드립니다. 즐거운 날 임직원분들께 먼저 소식을 전하고자 하셨던 서정우 사장님을 모시겠습니다."

비현실적으로 보일 만큼 완벽한 남자, 평소처럼 검은색 슈트를 입은 정우가 마이크 앞으로 뚜벅뚜벅 걸어 나온다.

"안녕하십니까? 서정우입니다. 지금 여러분이 머릿속에 떠올린 단어들을 맞춰 보겠습니다. 구조조정, 정리 해고, 명예퇴직, 흡수합병으로 인한 인원 감축."

체육대회를 위해 이벤트 회사에서 나온 사람들이 뒤에서 행사를 준비하며 부산스럽게 움직이는 소리만 들려올 뿐 직원들 사이는 숙연해진다.

"없습니다. 대신 업계 평균보다 낮게 책정되어 있는 임직원분들의 연봉 조정과 근무 환경 개선을 위한 면담이 곧 시작될 겁니다. 긍정적인 방향으로의 변화를 겪는 과정에서도 부족한 점은 생길 수 있습니다. 말씀해 주십시오. 겸허히 듣겠습니다. 듣고 반영하겠습니다."

앞에 서서 연설하는 남자가 밤마다 귓가에 달콤한 밀어를 속삭이는 남자가 맞나 싶을 정도로 분위기가 딱딱하다.

"그리고."

내내 표정 없는 얼굴을 하고 있던 남자가 희미한 미소를 머금는다.

"내년부터 근로자의 날에는 쉽니다."

어디선가 박수가 터져 나왔고, 일부 직원들에게선 함성도 쏟아져 나왔다.

"또 다음 주 월요일은 근로자의 날에 대한 대체 휴무일로, 회사 문을 닫도록 하겠습니다. 그러니 오늘만큼은 즐겨 주십시오."

마이크 앞에서 물러선 정우는 임원들과 차례로 악수하며 인사를 나누었다.

"대박. 우리 지금 로또 맞은 거 같은데?"

"대박인지 쪽박인지는 두고 봐야지."

여기저기서 술렁이는 소리가 들려온다.

"연하루, 너 혹시 알고 있었어?"

혜경이 조심스럽게 속삭인다.

"아니, 전혀."

"대박. 혹시 너 때문에 산 거 아냐?"

"미쳤냐? 나 때문에 회사를 사고팔게? 살 만하니까 샀겠지."

"하긴 비싼 기술 갖고 있는 회사 사는 것보다, 좀 떨어져도 일반적인 기술 보유한 회사 싼값에 사서 키우는 게 방법일 수도 있지. 우리 제품 많이 사니까 아예 인수해서 자기네 기술로 키울 생각이었나 보네."

직원들은 목소리를 낮추며 합병에 대한 술회를 늘어놓았다.

"야, 근데 인사팀에 말해서 짝 바꾼 사람들도 있더라? 저기 봐 봐. 다 썸 타는 것들이야."

혜경이 하루의 귓가에 대고 속살거린다. 합병 때문에 정신이 산란해서 짝 피구, 짝 족구 따위 잊고 있었다.

"몇 달 전 너랑 오승원이처럼."

하루가 눈을 흘기며 빽 소리를 지른다.

"연하루는 왜 혜경 씨한테 짜증이야, 맨날?"

하얀색 회사 단체 티셔츠에 회색 트레이닝 바지를 입은 승원이 환한 미소를 지으며 다가온다.

다행히도 승원은 마음을 접는 중인지 별다른 기색을 내비치지 않았었다. 그런데 서정우라는 남자가 사장으로 온 건 좀 그렇지 않을까.

하루는 사람 좋은 미소를 짓고 있는 승원을 올려다보았다.

내가 누구 걱정을 하고 있냐, 지금. 서정우 앞에서 오승원이랑 부둥켜안아야 하는데. 아이고야.

"식순 보니까 짝 피구부터 하나 봐요?"

"어, 우리 3조가 1조랑 먼저 붙어. 가자! 내 옆에 꼭 붙어 있어라, 연하루."

승원이 갑자기 다가와 하루의 앞머리를 헝클어뜨린다. 본능적으로 하루의 시선은 단상 위에 서 있는 남자에게로 향한다.

어? 없네. 어디 갔어?

주머니에 있는 휴대전화를 꺼내어 혹시 메시지가 들어온 건 없나 살펴본다. 이 정도면 뭔가 더 설명이 필요한 것 아닌가 싶은데.

운동장 위에 이벤트 회사에서 곱게 그어 놓은 피구 코트 안으로 들어서자 반대편에 검은색 트레이닝복을 입은 남자가 삐딱하게 서 있다.

"안녕하세요, 사장님? 1조시죠? 저희가 이길 것 같은데 어쩌죠?"

빙글거리며 자극하는 승원의 말이 들리지 않는다는 듯, 정우는 승원의 옆에 선 하루를 쏘아본다.

"둘이 짝인가?"

"네, 어떻게 하다 보니 저희 둘이 짝이네요. 사장님은 신흥백 전사장님하고 파트너시죠?"

"어떻게 하다 보니?"

되묻는 말에 가시가 콕 박혀 있다.

"연하루, 내 옆에 꼭 붙어 있어. 저쪽 공격 내가 다 막아 줄 테니까."

이제껏 잠잠했던 건 폭풍 전야였던 걸까? 환장하겠네, 진짜.

사내 연애는 부담스럽다고 피해 왔는데, 회사 밖에서 만나던 남자가 회사를 사 버렸단다. 공작에게 팔려 가는 가난한 귀족 아가씨만큼이나 극적이다. 아, 내가 귀족급은 아닌가?

현실도피를 하고 싶은 건지, 생각이 끝도 없이 이상한 방향으로 뻗어 나간다.

그사이 이벤트 회사에서 나온 진행자의 호루라기 소리와 함께 짝 피구 경기가 시작되었다. 정우가 속한 1조의 선공이다. 정우는 피구공을 양손으로 가볍게 돌리며 승원을 노려보았다.

"서정우 사장님이 너 맞히려고 하나 본데?"

일부러 들으라는 듯 승원은 큰 소리로 외치며 정우의 시선에 응한다. 적의 수장을 잡으려면 사랑하는 연인에게 해를 입혀야 한다. 정말 눈물겹게 애절한 피구 경기다.

"연하루 씨, 잘 피해. 내 공 맞지 말고."

정우가 낮은 소리로 읊조리자 하루는 오스스 소름이 돋아나서 몸을 한번 부르르 떨었다.

짝 피구 규칙상 하루는 승원의 허리춤을 잡고 있었고, 승원은 그런 하루의 손을 꼭 잡았다. 서슬 퍼런 정우의 시선이 맞잡은 두 사람의 손 위에 머문다. 피구고 나발이고, 달려와서 잡아먹을 기세다.

하루는 마른침을 꿀꺽 삼켰다.

아, 말도 없이 회사는 왜 샀냐고 좀 삐져 보려고 했는데. 짝 피구 때문에 전세가 단박에 역전되었다. 다른 남자 허리를 붙들고 있는 모습을 바라보는 정우의 눈길이 이글이글 타오르는가 싶더니 무서운 속도로 공이 날아온다.

탕!

"엄마야!"

몸이 휩쓸려 간다. 정신을 차리고 보니 승원의 품 안이다. 공이 승원의 등에서 튕겨 나가는 소리에 놀란 가슴이 쿵쾅쿵쾅 뛴다.

온몸을 던져 공격으로부터 짝을 보호해야 한다는 룰을 승원은 아주 엄격히 지켰다. 누구 보란 듯이 하루를 품에 꼭 끌어안아서.

경기가 속행되고, 3조에서는 유일한 남녀 커플인 승원과 하루에게 상대 팀의 공격이 집중되었다. 그럴 때마다 승원은 공을 잡아 공격할 생각은 하지 않고 하루를 끌어안아 온몸으로 공을 막아 냈다.

"어이, 오승원이! 피구에 집중해라!"

"남자가 공격은 안 하냐?"

경기를 구경하는 직원들에게서 야유가 쏟아지는데도 승원은 아랑곳하지 않는다. 마치 분위기를 '쟤 둘이 썸 타는데 곧 사귈 것 같다!' 혹은 '쟤 둘 사귀나 보다!'로 몰아가려는 듯 승원은 살신성인이다. 여론 몰이만큼 무서운 게 없는 거다.

"연하루."

나지막한 승원의 목소리가 하루에게만 들릴 크기로 작게 울린다.

"……."

하루는 대답 없이 승원의 허리춤을 움켜잡았다. 이제 그만했으면 하는 간절함을 담아서.

"너 저 남자 좋아?"

"……."

"대답 안 하는 게 날 더 자극한다는 거 알아?"

"……."

"아님 저 남자한테도 확신이 없나?"

이제껏 단 한 번도 정우에게 직접적인 고백을 한 적이 없었던 것 같다. 그런데 정우에게 아직 하지 않은 고백의 말을 승원에게 대답해 줄 수는 없다.

"경기에 집중하시죠, 대리님."

"난 지금 충분히 집중하고 있어. 그 어느 때보다도 간절하게 이기고 싶어, 저 남자."

공이 한 번 더 날아든다. 승원은 지금껏 그랬던 것보다 훨씬 더 강하게 하루를 품에 끌어안았다.

"지금 아니면, 저 남자 이길 기회가 나한테 없을 것 같으니까."

승원의 바람처럼 경기는 3조가 이겼다. 그런데 마치 1조가 져 준 것 같은 그림이다. 승원에게 야유가 쏟아졌고, 하루는 둘이 무슨 사이냐고 묻는 직원들 틈을 벗어나 이온음료가 가득 쌓여 있는 얼음통 근처로 걸어갔다.

"어머! 사장님. 안녕하세요? 이거 드세요."

하루의 등 뒤에서 CS팀 여직원 중 한 명인 소민정 대리의 간드러지는 목소리가 들려온다. 저런 콧소리를 신흥백 사장한테 낼 리는 없고, 음산한 기운이 엄습하는 걸 보면 뒤에 정우가 있나 보다.

"고마워요."

나지막한 소리에 심장이 바로 반응한다. 두근두근 울리는 소리를 삼키며 이온음료를 들이켜는데 콧소리가 한 번 더 난다.

"사장님 완전 잘생기셨어요. 이것도 드세요!"

하루는 고개를 사선 아래 방향으로 쓱 돌려서 여직원 손에 오른 초코바를 흘끗거렸다.

"내가 대가 바라고 잘생긴 건 아닌데?"

무뚝뚝하니 시크한 목소리가 미치도록 매력적이다. 아무리 그래도 사장 위치에 있는 사람이 이러면 안 되는 거다. 대가 바라고 잘생긴 얼굴이 아니야? 어디서 꼬리를 살랑살랑 치는 거야! 소 대리는 몸을 비비 꼬기까지 한다. 얼씨구?

"그러니까 그건 그쪽이 먹고. 어느 팀 누구?"

"CS팀 소민정입니다."

"그래요. 소민정 씨, 앞으로 사장에 대한 기본적인 예의는 지키도록 하세요. 첫 대면에서 소속과 이름을 밝히는 건 기본 아닌가?"

오오! 뒷덜미가 오싹할 정도로 차갑고 위압적인 목소리다.

여기저기 꼬리 치고 다니는 소민정에 대한, 여자들만 아는 그 체증이 확 내려가는 것 같기도 하고, 괜히 잘못 걸려서 짝 피구 화풀이 대상이 된 것 같아 갑자기 안쓰럽기도 하다.

"가 봐요. 아무리 근로자의 날에 억지로 끌려 나온 체육대회라고 해도 다음 주에 대체 휴일도 줬고 포상도 나갈 텐데 참여 의지가 너무 없어 보이네. 노는 행사에도 이렇게 뭉그적거리는데 일은 어떻게 하는지 궁금하네요, CS팀."

"아, 이제 가려고요."

줄행랑치는 모습을 보고 싶어 죽겠는데 엄청난 살기가 느껴져서 차마 고개를 돌리지 못하겠다.

"연하루 씨."

그의 말마따나 하루는 그저 회사 체육대회에 대한 참여 의지가 확고한 사원일 뿐이었고, 짝 피구에 열심히 임했을 뿐이다.

"그 음료수 나도 좀 주지?"

정우는 CS팀 직원이 건넸던 음료를 테이블 위에 내려놓으며 하루 옆에 선다.

"여기요."

이온음료 캔을 하나 건네자 그는 신경질적으로 뚜껑을 연다.

"다친 척해."

뭐래?

"부상당한 척하고 빠지라고. 계속 오승원이랑 붙어 있을 생각이야?"

이온음료 캔 하나를 다 비운 정우는 빠직 소리가 나도록 캔을

341

구겨서 쓰레기통으로 던졌다. 캔끼리 부딪혀 챙가당거리는 소리
가 크게 울린다.

"노는 행사에도 빠지면 일은 어떻게 해요."

심장이 콩닥콩닥거린다. 질투하는 모습에서 느껴지는 짜릿함
에 저도 모르게 그를 도발하는 말을 내뱉고 말았다. 날카로운
시선이 노려보는 게 느껴진다.

"아, 진짜 저 새끼 잘라 버려야지."

한숨처럼 내뱉은 말에 하루는 화들짝 놀라 정우를 향해 고개
를 돌렸다.

"저기요, 사장님. 사람 자른다는 말을 너무 쉽게 하시는 거 아
닌가요?"

"내가 쉽게 하는 걸로 보여? 내 여자 부둥켜안고 실실대는 새
끼, 자르고 끝내는 거면 많이 봐준 거야."

진짜 많이 화났나 보다. 이제 가슴 간질거리는 질투 수준을
넘어섰다.

내가 미쳤지, 이 상황에 왜 도발을 해서. 이제야 상황 파악이
되는 이성을 탓하며 하루는 한숨을 집어삼켰다. 그러니까 지금
서정우가 회사를 샀고, 서정우는 자신과 사귀는 사이고, 오승원
은 이에 맞춰 본격적인 도발을 시작했다.

회사 생활이 스펙터클해질 것만 같은 불길한 예감이 든다.

"이따 밤에 보자."

낮게 읊조리는 목소리에 오스스 소름이 돋아난다. 낮에 두 눈
으로 목격한 치욕적인 상황을 밤에 보상받겠다는 뜻인 듯하다.

"어머, 오빠 여기 계셨네요! 한참 찾았어요!"

두 사람의 고개가 동시에 홱 돌아갔다.

"아빠도 찾으시던데? 아직 우리 아빠 회사라던데 맞아요? 오빠한테 완전히 넘어간 건 아니라던데요?"

연핑크색 트레이닝복에 하얀색 머리띠를 하고 있는 긴 생머리 여자의 목소리는 사근사근하다.

본능적으로 느껴진다. 이 여자랑 붙으면 지겠구나.

조금 손을 본 것 같기는 하지만 저 정도 성형은 요즘 애교 수준이다. 화려한 이목구비, 몸에 착 달라붙은 트레이닝복을 입었음에도 굴욕 없는 몸매, 활짝 핀 장미 같은 미소, 모난 구석 없어 보이는 밝은 목소리.

게다가 아빠가 어쩌고 하는 걸 보니 신흥백 사장의 딸인가 보다. 잘 가꿔진 외모와 구김살 없이 당당한 태도에서 유복하게 자란 태가 난다. 평범함을 가장하며 살아야 했던 자신이 절대 가질 수 없는 자존감이 몸에 밴 여자다.

괜히 위축이 돼서 하루는 어깨를 쫙 펴고 목을 길게 빼 본다. 호흡을 고르는데도 심장박동이 불안하게 뒤틀린다. 오빠라고 불렀던 선연한 목소리가 계속 귓가를 맴돈다.

"얼른 가요, 오빠. 아빠가 찾아오라고 하셨어요. 저희 아빠 성격 무지 급하시거든요."

어깨를 좁히며 수줍은 미소를 짓는 얼굴이 사랑스러워 보이기까지 한다. 그러니까 임직원들 앞에서 인수 합병 발표를 하기는 했지만, 아직 매매 절차가 마무리되지 않았다는 뜻이다. 원만한 마무리를 위해 정우가 숙이고 들어가야 하는 상황일지도 모른다.

"사장님, 그럼 즐거운 시간 보내세요."

하루는 눈치껏 일별하며 고개를 꾸벅 숙였다. 빠르게 일별하는 마당, 정우의 구겨진 미간은 미처 보지 못했다.

"얼른 가요, 네?"

"신 사장님은 어디 계십니까?"

꽃향기를 가득 머금은 머리카락을 휘날리며 여자가 돌아섰다. 향긋한 꽃향기에 괜히 가슴이 저릿한 순간, 커다란 손이 하루의 손을 꼭 잡았다가 놓는다. 그리고 정우는 돌아서서 재잘거리는 여자와 함께 멀어졌다.

"오빠라고 부를 수도 있는 거지 뭐."

반쯤 남은 이온음료를 다시 들이켜는데 입안이 쓰다.

불과 5분 전만 해도 달콤했던 음료가 말도 못 하게 쓰다.

그냥 버릴까, 마저 마실까 고민하다가 거슬리는 소리가 나도록 쓰레기통에 던져 버렸다. 화딱지가 나는 건 어쩔 수가 없다.

짝 피구 예선이 전부 끝나고, 점심 식사가 시작되었다.

"그럼 그렇지. 신 사장이 회사를 팔아넘겼을 리가 없다니까."

언제나 말 많은 고 과장이 맥주 캔을 손에 들고 하루와 승원, 혜경이 앉아 있는 테이블에 합석한다.

"무슨 말씀이세요?"

삐딱함을 숨긴 혜경의 질문에 고 과장은 이제 멍석이 깔렸다는 듯 신이 난 눈치다.

"봐 봐. 사윗감한테 회사 물려주는 분위기지, 이게 회사 파는 분위기냐? 저쪽 테이블 너무 화기애애하지 않아? 가족 동반 행사 하자는 의견은 번번이 묵살하시던 분인데 체육대회에 왜 딸내미를 불렀겠어? 서정우 사장이랑 그렇고 그런 사이니까 부른 거지."

승원과 혜경이 번갈아 가며 하루를 흘끗거린다.

"와, 고 과장님은 진짜 모르는 게 없으세요."

고 과장이 뻥카가 심하긴 해도 팩트가 아주 없는 말을 하는 사람은 아니다. 혜경은 은근히 떠보는 말투다.

"흠. 얘기가 나와서 말인데, 서정우 사장이 케임브리지 나왔거든? 신 사장님 딸은 옥스퍼드 출신이고. 서 사장 집안이 또 어마어마하대. 저 집안이 돈만 밝히는 장사치였으면 우리나라 재벌 구도가 바뀌었을 거란 말이 있다니까."

"돈 안 밝히고 사업하는 사람도 있나요?"

더 파 보겠다는 의지가 가득한 혜경이다.

"뭐 독립운동가 후손이라지? 신의와 정직이 가풍이자 사풍이래. 내가 사장이라도 회사 통째로 싸 주면서 사위 삼고 싶겠다."

"언제는 저한테 시집보내신다면서요?"

승원이 기분 나쁘다는 투로 빙글거린다.

"아이고, 우리 승원 씨 질투해?"

"제가 서 사장님보다 쪼끔 어려요. 점수 좀 후하게 주시죠?"

호쾌한 웃음을 터뜨리며, "그러지, 뭐!" 하더니 고 과장은 다시 본론으로 돌아가자는 듯 목소리를 낮춘다.

"이런 데 와서 대놓고 오빠, 오빠 하면서 따라다니면 말 다한 거지 뭐. 내가 노파심에 하는 말인데."

고 과장은 어깨를 쫙 펴고, 사측의 비공식적인 입장을 공식적인 투로 전한다는 듯 목에 힘을 준다.

"우리 여사원 여러분, 사장님한테 동요하지 말고 각자 자리에서 각자 업무에 매진해 주시길 바랍니다. 괜히 못 오를 나무 쳐다보다가 목 디스크 걸리지 말고."

이쪽 테이블에서 볼일은 다 끝났다는 듯, 고 과장은 들고 온 맥주 캔을 손에 쥐고는 다른 테이블로 건너갔다.

아마 그 테이블에서도 똑같은 이야기를 하며 정우와 사장 딸의 미래를 예견할 것이다. 정확한 팩트를 가지고 하는 말이라는 듯 확신하며.

승원은 아무 말 없이 하루를 빤히 바라본다. 하루는 아무렇지 않게 젓가락을 집어 들었다. 혜경은 분위기를 살피는 눈치다.

"뭐 더 갖다 줄까, 하루야? 혜경 씨, 뭐 필요해요?"

"맥주요."

혜경이 짧게 대답하자 승원은 고개를 끄덕거리며 자리를 피해 주었다.

"오승원 플러스 100점, 서정우 마이너스 100점."

삐딱하게 앉아 점수를 매기던 혜경이 하루의 등을 한 번 툭 친다.

"무슨 얘기 들은 거 없어?"

"없어."

"하긴 있으면 네가 그런 얼굴이겠냐?"

"내 얼굴이 뭐. 아무렇지도 않은데?"

"아무렇지도 않긴. 울 것 같은데."

친구의 울 것 같다는 말에 진짜 눈물이 왈칵 쏟아져 버릴 것 같다. 짜증이 나서 손에 쥔 젓가락이라도 집어 던지고 싶다.

"역시 처음 선택한 보기가 답인 거야. 답 바꾸면 틀리는 거라니까. 나쁜 새끼, 밤마다 너랑 할 거 다 하고 결혼은 조건 맞는 여자랑 하시겠다. 그렇게 안 봤는데, 쓰레기네. 분리수거도 안 되는 소각용 쓰레기."

역성을 들어 주며 일부러 심한 말을 내뱉는 혜경이다.

"앞으로 자지 마."

"진짜 별소릴 다 듣는다, 너한테."

"네가 갖고 놀다가 버릴 자신 있으면 해. 아니면 지금 끊어 내. 고 과장이 근거 없이 입 털고 다니는 사람은 아니잖아."

하루의 앞에 시원한 맥주 캔이 놓인다.

"하아, 모르겠다. 마시고 죽자, 오늘."

술이 세지도 않으면서 하루는 혜경이 제조해 주는 소맥을 대낮부터 벌컥벌컥 들이켰다. 짝 피구 경기에서는 그렇게 달라붙던 승원이 뒤이은 경기에서 신사적으로 행동하는 모습을 보고 혜경이 혀를 내두른다.

"너 마음 상했을까 봐 그러나 봐. 진국은 진국이네."

"친구야, 우리 남자 얘기는 그만하고 이제 장기 자랑 준비해야 하는 거 아니니?"

적당히 취기가 올라서 기분이 좋다. 연애 한번 진하게 했다 치지, 뭐. 술기운에 중간 과정 없이 속 시원한 결론도 내려 본다. 조건 없이 서로한테 끌려서 미칠 듯이 빠졌다가, 이제 정신 좀 차려 가나 보지.

그러다 괜히 꼬아도 본다. 아니면 처음부터 나는 이 정도로 가볍게 즐기다가 말 사이로 정해 놓고 시작한 건가?

갑자기 서글퍼지려는 순간 혜경이 하루를 끌고 간다. 여자 화장실에서 혜경이 준비했다는 장기 자랑 의상으로 갈아입었다. 요즘 걸그룹이 즐겨 입는다는 A라인 플리츠 미니스커트와 상체에 딱 달라붙는 흰색 티셔츠다.

"우와아!"

무대에 오르니 환호성이 쏟아진다. 평소 같으면 얼굴을 붉히며 엉거주춤했겠지만 술기운에 부끄러움도 잊었다.

남자도 뺏기는 마당에 상품권이라도 갖자!

뺏기는 거 맞나? 내 사람이었던 적이 있었나?

서글픈 마음에 춤이 격해진다. 한이 서린 걸그룹 춤사위에 환호성이 터져 나온다. 고개를 돌리다가 정우와 눈이 마주쳤다. 무시무시할 정도로 차가운 시선으로 노려보고 있다.

왜, 별론가?

안무에는 없던 격한 웨이브도 한번 해 본다. 어이가 없다는 듯 정우의 얼굴이 구겨진다. 그래, 발악을 해 봤자 그 여자 못 따라가는 건 나도 알거든요? 그렇게 한심한 눈으로 볼 것까지야.

하루의 활약 덕분인지 300만 원 백화점 상품권은 하루와 혜경, 동희가 거머쥐었다.

체육대회가 끝나고 부어라, 마시니, 죽겠다! 수준의 뒤풀이가 이어졌다. 그런데 정우의 얼굴은 보이지 않았다. 직원들을 배려해서 임원들은 따로 뒤풀이를 하고 있다지만 그 여자랑 있는 건 아닌지 신경이 쓰인다.

새벽 4시, 5차까지 갔던 술자리를 파하고 집으로 돌아왔다. 엘리베이터 바닥이 솟아오르고 계단이 싸우자고 덤빈다.

도어록을 누르는데 자꾸 손가락이 미끄러져서 오류가 났고, 삑삑거리는 경고음이 울린다.

망할 도어록 바꿔 버려야지, 진짜.

뒤에서 문이 열리는 소리가 들려온다.

"연하루, 지금 대체 몇 시야? 전화는 왜 안 받아? 직원들 모여 있는데 갈 수도 없고, 얼마나 걱정했는지 알아? 누가 그렇게 짧은 치마 입으랬어? 오승원이 끌어안는데 왜 안 밀어내?"

와다다다 퍼붓는 질문에 눈물이 왈칵 쏟아진다. 꾹꾹 눌러 담았던 눈물이 뺨을 타고 또르르 흘러내린다. 하루는 묵묵히 도어록을 다시 누른다. 자고 싶다. 푹신한 침대에 누워서 아무 생각 없이 그냥 자고 싶다.

"내 말 안 들려?"

몸이 홱 돌아갔다.

"왜 울어? 무슨 일 있었어?"

화가 나 있는 듯했던 얼굴에 걱정이 어리고, 어깨를 돌려 잡았던 손길이 얼굴을 감싼다.

"하루야, 응? 왜 울어? 새벽 4시에 왜 울고 들어와?"

부드럽게 달래는 목소리에 울음이 격해지자 정우는 하루를 품 안으로 꼭 끌어당겨 안았다. 하루는 단단한 가슴을 밀어내며 얼굴을 구겼다. 등을 토닥이는 손길이 갑자기 낯설다.

"하루야……?"

어떻게 자신을 밀어낼 수 있느냐는 듯 상처받은 얼굴이다.

"언제 들어오셨어요?"

울음기 가득한 목소리가 튀어나온다. 질질 짜는 듣기 싫은 목소리에 스스로도 짜증이 일어서 하루는 미간을 구긴다.

"체육대회 끝나고 저녁만 먹고 왔어."

"누구랑요?"

"들어가서 얘기하자. 늦었어. 계단 울린다."

"싫어요. 여기서 얘기해요."

하루가 목소리를 낮추고 버텨 보았지만, 빠끔히 열린 그의 집현관문 안으로 몸이 휩쓸려 들어갔다.

"여기 들어오기 싫은데."

앞으로 절대 자지 말라던, 이제 그만 끊어 내는 게 좋겠다고했던 혜경의 목소리가 머릿속을 왕왕 울린다.

"왜 여기 왜 들어오기 싫은데?"

하루는 신발을 신은 채로 현관에 서서 2차 버티기를 시전한다.

"저녁은 누구랑 먹었어요?"

"임원진이랑."

"임원진 누구요? 신 사장님 빼고는 다 뒤풀이하는 데 왔었는데?"

"그래, 신 사장님이랑 먹었어."

"그 여자도요?"

뜸을 들이는 걸 보니 맞나 보다. 갑자기 울화가 치민다. 술기운에 울분 어린 감정은 걷잡을 수 없어져 버린다.

먹는 모습이 무척이나 매력적인 남자다. 그저 밥 한 끼 먹었다는데, 그 모습을 마주 앉은 다른 여자에게 보여 줬다고 생각하니 미치겠다. 아니지, 이런 감정도 나는 못 느낄 줄 알았나? 키워 놓고 다른 놈 줄 생각 없다더니 결혼까지 생각할 정도의 깊은 관계는 부담스러웠겠지, 나랑은?

술기운에 오기가 발동한다.

"맛있는 거 드셨나 봐요, 오빠?"

내내 걱정스러운 얼굴을 했던 정우의 표정이 미묘하게 변하는가 싶더니 갑자기 웃음을 빵 터뜨린다.

"뭐가 그렇게 웃겨요? 같이 웃어요, 오빠."

한 발자국 떨어져 있던 정우가 바짝 다가온다. 웃음기를 머금은 입술이 이마를 타고 뺨을 내려와 입술로 향해 온다. 고개를 돌려 버려야 하는데 입술이 닿아 버렸다.

부드럽게 맞닿은 입술이 뜨겁게 녹아든다. 입안을 벌리고 들어온 그의 움직임에 몸도 녹아내릴 것만 같다. 밀어내고 싶은데, 손이 저절로 움직여 정우의 목을 꽉 끌어안는다. 발끝이 허공으로 동동 떠오른다. 어느새 등허리는 침대에 닿아 있다. 티셔츠를 걷어 올리는 손길이 분주하다.

"씻을래요."

"씻겨 줄게."

정우에게선 향긋한 내음이 느껴진다.

"오늘 땀 많이 흘렸어요. 일단 씻고."

"연하루 냄새 좋아. 한 번 하고 씻겨 줄게."

"흐응."

어느새 몸이 섞여 들었다.

반나절의 고민은 아직도 머릿속에 각인되어 있는데, 심장은 터질 것 같고 그의 손길이 닿은 몸은 열렬히 반응한다. 단단하고 너른 등을 꽉 끌어안은 순간 머릿속이 아득해진다. 숨결이 차올라 딱딱한 어깨에 부딪친다. 젖은 눈동자로 내려다보는 시선이 다정하다.

그런 눈빛으로 그 여자도 보는 건 아니죠?

멈췄던 눈물이 갑자기 또 왈칵 차오른다. 이 남자 만나고 눈물이 참 많아진다.

"왜 그래, 응?"

"그 여자랑 결혼해요?"

정우의 얼굴이 순식간에 얼어붙는다. 남자 가슴 밑에 누워서 절정을 맞본 직후에 던진 질문치고는 너무 과격했나 보다.

"넌 그럼 오승원 대리랑 나랑 양다리야?"

"아니거든요!"

"말도 안 되는 소리 같지? 너도 지금 나한테 그런 말도 안 되는 소리 한 거야, 알아?"

내려다보는 시선이 날카롭다.

"너 오늘 하루 종일 오승원이랑 붙어 있었지? 밥 먹는데도 같이 앉더라? 그리고 치마는 왜 그렇게 짧아? 장기 자랑 없애자니까 안 된다고 인사팀에서 그렇게 난리 치더니. 어디서 감히 내 연하루가!"

"그럼 그 여자는 왜 오빠라고 불러요? 얼마나 친해서?"

"딱 한 번, 약속도 없이 내 사무실로 찾아와서는 대뜸 지가 어리니까 오빠라고 부른다더라. 징그럽게 생겨 갖고."

"예쁘던데 뭐."

"예쁘긴 뭐가 예뻐? 강남 가면 그런 성괴들 널렸어."

괴물까지는 아니던데. 일부러 격하게 말하는 정우 때문에 기분이 조금 풀리는 것도 같다.

"네가 훨씬 예뻐."

얼굴 위로 솜사탕처럼 부드럽고 달콤한 입맞춤이 쏟아진다.

"그 여자가 불쑥 나타나서 오해하게 한 건 미안해. 근데 어떻게 이 머리는 그 여자랑 날 결혼까지 찍어 붙였지?"

의뭉스러운 얼굴로 하루를 한참 동안 내려다보던 정우가 나지막이 묻는다.

"누가 헛소리 지껄이고 다녀?"

하루는 곤란해서 시선을 피해 버렸다. 연인이지만 회사에서는 이제 엄연히 사장이다. 일러바치는 것도 아니고, 회사 일을 침대로 끌어오는 짓은 하고 싶지 않다.

"누군지 발본색원해서 뿌리를 뽑아 버려야겠네."

"근데 회사 산 거는 왜 말 안 했어요?"

이번에는 정우가 곤란한지 시선을 피해 버린다.

"나 때문에 샀어요?"

"어."

곤란한 기색과 달리 대답이 너무 쉽게 나와서 어이가 없다.

"맨날 야근하고, 우리 회사로 오래도 싫다고 하고. 오승원이는 계속 집적거리고."

투덜거리는 말투가 꼭 어린아이 같아서 웃음이 난다.

"그래요, 이미 산 거 뭐 어쩌겠어."

의외의 반응인지, 정우의 눈동자가 흠칫 놀란다.

"대신 회사에서는 나 모른 척해요."

"몰래 사내 연애 하자 이건가?"

"연애질은 사외에서만 합시다."

"연하루가 그러길 원한다면 당장은 그러지 뭐."

당장은? 되묻기도 전에 몸이 번쩍 들어 올려진다.

"이제 씻겨 줄게."

빙긋이 미소 짓는 얼굴에 따져 물을 말을 잊고 만다.

"근데."

그는 아직 할 말이 남았는지 미간을 구긴다.

"오빠라고 계속 부를 건가?"

"아무나 다 오빠라고 부르는 거, 나도 꼭 그렇게 불러야 해
요?"

"그 아무나 부르는 거에는 나도 별 감흥이 없는데."

욕실 안에 들어선 정우는 샤워기 아래에 하루를 살포시 내려
놓는다. 차가운 대리석 타일 위에 발끝이 닿자 오스스 소름이
돋아난다.

좌악 하는 소리와 함께 머리 위에서 뜨거운 물줄기가 쏟아진
다. 그리고 감미로운 입술이 어깨와 목의 경계선을 베어 문다.

"흐음."

가벼운 입맞춤을 더한 그가 살짝 들뜬 목소리를 낸다.

"연하루가 오빠라고 부르면 미칠 것 같아."

다시 분위기는 끈적끈적하게 달아오른다.

"그거 알아? 뭐든 연하루가 하면 특별해져. 그 흔한 오빠라는

말도 사람 미치게 하는 흥분제가 돼."

"그럼 아무 때나 그렇게 부르면 안 되겠네요. 시도 때도 없이 흥분하면 곤란하니까."

졌다는 듯 웃음을 터뜨린 정우가 하루의 젖은 머리카락에 샴푸를 비빈다. 상쾌한 내음에 기분이 좋아진다.

이제 평범함을 특별함으로 만들어 주는 남자.

"알아서 해. 연하루 하고 싶은 대로."

평생 듣고 싶었던 말만 골라서 해 주는 남자다.

하고 싶은 대로…….

몽글몽글 피어오르는 거품처럼 기분도 부들부들해진다.

언제나 원하는 대로 이뤄 주는 남자, 그를 향한 욕심이 늘어간다.

인수 합병 과정이 마무리되고, 정우는 한동안 신 엔지니어링 사옥으로 출근했다. 인수한 회사의 사정 파악을 위해 그는 분주히 움직였다.

"이 보고서는 누가 작성한 겁니까?"

회계팀장, 진중한 부장을 바라보는 정우의 시선이 날카롭다.

"저희 팀에서 썼습니다."

"보고서 내용은 숙지하고 여기 온 겁니까?"

부하직원이 써 놓은 보고서를 들고 와서 날로 먹으려고 했는지, 진 부장은 그 내용을 제대로 설명하지 못했다.

"일전에는 서면으로 업무 보고를 드렸을 뿐, 따로 제가 보고 드릴 내용은 없었습니다."

"신홍백 전사장은 서면보고만 받으면 잘 이해했는데, 나는 그렇지 못하다는 뜻입니까?"

임원들은 자신들보다 한참 어린 정우를 경계하는 눈치였다. 게다가 공학도라고 하니 인사 재무 관련 팀장들은 은근히 우위에 서려고까지 했다.

"지금 당장 이 보고서에 대해서 설명할 재간이 없으면 실무자 데려오세요."

"저, 지금 월 마감이 다가와서 실무자들이 일이 좀 많습니다."

정우는 집무용 의자에 깊숙이 기대앉으며 진 부장을 가늘게 뜬 눈으로 바라본다.

"사무실이랑 사장 집무실이 서울에서 부산 거리 정도 됩니까? 내가 못 올 데 오라고 했어요? 아니면, 사장한테 숨겨야 하는 캐시 플로우라도 있는 겁니까?"

"아닙니다. 당장 불러올리겠습니다."

오전에는 인사팀 고 과장이 와서 답답하게 하더니 오후에는 회계팀 진 부장이 속 터지게 한다.

정우가 신 사장의 사위가 된다느니 하는 헛소문이 체육대회 때부터 돌았다는 이야기를 들은 건 일주일 전이다. 어떻게 이런 헛소리가 퍼져 나갔나 파 보니, 시작은 인사팀 고 과장이었다.

자신이 가진 얄팍한 정보로 여론 몰이를 하고, 그렇게 생기는 비뚤어진 권력을 즐기며 회사에서 정치하려 드는 골 때리는 스타일.

야비한 계산으로 길고 가늘게 살아남는 게 목적이기도 해서 태세 전환이 빠르기도 하다.

"고 과장, 다음 주까지 직원들 연봉이랑 간단한 프로필 만들어서 보고해요. 그리고 업계 평균 연봉 수준도 정리해서 주세요. 생색 내기식 복지 정책은 없애고, 연봉 베이스를 올릴 거니까 지금 시행되고 있는 임직원 복지 정책도 정리해 줘요. 인사 업무는 대외비로 진행해야 하는 건 아시죠?"

"네, 물론 알고 있습니다."

"직원들 경비 처리 사항은 회계팀하고 이야기해야 합니까?"

"기존 사용 경비에 대한 데이터는 회계팀 쪽이 빠릅니다. 경비 지급에 관한 규정은 인사팀을 통해서 나가지만 경비 지급과 관리를 하는 쪽은 회계팀이니까요."

"그건 그럼 회계팀 설명을 듣기로 하고, 필요하면 같이 부르도록 하겠습니다."

다른 인수 합병 건보다 신경이 배로 쓰인다.

고 과장이 나가고, 집무실로 들어온 건 홍 실장이다. 여기서 왜 이러고 있느냐는 눈빛이다. 인수한 회사에서 사장 노릇 하고 있는데 이게 뭐? 뻔뻔한 얼굴로 홍 실장을 노려본다.

"사장님, 이곳 집무실을 계속 사용하실 예정이십니까?"

신사옥이 완성되기까지 1년은 걸린다고 했다. 그동안 에너지 재생 연구 인력을 충원해야 했고, 뉴욕 실리콘앨리와의 CI 프로젝트도 마무리 지어야 했다.

"문제 있습니까?"

딱딱한 되물음에 홍 실장은 어깨만 으쓱해 보인다.

"문제 될 게 있나요? 사장님 계신 곳이 곧 전쟁터죠."

은근히 비꼬는 말에 정우의 미간이 구겨지려던 찰나, 홍 실장이 싱긋 웃으며 비켜선다. 빠끔히 열린 문 뒤로 누군가 왔나 보다.

"회계팀 연하루 사원이라고 했습니까?"

다 아는 사이에 일부러 더 딱딱하게 묻는다.

"네, 홍 실장님. 안녕하세요? 사장님께서 부르셨다고 하셔서요."

음흉한 홍 실장의 시선이 정우를 향해 굴러온다.

"홍 실장, 회계팀 들어오라고 해요."

홍 실장이 옆으로 살짝 비켜서며 하루가 들어올 수 있도록 길을 터 주었다.

집무실 안으로 들어선 하루가 데스크 앞에 앉아 있는 정우에게 꾸벅 묵례를 한 번 하고는 눈치를 살핀다. 정우가 홍 실장을 노려보며 고개를 옆으로 한 번 까딱 흔든다.

오늘따라 홍 실장이 일부러 눈치 없이 군다. 정우가 여자를 곁에 두고 안절부절못하는 모습이 재미있다는 눈치다.

"홍 실장, 그만 가 보지?"

"회계팀 보고는 제가 함께 들어야 하지 않겠습니까?"

나가라고 했더니 회의용 테이블에 다가와 자리를 잡고 앉는다. 그래, 뭐 어쨌든 보고부터 받아야 하니까.

"그래요, 같이 듣죠."

하루가 바짝 긴장하는 모습이 눈에 들어온다. 눈동자가 파르르 떨리는 모습에 당장 달려가 품에 안고 다독거리며 키스를 퍼붓고 싶다.

그런데 버릇처럼 그녀는 어깨를 펴고는 목을 빳빳이 들어 보인다. 긴장할 때마다 스스로 자신감을 불어넣기 위해서 그러는 것 같다.

금방이라도 눈물을 쏟아 낼 것 같은 커다란 눈망울을 하고서 어깨를 편 채로 목에 힘을 주는 모습이 사랑스럽다 못해 단전 아래를 자극한다.

홍 실장이 없었다면 지금쯤 품 안에 연하루가 있을 텐데. 정우는 평정심을 가장하며 입을 뗀다.

"보고서 작성은 연하루 씨가 했습니까?"

"네, 제가 했습니다."

"연동된 로 데이터(Raw data)가 없어서 PPT 파일만 봐서는 디테일을 파악하기 어렵던데, 따로 저장해 둔 게 있나?"

"로 데이터는 엑셀 파일로 작성했고, 용량이 큰 파일 보고는 지양하는 분위기라 연동하지 않고 따로 저장해 두었습니다. 디테일 설명을 위해 작성된 프레젠테이션 노트는 워드 파일로 있습니다."

"그거 다 나한테 이메일로 보내 줘요. 가 봐요."

가라는 말에 홍 실장과 연하루의 얼굴에 동시에 의뭉스러운 기색이 어린다. 음흉한 홍 실장은 그렇다 쳐도 연하루 너까지 그런 표정일 건 뭐야?

"가 보라고, 두 사람 다."

사내에서는 절대 연애질 같은 거 하지 말자고 했지만, 사장이 불렀다는 말에 심장이 콩닥콩닥거렸다. 그런데 사장 집무실에는 홍 실장이 있었고, 정우는 딱딱하게 업무 지시만 했다.

정상적인 상황인데, 뭔가…… 마뜩잖다.

대체 뭘 기대한 거야, 연하루.

사장 집무실에서 나와 자리로 돌아온 하루는 정리해 두었던 파일을 한 번 더 살핀 뒤 이메일로 전송했다.

사장 서정우에 대한 사원 연하루의 공식적인 첫 보고였다. 회계팀장을 통해 올라간 보고가 마음에 안 들었는지, 보고서 작성자인 하루에게 직접 보고하라는 지시가 떨어지자 진 부장은 기분이 상했다는 듯 알아서 처리하라는 지시를 남기고 방문을 닫아 버렸다.

심장이 다른 의미로 콩닥콩닥 뛴다. 보잘것없던 열여덟 연하루를 먹여 주고, 재워 주고, 가르친 남자다. 잘 사는 모습을 보여 줬으니 이제는 잘하는 모습을 보여 주고 싶다.

보고서 보고 실망하면 어쩌지? 나한테 실망하면 어떡하지……?

"선배님, 커피 한잔하실래요? 혜경 선배가 롤 케이크 먹으러 2층 테라스로 오라고 메시지 왔는데요?"

의진이 파티션 너머로 고개를 빠끔히 내밀며 묻는다. 혹시나 보고에 대한 회신이 오지 않을까 싶어 1시간 넘게 이메일 수신함만 뚫어져라 보고 있던 탓에 모니터 하단에서 깜빡거리는 메신저 아이콘을 발견하지 못했나 보다. 긴장해서 그런지 머리가 지끈지끈하다.

"그래, 좀 쉬자."

테라스로 나가니 혜경과 동희가 먼저 자리를 잡고 앉아 있다.

"연하루, 너 왜 대꾸가 없어?"

"사장님한테 보고하느라?"

"보고? 무슨 보고를 네가 직접 해?"

체육대회 이후, 혜경은 서정우 사장에 대해 뾰족하게 날이 서 있다. 그런 사이 아니라고 했다는 말에는 호구 상병신이라는 욕이 되돌아왔다. 그냥 말을 말아야지 싶었다.

"그러게요. 무슨 보고를 직접 해요?"

"진 부장님이 보고하러 갔다가 깨지고 왔나 봐요. 보고서 작성자 올리라고 하셨대요."

하루 대신 의진이 대답하며 롤 케이크 한 덩이를 베어 문다.

"그래, 이제껏 우리 회사 임원들 일 편하게 했지, 뭐. 신흥백 사장이 언제 제대로 된 보고 한 번 받은 적 있었나? 회의 시간에도 맨날 놀 궁리만 하고. 워크숍, 체육대회, 야유회. 우리가 무슨 아웃도어 제품 회사도 아니고."

혜경이 커피를 홀짝이며 덧붙이다가 이내 하루를 노려본다.

"그래서 사장 집무실에 가서 보고했어?"

"어."

"너 혼자 갔어?"

질문이 뭐 이래? 하는 눈빛으로 혜경을 쏘아보며 하루는 목소리에 힘을 실었다.

"홍 실장님 같이 계신 데서 보고했어. 로 데이터 달라고 하셔서 이메일로 보냈고."

"의왼데?"

혜경의 눈동자가 음흉하게 굴러갔으나 동희는 다른 방향으로 맞장구를 친다.

"와, 진짜 의외다. 보고서 작성자한테 직접 보고받는 거요. 우리 팀장도 엄청 깨졌나 봐요. 개발 관련 로드맵(Road map) 엉망진창이라고. 그래서 우리 책임님이 가서 다 설명하고 왔대요."

"비싼 월급 받으면서 언제까지 자리만 차지하고 있을 거야? 이제 일들 할 때도 됐죠 뭐."

임원들이 정우에게 안절부절못하는 모습이 재미있다는 반응이다. 하루는 딸기 시럽이 발린 롤 케이크를 베어 물며 동의한다는 듯 고개를 끄덕거렸다.

삐그덕, 등 뒤에서 테라스 문이 열리는 소리가 들리는가 싶더니.

"연하루 씨, 보고 뒤에는 대기해야 한다는 기본도 없습니까?"

오뉴월 서리가 내린 것도 아닌데 오스스 소름이 돋아난다. 네여자의 시선이 일제히 테라스 문을 향한다. 말문이 턱 막힌다. 재킷과 넥타이는 집무실에 벗어 두었는지, 흰색 드레스 셔츠만 입은 정우는 단추 두어 개를 풀어 헤친 모습이다. 고개를 삐딱하게 기울이고 있는 모습이 어딘지 모르게 퇴폐적이다.

"죄송합니다. 바로 자리로 가겠습니다."

"따라와요."

하루는 세 여자에게 가 보겠다는 눈짓을 하며 돌아섰다. 하루를 바라보는 세 개의 시선에는 긴장감이 가득했다. 성큼성큼 앞서가는 뒷모습을 바라보는데 심장이 쿵쿵 울린다. 너른 등판을 휘감고 있는 하얀색 드레스 셔츠가 팽팽하다.

달려가서 확 안아 버릴까?

갑자기 이는 충동에 하루는 얼른 고개를 흔들어 버렸다. 사내에서는 절대 접근하지 말라고 엄포를 놓았지만 아까 보고할 때도 그렇고, 지금 이렇게 불러내는 상황도 그렇고, 딱딱하기만 한 정우의 태도가 야속하기까지 하다.

그래서 더 안고 싶은 건가?

정신 차려, 연하루. 지금 이게 문제가 아냐. 공식적인 첫 보고, 뭐가 마음에 안 드는지 정우의 얼굴이 딱딱하게 굳어 있다. 보고 후에 1시간 넘게 자리를 지켰는데……. 롤 케이크고 나발이고 그냥 자리에 있을걸.

속절없이 무능함을 내비친 것 같아서 간이 콩알만 해지는 기분이다. 그 누구보다 잘하는 모습을 보이고 싶은 상사인데, 후원에 대한 회의를 느끼면 어쩌나 싶은 우려마저 생긴다.

사장 집무실 가까이에 오자 심장이 더 크게 쾅쾅거린다. 자동 유리문 안쪽으로 들어서자 신흥백 전사장의 비서였던 정주희 대리가 얼른 자리에서 일어난다. 정리 해고는 없을 거라는 말에 가슴을 제일 먼저 쓸어내린 정 대리였다.

"왜?"

입 모양으로 정 대리가 묻는다. 하루는 그저 미간을 좁히며 어깨를 으쓱해 보인다.

"아이고."

또 입 모양으로 위로의 말을 건네는 정 대리다. 아무래도 내일쯤이면 연하루가 사장한테 콱 찍혔다는 소문이 퍼질 것 같다.

정 대리도 고 과장과 비견될 만한 사내 스피커였다. 다른 점이 있다면 고 과장은 제 잇속 차리기에 급급해서 음흉하고 비겁했지만 정 대리는 상대방을 진심으로 걱정하는 마음에, 사장과

의 극적인 조율을 위해 이야기를 건네는 긍정적 의미의 스피커
랄까.

쾅, 집무실 나무문이 신경질적으로 닫힌다. 이제는 심장이 입
밖으로 튀어나올 것 같다. 경영주로서 정우가 내비치는 카리스
마는 기대 이상이다.

어깻숨을 씩씩 내쉬던 그가 갑자기 홱 돌아선다.

"엄마야."

두 발자국 앞에 서 있던 그가 성큼성큼 다가오더니 허리를 끌
어당겨 안는다. 눈을 감을 새도 없이 입술이 먹혀 들어간다. 차
가웠던 목소리와 달리, 딱딱했던 얼굴과 달리, 화가 난 듯했던
눈빛과 달리 키스는 뜨겁고, 부드럽고, 달콤했다.

"하아, 하아."

입술이 떨어지고 하루는 조용히 숨을 고른다.

"회사에서 이러지 않기로 했잖아요."

마음 같지도 않은 말이 튀어나온다. 황홀해서 주저앉을 지경
이다.

"입에 빵가루가 붙어 있어서."

정우의 엄지손가락이 하루의 입가를 쓱 훑는다.

"칠칠치 못하게 빵가루나 묻히고 다니고."

또다시 입술이 다가온다. 이번에는 눈을 감을 겨를은 준다.
허리를 감싼 손길이 분주하다. 등허리를 빠르게 오르내리는 성
마른 손길에 몸속 깊은 곳에서 열기가 치솟는다.

잠깐, 여기 방문은 잠겨 있나?

하루는 주먹으로 정우의 가슴을 가볍게 통통 내려쳤다.

"보고서 잘 쓰데?"

문도 안 잠그고, 집무실에서 이러면 안 되는 거 아니냐고 따져 물을 생각이었는데 갑작스러운 칭찬에 할 말을 잃어버렸다.

"뭐, 그 정도는 써요."

"불러서 좀 괴롭히려고 했는데 부를 이유도 없어지게 말이야. 괘씸해."

또 한 번 입술이 겹친다. 문을 잠근 기억이 없다. 하루는 한 걸음 물러서며 가슴을 밀어낸다.

"자리에서 대기하고 있어야지."

"나 테라스에 있는 건 어떻게 알았어요?"

"자리에 없으면 거기 있는 거지."

"나에 대해 너무 잘 알아."

속절없이 웃음이 튀어나온다. 미소를 머금고 있는 입술로 다시 한 번 정우가 다가오려는 찰나 하루는 얼른 고개를 비틀었다.

"여기 문 안 잠겼어요. 누구 들어오면 어떡해요."

"누가 감히 내 방문을 허락도 없이 열고 들어와?"

자신만만한 남자, 섹시하다.

"정 대리님이 나 되게 불쌍하게 본 거 알아요?"

"왜?"

"못된 사장한테 끌려 들어가는 꼴이었으니까요."

"그렇게 생각하든지 말든지."

정우는 하루의 뺨에 쪽 소리가 나도록 입을 맞췄다. 누가 듣는 것도 아닌데 주위를 두리번거린 하루는 정우를 나무라듯 쏘아보았다.

"재미있네, 이런 거."

"하나도 재미없네요."

말과 달리 심장은 쉴 새 없이 동당거린다.

"자주 하자, 이런 거."

대답은 들을 생각 없다는 듯이 입술이 내려온다. 팅기는 말과 달리 키스에 대한 반응은 뜨겁다.

그런데 아무래도 불안하다. 다음부터 문은 잠그자고 해야겠다.

이튿날, 정 대리의 활약이 두드러졌는지 보는 사람마다 하루에게 측은한 시선을 보내온다.

"비범한 사람 비위 맞추는 게 쉬운 일은 아니지. 안 깨진 임원이 없어요. 정리 해고 없다더니, 차라리 잘리는 게 낫지 않느냐는 소리 해 대는 사람들도 있다니까. 본인이 무능력한 건 생각 못 하고. 근데 하루 씨는 왜 그런 거야?"

"아…… 보고서 때문에요."

마치 대외비라는 듯 하루는 말을 아낄 뿐이었다. 물론 이 와중에 눈치 빠른 구혜경은 하루를 쉴 새 없이 찔러본다.

"사장실에서 이상한 소리가 난다는 소문이 있던데?"

"소리요? 무슨 소리요?"

순진한 의진은 그걸 또 답삭 물어서 하루를 곤란하게 만든다. 이럴 땐 고문관이 따로 없다.

"그게 무슨 소리라더라?"

혜경이 능청을 떠는데 테라스 문이 또 열린다. 생전 테라스에서는 얼굴 볼 일 없었던 정주희 대리다.

"하루 씨, 대체 무슨 잘못을 한 거야? 사장님이 또 찾아. 아직 점심시간도 안 끝났는데! 빨리 가 봐."

"아이고, 연하루. 할 때 좀 제대로 해. 오전 오후 불려 가는 것도 부족해서 점심시간에도 불려 가냐?"

저 음험한 계집애!

"괜찮아요, 대리님. 제가 부족한 탓이죠. 저 그럼 가 볼게요."

테라스 문을 열고 들어가려는데, 나오는 사람과 부딪히고 말았다. 싸늘한 얼굴로 내려다보는 남자, 승원이다.

회사에서 되도록 마주치지 않으려 피해 다녔었다. 승원의 얼굴이 말이 아니다. 그동안 맘고생 꽤 한 듯하다. 마음에 두고 있던 여자가 다른 남자한테 간 것도 모자라, 상대 남자한테 다니는 회사가 팔려 버렸으니.

"안녕하세요, 대리님."

"어디 가?"

쉽게 들킬 거짓말로 사람 기분 나쁘게 하는 게 더 나쁜 거니까.

"사장님이 부르셔서요."

안 그래도 안쓰러운 승원의 얼굴이 더 퍽퍽해진다. 하루가 사장 집무실을 드나드는 이유가 다른 임직원들과 다르다는 것을 승원도 눈치챘다는 얼굴이다. 열려 있던 테라스 문이 쾅 하고 닫힌다.

"무슨 생각으로 그러는 거야?"

불장난하는 어린애를 다그치는 듯한 말투다.

"무슨 말씀이세요?"

"회사는 계속 다닐 거야?"

"네."

"계속 다닐 거면서 대책 없이 그러는 거야, 지금?"

"목소리 낮추세요. 제가 알아서 해요."

"알아서 어떻게 하고 있는데. 회사 합병 건은 알고 있었어?"

"아뇨."

어이가 없다는 듯 승원이 헛웃음을 흘리며 머리를 한번 쓸어 넘긴다.

"가자."

"어딜요?"

"같이 가자고, 사장한테."

"왜요?"

"내가 직접 물어봐 줄게. 대책 없이 이게 뭐하는 짓이냐고."

"대리님!"

말려도 막무가내다.

"일반적인 상식선에서 벗어나도 너무 벗어났잖아. 대체 어쩌려고 그러는 거야?"

결국 집무실 앞까지 왔다. 빠끔히 열린 집무실 나무문 사이로 창밖을 내다보고 있는 정우의 뒷모습이 보인다.

"잠깐 얘기 좀 하시죠?"

승원이 다짜고짜 문 안으로 들어선다. 붙잡으려고 손을 뻗어 보았지만 잡히지 않았고, 손을 뻗은 채 허리를 구부린 엉거주춤

한 자세로 정우와 눈이 마주쳤다.

"오승원 대리 부른 적 없는데?"

"부른 적 없다고 직원 대면하는 일 피하실 겁니까?"

"그건 아니고. 나한테 무슨 할 말 있나?"

밖으로 큰 소리가 새어 나가는 게 신경 쓰이는지, 승원이 집 무실 문을 신경질적으로 밀어서 닫아 버린다. 쾅 하고 문이 닫히는 소리에 정우가 미간을 좁힌다.

"오 대리. 그래도 기본은 지키는 사람인 줄 알았더니 아닌가 봐?"

"기본은 그쪽이 먼저 안 지켰죠. 해도 너무하다고 생각하지 않습니까?"

"뭐가 너무한데?"

공기의 온도와 밀도가 달라지는 기분이다. 싸늘하고 딱딱하다.

"연하루, 이쪽으로 와."

고개를 까딱하는 정우의 목소리가 굳어 있다. 승원과 나란히 서 있는 게 신경 쓰인다는 얼굴이다. 하루는 엉거주춤 걸음을 옮겨 정우와 승원의 가운데쯤 섰다.

"더 와."

"뭐 하는 겁니까?"

승원이 뾰족하게 묻는다.

"내 여자 내가 부르는데 불만 있나? 모르는 사이도 아닌데 왜 참견이야? 그리고 부르지도 않았는데 온 사람은 그쪽이니까 내가 뭘 하든 신경 꺼."

승원의 앞에서 늘 여유롭게 굴던 정우도 오늘따라 더없이 뾰족하게 군다.

"저기, 두 분 다 그만 좀 하시죠?"

하루의 일갈에 두 남자의 시선이 동시에 하루에게 온다.

먼저 입을 뗀 건 승원 쪽이다.

"어떻게 하실 겁니까? 서정우 사장님이 신홍백 전사장 사위 자격으로 이 자리에 앉았다는 소문이 파다하던데요? 연하루는 뭡니까? 비공식적으로 사귀는 내연녀입니까?"

정우는 대꾸 없이 승원을 쏘아보기만 할 뿐이다. 하루도 어이가 없어서 입을 쩍 벌린 채로 승원을 바라본다. 내연녀라니!

"왜 대답이 없습니까? 부정은 하지 않겠다, 이건가요?"

"말 같은 소리를 해야 대꾸를 해 주지."

"그럼, 이 회사는 왜 샀습니까? 연하루는 왜 이런 식으로 만나는데요?"

승원이 목소리를 높인다.

"연하루 더 자주 보려고 샀다. 왜?"

"회사를 사는 것보다 연하루랑 사귀는 사이다, 라고 말하는 게 더 쉽지 않습니까? 돈도 덜 들고? 아니면 그렇게 말하면 안 되는 이유라도 있습니까? 아! 결혼은 다른 여자랑 하고 은밀하게 만나는 사이여야 해서 그런 겁니까?"

"오승원, 당신 같은 인간 때문에 말 못 하는 거라는 거 모르는 구나? 당신 하나 아는데도 득달같이 달려와서 연하루를 이렇게 괴롭히는데, 회사 사람들 전부 다 알아 봐. 연하루를 얼마나 못 살게 굴겠어? 그리고 내가 왜 다른 여자랑 결혼을 하나?"

"그럼, 연하루랑 결혼까지 생각한다는 겁니까?"

정우가 아랫입술을 내밀어 훅 하고 숨을 한 번 내쉬더니 어이가 없다는 듯 시선을 이리저리 돌린다. 분을 삭이는 듯하다.

"왜 말이 없어요? 연하루랑 거기까지 생각하고 있느냐고요?"

"그래. 그런 생각 없이 회사까지 사 버렸겠느냐고 윽박지르면 오승원 떼어 내는 데는 참 유리할 것 같기는 한데, 내 여자한테는 너무 가혹한 거 아닌가?"

상황 파악을 하고 난 하루의 얼굴이 빨갛게 달아오른다. 승원은 씩씩대는 얼굴로 여전히 정우를 노려보고 있다. 내내 집무용 책상 앞에 서 있던 정우가 저벅저벅 승원의 곁으로 다가간다.

"저기⋯⋯."

한판 붙을 것 같아서 정우를 붙잡으려는 찰나, 정우는 하루와 승원을 가볍게 스치고 문가로 다가간다.

"할 말 다 했으면 나가. 떼쓰고 강짜 부리는 거 받아 주는 것도 여기까지야, 오승원. 있는 집 막내 도련님으로 곱게 큰 건 알겠는데, 어리광은 집에 가서나 부려. 회사뿐만 아니라 남녀 사이에까지 집에서 하던 버릇 부리지 말고."

정우의 일갈에도 승원이 버티고 서 있다.

"안 가? 끌어내 줘?"

위협적인 목소리에 소름이 오스스 돋아난다.

"두고 보겠습니다."

"두고 보자는 놈 하나도 안 무섭더라. 제발 좀 두고 봐라, 그냥. 자꾸 와서 짜증나게 하지 말고."

방을 나서는 승원의 등 뒤에 대고 정우는 한 번 더 소리치고는 집무실 문을 닫아 버린다. 넥타이 매듭을 끌어 내리는 정우의 손에 짜증이 배어 있다.

"어이, 연하루."

둘이 한판 세게 붙는가 싶더니 난데없이 프러포즈를 받은 것 같아서 어안이 벙벙해서 대답도 안 나온다.

기분이 말로 다할 수 없을 만큼 복잡하다.

"엄마 닭도 아니고, 왜 자꾸 병아리들을 달고 다녀? 확 잡아 먹어 버릴까 보다."

으르렁거리며 다가온 정우가 하루의 허리를 단번에 당겨 안는다.

"흐음."

저도 모르게 안도의 한숨이 새어 나온다.

"한판 치고받고 하는 줄 알았어요."

"오승원 한주먹거리도 안 된다. 날라 차기 한 번이면 저놈 죽어."

"근데 왜 불렀어요? 내가 뭘 그렇게 잘못했냐고 정 대리님이 막 걱정하던데."

"여기 오기 전까지는 잘못한 거 없었는데, 그냥 보고 싶어서 부른 건데……."

"꼭 지금은 잘못한 게 있는 것처럼 말하네요."

"이것저것 좀 해 보려고 했더니 감히 딴 남자를 달고 와?"

하루는 손을 뻗어 정우의 목을 감싸 안았다.

"하면 되지, 그럼."

정우는 손목을 들어 시계를 한 번 확인한다.

"1시 10분부터 회의야. 지금 1시다. 5분부터 준비해야 해."

"5분이면 충분하지 않나?"

키스 정도는 충분할 시간이다.

정우는 하루의 허리를 번쩍 안아서는 집무용 책상 가까이로 걸어간다. 발이 동동 떠 있다. 전화기에 달린 버튼을 한 번 꾹 누른 정우는 심각한 목소리를 낸다.

"정 비서, 회의 30분 연기해."

─ 네, 알겠습니다. 사장님, 무슨 일이라도…….

"없어."

다시 한 번 매정하게 버튼을 누르는 정우를 하루가 밉지 않게 노려본다.

"말을 왜 그렇게 못되게 해요? 무슨 일 생긴지 궁금해하는 정 대리 무안하게."

"하아. 이 회사는 왜 이렇게 내가 왜 그랬는지 궁금해하는 인간들이 많아? 그냥 시키면 그런 줄 알지."

"임원진한테 왜 회의가 30분 연기됐는지 설명해야 하는 정 대리 입장도 생각해 주시죠."

"이걸 어떻게 설명해?"

책상 위에 걸터앉은 정우가 하루의 허리를 바짝 끌어당겨 안는다. 아랫도리에 부딪혀 오는 딱딱한 감각에 하루는 할 말을 잃어버렸다.

"이걸 정 대리한테 설명해? 사장이 욕정 넘치는 상황이어서 회의 못 하니까 임원들한테 전하라고 해?"

"아니요! 그럼 안 되죠."

"그럼 어떻게 해야 할까? 30분 정도 여유 있는데."

매끈한 코끝이 하루의 콧잔등을 비빈다.

"아니, 그게……."

하루가 말꼬리를 흐린다. 몸이 갸우뚱 기울려고 해서 균형을 잡느라 허리를 비틀었더니 정우가 두 눈을 지그시 감는다. 마치 열기를 삼키는 것처럼 보인다.

"흐음."

날숨에 낮게 쉰 음성이 섞여 나온다. 일부러 노력할 필요도 없다. 눈길만으로, 진득한 숨소리만으로 금세 달아올라 버린다.

코끝을 맴돌던 숨결이 입술을 집어삼킨다. 허리를 감싸 안은 손길이 무릎을 어루만진다. 집무실 안에서 이래도 되나 하는 생각과 도저히 멈출 수 없을 것만 같은 본능이 갈등한다.

그런데 그런 갈등이 무색하도록 정우가 하루를 번쩍 안아 들고는 집무용 의자에 앉힌다. 잠시 입술이 떨어진다. 색색 숨을 고르고 있는데 빙그레 미소를 머금은 정우가 속삭인다.

"이것 봐라."

의자 옆에 있는 레버를 한 번 세게 누르자 의자가 뒤로 휙 넘어간다.

"160도까지 젖혀진다."

"지금 나한테 의자 자랑하려고 불렀어요?"

"아니, 이 의자에서 뭘 할 수 있는지 보여 주려고."

심장이 쿵쿵 울린다. 벽에 걸린 시계는 이제 1시 5분을 가리키고 있다. 메탈 블라인드가 반쯤 드리운 실내는 너무 밝다. 분위기 좋은 방 안, 어두운 조명 아래서 가졌던 관계와는 비교도 되지 않을 정도로. 뭔가 되게.

"야해."

"뭐가?"

"너무 밝아요."

"좋네. 여긴 밝고, 우린 밝히고."

딱히 또 틀린 말은 아니어서 부정은 못 하겠다. 하루는 정우의 목을 꼭 끌어안았다.

블라우스는 이미 스커트 밖으로 빠져나왔고, 손길 한 번에 브래지어 훅이 풀렸다. H라인 스커트 안으로 손이 들어오는가 싶더니 치마가 둘둘 말려 올라간다. 매끈한 스타킹 위에서 입구를 더듬는 손길이 성마른가 싶더니, 두드득 소리를 내며 살색 스타킹이 찢겼다.

"못 살아!"

"비상용 없어?"

"없어요."

"이따 편의점에서 사다 줄게."

"사장이 여직원 스타킹 사다 주면 주변에서 퍽이나 가만히 있겠…… 음."

입막음이라도 해야겠는지 입술을 다급히 집어삼킨다. 슈트 팬츠 지퍼 내려가는 소리가 들리고, 팬티 아랫부분이 옆으로 젖힌다.

"으음."

성마른 전희 중 몸을 관통하는 느낌에 숨이 턱 막혀 온다. 눈앞에 보이는 집무실 풍경은 너무도 생생한데, 머릿속은 계속 아득해진다.

"야하다, 연하루."

찢어진 스타킹, 단추가 풀린 블라우스, 브래지어 컵 아래로 도드라진 가슴, 슈트 팬츠 지퍼만 내렸을 뿐 다른 곳은 평소와 다를 바 없어 보이는 정우에 비해 야해 보이는 건 사실이다.

"그래서 미치겠다."

안으로 치고 들어오는 움직임이 빨라진다. 격한 신음이 튀어나올 것 같은 순간 하루는 정우의 어깨를 꾹 베어 물었다.

"흐음."

귓가에 퍼지는 낮은 신음에 전율이 흐른다.

내려다보는 눈길에 하루는 얼굴이 따끔따끔거리는 것만 같다.

"그만 봐요. 부끄럽게."

"부끄러운 줄은 알아?"

"누가 이렇게 만들었는데요?"

"나 혼자 좋아서 했어?"

가볍게 눈을 흘겼지만, 입가엔 미소가 머문다.

"연하루도 좋다는 거네? 그럼 자주 해야겠다."

의자에서 하루가 몸을 일으켜 세우자 정우가 손수 옷매무새를 정리해 준다. 블라우스를 손수 치마 속으로 넣어 주며 은근히 엉덩이를 움켜잡는 손길이 뜨겁다.

"오늘 퇴근 일찍 할 거지?"

"요즘 우리 회사 다 칼퇴해요. 사장님이 너무 좋아서 야근은 아무도 안 하던데요?"

시치미를 뚝 떼고 웃는 얼굴을 정우가 부드럽게 쓰다듬는다.

"근데 오늘은 언니 병원 가요."

"주말에 갔다 왔잖아."

"그냥, 또 가고 싶어서요."

의사는 아무런 변화도 없다고 했지만 언니의 숨소리가 어딘지 모르게 달라져 있었다. 숨소리가 절박했다.

"그래, 그럼 같이 가. 데려다줄게. 회사 뒤 공원 후문 쪽으로 와."

"우리 이러다 분명히 들킨다."

"들키라지 뭐."

장난스럽게 이야기해 놓고, 진중하고 다정한 시선이 하루를 향한다.

"걱정 마."

믿음직한 남자의 눈빛에 눈물이 핑 돌 것만 같아서 하루는 얼른 돌아섰다.

"그럼, 회의 열심히 하시고요. 사장님."

집무실을 나서는데, 갑자기 격해진 감정에 눈물이 뺨을 타고 또르르 흘러내린다.

"어머, 웬일이야! 하루 씨, 울지 마. 사장이 또 뭐라고 했지? 이 인간 진짜! 어떻게 임원회의도 미루고 하루 씨를 잡냐? 대체 회계팀장은 뭐 하는 거야?"

아니라며 괜찮다고 손사래를 쳐도 정 대리는 정우에 대한 욕을 늘어놓으며 하루를 위로하려 든다.

"사장 별명이 뭔지 알아? 모두까기 인형이야, 모두까기 인형."

"호두까기 인형 아니고요?"

"호두까기 인형 같은 귀여운 소리 하고 있네. 다 까, 아주 한 명도 빼지 않고 다 까. 정리 해고, 명예퇴직은 없다더니 일 제대로 시키겠다 이거지. 솔직히 우리 회사 임원들이 밑에서 올리는 보고서 가로채기나 했지, 제대로 일하는 사람 있었나?"

"그렇기는 했죠."

"그러니까 일 시키려고 임원 한 명, 한 명 빼먹지 않고 모두 까. 근데 또 이 마스크는 훌륭하잖아? 그래서 모두까기 인형이 야. 근데 하루 씨는 임원도 아닌데 왜 이렇게 까? 사장한테 무슨 미운털이 어떻게 박힌 거야, 대체?"

그때 사장 집무실 문이 갑자기 벌컥 열리면서 정 비서와 하루는 그 자리에 그대로 굳어 버렸다. 없는 자리에서 욕하고 있는데 당사자가 불쑥 나타나는 것만큼 당황스러운 일은 또 없다. 엄연히 따지자면 욕하는 거 듣기만 했지만 말이다.

"연하루 씨, 아직 안 갔나? 무슨 볼일이 더 남았어?"

검게 빛나는 시선이 뇌쇄적이다. 입가에는 희미한 미소마저 감돈다. 정 대리가 눈치챌까 싶어 하루는 가슴이 콩닥콩닥거린다.

"아니에요! 제가 경비 처리 때문에 물어볼 게 있어서 붙들었습니다."

정 대리는 하루의 역성을 들며 사장의 눈치를 살핀다.

"회의 때 다과류는 들이지 말고. 5시쯤 퇴근할 거니까 4시 반 이전까지 내일 일정 정리해서 홍 실장 쪽으로 보내요. 연하루 씨는 한눈팔지 말고 자리로 돌아가고."

당당한 목소리로 당부하는 모습이 뻔뻔하다.

집무실 안으로 들어가는 정우의 뒷모습을 바라보는 정 대리의 표정은 말 그대로 썩어 있다.

"힘내, 하루 씨. 회사 자리 잡히면 괜찮아지겠지."

"네, 대리님. 신경 쓰지 마세요. 저 진짜 괜찮아요."

"우리 하루 씨는 정말 씩씩해서 마음에 든다니까."

인사를 꾸벅하고 돌아서는데 뒤통수가 따끔거린다. 목덜미를 누가 붙잡고 있는 것도 아닌데 뒤가 당기는 기분이다.

복도를 걷는데 좀 전에 이곳을 내달리던 승원의 화난 뒷모습이 떠오른다.

연애의 목적이 결혼인가. 정우에게 앞으로 어떻게 할 거냐고 소리치던 승원의 모습이 눈앞에 어른거린다. 한 치 앞을 내다볼 수 없는 세상이다. 마음을 굳게 먹었다 한들 갑자기 변하는 세상 앞에 속절없이 무릎을 꿇어야 하는 날이 닥치기도 한다.

아직 오지도 않은 미래를 걱정하며 지금의 소중한 시간을 놓칠 수는 없다. 사귀다가 헤어질 수도 있는 거고, 절절히 사랑해서 결혼해도 이혼하는 사람들이 있다.

생각이 또 부질없이 뻗어 나간다. 좋아 죽겠다가도 이 감정이 오롯이 자신의 것이 아니라는 생각도 든다. 그러다 정우의 얼굴을 보면 언제 그렇게 고민했느냐는 듯이 잊어버린다.

사람 참 간사하다. 형편을 털어놓기가 어려웠다. 사정 뻔히 다 아는 남자가 열렬한 구애를 해 오니 지난 고민이 별거 아닌 것처럼 느껴지기까지 한다.

승원과의 교제를 생각할 때는 온통 다 걸림돌처럼 보였는데, 정우가 회사를 사서 사장으로 온 마당인데도 별거 아닌 것처럼 느껴진다.

자리에 앉아 이메일을 정리하는데 문자메시지가 들어온다.

– 가볍게 시작한 거 아니야. 나 너랑 끝까지 갈 생각이야.

아까 집무실에서 승원과의 실랑이가 신경 쓰이나 보다.

– 이 남자 되게 질척거리네. 알았어요.

장난스럽게 보낸 문자에.

– 사랑한다. 나 믿어, 연하루.

심장이 쿵 울리는 답이 온다.

고맙다. 평범하게 살게 해 준 남자가, 그러더니 자신을 특별
하게 만들어 준 남자가. 매 순간을 설레게 하는 남자가 있어서
그저 고맙다.

중환자실 면회를 마치고 나오는 하루의 얼굴이 어둡다.

"의사가 뭐라고 했어?"

하루는 그저 고개를 내저을 뿐이다.

"그대로래요. 아무 변화도 없대요."

싱긋 웃는 얼굴이 어딘지 모르게 공허하다. 믿고 의지하라고

해도 그게 잘 안 되나 보다. 버릇처럼 미소를 가장하며 살아온 하루는 타인에게 힘든 얘기 하는 걸 어려워한다.

그나마 10대 시절 이메일을 주고받을 때는 힘들다는 이야기도 곧잘 했었다. 그런데 어른이 되면서 하루는 자신의 감정을 내비치지 않는 법부터 가장 먼저 배운 듯하다.

"……그렇구나."

정우는 그늘이 져서 해쓱해진 하루의 뺨을 한번 부드럽게 쓸어내렸다. 금방이라도 후드득 눈물이 쏟아질 것만 같은 젖은 눈을 하고 빙그레 웃는다.

"밥 먹으러 갈까?"

아무 말도 하지 않는 하루를 데리고 어머니가 계신 곳까지 와 버렸다. 여전히 어머니와는 어색하다. 자식을 버린 비정한 어미인 줄 알고 원망했던 세월이 미안한 만큼 살갑게 다가가기가 어렵다.

1년에 네 번. 구정, 추석, 정우의 생일, 어머니 생신, 모자는 거리를 두고 만난다. 기껏해야 밥 한 끼 같이 먹는 게 전부다.

그런데 하루를 데리고 벌써 두 번이나 어머니가 계신 곳으로 왔다. 첫 만남에서도 하루는 신기할 만큼 어머니께 살갑게 굴었다. 어리둥절한 얼굴을 하면서도 예쁜 미소를 지으며 인사를 건네기도 했었다.

"안녕하셨어요?"

또다시 하루를 데리고 찾아온 모습에 어머니의 얼굴에 전에 없던 화색이 돈다. 처음에는 긴가민가하시던 눈빛에 지금은 확신이 차 있다.

"어서들 와요."

"저녁 먹으러 왔어요, 어머니."

"그래, 얼른 들어가요."

모자 사이가 왜 이렇게 서먹한지 물을 만도 한데, 하루는 그
때처럼 아무것도 묻지 않고 시치미를 뗀다.

마치 기다리고 있었던 것처럼 거하게 차려진 상이 방 안으로
들어온다. 상 위에는 밥그릇과 국그릇이 각각 두 개씩 놓여 있
다.

"식사하셨어요? 안 하셨으면 같이 드세요."

빙그레 미소를 머금으며 하루가 건넨 말에 어머님의 뺨이 발
갛게 달아오른다.

"그래도 되나."

아들보다 반가우신가. 새삼 심통이 나는 게 생경하기까지 하
다. 멀게만 느껴지던 모자 사이를 하루가 단숨에 좁혀 놓은 기
분이다.

어머니 곁에서 집안 살림을 도와주시며 말벗을 해 주시는 아
주머니께서 어머니 몫의 밥과 국을 쟁반에 내왔고, 식사가 시작
되었다.

"저기, 내가 뭐 좀 물어봐도 돼요?"

생전 정우에 대해 묻는 법이 없으셨던 어머니다. 그런데 하루
에게 물을 게 있으시단다. 정우는 신경이 쓰이지만 겉으론 전혀
개의치 않는다는 듯 젓가락을 움직였다.

"네, 그럼요."

하루가 빙그레 웃으며 어머니를 바라본다.

"두 번이나 왔는데 얼굴만 보고 앉아서 밥 먹는 게 어색하네요. 몇 살이에요?"

입을 꾹 다물고 있는 정우를 하루가 나무라듯 바라본다. 어머니 눈치를 살피며, 아들이 왜 이렇게 데면데면하느냐는 눈빛을 이제야 보내는 듯하다.

"스물여섯이에요."

"정우보다 일곱 살이나 어린 아가씨네."

목구멍에 밥알이 콱 걸린 것 같아서 정우는 물을 벌컥벌컥 들이켠다. 대놓고 도둑놈 소리 들은 것도 아닌데, 어머니 말씀에 지레 찔렸나 보다.

"내가 계속 아가씨라고 불러도 되나……. 이름이 뭐예요?"

컵을 내려놓는 정우의 손짓이 멈칫한다.

"연하루예요."

"연, 하루?"

되묻는 어머니의 말끝이 희미하게 떨린다.

"식사하시죠, 어머니. 오느라 많이 늦었어요."

"어, 그래. 그러자."

탁 소리가 나도록 물컵을 내려놓으며 숟가락을 집어 들었다. 여전히 하루는 속을 알 수 없는 얼굴로 은은한 미소를 머금고 있다.

어머니 집에서 돌아오는 길, 하루는 입을 꾹 다문 채로 창밖만 바라본다.

궁금하지 않아? 내가 왜 어머니와 데면데면 살고 있는지? 어머니께서 왜 네 이름을 듣고 흠칫 놀라셨는지도?

가슴이 답답하다. 언제나 아무것도 바라지 않는 얼굴, 모든 걸 다 해 줄 수 있다는데도 원하는 게 없다는 듯한 태도가 사람을 안달 나게 만든다.

"연하루."

"……."

무슨 생각을 하고 있는 건지 대답이 없다.

"하루야."

"웅? 나 불렀어요?"

어이없는 웃음이 터져 나온다.

"나한테 관심 좀 갖지?"

"미안. 밥 너무 맛있었어요. 어머님 많이 닮은 것 같아요. 웃을 때 완전 똑같아. 어머님도 되게 미인이시던데요? 음식 솜씨도 좋으시고. 자주 가요, 우리."

딱딱하게 굳었던 가슴이 갑자기 스르륵 녹아내린다. 자기 아픔 드러내기 싫어하는 성격이다. 분명 남의 아픔 들추는 것도 아프다고 여길 것이다.

"연하루 때문에 내가 돌겠다, 진짜."

"내가 뭘요?"

정우는 1차로에서 도로 끝 차로로 차를 몰아세웠다. 갑작스러운 차선 변경에 클랙슨 소리가 들려온다.

"난 정말 법을 준수하면서 살아온 사람인데, 자꾸 너 때문에 도로교통법을 어기잖아."

"차는 갑자기 왜 세워요?"

"예뻐서."

뭐라고 대꾸하려는 입술을 삼켜 버린다. 달콤하고 짜릿하고 뜨거워서 등줄기에 전율이 흐른다. 쪽 소리가 나도록 자잘한 입맞춤을 더한 뒤 발그레한 얼굴을 마주하자 괜한 오기가 생겨난다.

"너 나한테 사랑한다는 말 한 번도 안 했다?"

내뱉고 나니 처절하다. 따지고 보면 앞뒤 안 가리고 서로에게 매달리고 있는 거나 마찬가진데, 그깟 네 음절이 뭐라고 가슴이 좁아 든다.

조급한 마음을 아는지 모르는지 하루는 혀로 아랫입술과 윗입술을 핥아서 입맛을 다시며 여유를 부린다.

"달아요."

"얄미워."

"한 번만 더 해요."

"싫어."

"이래도?"

'도' 발음에서 멈추고 입술을 쭉 내민다. 안 하고는 못 배기겠다. 좀 전에 나눈 키스는 어린애들 장난처럼 느껴질 정도다. 가슴근육을 쓸어 내려가는 하루의 손길에 그만 발이 움직였고 가속페달을 꾹 밟고 말았다.

파킹 상태의 차가 이게 무슨 일이냐는 듯 우웅 하고 소리를 낸다. 깜짝 놀란 하루가 눈을 동그랗게 뜨며 묻는다.

"방금 그거 무슨 소리예요?"

욕망이 들끓어 다리가 저절로 움직였다는 말은 차마 민망해서 못 하겠다.

"그러게, 차가 이상하네. 얼른 집에 가야겠다."

아무 일도 아닌 것처럼 차를 출발시켰다.

"정비소 가야 하는 거 아녜요?"

당장 급한 건 차량 정비소가 아니라 침대다, 연하루.

"흐읏."

눈을 질끈 감은 채로 더운 숨을 내뱉는 얼굴이 미치도록 사랑스럽다.

"사랑한다, 연하루."

대답인 듯 하루는 고개를 끄덕거리며 어깨를 꽉 끌어안는다. 죽어도 사랑한다는 말을 입 밖으로 내뱉는 건 어려운가 보다. 나른한 눈꺼풀이 서서히 올라간다. 올려다보는 눈동자가 정염에 젖어 있다.

차를 몰아 곧장 집으로 왔다. 샤워부터 해야 한다고 우겨서 같이 욕실로 향했다. 샤워를 마치고 나오기 전에 한 번, 그리고 침대 위로 올라왔다.

지칠 때까지 안아도 부족하다. 힘들다며 고개를 내저을 때까지 안아야 직성이 풀린다. 베개 위에 오른 하루의 가느다란 손목을 끌어다 안쪽에 입을 맞추었다.

"흐음."

마치 자신을 위해 만들어진 여자 같다. 작은 입맞춤, 떨리는 손길, 뜨거운 눈빛 한 번 놓치는 일이 없다. 매 순간 다정하고, 순수하고, 열렬한 반응을 보인다. 하루가 내뱉는 더운 숨결, 젖

은 눈동자, 어깨를 끌어안는 작은 손, 무엇 하나 소중하지 않은
게 없다.

하루의 미간에 미세한 주름이 잡힌다. 두 눈을 꼭 감은 채로
헐떡이는 숨결이 달콤하다. 들썩이는 말캉한 가슴 위로 단단한
가슴이 무너져 내린다.

목덜미에 입술을 묻은 채, 조용히 중얼거려 본다.

"사랑한다는 말은 죽어도 안 하지?"

- 하루 씨, 나 좀 봐.

문자메시지를 받은 뒤, 테라스에 나갔더니 홍 실장이 심각한
얼굴로 서 있다.

죄지은 건 없는 것 같은데 괜히 혼날 것만 같은 기분이 든다.
사실 죄가 있는지 없는지도 확신이 서질 않는다.

"안녕하세요, 실장님?"

"어, 하루 씨. 왔어요?"

"네, 날씨가 제법 덥네요. 금방 여름 될 건가 봐요."

"그러게요. 시간이 참 빨리 가네. 바쁜데 부른 거 아니죠?"

"괜찮아요. 말씀하세요."

"안 바쁘면 내가 부탁 좀 하려고 하는데."

홍 비서의 얼굴이 전에 없이 딱딱하게 굳는다. 갑자기 심장이
덜컹 내려앉는다.

사장의 업무상 최측근인 홍 실장이 심각한 얼굴로 자리를 지키고 있어선지, 그가 앉아 있는 테이블을 제외하고 테라스 테이블은 텅 비어 있다.

"앉아요."

홍 실장이 맞은편 의자를 턱짓으로 가리킨다. 테이블 위에는 빨간 과자 봉지 비슷한 게 놓여 있고, 그는 그 안에서 무언가를 꺼내서 열심히 조몰락거렸다.

"아, 이거?"

호기심 어린 하루의 시선을 느꼈는지 홍 실장이 손을 펴 보인다.

"까먹는 해바라기 씨. 담배를 끊었더니 입이 심심해서."

"아."

딱히 대꾸할 거리가 생각나지 않아서 하루는 그저 추임새만 올린다.

"아는 사람이 중국 출장 갔다 오면서 사다 준 건데, 줄까요?"

"아뇨. 괜찮아요."

하루가 빙긋이 웃으며 손을 내젓는다. 바쁜 홍 실장이 테라스에 앉아서 한가로이 해바라기 씨를 까먹는 모습이 어쩐지 초조해 보인다.

"출장 가서 누구 선물 챙겨 오는 거 되게 귀찮은 일인데."

"그렇긴 하죠."

"근데 사실 사장님이랑 같이 출장 가면 선물 사고 뭐 그럴 시간도 없어요. 워낙 빠듯하게 움직이는 일정이라."

"아, 그러시구나."

"근데 다음번에는 꼭 시간 내서 한번 사 보려고요. 우리 와이프가 미국에서 직접 내 손으로 사 온 초콜릿이 먹고 싶으시대."

이번에도 딱히 대꾸할 말이 떠오르지 않는다. 홍 실장은 일상적인 대화를 국회 청문회만큼이나 살 떨리게 만든다.

"근데."

세 번째 '근데'다. 이번에는 뉘앙스가 미묘하게 진지하다.

"사장님이 출장을 안 가시네요?"

빙그레 미소 짓는 홍 실장은 전혀 즐거워 보이지가 않는다.

"사장님이 출장을 가시게 만들어야겠네요, 그럼?"

"아, 나 하루 씨한테 그런 부탁까지는 안 하려고 했는데."

본론을 토해 낸 홍 실장은 손에 묻은 해바라기 씨 껍데기를 털어 내며 또다시 빙그레 미소 짓는다. 이번에는 조금 즐거워 보이는 것 같다.

"다음 주에 뉴욕 가시면 나 초콜릿 사 올 수 있을까?"

세상 진지한 홍 실장의 눈동자가 반짝반짝 빛났다.

― 사장님, 연하루 씨 왔습니다.

전화기 너머에서 들려오는 정 대리 목소리에 정우가 고개를 갸우뚱 기울인다. 이제껏 부르기 전에 사장실로 직접 왕림하신 적은 없는 아주 비싼 연하루다. 그런데 문자메시지 하나도 없이 사장실로 달려오셨단다.

무슨 일로?

"들여보내요."

정우는 검토하던 기안서를 내려놓고 기지개를 한번 켰다. 팔

389

을 위로 쭉 뻗어 올리며 몸에 힘을 주자 묘한 긴장감과 함께 흥분이 인다.

달각하는 소리와 함께 문고리가 돌아가고, 집무실 문이 열린다. 목이 타는 듯해서 혀로 마른 입술을 축여 본다.

"바쁜데 무슨 일이야?"

의자에 앉은 채로 딱딱하게 물었다.

"이러려고 연애했나 자괴감이 들어요."

"뭐?"

무겁게 분위기 좀 잡아 보려고 했는데 사람 참 당황스럽게 한다. 황당해서 쓴웃음이 다 난다.

"출장 계속 연기하셨다면서요?"

대답이 궁해진다. 간절히 바랐던 것을 손에 넣고 나면 지키고 싶은 마음은 더욱 강해지는 법이다. 그것이 돈이나 부동산처럼 비교적 간수가 쉬운 것이라면 이토록 불안하지도 않았을 것이다.

진심. 오랜 시간 갖고 싶었던 여자의 마음. 한시도 놓치고 싶지 않아서 무조건 곁에 머무는 방법을 택했다.

"다녀와요. 뭐 하는 짓이야, 사업하는 사람이. 직원은 토 나오게 일하고 있는데, 어떻게 오너는 농땡이야?"

사장 집무실까지 쫓아와서 팔짱을 낀 채로 훈계를 늘어놓고 있는 회계팀 사원, 연하루. 다그치듯 가늘게 뜬 눈, 뾰족해진 얼굴, 팔짱을 낀 탓에 도드라진 가슴, 심각한 순간에도 남자 정신 못 차리게 하는 여자, 연하루.

"맨입으로?"

"아까 말씀드렸는데요. 일개 사원 연하루는 토 나오게 일한다고요."

"얌전히 있어. 사고 치지 말고."

"사고는 지금 사장님이 치고 있죠. 홍 실장님이 불쌍하다, 진짜!"

픽 하고 웃음을 터뜨리자 가늘게 뜬 눈이 매섭게 쏘아본다.

"출장은 왜 계속 연기한 거예요?"

처음 했던 질문이 한심하다는 듯 다그치는 것이었다면 두 번째 묻는 지금, 하루의 목소리가 은근히 들떠 있다.

"일개 회계팀 사원이 사장 방에 쫓아와서 훈계하는 것과 같은 이유."

"뭐래?"

"여자 연하루가 우쭐해진 것과 같은 이유."

"진짜, 짜증나."

팩 토라져서 나가는 뒷모습이 미치도록 사랑스럽다.

"오늘 나 칼퇴할 거다. 가기 싫다는 출장 보내는 여자 밤새 괴롭혀야지."

등 뒤에 꽂히는 정우의 목소리에 하루는 웃음이 터질 것만 같아서 입술을 꾹 깨문다. 집무실 자동 유리문을 나서니 복도에서 대기 타던 홍 실장이 안절부절못하며 하루의 눈치를 본다.

"출장 가신다네요."

"하루 씨, 진짜 고마워요. 요즘 사장님 무슨 탱탱볼 같다니까."

"확실해요?"

하루가 미간을 좁히며 심각하게 묻는다.

"뭐가?"

"요즘에만 그런 거 확실해요? 내 생각에는 평생 저러고 살았을 것 같은데."

"일리 있네. 종종 우리 사장님 좀 잡아 줘요."

"그럼 홍 비서님은 저한테 뭐 해 주실 건데요?"

"에이, 왜 이래. 하루 씨. 내가 두 분 비밀 연애 수호천사인데."

팔을 접은 채로 손을 어깻죽지까지 올려서 날갯짓을 하는 홍 비서를 보고 하루는 그제야 웃음을 터뜨렸다.

"하루 씨한테 무슨 일 생기면 내가 도울 새나 있겠어? 사장님이 먼저 움직이실 텐데."

"와, 발 빼시네. 나 출장 가지 말라고 들어가서 다시 붙잡아요?"

"아이고, 하루 씨. 장사 하루 이틀 해? 알았어, 알았어!"

맑은 웃음소리를 내며 키득거리는 하루를 바라보는 홍 실장의 얼굴에도 장난기 어린 미소가 떠오른다.

"사장님이 잘해 줘?"

오후 업무가 한창인 사무실 복도는 조용하다. 사장 집무실 앞은 특히 더 고요했다.

"나쁘지는 않은 것 같아요."

"와, 연하루 씨 그렇게 안 봤는데 사람 보는 눈 되게 빡빡하네?"

"제가 눈 높다는 소리는 좀 들었죠."

심각한 척 거드름을 피우며 미간을 찌푸리는 모습이 깜찍하다. 전혀 그럴 것 같지 않은 청초한 얼굴로 눈 하나 깜짝 안 하고 능청을 떠는 모습에 사장이 정신을 못 차리나 싶다.

"우리 사장님 맞선 업체 가면 플래티넘급이야. 아니, 감히 등급을 나눌 수 없는 정도라니까? 생각해 봐."

하루가 여전히 심드렁한 얼굴을 하고 있어서 약이 오를 지경이다. 자신보다 나이는 어린 사장이지만 누구보다 멋진 경영주를 보좌하고 있다고 자부하는 홍 실장이다.

"아니, 솔직히 까놓고 말해서 우리 사장님 남자가 보기에도 멋져 보이거든? 얼굴 잘생겼어! 내가 사우나도 같이 해 봤는데, 몸도 좋아! 그뿐이야? 그 몸속도 얼마나 알찬데! 우리 사장님 멘사 회원이야. IQ가 대한민국 평균 남성 키를 넘어섰어요! 그리고 이 심장도 정말 뜨거운 남자라고! 그동안 우리 사장님 따르는 여자가 없었는 줄 알아?"

하루의 눈썹이 꿈틀 움직인다.

망했다. 심드렁한 하루의 태도에 말려들어서 사장 역성을 들다가 너무 나갔다. 연하루, 무서운 여자다.

"사장님이 여자 없었다고 했는데……? 사랑한 여자는 나뿐이라고……."

반짝반짝거리는 커다란 눈망울이 홍 실장을 향한다. 곧 눈물이 톡 떨어질 것처럼 눈가가 젖어 있다.

나 지금 사장 여자를 울린 거냐……?

"어…… 그러니까, 그게. 떼어 내려고, 떼어 내시려고 식사 한 번, 딱 한 번 한 적 있으셨어. 여자가 안 만나 주면 죽는다고 매달려서."

"……정말 그게 다예요?"

이제 그만해야 하는데 터진 입이 멈추질 않는다. 홍 실장은 수습을 위해 애쓴다.

"아, 아. 그게! 우리 사장님 뮤지컬 꽤 좋아하시거든. 근데 어떻게 알았는지 스토커 같은 여자가 사장님 옆자리 좌석 티켓을 사 갖고 앉아 있던 아주 소름 끼치는 일도 있었지."

아랫입술을 말아 무는 모습이 이제 정말 울음을 터뜨릴 것 같다.

"인기 많으셨다는 거네요? 여자들한테……. 하긴 전사장님 따님도 그렇고……."

"아니, 내 말은, 사장님이 이렇게 매달리는 여자는 처음이라는 거지. 그동안 밀어내기만 했던 사장님인데, 아주 그냥 우리 연하루 씨는 N극이 S극 당기듯이 막 막! 사장님이 정신을 못 차리시잖아. 그러니까 하루 씨 우리 사장님한테 잘해 달라, 사장님 잘 부탁한다, 이런 의미지잉!"

"정말요?"

"그럼, 그럼. 정말. 완전 정말."

"사장님에 대해 많이 아시네요, 홍 실장님."

"그럼, 잘 알지."

"제가…… 홍 실장님 믿어도 될까요?"

눈물 어렸던 눈망울은 온데간데없고 세상 진지한 얼굴이 눈앞에 있다. 홍 실장은 진지한 하루의 눈빛을 바라보며, 마치 여왕에게 충성을 맹세하는 기사라도 된 양 다짐한다.

"사랑하는 내 와이프와 배 속에 있는 우리 크선이를 걸고 맹세하지. 나는 사장님의 충성스러운 비서이며, 사장님이 애정하시는 연하루 씨의!"

"아, 태명이 크선이에요?"

요즘 홍 실장이 삶을 영위하는 이유가 되어 버린 존재가 하루의 입에서 흘러나오자 머릿속이 혼돈의 도가니탕이 되어 버린다.

"어, 크선이."

"무슨 뜻이에요?"

"크리스마스 선물이라는 뜻이야. 와이프가 작년에 크리스마스트리 점등식 때 소원 빌었대. 아이 생기게 해 달라고."

결혼 3년 차까지 아이가 생기지 않아서 마음고생 했던 와이프 생각에 갑자기 가슴이 저미고 목이 멘다. 오늘 참 여러 가지로 연하루 앞에서 못 보일 꼴을 보이는 홍 실장이다.

"예쁜 아이 태어날 거예요. 이제 아빠 되시면 어깨가 더 무거워지시겠어요? 그게 행복의 무게래요."

아, 아빠? 아이가 생기면 아빠가 되는 게 당연한 건데, 하루의 입에서 나온 아빠라는 단어에 감동이 물밀 듯이 밀려온다.

부친의 얼굴은 모르고 자랐고, 모친은 버리고 갔다고 들었다. 그런 연하루를 후원했었다는 사장의 말에 혹시 돈 보고 사장한테 덤비는 질 나쁜 여자는 아닐까 하는 걱정도 했었다.

"축하드려요, 실장님. 저 사장님 안 괴롭혀요. 걱정 마세요. 남자가 그 나이에 여자 하나 없었다는 게 말이나 돼요?"

빙그레 웃는 얼굴에 정말 안심이 되는 건 왜일까? 그동안 심장 세포를 단련하며 감정을 배제하고 이성적인 삶을 추구해 왔던 홍 실장이다.

"고마워요. 오후에도 수고해요."

"네, 실장님도 파이팅요!"

주먹을 불끈 쥐며 파이팅 자세를 하는 모습에 웃음이 난다. 멀어지는 하루의 뒷모습을 바라보며 홍 실장은 고개를 절레절레 내저었다. 아주 잠시 하루를 의심했던 자신의 판단 착오를 후회하는 고갯짓이다. 사장이 왜 저렇게 미쳐 있는지 이제 조금 알 것 같다.

어려웠을 세상, 구김살 없이 맑은 모습으로 사는 하루는 사장의 아픔을 어루만지는 법을 본능적으로 알고 있는 걸지도.

"여기 서서 뭐 해? 출장 안 가?"

등 뒤에서 반가운 목소리가 들려온다.

"아, 예. 사장님. 항공권이랑 호텔은 준비해 놨습니다. 내일 아침 비행기로 출발하시면 됩니다."

"나한테 뭐, 할 말은 없고? 연하루 협박했어?"

"아니요! 사장님 저를 뭐로 보시고!"

협박 비슷한 거 했나……? 세상에 임신한 와이프 초콜릿 먹이자고 협박하는 남편도 있나. 그저 대의를 위해 그리하였을 뿐!

"아님 됐어. 누가 그렇대? 물어본 거지, 그냥. 왜 이렇게 정색해?"

"제가 언제 또 정색을 했다고."

"일정 최대한 짧게 짜고. 빡빡하게. 쉴 틈 없이. 하루라도 빨리 귀국할 수 있게. 알겠어?"

"언제 안 그런 적 있나요, 뭐."

"홍 실장님 요즘 말씀이 많아지셨네요?"

홍 실장은 마른 입술을 축이고는 입을 꾹 다물었다.

"연하루 퇴근길 잘 지키게 하고."

집무실에서 내보낸 지 얼마나 됐다고 벌써 연하루 얼굴이 그립다. 키스라도 한 번 하고 내보낼걸. 도끼눈을 하고 있던 하루에게 꼼짝 못 했던 방금 전을 떠올리자 어이가 없다.

– 어디야?

– 사무실이지. 어디겠어요. 난 시도 때도 없이 사장님한테 근태 감시 당하는 아주 불쌍한 직원이라니깐요.

팩 토라졌던 얼굴을 잡고 입을 맞췄어야 했다. 이러면 또 연하루가 정신 못 차리는 오너라고 다그칠 텐데.

충분히 혼날 각오가 되어 있다는 듯 정우의 발걸음은 이미 하루의 자리로 향하고 있었다.

6화. 하루하루

회사가 이렇게 심장 떨리는 공간이 되리라고는 지금껏 감히 상상도 하지 못했었다.

원할 땐 언제든 목소리를 들을 수 있고, 얼굴을 볼 수 있고, 품에 안을 수 있다. 그런데도 안달이 나는 걸 보면 신기하지.

비상계단 철문을 열어젖혔는데, 안쪽에서 계단으로 나오는 직원과 부딪쳤다.

"아이코, 죄송합니다."

의진이 D링 바인더 네 권을 들고 끙끙거리며 간신히 사과 인사를 건네 온다.

"도움 필요합니까?"

나지막한 목소리가 울리자 의진이 흠칫 놀란 얼굴로 고개를 든다. 서로 부딪혀서 사과의 인사를 건네기는 했는데 누군지는 파악하지 못했었나 보다.

"아뇨……. 아니, 필요해요! 도와주세요."

"어디로 갑니까?"

"위층 회계자료 보관실요."

계단을 올라 복도를 걷는 동안 어색한 침묵이 이어졌다. 회계
자료 보관실 문이 열리자, 오래된 종이 냄새가 훅 밀려 나온다.
정우는 저도 모르게 눈살을 찌푸렸다.

"의무적으로 보관해야 하는 기간이 5년이라 종이 냄새가 좀
나요."

"회계팀은 밑에 있는데 보관실은 왜 여기 있죠? 왔다 갔다 하
기도 불편할 텐데?"

의진이 곤란한 듯 머뭇거린다.

"말해 봐요, 왜 그런지. 이유가 있는 것 같은 눈친데."

"그럼 사장님도 말씀해 주세요."

곤란함이 어렸던 얼굴은 온데간데없고 갑자기 당돌한 눈빛이
올려다본다. 맹랑한 줄은 알았지만 갑자기 얼굴색을 달리하니
당황스럽다.

"뭘 말입니까?"

"하루 선배요."

"연하루는 왜?"

정우의 말이 짧아진다.

둘의 연애 사실을 알고 있는 몇 안 되는 요주의 인물 중 가장
갈피를 잡기 힘든 의진이다. 감히 잘릴 각오를 하지 않고서야
사장의 사생활을 떠들고 다니겠냐마는.

400

면전에 대고 이름을 올리니 또 당황스럽다.

"선배 이용하신 거예요?"

"이용?"

"저희 회사 사시면서요. 혹시 우리 순진한 하루 선배 꼬셔서 회사 자료 요구하신 거예요?"

"윤의진 사원?"

"네."

긴장했는지 침을 꼴깍 삼키는 모습이 눈에 들어온다.

"연하루를 잘 모르네?"

"아뇨! 저 하루 선배 잘 알아요!"

"연하루가 순해 보여도 공사 구분 못 하는 물러 터진 바보는 아냐."

딱딱하게 굳은 말투에 의진이 어깨를 움찔한다.

"오히려 너무 똘똘해서 날 가르치려 들지. 선배 걱정하는 마음은 알겠는데, 우려하는 일 없을 테니까 사서 걱정하는 일 그만하고. 자, 이제 말해 봐요. 보관실은 왜 여기 있어?"

"작년에 임원진 방 공사 새로 하면서 예전보다 더 넓게 만든다고 자료 보관실을 여기로 옮겼어요. 평사원들 자리 레이아웃까지 바꾸기에는 돈이 너무 많이 든다고요. 회계자료 보관실은 여기로 오고, 심지어 같은 부서인데 부득이하게 자리 옮겨서 멀리 떨어져 일하는 직원들도 있어요."

"또?"

"네?"

의진이 쌍꺼풀 없는 기다란 눈을 동그랗게 뜨고 되묻는다.

"회계팀 막내 직원 입장에서 봤을 때 불편했거나 부당하게 느껴졌던 거."

"일러바치는 기분 드는데요."

"그럼 그만하든지."

정우가 D링 파일을 보관실 빈 선반 위에 올려놓으며 돌아선다.

"아, 아뇨! 아무리 기술로 먹고사는 회사라지만, 지원팀 직원들을 너무 우습게 보는 분위기예요. 우리가 같은 회사 직원이지, 본인들 뒷바라지하는 시녀는 아니잖아요."

회사가 정체기인 동안 조직 문화는 썩을 대로 썩었나 보다.

"좋아요, 그럼. 내가 윤의진 씨 의견을 수렴하는 대신 윤의진 씨는 뭘 해 줄 수 있나?"

의진이 미간을 구기며 한 발짝 물러선다.

"괜한 오해 말고. 내가 내일 아침에 뉴욕으로 출장을 가야 해. 연하루 퇴근 시간 기다리기엔 내 성격이 좀 급한데. 어떡하지?"

맹랑한 의진의 눈가에 장난기가 어린다.

"그거라면 방법이 있죠!"

회계자료 보관실에서 나온 두 사람은 위급한 회계 사안이라도 하나 터진 듯 심각한 얼굴로 회계팀으로 향했다.

파티션 너머에서 업무 전화에 사근사근하게 응대하는 하루의 상냥한 목소리가 들려온다.

누구랑 통화하는지 모르겠지만 수화기를 당장에 뺏어 버리고 싶을 정도로 말투가 달콤하다.

연하루, 업무용 전화 목소리가 너무 예쁜 거 아냐?

"어? 안녕하세요, 사장님!"

의진이 일부러 큰 소리로 인사를 건네 온다. 하루의 목소리가 미세하게 떨린다. 의진은 정우를 향해 눈을 한 번 찡긋하고는 제자리에 앉는다.

"연하루 씨."

통화를 마친 하루가 자리에서 벌떡 일어나 정우를 맞이한다. 심각한 눈빛을 하자 하루의 얼굴에 긴장감이 더해진다. 심장이 쿵쿵 울리기 시작한다.

"안녕하세요, 사장님."

"최근에 주거래 은행 다녀온 게 연하루 사원, 본인 맞습니까?"

"네, 맞아요."

겁줄 생각은 없었는데 얼굴이 파리하게 굳어 버렸다. 둘이 있을 때는 오너가 농땡이 피운다고 혼내는 여자가 지금은 바짝 얼어붙었다. 심장이 쿵쿵, 쿵쿵 더 빠른 속도로 울린다. 긴장한 모습이 한입에 꿀꺽 삼켜 버리고 싶을 정도로 섹시하다.

잡아먹을 듯이 쏘아보는 눈빛을 향해 하루가 조심스럽게 묻는다.

"무슨 일 생겼습니까, 사장님?"

긴장 풀어, 연하루. 잡아먹기는 할 건데, 연하루가 좋아하는 방식대로.

"나랑 같이 은행 좀 가야겠어요. 실무자랑 같이 가는 게 좋겠어. 5분 안에 업무 정리하고 나와요. 오래 걸릴 수도 있으니까 그쪽에서 퇴근하도록 하고. 윤의진 사원도 같이 와요."

퇴근이라는 단어에 하루가 의뭉스러운 얼굴을 한다.

그래, 그거라고.

멀어지는 정우의 모습을 바라보며, 하루가 시치미를 뚝 떼고 있는 의진을 쏘아본다.

"의진 씨."

"네?"

"의진 씨가 나 은행 다녀온 거 말했어?"

"아뇨. 저 아닌데요?"

다른 직원들 앞에서 사장 말을 거스르는 모습을 보일 수는 없다. 또 진짜 주거래 은행 방문을 위해 온 것인지도 모르니, 하루는 업무를 정리하고 부장에게 외근 보고를 한 뒤 사옥 주차장으로 향했다.

의진과 함께 나란히 뒷좌석에 오르자 운전석에 앉은 정우가 다그친다.

"연하루는 앞으로 오고. 의진 씨는 SRT 서는 역 앞에서 내려 달라고?"

"네! 오랜만에 서울 가려고요!"

하루가 미간을 구기며 운전석에 앉은 남자와 옆에 앉은 여자를 번갈아 본다.

"뭐 하는 거예요, 지금?"

"눈치 없는 연하루, 꼭 말해 줘야 아나? 땡땡이잖아."

어이가 없어서 기분이 멍할 정도다.

"의진 씨는 왜요?"

"둘만 나오면 티 날 거라고 의진 씨가 그러던데?"

의진이 눈을 찡긋하며 애교스러운 표정을 한다.

"미쳤나 봐. 둘 다 미쳤어. 덕분에 나 내일 야근해야 할 것 같거든요!"

"덕분에 나는 내일 뉴욕 가."

"덕분에 저는 오늘 오랜만에 서울 구경 가요. 헤헤."

의진이 철없이 웃는다. 선배만 인상 펴면 우리 셋 모두 평화롭게 행복을 맞이할 수 있는 상황이라며.

SRT가 개통되었다는 역 앞에서 의진이 내렸고, 두 사람이 탄 차는 곧장 집으로 향했다.

"뭐야, 땡땡인데 집에 가요? 부하직원까지 이용해 먹고 완전 대단한 거 하는 줄 알았더니."

"할 거야, 대단한 거."

주차장에 차가 멈춰 서자마자 정우는 누군가에게 쫓기는 사람처럼 발걸음을 서두른다. 커다랗고 뜨거운 손이 움켜잡은 손목은 불에 덴 듯 뜨겁다. 악력이 거세질수록 '대단한 거'에 대한 기대감이 증폭된다.

엘리베이터에 오르자 손목을 감싸고 있던 손이 목덜미를 끌어당긴다. 입술이 단번에 먹혀 들어간다.

"음, 으음!"

하루가 고개를 비틀어 입술을 떼어 내며 숨을 몰아쉰다.

"CCTV 있어요."

"죽는 줄 알았어, 갈증 나서."

답답하다는 듯 넥타이 매듭에 손가락을 걸어 풀어 내리는 정우도 더운 숨을 몰아쉰다.

"갈증이 나면 물을 마셔야죠."

열기로 달뜬 목소리가 떨린다. 한숨 소리가 들려온다. 혹시 엘리베이터 고장 났나 싶을 정도로 6층까지 오르는 속도가 더디다. 4, 5…… 숫자가 오를 때마다 몸속 열기도 치솟아 오른다.

마침내 6!

엘리베이터가 멈춰 서고 정우의 손에 몸이 이끌린다.

"흡!"

아직 현관문도 열리지 않았는데, 입술이 삼켜졌다. 어디선가 현관문이 열리고 닫히는 소리가 들려온다. 이웃 주민에게 신음 소리를 들키고 싶지는 않은데, 감당하기 힘든 정염을 막아 내기가 힘들다.

"음."

신음이 튀어나오는 순간 현관문 안으로 몸이 밀려 들어갔다. 얕게 들이쉬는 숨에서 집 안 가득한 정우의 향기가 느껴진다. 심장은 미칠 듯이 내달리는데, 익숙한 듯 진한 향기에 심장이 녹아내리고 안심이 된다.

몸이 들리고 발끝이 허공으로 떠오른다. 발을 털어 내자 현관 바닥으로 구두가 떨어진다. 등허리에 푹신한 침대가 닿는다. 커다란 손이 블라우스 가슴 아랫부분을 잡더니 양쪽으로 쫙 잡아당긴다. 투드득거리는 소리와 함께 단추가 뜯겨 나갔다.

놀라서 숨을 헉 들이마신 순간, 성마른 손이 브래지어 컵을 들어내고 벌써 단단해진 유두를 정우가 잘근 깨문다.

"흐웃!"

플레어스커트가 젖히고 스타킹이 또 찢겨 나갔다. 이번에는 팬티도 같은 꼴이 되어 버렸다. 순식간에 아래가 젖는 게 생생하게 느껴진다.

"하앗!"

몸이 녹아내린다 싶은 순간 다급히 뚫고 들어오는 존재감에 허리가 저릿할 정도다.

"으음, 하아."

신음성이 튀어나올 때마다 몸이 크게 흔들린다. 치받는 움직임에 머리가 침대 헤드보드에 닿을 듯 밀려 올라갔다. 딱딱한 헤드보드를 손바닥으로 받쳐 올리자, 정우가 상체를 받쳐 올려 안아 준다.

"하웃."

단단한 허벅지 위에 올라앉은 자세 때문인지 더 깊숙이 박히는 느낌이다. 정우가 허리를 튕겨 올리는 박자에 맞춰 하루가 골반을 흔들었다.

"으음."

신음성을 내뱉는 정우의 딱딱한 어깨에 땀이 송골송골 맺혀 있다. 정상위보다 더 거칠게 비벼지는 아래가 홧홧하다. 심장이 타오르는 듯 가슴이 뜨겁다. 눈이 저절로 감겨 든다.

절정의 여운과 함께 몸이 침대 위로 파묻힌다. 밭은 숨을 고르느라 들썩이는 젖무덤을 커다란 손이 어루만진다.

"사랑한다."

나지막이 울리는 목소리에 저절로 미소가 떠오른다. 들으면 들을수록 울림이 진해지는 말. 입을 떼어 볼까 싶은데 어렵다. 사랑한다는 말이 전해 주는 안온함이 너무 소중해서 입 밖으로 내기가 버거울 정도다.

"또 말 안 하지?"

부드럽게 어루만지던 손길이 가슴을 꽉 움켜잡는다.

"아!"

새된 비명을 지르자 몸이 홱 돌아간다. 등 뒤에 누워 있던 정우가 어느샌가 하루를 내려다보고 있다.

"나 출장 가 있는 동안 여기서 자."

"왜요?"

"여기서 자면서 내 생각만 해. 그래야 안심이 될 것 같아."

진지한 눈빛에 숨이 막혀 온다. 행복해 죽겠는데, 불안감이 밀려온다.

"있잖아요. 나한테 너무 잘해 주는 거 아녜요? 사람 마음은 변하잖아요. 시간이 흐르면 변할 수도 있는 거잖아요. 근데 만약에 나중에 나한테 조금이라도 소홀해지면 나 너무 아플 것 같아요."

대답 대신 진한 입맞춤이 내려온다.

"진도도 너무 빠르잖아. 우리 사귄 지 얼마 안 됐는데."

갑자기 어리광을 피우고 싶어진다. 듣기 싫은 말로 징징거려도 다 받아 줄 것 같은 남자다. 첫사랑에 울었을 때도, 지금 사랑이 너무 행복해서 불안한 순간에도. 언니를 빼고는 이렇게 어리광을 부려 본 대상도 없었다.

"얼마를 말해야 알아들어. 너 성인 되고 6년이야. 너도 나 보고 싶었다고 하지 않았어?"

콩알만큼 작아졌던 마음이 갑자기 따스한 바람 넘실대는 꽃밭이라도 된 듯하다. 말 한 마디에 위로받고, 철석같이 믿고 싶은 절대적 신뢰감이 생겨난다.

"여기서 자, 꼭."

뺨 위에 보드라운 입술이 내려앉는다.

행복하다. 너무 행복해서 눈물이 날 만큼. 좋다.

세상 그 어떤 불행도 우리의 것은 아니기를.

2주간의 뉴욕 출장을 마치고 돌아가는 길, 안절부절못하는 모습은 히스테리에 가깝다. 정확히 닷새 전부터 하루와 연락이 끊어졌다.

– 일 잘 마무리하고, 한국 오면 봐요.

짧은 문자메시지가 마지막이었다. 끝내 통화가 되지 않던 휴대전화는 급기야 꺼져 버렸고, 하루의 사내 직선 번호도 불통이었다.

초조함이 불안감으로 불안감이 분노로 변해 갔다. 생전 겪어 보지 못한 불길함이 온몸을 덮친 듯했다.

연락이 되지 않았던 첫째 날, 시차가 맞지 않아 통화가 어렵나 보다 했다. 둘째 날, 그래서 직선 번호로 전화를 했다. 셋째 날, 전화기가 꺼져 있다. 넷째 날, 화가 나기 시작했다.

그리고 뉴욕에서 한국으로 돌아가는 지금, 세상이 거꾸로 뒤집어진 것처럼 초조하다.

"홍 실장."

뉴욕발 인천행 비행기 안, 정우는 매서운 눈으로 홍 실장을 노려보았다. 하루에게 연락을 취하라는 말에 홍 실장은 계약을 챙기느라 깜빡했다는 둥, 한국이 새벽 시간이어서 전화를 못 했다는 둥, 회계팀장이 일을 많이 시키는 것 같다는 둥의 핑계를 댔다.

"한국 가자마자 직무 유기로 홍 실장부터 해고할 거야."

정우의 목소리에 노기가 어린다.

"해고하시기 전에 마지막 보고 드리겠습니다."

전에 없이 비장한 홍 실장의 태도가 불길하다.

"연하루 씨가 사표를 제출했습니다."

태평양 상공을 날고 있는 탓인지 귀가 먹먹하다. 정우의 눈가가 가늘어진다.

"오승원 대리도 사표를 제출했습니다."

심장이 심연으로 가라앉기라도 하는 듯 가슴이 무거워진다. 당장 손에 잡히는 것도 없는데 주먹을 꽉 움켜쥐어 본다.

"연새벽 양이 절명했습니다."

연락이 되지 않았던 이유부터 사표를 제출한 경위까지, 일련의 사건들이 하나의 궤를 이루며 늘어선다.

"지금…… 어디 있지?"

홍 실장이 말렸음에도 불구하고 공항에 마중 나온 수행 비서를 내친 정우는 손수 운전대를 잡았다. 하이에나가 사냥하듯 도로 위 다른 차들을 추월하며 엔진이 터지도록 달렸다.

"차 대 놓고 대기해."

아파트 주차장에 도착한 정우는 조수석에 타고 있던 홍 실장에게 스마트키를 던져 주고는 공동 현관 안으로 달려 들어갔다. 엘리베이터가 6층에 멈춰 서서 내려올 생각을 하질 않는다.

"이런 씹!"

신경질적으로 버튼을 눌러 대던 정우는 욕지거리를 내뱉으며 계단으로 향한다. 심장이 터질 것 같다. 머릿속도 그만큼이나 복잡하다.

"이 집이 여자 혼자 살던 집이라 깨끗해요. 급매로 나온 거라 정남향인데도 다른 매물에 비해 가격도 저렴하고. 입주한 지 2년밖에 안 돼서 인테리어 공사도 따로 하실 필요 없을 거예요."

601호 문이 활짝 열려 있다. 어린 여자아이를 안고 있는 남자와 그의 부인으로 보이는 여자가 601호에서 나온다.

"좀 더 고민해 보고 말씀드려도 되죠?"

"그럼요. 근데 이 집 빨리 나갈 것 같아요. 집주인이 벌써 짐도 다 뺀 걸 보면……."

뒤이어 부동산 중개인으로 보이는 중년의 여자가 나오며 601호 문을 닫으려 한다.

"엄마야!"

정우는 부동산 중개인을 밀쳐 내고 601호 안으로 들어섰다.

"이봐요, 지금 뭐 하시는 거예요?"

뒤에서 중개인이 따지는 목소리가 들려온다. 현관에서 가장 가까운 작은방이 하루의 방이었다.

없다. 중개인의 말처럼 집주인, 연하루가 짐을 다 뺐는지 방이 텅 비어 있다. 이 집을 방문할 때마다 우다다다 소리를 내며 어딘가로 숨어 버리던 '녀석'의 기척도 느껴지지 않는다.

집에 있을 거라던 연하루가 마치 이 세상에 존재하지 않는 사람처럼 사라져 버렸다.

"이 집 주인 지금 어디 갔습니까?"

사흘 밤낮을 굶주린 짐승처럼 날카롭게 으르렁거리는 소리가 새어 나왔다.

"지, 집주인이랑 아는 사이예요?"

더듬더듬 묻는 중개인은 정우의 서슬에 놀란 눈치다.

"어디 있는지 아십니까?"

"모, 몰라요. 전화 통화만 해서."

정우가 신경질적으로 재킷 안주머니에서 휴대전화를 꺼내 든다. 통화 버튼을 길게 누르자 듣기 싫은 단정한 음성이 흘러나온다.

– 전원이 꺼져 있어…….

숨죽이고 있던 중개인이 수화기 너머에서 들려오는 소리를 들었는지 눈치를 보며 덧붙인다.

"집 계약될 것 같으면 메시지 남겨 달라고 했었어요."

정우가 아무 죄 없는 중개인을 노려본다. 자신과 연락이 되지 않았던 사이에 이 여자와는 연락을 했던 거다. 갑자기 눈앞에 있는 아무 죄 없는 여자가 찢어 죽이고 싶을 만큼 미워진다.

"혹시 이 집 주인, 빚 때문에 도망가거나 한 건 아니죠? 등기 부등본으로 알 수 없는 이상한 사채 같은 거 쓴 거 아녜요? 집 저당 잡혀서?"

등 뒤에서 아이 아빠로 보이는 남자가 중개인을 향해 의심 어린 목소리를 낸다.

"그럴 사람 아닙니다."

차갑게 일갈하는 정우의 목소리에 영 께름칙하다는 얼굴을 한 젊은 부부와, 당신 때문에 이 집 다 팔았다는 얼굴을 한 중개인이 엘리베이터에 올라탄다.

"이게 뭐 하는 짓이야, 연하루. 사람 미치는 꼴 보고 싶은 거야."

한숨을 여러 번 몰아쉰 정우는 굳게 닫힌 602호를 노려보았다.

혹시 여기 있나?

비행기에서 한잠도 이루지 못했다. 그런데 흥분해서 아드레날린이 치솟는 탓인지 전혀 피곤하지 않다. 하지만 시야가 좁아져서 한 치 앞도 보이지 않는 듯하다.

현관문을 열어젖힌 정우는 집 안을 샅샅이 이 잡듯이 뒤졌다. 활짝 열린 방문을 닫았다가 다시 열어 보기도 하고 다용도실, 베란다, 욕실, 드레스룸 옷 속까지 뒤져 보았다.

갑자기 여덟 살로 돌아간 것 같다. 어머니께 버림받았다고 생각했던 그때 그 시절의 불안함과 초조함이 숨통을 쥔다. 이제 연하루를 찾으러 어디로 가야 하는지 감이 잡히질 않는다. 그보다 오승원은 왜 같이 회사를 그만뒀을까?

생각이 거기까지 미치자 갑자기 머리끝까지 화가 난다. 옷장 미닫이문을 부서져라 닫아 버렸다. 쾅 하는 굉음에 심장이 더욱 사납게 요동친다. 한숨이 나온다. 울분이 치민다.

혹시나 하는 기대를 했었다.

'여기서 자면서 내 생각만 해. 그래야 안심이 될 것 같아.'

짐을 빼고 사라져 버린 연하루가 순한 얼굴로 "기다렸어요." 하고 품에 안겨 와 줬으면 좋겠다고 생각했다.

그런데 이 집에도 없다.

만약에, 정말 만약에 연하루가 사라져 버린 거라면.

기분 나쁜 가정이 현실이 되려고 발버둥 친다. 가만히 좀 있으라고 해도, 이성적인 생각을 하려고 애써 봐도 심장은 진흙탕을 나뒹군다.

설마 연하루가. 설마 나를 두고.

내가 너한테 어떻게 했는데! 내가 너를 위해서!

눈이 새빨갛게 충혈된다. 꾹 다문 잇새로 울분이 흘러넘친다.

억지로라도 들었어야 했다. 사랑한다는 말은 죽어도 내뱉지 않았던 그 입을 억지로 벌려서라도. 확신이 사라진다.

아니, 연하루가 나에게 확신을 줬던 순간이 있었나. 옹졸해진 가슴이 식을 줄 모른다.

어딜 간 거야, 하루야.

갑자기 심장이 쿵 바닥으로 떨어져 내린다. 왜 하필 이런 순간에 갑자기 사라진 아이를 찾지 못해 안타까워했을 어머니의 심정이 헤아려지는지, 뜨거운 눈물이 뚝 떨어진다.

얼마나 힘들었으면……. 나조차도 저버리고 싶을 만큼 힘든 거야, 연하루?

"냐앙."

그 순간, 숨어 있었는지 집을 뒤질 때만 해도 보이지 않았던

414

녀석이 다가와 발목에 제 목덜미를 비빈다.

"녀석!"

정우는 얼른 녀석을 품에 안았다. 등 언저리를 쓰다듬어 주자 골골거리며 눈을 가늘게 뜬다.

"네 주인은 어딜 가고 너만 여기 있어?"

녀석을 안은 채로 거실로 나가니 그제야 복도 한쪽에 놓아둔 녀석의 사료 그릇과 물그릇이 눈에 들어온다. 딱딱하게 굳다 못해 갈라지고 쪼개졌던 심장이 울컥 뜨거운 피를 토해 내는 것처럼 가슴이 뜨겁다.

물그릇에 담긴 물이 깨끗하다. 사료 그릇도 금방 채워 놓았는지 수북하다.

"녀석, 네 주인 어디 갔어? 어디 갔는지 알아?"

바람 쐬러 산책이라도 나갔나, 근처 카페에 있을까, 장이라도 보러 나갔나, 언니 신변 정리가 남아 있어서 관공서라도 갔을까.

아니면…….

온갖 경우의 수 중에 가장 나쁜 수가 고개를 든다.

이 녀석만 남겨 두고, 떠났나.

사료가 수북이 담겨 있는 녀석의 밥그릇이 불안하다. 녀석이 딱 하루치 먹을 양으로 보인다. 오늘 자신이 돌아온다는 사실을 하루는 알았을 거다.

멀리 못 갔을 거야. 근처 역? 버스 터미널?

"녀석, 네 주인 찾아올 때까지 집 잘 지키고 있어. 알았지?"

에옹, 하고 우는 녀석을 바닥에 내려놓고 정우는 무작정 밖으로 나갔다.

"못 만나셨습니까?"

사색이 된 정우의 얼굴을 마주한 홍 실장의 얼굴이 어둡다.

"당장 역으로 가. 아니, 터미널부터. 아니, 근처에 연하루 잘 가던 카페 있어. 거기부터 가자."

"사장님, 진정하시고."

정우가 결정을 내리지 못하고 우왕좌왕하는 모습을 홍 실장은 생전 처음 본다는 얼굴이다.

"곁에서 지킬 사람 붙여 놓으라고 했잖아!"

소리를 버럭 지른 정우의 얼굴이 하얗게 질린다.

사람을 붙이라고 했을 때 이미 불안했던 거다. 늘 초연한 얼굴을 하고 있는 연하루가 사라져 버릴지도 몰라서.

피해망상인가? 소중했던 사람이 갑자기 자신을 버리고 돌아섰다고 생각했을 때 받았던 내상이 아직도 자신을 괴롭히고 있는 줄 미처 몰랐다.

덩달아 심각한 얼굴을 한 홍 실장이 어디론가 전화를 건다.

"어, 그래. 지금 어딘데? 뭐? 그걸 이제야 말하면 어떡해?"

누군가와 통화하며 버럭 화를 내는 홍 실장에게 정우가 눈을 부라린다.

"지금 어디라는데?"

"아파트 정문 길 건너 커피숍에 있다고 합니다."

통화를 마친 홍 실장의 얼굴에 곤란한 기색이 어린다.

"그게 다야?"

보고할 게 남아 있는 눈치다.

"여기서 기다리시는 게 어떨까요?"

"내가 그럴 수 있는 상태로 보여, 지금?"

"어떤 젊은…… 남자분과 함께 계시다고 합니다."

홍 실장의 말이 채 끝나기도 전에 정우는 아파트 정문으로 향했다.

젊은 남자? 대체 누구? 오승원?

새벽이 세상을 떠난 이후 지금까지 전화 한 통, 메시지 하나 없는 여자가 다른 남자와 커피숍에 마주 앉아 있단다.

연하루, 진짜 누구 미치는 꼴 보고 싶어?

걸음이 점점 빨라진다. 홍 실장이 저지할 틈도 없이 정우가 커피숍 안으로 들어섰다. 자작나무 장식 너머로 커피숍 구석에 한 남자와 마주 앉아 있는 하루의 모습이 눈에 들어온다.

웃는다. 남자가 무슨 말을 했는지, 하루가 예쁘게 웃는다. 멀리서 보기에도 남자를 바라보는 하루의 눈길이 따뜻하다.

정우는 마주 앉은 남자의 뒤통수를 뜯어보았다. 딱 봐도 오승원은 아니다.

운다. 남자가 무슨 말을 했는지, 하루가 갑자기 눈가를 길게 늘이며 눈물을 훔친다.

무작정 걸음을 옮겼다. 무슨 이유에서건 연하루를 울리는 새끼는 가만둘 수가 없다.

"연하루."

평범한 목소리를 내려 애써 보았다.

"어? 나 여기 있는 줄 어떻게 알았어요?"

갑작스러운 등장에 놀란 눈치다.

"여기서 뭐 해?"

정우가 성큼 테이블 곁으로 다가섰다. 30대 초중반으로 보이는 남자가 정우를 올려다본다. 누구냐고 묻는 듯한 얼굴이다.

"이쪽은 언니 병원비 후원해 주시고, 제 후원도 해 주셨던 서정우 사장님이시고요."

마뜩잖은 소개에 속이 뒤틀린다. 후원? 서정우 사장님?

"이쪽은……."

하루가 말끝을 흐리며 미소를 머금는다. 입가는 웃고 있는데 눈가엔 눈물이 한가득 고인다. 입술을 가볍게 한번 깨물더니 떨리는 목소리를 낸다.

"우리 형부 될 뻔하셨던 분이에요."

정우를 올려다보는 하루의 눈동자가 흔들린다. 웃으려 애쓰는 것처럼 보인다.

"감사합니다. 제가 했어야 할 일을 해 주셨네요."

남자가 손을 내밀어 악수를 청한다. 사랑하는 이를 잃은 두 사람이 마주 앉아서 떠나보낸 이를 추억하고 있었나 보다. 하루가 자신을 어떻게 소개했건, 정우는 남자에게 일단 예를 갖추었다.

"상심이 크시겠습니다. 모쪼록 평안하시길 바라겠습니다."

악수를 하며 잡은 남자의 손이 거칠다. 그의 삶도 결코 순탄치만은 않았을 것 같다.

여러모로 감사하다는 남자의 인사를 받고 커피숍에서 나와 아파트까지 걸었다. 하루는 입을 꾹 다문 채 아무 말도 하지 않는다.

사연을 들어 보니 같은 공장에서 일했던 사이였다고 한다. 쓰러지고 나서 여러 번 병원을 찾았다고 했다. 잊지 못해서 아무도 만나지 못했다고도 했다. 형편이 좋은 편은 아니어서 병원비를 대 줄 생각도 감히 하지 못했다고도 했다.

공장 일로 바빠서 몇 달 만에 겨우 찾은 병원에서 세상을 떠났다는 소식을 들었고, 장례식장에서 하루를 만났다고. 오래도록 새벽이 돌아오기를 바랐던 두 사람은 장례식 이후 매일을 마주 앉아 있었다고 했다.

"언니가 남자 친구 있었다는 말은 안 했었거든요."

"⋯⋯."

"커피숍 갈 돈도 아까워서 공장 탕비실에서 녹차랑 믹스 커피 타 갖고, 공장 뒤 놀이터에서 앉아서 데이트했대요. 언니 일어나면 5천 원 넘는 커피 한 잔 사 주는 게 소원이었대요."

자신의 언니가 죽은 게 아니라 그 남자의 여자 친구가 죽은 것처럼 하루의 목소리가 덤덤한데, 꼭 잡은 작은 손이 파르르 떨린다.

"언니 휴대전화에 곰돌이 인형이 달려 있었는데, 언니가 그 흔한 곰 인형 한번 갖고 논 적 없다고 해서 사 준 거였대요. 돈 많이 벌어서 사람 키만 한 곰 인형 사 주면서 프러포즈할 생각이었대요. 근데 우리 언니 인형 털 알레르기 있거든요. 웃기죠?"

하루가 배시시 웃어서 정우는 말문이 막힌다. 입꼬리는 올라가 있는데 눈가는 젖어 있다.

"언니한테 여동생이 있다는 이야기는 들었대요. 맨날 언니한테 대들고, 대학 안 간다고 삐팅기는 골치 아픈 애라고 했대요."

정우는 하루의 장단에 맞추려 간신히 입을 열었다.

"맞는 말씀 하셨네. 대학 안 간다고 뻐팅기는 골치 아픈 애였지, 뭐."

"나쁜 애들이랑 어울리는 건 아닌지 걱정되는데, 공장 다니는 언니가 학교 찾아가면 부끄러워할까 봐 못 간다고 걱정도 많이 했대요. 아무튼 우리 언니도 걱정을 싸매고 살았다니까요."

정우는 손을 뻗어 가만히 하루의 어깨를 감싸 안았다. 여린 어깨가 바들바들 떨린다. 불안하고 초조한 감정을 감추려 쉴 새 없이 떠드는 것처럼 보인다.

"결혼을 해도 저 대학 졸업하면 할 거라고 했대요. 동생 대학 공부 가르치고 나면 할 거니까 기다릴 수 있으면 기다리라고. 근데 저분이 기다리겠다고 했대요. 언니가 OK 할 때까지. 그래서 지금까지 기다렸대요. 언니가 일어나서 OK 해 줄지도 몰라서."

"……."

"되게 멋진 형부였을 것 같아요. 그쵸? 맨날 내 걱정에 잔소리만 하는 언니에게 맞서서 내 편 들어 주고 그랬을 것 같아요. 선하게 생겨서 조카 생겼으면 정말 귀여웠을 텐데. 눈꼬리가 우리 언니처럼 이렇게 처졌더라고요."

하루는 양손 검지를 눈꼬리에 대고 찍 내리며 배시시 웃는다. 눈물이 아래 속눈썹에 대롱대롱 매달린다.

"나는 아마 조카 바보 됐을 거예요, 그럼. 월급 반은 조카한테 갖다 바쳤을걸요. 옷도 사 주고, 장난감도 사 주고, 언니가 못 사는 비싼 전집도 턱 사 주고. 그럼 너 얼른 시집가서 네 새끼한테 그러라고 또 언니 잔소리 들었겠죠?"

차라리 펑펑 울어라. 그 남자랑 결혼해서 형부도 만들어 주고, 귀여운 조카도 낳고, 시집가란 잔소리도 해 주지. 왜 그렇게 갔느냐고 울어, 연하루.

시원하게 울지도 못하고 재잘재잘 떠드는 얼굴에는 일부러 만든 미소가 걸려 있다.

"우리 언니 알뜰해서 되게 열심히 살았을 거야. 손재주도 좋아서 뜨개질도 막 잘하고 그랬거든요. 문방구에서 파는 1천 원짜리 싸구려 실로 목도리 뜬 게 있는데요. 지금 봐도 안 촌스러워요. 무늬를 얼마나 예쁘게 넣어 놨는지……. 아, 혹시 겨울에 내가 손뜨개 목도리 하고 다니는 거 못 봤어요?"

못 봤어도 봤다고 해야 할 것 같다. 언니와의 추억을 나눌 수 있는 누군가가 절실한 얼굴이다. 그래서 그 남자와 날마다 마주 보고 앉아 있었겠지.

"본 것 같아."

"바로 그거예요. 예쁘죠?"

"어."

정우는 뜨겁게 차오르는 눈가를 길게 늘이며 하루가 하는 말에 차근차근 대꾸해 주었다.

"저 집은 내 집 아니라 내놨어요. 잠깐 나 신세 좀 져도 되죠?"

언니의 신혼집이 될 곳이라고 했던 집이었다. 그 집은 쳐다보기도 어려운지, 엘리베이터에서 내린 하루는 601호 쪽으로 고개도 돌리지 못한다. 입술 끝이 파르르 떨리는 게 눈에 들어온다.

"신세 져. 마음껏."

"나 며칠 못 자서 되게 피곤해요. 들어가자마자 자도 돼요?"

정우는 대답 없이 고개만 끄덕였다. 아무도 없는 곳에서 잠드는 게 무섭다는 말을 했던 이메일이 또다시 머릿속을 스치고 지난다.

하루는 침대에 눕자마자 잠이 들었다. 마치 아무 일도 없었던 것처럼 평안한 얼굴을 바라보며, 정우는 날이 새도록 그녀의 곁을 지켰다.

발가락에 축축한 느낌이 나서 눈을 떠 보니 녀석이 침대 위에 올라와 엄지발가락을 깨물고 있다.

"아프다, 녀석아."

낮게 가라앉은 정우의 목소리가 방 안을 울린다. 벽에 걸린 시계를 보니 정오가 지나 있다. 침대 옆은 텅 비어 있다.

"하루야."

몸을 일으키며 하루를 찾았지만 대답이 없다. 집이 텅 비어 있는 게 온몸으로 느껴진다. 또다시 불안해진다. 엉엉 울어 버렸다면 덜 불안했을지도 모른다.

정우는 얼른 휴대전화를 집어 들었다. 다행히 신호가 간다.

─ 일어났어요?

"어디야?"

─ 잠깐 산책 나왔어요.

"깨우지."

— 출장 갔다가 어제 온 사람을 어떻게 깨워요.

"출근해야 하잖아."

— 오늘 토요일이에요. 주말에 사장이 출근했었다고 하면 어느 직원이 좋아해요?

"하루야……."

회사 이야기에 하루가 사표를 냈다는 홍 실장의 말이 떠오른다. 물어보고 싶은 건 많은데 묻기가 어렵다.

— 나 인제 엘리베이터 타요.

전화가 뚝 끊긴다. 침대에 멍하니 앉아 있는데 현관문이 열리는 소리가 들려온다. 이윽고 방문을 똑똑, 노크한다.

"일어났으면 나와요. 부엌 써도 되죠?"

거리를 두고 허락을 구한다. 그간 있었던 일에 대해 아직은 물어보지 말라는 듯 하루는 아무렇지 않은 목소리다. 무너지지 않게 안간힘을 쓰고 있는 것처럼 느껴진다.

"어, 써."

부엌에서 달그락거리는 소리가 나는 것을 들으며 정우는 욕실로 향했다. 차가운 물로 샤워를 하는 동안 머릿속을 채웠던 상념들을 천천히 정리해 본다.

하루가 안정될 때까지 기다리면 된다. 당장에 무너지지 않게 누군가 보필해 줄 사람을 찾아야 한다. 딱 한 사람, 정우의 머릿속에 적임자가 떠오른다.

샤워를 마치고 나오자 식탁 위에 간단하게 상이 차려져 있다.

"먹어요, 얼른. 배고프다."

배고프다며 숟가락을 집어 든 하루는 밥을 먹는 둥 마는 둥

한다.

"입맛 없어?"

"속이 좀 안 좋아서요."

"밥 먹고 바람 쐬러 갈까?"

고개를 끄덕이며 하루가 빙그레 미소를 머금는다. 홀쭉하게 야윈 뺨이 안쓰러워서 가슴이 타들어 간다. 간단히 짐을 챙기라는 말에 하루는 어디 좋은 데 가느냐며 신이 난 척 군다.

"가 보면 알아."

아파트에 있는 것 자체가 힘들어 보였다. 언니와 함께 지낼 시간들을 생각하며 보내왔을 날들이 고스란히 담겨 있는 곳에서 제정신으로 있는 게 더 이상할지도 모른다.

남양주에 도착하자 하루가 조심스러운 얼굴을 한다.

"표정이 왜 그래?"

"나 어때 보여요?"

아파 보인다. 전에 이곳에 왔을 때보다 훨씬 야위었고 안색도 좋지 않다.

"예뻐."

들어가기를 꺼리는 눈치다.

"매번 이렇게 무작정 오는 법이 어디 있어요?"

이제껏 단 한 번도 하루는 이곳에 오는 걸 불평했던 적이 없었다.

"가요."

"어딜?"

"어디든 가요, 여기 말고!"

하루를 어머니께 부탁할 생각이었다. 어머니 말고는 사실 부탁할 사람도 없었다. 대꾸 없이 조수석에 앉은 하루를 바라보고 있는데, 누군가 운전석 유리창을 똑똑 두드린다. 유리창 밖에 어머니가 서 계신다.

"왔으면 들어오지, 왜 여기 이러고 있어?"

결국 어머니 손에 이끌려 대문 안으로 들어섰다. 하루의 얼굴이 전에 없이 어둡다.

"저녁부터 먹어야겠네. 들어가 있어요."

하루의 얼굴을 살피는 어머니의 얼굴이 조심스럽다.

늘 식사를 하던 방에 들어서자 하루가 피곤에 잠긴 목소리로 묻는다.

"여긴 누가 쓰는 방이에요?"

"가끔 내가 들를 때 쓰려고 만든 방이야."

"아, 어쩐지 그럴 것 같았어요. 저기 좌식 책상도 그렇고. 주인 있는 방 같은데 누가 계속 쓰는 방 같지는 않더라."

하루는 조용한 목소리로 재잘거리며 방 안을 둘러본다.

"방 주인이 있는데도 그 주인이 오지 않으면…… 그 집에 사는 사람은 얼마나 기다리는지 알아요?"

대답을 하려 입을 떼었는데, 목소리를 낼 겨를도 없이 하루가 말을 잇는다.

"정말 죽도록 기다려요. 절대 그럴 일 없는데 갑자기 현관문이 벌컥 열리지는 않을까 싶고요. 한밤중에 휴대전화가 울리면 깜짝깜짝 놀라요. 혹시나 일어났나, 아니면……."

목이 메는지 숨을 한번 고른다.

"영영 오지 못할 곳으로 가 버렸는지……. 전요, 그래서 밤에 오는 전화가 싫었어요. 늦은 밤에 저한테 전화할 사람이 없었거든요. 제가 밤에 오는 전화 싫어하는 거 혜경이도 알아서 저한테는 전화 잘 안 했어요. 근데…… 그 전화가 와 버렸어요."

무슨 전화인지 알기에 물을 수가 없다.

"연새벽 씨 보호자 되시죠? 병원으로 오셔야겠습니다."

누군가의 말투를 흉내 내듯 건조하고 딱딱하다.

"언니 이름답게 새벽에 전화가 왔어요. 저는 처음에 뉴욕에서 온 전화인 줄 알고 가슴 콩닥콩닥하면서 일어났는데……. 혼자택시 타고 병원에 갔어요. 중환자실에 누워 있는 언니를 보는데…… 왜 이승에 미련이 남으면 죽어도 눈 못 감는다고 하잖아요. 우리 언니는요."

또다시 울음을 삼킨다.

"입을 못 다물고 갔더라고요. 호흡기 때문이라고, 염할 때 닫아야 한다고……. 나한테 할 말이 많았을 텐데, 그래서 입을 못 다물었나 싶었어요. 나도 충분히 들어 줄 수 있었는데……."

차라리 엉엉 울면 끌어안고 다독이기라도 할 텐데 눈물을 참아 내는 모습이 안타까워서 심장을 도려내는 것만 같다.

"그렇게 갔네요. 잘 간다. 잘 지내라 한마디 말도 없이."

멀다. 앞에 앉아 있는 하루가 아스라이 요원해서 심장이 터질 것처럼 불안하다. 정우는 숨을 죽인 채로 하루를 바라본다. 그동안 꾹꾹 누르고 있던 감정을 하루가 토해 낸다.

"엄마한테 연락해 보려고 했어요. 그래도 딸이 죽었는데 와봐야죠. 세상에 오게 한 사람이 엄마인데, 한없이 잘 가도록 세상 등질 때 인사는 해 줘야 하잖아요."

목소리가 파르르 떨리고, 커다란 눈망울에 눈물이 한층 더 쌓인다.

"근데 제가 연락처를 모르더라고요. 어이없죠? 딸이 엄마 연락처를 몰라요. 전화해서 목소리라도 한번 듣고 싶은 순간인데, 연락처를 모르데요."

눈물방울이 후드득 떨어진다.

"언니 쓰러지고, 수술하고, 중환자실 들어가고, 병원비 해결됐다고 했는데도 코빼기 한 번 안 보이던 사람이긴 했지만 그래도 와 줬으면 했는데. 예전에 알고 있던 연락처는 이미 없어진 번호고 어디서 어떤 모습으로 어떻게 살고 있는지. 아니, 살았는지 죽었는지."

정우는 가만히 하루의 모습을 지켜보기만 한다.

"목소리가 듣고 싶었나 봐요. 엄마 목소리가. 아니, 사실 언니 목소리가 듣고 싶었어요. 언니 얼굴은요, 보고 싶으면 사진을 보면 되잖아요. 근데 일부러 목소리 녹음해 두는 경우는 없잖아요. 언니 목소리가 '하루야.' 하고 부르는 목소리가 너무 듣고 싶은데, 아무리 떠올리려고 해도 그 목소리가 기억이 잘 안 나요. 어떤 톤으로, 어떤 속도로, 어떤 발음으로. 정확히 날 어떻게 불렀었는지. 혹시 엄마 목소리가 언니랑 닮지는 않았을까."

나무살을 두드리는 노크 소리에 이어 문이 드르륵 열리자 하루가 얼른 손등으로 얼굴을 훔쳐 눈물을 닦아 낸다.

"같이 식사하고 싶은데, 그러면 여기 같이 있는 친구가 혼자 들어야 해서. 오늘은 둘이 오붓하게 해요."

어머니는 도우미 아주머니와 함께 상을 내려놓으시고는 얼른 방 밖으로 나가신다. 굳게 닫힌 미닫이문을 하루가 하염없이 바라본다. 마치 그 문밖에 자신이 그리워하던 이가 있는 것처럼 표정이 아련하다.

"너무 좋으세요. 부러울 만큼."

하루의 목소리가 아득하다.

"우리 엄마였으면 어땠을까, 인자한 어머니 밑에서 자라서 아들이 이렇게 훌륭한가 하는 생각이 들 만큼."

정우가 쓴웃음을 머금는다. 가슴 아픈 제 사연까지 얹었다가는 하루가 울음을 그치지 못할 것 같다.

"먹자."

"그래요. 먹어요. 내가 차렸던 점심상하고는 비교도 안 되게 맛있는 반찬도 많네요."

하루가 한숨을 몰아쉬며 빙그레 웃는다.

"아까 차에서 짜증내고 오기 부려서 미안해요. 나 제대로 된 밥 먹이려고 여기 온 거죠? 그때도 그랬잖아요. 병원에서 퇴원했을 때도."

정우는 손을 뻗어 고맙다는 듯 미소 짓는 얼굴을 어루만졌다. 사귄 후로는 한시도 못 참고 손을 뻗어 어루만지고, 입을 맞추고, 품에 안았던 그녀였다.

그런데 홀로 꿋꿋이 버텨 내려고 애를 쓰는 하루에게 전처럼 손을 뻗기가 어려웠다.

발그레한 뺨에 손이 닿자 예쁜 눈을 곱게 접어 감는다.

"보고 싶었어요."

속삭이는 목소리에 울음기가 배어난다.

"연락을 했어야지."

"해결하고 오라고요. 장례 치르고 나서 또 출장 간다고 하면 그때는 바로 못 보내 줄 것 같아서."

가만히 눈을 뜨자 맑은 눈물이 또르륵 흘러내린다.

"장례 치를 때는 정해진 순서에 따라서 흘러가느라 몰랐어요. 내가 얼마나 아픈지, 내가 얼마나 슬픈지……. 나 이제 언니 없이 어떻게 살지? 하는 생각이 드니까. 장례식 후가 더 두렵더라고요. 삶은 정해진 대로 흘러가지 않으니까. 갑자기 힘든 일이 닥쳐서 하루아침에 삶이 달라질 수 있다는 걸, 난 너무 잘 아니까."

"정해진 대로 흘러가지 않는 삶이라도 내가 네 옆에 함께한다는 사실만큼은 변하지 않아."

또다시 예쁘게 솟아오른 뺨을 타고 눈물이 주륵 흘러내린다.

"웃으면서, 울면서. 연하루 한 얼굴로 여러 가지 하느라 바쁘네."

어이없다는 듯 웃음은 터뜨리는데 눈물은 여전하다.

"자꾸 울리지 마요. 나 이제 안 울 거야. 울면 안 된단 말이에요."

"울면 왜 안 돼? 산타 할아버지가 선물 안 준대서?"

조심스럽게 건넨 우습지도 않은 장난에 웃으면서, 울면서, 얼굴을 붉히기까지 한다.

"울고 싶으면 우는 거야. 왜 내 앞에서까지 울음을 참아? 내가 얼마나 불안했는 줄 알아?"

"불안했어요?"

"그래. 연락도 안 하고. 울지도 않고. 너 꼭!"

정우가 숨을 잠시 멈추었다. 가슴을 꽉 막고 있던 슬픔이 터져 나오려고 한다.

"사라져 버릴 것처럼 보였어."

하루가 얼굴을 찌푸린다.

"자꾸 울려요, 왜. 미안해요. 근데 나 울면 안 된단 말이에요, 정말."

"왜? 대체 왜 울면 안 되는데?"

말하기 곤란한 듯 하루가 입술을 말아 문다.

"왜 그러는데, 응? 말을 해 봐."

"나요."

정우가 하루의 얼굴을 깊이 들여다본다.

"내가 울면요."

답답해서 미쳐 돌아가겠다.

"네가 울면 내가 슬플까 봐? 설마 그래서 그런 거야?"

이후의 삶이 더 두려워 빨리 돌아오라는 말을 하지 못했다는 하루답게 무척이나 로맨틱한 이유일지 모른다. 하루가 울면서 정우가 마음 아플까 봐서.

"그게 아니라. 배 속에 있는 아기가 슬프대요."

눈꺼풀이 깜빡깜빡.

시계 초침이 열심히 숫자 사이를 헤치고 지나는 소리가 째깍째깍.

문밖에서 무언가 마룻바닥 위로 나뒹구는 소리가 들려온다.

"에구머니나!"

방문 밖에서 누군가 주저앉는 듯 쿵 하는 소리가 들려오고, 정우의 가슴속에서도 천지가 개벽하는 듯 심장이 쿵 하는 소리가 울린다.

　"뭐, 뭐가 슬퍼?"

　정우가 두 눈을 동그랗게 뜨고 묻는다.

　"뭐가 아니고, 아기요."

　"누구 아기? 어떤 아기? 무슨 아기? 그 아기가 어디 있다고?"

　갑자기 머리가 이상해진 것 같다. 아니면 귀가 이상해졌거나. 내가 지금 무슨 소리를 들은 거지?

　"저기 제 배 속에. 그러니까."

　하루가 더듬더듬 말을 잇는데 문밖에서 어머니 목소리가 들려온다. 주저앉는 소리가 어머니의 것이었나 보다.

　"정우야, 엄마 들어가도 되니?"

　얼마 만에 듣는 엄마 소린지 모르겠다.

　"어머니, 잠시만요! 잠시만 기다리세요!"

　"정우야, 네가 지금 그게 무슨 뜻인지……."

　지금 아들이 못 알아듣는다고 여기시나 보다. 사실 못 알아들었다. 몸이 붕붕 떠 있는 기분이다.

　"연하루, 하던 말 마저 해. 네 배 속에?"

　정우가 심각한 얼굴로 진지한 눈빛을 낸다.

　"우리 아기가……."

　말끝을 흐린 하루가 빙그레 웃는다.

　사랑한다는 말 한 마디 못 들었다고 전전긍긍했다. 가슴 치며 울어야 하는 상황에 계속 웃으려고 애쓰는 얼굴이 안쓰러웠다.

그래서 연기처럼 사라져 버릴까 봐 옆에 묶어 두고 가둬 두려고 했었다.

그런데.

호흡이 가빠 온다. 머리를 짚은 순간 방문이 열렸다. 하루와 정우의 시선이 동시에 문가로 향한다.

"이노무 자식!"

어머니가 우다다다 달려 들어오신다.

"어, 어머니?"

"이노무 자식. 그렇게 발뺌을 하면 이 아가씨는 어쩌라고. 네 아버지 살아 계셨으면 너는 아주. 남자가 책임질 일을 했으면 책임을 져야지. 어디서 모르는 척, 못 알아듣는 척!"

아들의 너른 등을 팡팡 내려치며 나무라신다.

"어머니!"

정우가 어머니의 양 손목을 잡으며 빙그레 웃는다.

"아파요, 어머니."

웃음이 난다. 어머니를 다시 만난 이후로 이렇게 화내시는 모습은 처음 본다.

유치원 때 어머니께 연락도 드리지 않고 친구네 집에 놀러 갔다가 아주 늦게 귀가했을 때 종아리를 맞아 본 이후로 처음 등짝을 얻어맞았다.

하루 덕분에. 아기를 가졌다고 얼굴이 빨개진 채 앉아서 모자의 모습을 당황한 눈빛으로 바라보고 있는 여자 덕분에.

"저 알아들었어요, 어머니."

어머니가 휘둥그런 눈으로 정우와 하루를 번갈아 보신다.

"우리 어머니 억울해서 어떡해요. 아직 할머니 되기엔 너무 젊어 보이시는데."

휘둥그레진 어머니 눈가에 물기가 어린다. 한참 아들의 웃는 눈을 들여다보시던 어머니는 아들 손을 뿌리치고 하루에게 다가가 앉으신다.

작은 손을 꼭 잡은 어머니께서 크게 숨을 한 번 들이마시고는 입을 떼신다.

"마음 추스르기 힘들 거예요. 하지만 눈물은 계속 참으면 한이 돼요. 몸 축나지 않을 만큼만 아파하고 그리워해요. 엄마가 아픈 거 아기도 이해할 거예요. 배 속에서 엄마의 아픔까지 사랑해 줄 아기로 성장할 거예요. 내 말, 무슨 뜻인지 알죠?"

손을 마주 잡고 서로를 바라보며 앉아 있는 두 여자를 바라보는 정우의 눈가에 눈물이 맺힌다.

어머니도 그러셨어요? 제가 어머니 아픔까지 사랑할 아이로 성장하길 바라신 거죠?

"네, 어머니⋯⋯. 제가, 어머니라고 불러도 되죠?"

하루가 조심스럽게 묻는다. 울음기가 묻어나는 목소리다. 붉게 달아오른 뺨 위로 흐르는 눈물을 어머니께서 닦아 주신다.

"아니, 아직. 저놈이 프러포즈하기 전까지는 어머니라고 부르지 마요. 프러포즈해도 좀 튕겨요. 저놈은 좀 세게 굴려야 해. 고집이 얼마나 세고 자존심을 얼마나 부리는지. 있는 집 도련님으로 커서 그런가? 나한테 아직도 삐져 있다니까."

"삐져 있어요?"

하루가 놀란 목소리로 정우를 향해 고개를 돌린다.

"일단 식사부터 해요. 배 속 아기 생각해서 골고루 잘 먹어야 하고."

어머니께서 눈물을 훔치시며 방 밖으로 나가 버리셨다.

식사를 마치고, 결국 남양주에 눌러앉았다. 주인 없던 방에 처음으로 이불이 깔렸다. 정우가 남양주 집에서 잠을 청하는 첫 밤이기도 하다.

"왜 삐져 있는지 말 안 해 줘요?"

두꺼운 요 위에 나란히 누웠다. 주말마다 행여 아들이 자고 가지는 않을까 애지중지 햇볕에 말린 무명천이 깔린 요 위였다.

정우가 하루의 목 밑으로 손을 넣어 꼭 끌어당겨 안았다.

"팔베개 좋다. 언니 간 지 얼마 안 돼서 이렇게 좋아하면 안 될 것 같은데, 언니도 조카 생각해서 이해해 줄 거야. 그죠?"

가슴팍을 파고드는 움직임에 심장이 쿵쿵 울린다. 팔베개를 하고 있는 쪽 손으로 보드라운 뺨을 어루만지고, 다른 손으로는 앙상하게 마른 등허리를 쓸어내린다.

"졸려요. 빨리 말해 줘요. 왜 삐졌는지."

"넌 그럼 그래서 회사 그만두고 집도 팔고 그런 거야?"

하루가 대꾸 없이 고개를 끄덕거린다.

"어떻게 그렇게 행동이 빨라?"

"올가을에 새로 아파트 분양한대요. 지금 팔아야 해요. 그래야 호가에 팔 수 있어요. 나 안 데리고 살 거예요?"

품 안을 울리는 목소리가 뾰족하다. 매끈하고 동그란 이마에 입을 한 번 맞추었다.

예뻐서 미치겠다.

"나 아직 프러포즈 안 했다."

"얼마나 멋지게 하나 두고 볼 거예요."

이를 바득 가는 목소리다.

"그럼 이제 말해 줘요. 왜 다 큰 어른이 삐졌는지."

"하아."

한숨이 새어 나온다.

"아, 집착하고 싶다. 서정우한테. 궁금하게 만들어 놓고 말을 안 해 주네."

이번엔 웃음이 새어 나온다. 정우가 가만히 하루의 머리를 쓰다듬는다.

"……하루였어."

"음?"

갑자기 무슨 소리냐는 반응이다.

"내가 하루였어. 어머니 성을 따서 강하루. 어머니는 스무 살 때 아버지를 만나셨대."

하루가 언니와 그녀의 남자 친구에 대해 이야기했던 것처럼 덤덤한 목소리로 이야기가 흘러나왔다. 마치 제 이야기가 아닌 것처럼 무딘 목소리다. 버림받은 줄 알았는데, 내가 버린 것 같아서 죄송했다는 말에 하루가 가만히 정우의 등을 끌어안는다.

"우리 하루 마음 많이 아팠겠다."

꿈결처럼 몽롱하고 부드러운 목소리에 울컥 가슴이 차오른다.

"내 이름 부를 때마다 안 이상했어요? 자기 이름 부르는 것

435

같아서 이상하지 않았어요?”

정우가 빙그레 웃는다.

“행복했어. 내가 널 부를 수 있어서. 지금도 물론 행복하고.”

이름을 다정하게 부르는 것만으로도 행복할 수 있다는 걸 하루를 통해 알게 되었다.

“졸려요. 잘래.”

품 안에서 목소리가 뭉개진다. 새근새근 고른 숨소리를 들으며 정우도 가만히 두 눈을 감는다.

“냐앙!”

녀석이 하루의 무릎 위로 답삭 올라온다. 폭신한 허벅지를 꾹꾹 누르며 골골송까지 부르는 게 기분이 좋아 보인다.

하루가 이곳에 온 다음 날, 정우가 집에 들러 녀석을 남양주 집으로 데리고 왔다. 처음엔 낯설어하더니 이제는 여기저기 긁고 다니며 사고를 친다.

“녀석이 오늘 문살 하나 해 먹었다며? 어머니가 그러시던데?”

하루가 고개를 끄덕이며 아랫입술을 삐죽 내밀고는 울상을 짓는다. 요즘 하루는 부쩍 애교가 늘었다.

“이 녀석이 그렇게 힘이 장사일 줄은 몰랐다고 어머니가 웃으시더라.”

요즘 어머니는 웃음이 늘었다.

“이 녀석 그래서 오늘 나한테 엄청 혼났어요. 그렇게 혼나고도 이렇게 나한테 안기는 거 보면 신기해요."

"그 녀석만 쓰다듬지 말고 나도 좀 봐 주지?"

요즘 정우는 질투가 늘었다. 하루가 배시시 웃으며 정우의 머리를 쓰다듬어 준다.

"오늘 고생 많았어요. 간식 줄까요?"

"냐앙!"

'간식'이라는 단어에 녀석이 격한 반응을 보인다. 정우 역시 격한 반응을 보이기는 마찬가지다.

"그래, 줘. 간식."

정우는 하루의 목덜미를 베어 물듯 입술을 파묻었다. 임신 초기여서 조심해야 한다는 말에 하루를 안지 못한 지가 어언……!

매끄러운 살결을 빨아들이는데 단전 아래가 달아오른다. 피임 안 한 건 딱 한 번, 집무실에서 점심시간에 하루를 안았을 때인 것 같다. 무한 경쟁에서 이긴 건강한 정자를 탓할 수도 없는 노릇이다.

하루의 허벅지 위에 올라 있던 녀석이 쪼로록 구석으로 달아난다. 집사 내외 분위기가 묘해지고 있다는 걸 눈치챘나 보다.

"안 돼요."

"안 해."

말은 안 한다고 했지만 안고 싶어서 미치겠다, 정말.

목덜미에 묻혀 있던 입술이 턱선을 따라 올라갔다. 달콤한 입술을 머금어 본다. 아직은 가녀린 허리를 꼭 끌어당겨 안아도 본다.

지금 당장 꿰뚫고 들어가야 한다는 듯 아랫도리가 성을 낸다.

정우의 손이 하루의 티셔츠 아랫단을 들어낸다. 매끄러운 살결이 손끝에 닿는 순간 전율이 흐른다.

신은 참 야속하다. 인간을 왜 이렇게 연약한 존재로 만들어서 임신 초기를 힘들게 보내도록 하는 걸까.

키스가 점점 진해진다. 거세게 빨아들이자 하루가 여린 신음 소리를 내뱉는다. 이러다 정말 큰일 나겠다 싶은데 멈출 수가 없다.

누가 말려 줬으면 좋겠다 싶은 순간 휴대전화가 울린다. 입술을 떼어 내자 정염에 젖은 하루의 눈동자가 정우를 바라본다. 몽롱한 눈빛만으로 절정에 오를 듯 전율이 흐른다.

"전화 안 받아요?"

"응, 받아야지."

발신인은 홍 실장이다. 아무래도 나가서 받아야겠다.

"음, 홍 실장. 요트 예약했어? 그래, 잘했어. 불꽃놀이는? 그래. 정확한 타이밍에 터져야 해. 근데…… 갑자기 불꽃 터지는 소리에 놀라면 어쩌지? 홀몸도 아닌데?"

"홀몸도 아닌데 불꽃 터지는 소리에 당연히 놀라죠!"

"아잇, 깜짝이야!"

아무리 심각한 일 얘기를 해도 하루의 눈을 피해서 전화 통화를 하는 일은 없는 정우였다. 그런데 저녁 식사를 마치고 하루와 마주 앉아 꽁냥꽁냥 스킨십을 하던 중에 홍 실장에게서 전화가 오자 정우가 후다닥 뒷마당으로 뛰쳐나갔다.

뭔가 낌새가 요란하다 싶어서 따라 나갔더니 홍 실장으로부터 프러포즈를 위한 이벤트 준비 보고를 받고 있나 보다.

"놀랐잖아!"

휴대전화를 가슴께에 움켜쥔 정우가 머쓱한 얼굴을 한다.

"왜 나왔어?"

"아니, 그냥 생전 안 그러다가 밖에 나와서 전화받는 게 이상하잖아요. 나 임신했다고 바람이라도 났나 했지 뭐."

능청스럽게 건넨 말에 정우가 눈을 휘둥그레 뜨며 입을 쩍 벌린다.

"아니야! 미쳤어? 연하루! 너 어떻게 그런 소리를 해? 날 뭐로 보고?"

장난 좀 쳤더니 길길이 날뛴다. 까짓 프러포즈 꼭 받아야 하나 싶다. 연쇄 살인범 뺨치는 아우라를 풍기던 블랙 마스크, 옆회사 슈퍼 갑님이었던 천하의 서정우가 연하루의 손바닥 위에서 재롱이랍시고 헤드스핀을 열심히 돌고 있는 기분이다.

"그런 거, 난 다 필요 없는데."

정우가 하루의 앞으로 바짝 다가선다. 내려다보는 눈빛이 달콤하다.

"평생 잊지 못할 만큼 멋지게 해 줄게."

"치. 그거 결국 돈지랄이잖아요."

"뭐? 돈, 지랄?"

벙 찐 얼굴로 정우가 되묻는다.

"돈지랄하고 싶으면 제대로 해요. 나 때문에 회사도 막 인수했던 사람이? 겨우 요트 전세 내서 내가 감동이나 받겠어요? 아!"

하루가 크게 깨달았다는 듯 미간을 구기며 심각한 목소리로 말을 잇는다.

"혹시 요트 타고 어디 가요? 도착지는 외딴섬? 우리 전용 섬이라도 하나 샀어요? 할리우드 배우처럼? 섬에 내 이름도 따다 붙이고?"

정우가 기가 막힌다는 듯 헛웃음을 흘리자 하루가 배시시 웃으며 올려다본다.

"돈으로 할 수 있는 거 말고. 여기."

가느다란 오른손 검지가 정우의 왼쪽 가슴을 쿡 찌른다.

"이걸로 할 수 있는 거."

정우가 하루의 오른손을 잡아 올려서는 입을 맞춘다. 어두운 밤, 마당을 밝히는 어스름한 전등 빛을 받은 하루의 눈동자가 아름답게 빛난다.

"그럼 지금 당장 해도 돼?"

나지막한 음성에 심장이 두근두근 울린다. 하루는 가만히 고개를 끄덕인다.

애까지 들어선 마당에 프러포즈가 대체 뭐라고. 결혼해 달라는 말 한마디 듣는 게 뭐 그리 대단한 일이라고. 그 말 안 듣는다고 같이 안 살 것도 아닌데.

"널 처음 봤을 때, 죄책감이 들었어. 내가 버린 하루라는 이름 때문에 나와 같은 이름을 갖고 있는 다른 하루가 더 힘든 삶을 살고 있는 것 같은 말도 안 되는 죄책감이었어. 내가 만약 강하루로 살았더라면 어땠을까 하는 두려움도 있었어. 그래서 연하루가 잘 살았으면 했어. 그러다가."

숨을 한 번 고른 정우가 잔잔한 목소리로 덧붙인다. 진중한 눈빛이 미소를 머금고 있다. 가만히 바라봐 주는 것만으로도 가습이 차오른다.

"네가, 강하루로 살았을 나의 모습 같았고. 그럼에도 씩씩하고, 그럼에도 잘 웃고, 그럼에도 잘 살고 있는 네가 무척 고마웠어. 잃어버린 강하루의 시간을 네가 대신해 주고 있는 것 같았어. 그런데 아니더라."

웃음을 머금은 정우의 눈가에 물기가 어린다.

"널 너무 사랑해서 내 일부가 되었으면 했던 거야. 늘 너를 바랐고, 그래서 너만 바라봤고, 기다렸고, 그래서 행복했어. 갖고 싶다고 가질 수 있는 게 사람 마음이 아닌데, 너무 갖고 싶었어."

그때의 초조함을 드러내기라도 하듯 정우가 미간을 찌푸린다.

"고마워."

하루의 눈가에서 눈물이 툭 하고 떨어져 내린다.

이렇게 힘들게 살 거 왜 태어났을까 하는 생각을 한 적도 있었다. 책임질 것도 아니면서 부모님은 왜 자신을 낳았을까 하는 생각도 했었다.

태어나 줘서 고마워, 사랑해.

부모가 자식에게 하는 흔한 애정 표현을 하루는 단 한 번도 받아 본 적 없었다. 누군가 자신의 존재를 귀하게 여기고 고마워할 거란 생각은 감히 못 했다.

"⋯⋯사랑해요."

태어나서 처음으로 사랑이란 말을 입에 담아 본다. 가슴이 간질거리고, 입술 끝이 파르르 떨릴 정도로 부끄럽기도 하다. 그런데 입안을 구르는 어감이 무척이나 달콤해서 자꾸만 말하고 싶어진다.

"정말 많이 사랑해요."

"이제야 듣네."

정우가 하루를 품에 꼭 끌어안는다.

"난 너한테 평생 고마워하면서 살 거야."

내 앞에 나타나 줘서, 날 알아봐 줘서.

가만히 서로를 안고 서 있었다. 요트 불꽃놀이와 캔들 하트 이벤트보다 훨씬 오래 기억될 여름밤 달빛 아래 프러포즈였다.

언니가 세상을 떠난 지 딱 한 달이 지났다.

그날 남양주에 온 이후로 하루는 줄곧 이곳에서 지내고 있다. 홀몸도 아닌데 챙겨 줄 사람이 옆에 있는 게 좋겠다며 정우의 모친, 희연이 먼저 하루를 붙잡았다.

"하루야, 수박 먹자."

"네, 어머님!"

본격적인 여름이 시작되었다. 하루는 요즘 대청마루에 앉아서 잘라 먹는 수박이 제일 맛있다.

"와, 수박 엄청 잘 익었네요. 어머님."

말끝마다 어머님 소리를 붙여 본다. 수박을 자르던 희연이 빙그레 미소를 머금으며 하루를 바라본다.

"받았니, 프러포즈?"

"네, 어머님."

비어 있는 어미라는 자리가 세상에서 가장 아팠던 하루다. 하루라는 이름이 세상에서 가장 그리웠던 희연이다.

"아이구, 우리 복덩이."

희연은 하루의 작은 손을 끌어다 꼭 잡았다.

"고맙다. 내가 낯간지러운 이야기 하나 해도 될까?"

하루가 수박을 머금으며 고개를 끄덕인다.

"우리 정우 마주할 때마다 마음이 찢어지는 것 같았어. 지금이야 정우라고 부르지만, 사실 그 이름이 어색해서 입에 붙이는데 한참 걸렸지."

아들을 마주할 때마다 가슴이 베이는 듯했었다. 어릴 때 제대로 지키지 못했다는 자괴감과 다가오지 못하는 아들에게서 느껴지는 거리감에 장성한 아들이 늘 어려웠다.

"그때 잃어버리지 않았으면 훌륭한 교육도 못 받았을 거고 번듯한 회사 사장 자리에도 못 앉았겠지. 차라리 부자 할아버지 밑에서 자란 게 낫다 싶다가도, 딱딱한 정우 얼굴 마주하고 있으면 내가 이 아이 제대로 돌보지 못한 탓에 외롭게 살아온 것 같아서 죄스럽고."

자식은 클수록 어렵다는 말을 위안 삼으며 그저 다시 얼굴을 마주하고 밥 한 끼 함께할 수 있는 사실에 감사했다.

남들 다 부리는 며느리 욕심도, 손주 욕심도 없었다. 명절 때, 생일 때 잊지 않고 얼굴을 보여 주는 것만으로 충분하다고 생각했다.

그런데 어디서 어여쁜 아가씨를 데리고 왔다. 평생에 그렇게 불러 보고 싶은 이름을 가진 아가씨. "하루야." 하고 부를 때마다 맑게 웃는 모습이 사랑스러웠다.

손주를 가졌다는 말에 돌봐 주겠다는 핑계를 대며 주저앉혔다. 숨겨 놓은 꿀단지가 그리도 귀한지 아들은 남양주에서 화성까지 출퇴근을 하고 있다.

언니가 죽기 전, 현재를 살지 못하고 미래만 바라봤다고 했다. 장성한 정우를 만나기 전, 희연도 그랬다. 아들과 만날 미래를 살며 지옥 같은 날들을 버텼다.

어린 하루에게 쏟지 못한 사랑, 부모 사랑을 모르고 자랐다는 아가씨에게 나눠 줄 생각이다.

"그때 하루한테 못 해 준 만큼 우리 하루한테 잘해 줄 생각인데, 시모라 부담스러우려나?"

그리 묻는 희연의 눈가는 이미 젖어 있다. 수박을 머금고 도리질을 치는 하루의 눈가도 젖어 있기는 마찬가지다.

이제 행복하자. 강하루도, 연하루도. 우리 모두.

"나쁜 년. 연락도 없어서 내가 얼마나 걱정했는지 알아? 어떻게 남양주에 숨어 살았어?"

혜경이 만나자마자 화를 낸다.

"어떻게 하다 보니까 그렇게 됐어."

"독한 년."

지난 세월, 말하지 못한 일들을 원망하는 눈빛이다. 그런데 하루를 노려보는 혜경의 눈가에는 눈물이 한가득이다.

"들어가자. 여기 곤드레밥 맛있어."

눈물을 훌쩍이는 혜경을 이끌고 식당 안으로 들어섰다. 식당 직원 안내에 따라 예약된 식사실로 향했다.

드르륵, 미닫이문이 열리고 이쪽을 바라보고 앉아 있는 남자의 얼굴이 눈에 들어온다. 승원이 아련한 미소를 머금고 하루를 바라본다.

"오 대리님?"

"나 이제 회사 그만둬서 오 대리 아닌데."

"대리님, 회사 그만두셨어요?"

장례를 치르자마자 사표를 냈다. 의진이 회사 일은 혼자 다 할 수 있다고 모르는 게 있으면 전화하겠다며 인수인계도 마다했다. 그저 하루 선배 몸과 마음 잘 추스르라며 울먹였었다.

이후, 혜경을 비롯한 회사 사람들과는 연락을 하지 않고 지냈었다. 승원이 회사를 그만두었다는 소식을 접하지 못한 건 당연했다.

"어, 너 그만두고 바로."

하루가 혜경을 나무라듯 바라본다. 승원을 데리고 올 거면 언질을 줬어야 했다는 눈빛이다. 눈치 빠른 승원이 혜경을 대신해 입을 연다.

"내가 너 만나러 갈 거면 연락 달라고 했어. 앉아. 밥부터 먹자, 우선."

승원은 여전히 다정하다. 사람 좋은 미소를 짓고 있는 그가 회사를 떠났다는 소식에 걱정이 앞선다.

"다른 데 옮기실 곳은 알아보신 거예요?"

"일단 미국으로 가. 가서 병원 행정 연수받고 아버지 밑으로 들어갈 거야."

하루가 가만히 고개를 끄덕거린다.

"근데 연하루. 왜 남양주에 틀어박혀 있었어?"

음식이 나오고 잠시 말이 떴다. 하루는 어떻게 말을 꺼내야 하나 잠시 고민한다.

"아무런 연고도 없잖아."

승원이 걱정스러운 목소리를 낸다. 혜경도 걱정하는 눈치다.

"어디 절 같은 데 들어가 있는 거야?"

괴로운 마음 달래고자 귀의했나 싶나 보다.

"아니. 아는 사람이랑 같이 있어."

"아는 사람 누구?"

혜경의 눈이 휘둥그레진다.

"있어. 천천히 이야기하자. 배고프다."

하루가 빙그레 미소를 머금으며 대답을 피하자 승원이 혜경을 달랜다.

"그래, 일단 식사부터 하자."

걱정스럽게 묻는 말에 입을 꾹 다문 탓인지 분위기가 가라앉고 말았다.

홀몸이 아니라 정우의 어머니 댁에서 같이 살고 있다고 하면 둘 다 놀라 자빠질 것 같으니 식사부터 끝내고 이야기하려고 했거늘.

모두와 연락을 끊었다는 말에 정우도 그에 해당된다고 생각하나 보다. 급기야는 혜경이 밥그릇에 눈물을 뚝뚝 흘리고 있다.

"혜경아. 야아, 그런 거 아니야."

"잠깐 나 좀."

자존심 센 천하의 구혜경이 눈물을 보인 게 민망했던지 식사실 밖으로 뛰쳐나갔다. 하루가 혜경의 뒤를 따르려 하자 승원이 붙잡는다.

"뒤. 저런 모습 보이기 싫어서 나간 건데 따라가게?"

열려 있는 식사실 문을 닫으며 승원이 진지한 목소리로 덧붙인다.

"연하루."

"말씀하세요."

진지한 부름에 예사말은 아닐 거란 생각이 든다.

"얼굴이 말이 아니네."

그리 말하는 승원의 얼굴도 그리 좋아 보이지는 않는다.

"보아하니 연락 다 끊고 살았던 것 같네."

"그런 셈이죠."

말끝이 이상하게 떨린다.

"혼자 견딜 필요 없다고 했잖아. 너 걱정하는 사람, 나도 있다고."

승원이 손을 뻗어 하루의 손을 꽉 움켜잡는다.

"나랑…… 갈래?"

하루는 승원의 손을 가볍게 뿌리치며 되묻는다.

"가긴 어딜 가요?"

"미국. 살던 동네가 괴로워서 여기 숨어 있는 거잖아. 나랑 같이 가자, 미국."

승원이 다시 하루의 손을 움켜잡는다. 동시에 드르륵 식사실 문이 열리는 소리가 뒤에서 들려온다. 뛰쳐나갔던 혜경이 돌아왔나 보다.

"그 손 안 놔?"

으르렁거리는 목소리가 구혜경은 아니다.

깜짝 놀란 하루가 고개를 돌려 문가에 서 있는 정우의 사나운 얼굴을 확인한다.

"어떻게 왔어요?"

"여기서 구혜경 만난다며? 왜 오승원이랑 단둘이 있어? 그 손은 왜 잡았는데?"

"혜경이 만났어요. 단둘이 있던 거 아녜요. 손은 제가 잡은 거 아니고요."

하루가 손을 뿌리치려 하자 승원이 꽉 잡고 놔주질 않는다.

"구혜경 여기 지금 없네요, 안타깝게도. 둘이 있었어요, 지금은. 이 손은 제가 잡은 거 맞고."

승원이 빙글거리며 정우를 노려본다.

"제가 사표를 써서 사장님 뵐 기회가 없었네요. 아무리 출장 중이라도 어떻게 장례식엘 안 옵니까?"

이게 아닌데? 이 남자들 또 싸울 기세다.

"제가 안 알렸어요. 장례식 끝나고 또 출장 가서 사라지는 것보다 그냥 일 처리하고 오는 게 나을 것 같아서."

"와, 연하루가 안 알렸다고 그걸 몰랐다는 게 말이 돼요? 홍실장님 그러고도 아직 그 자리에 있는 거 보면 신기하네요?"

비아냥거리는 말투에 정우가 성큼 테이블 옆으로 다가서는 하루의 손을 낚아챈다.

"오승원. 아무리 그래도 넌 안 돼, 이제."

"안 되긴 뭐가 안 된다는 겁니까? 연하루한테 서정우 소유라고 각인이라도 해 두셨습니까?"

정우가 뭐라 대꾸하려는데 등 뒤에서 혜경의 날카로운 목소리가 들려온다.

"사장님?"

정우의 등장에 식사실로 돌아온 혜경도 놀란 눈치다.

"여기 어떻게 오셨어요? 혹시 저희 미행하신 거 아니죠?"

"헛, 참 나."

정우가 어이없다는 듯이 헛웃음을 흘린다.

"일단 다 앉으세요. 정신없어요."

정신없다는 하루의 말에 정우가 그녀의 옆자리를 차지하고 앉는다. 혜경은 얼떨결에 승원의 옆으로 밥그릇을 옮겨 갔다.

정우가 끊임없이 빙글거리며 도발하는 눈빛을 보내오는 승원을 노려본다.

"아오. 나 맨정신에는 못 견디겠다. 술 한잔하시죠? 둘이 그만 좀 노려보고. 눈알 빠지겠어요, 그러다."

혜경이 나무라는 말에 정우가 음산한 목소리로 읊조리며 사특한 미소를 짓는다.

"술은 안 되겠는데요?"

"오랜만에 만났는데 술 한잔하고 푸세요. 두 사람은 계속 만났던 거예요? 사장님은 여기 어떻게 알고 오신 거예요?"

"연하루가 여기 갈 거라고, 여기서 구혜경 씨 만난다고 알려 줘서. 다시 말하지만 술은 안 돼요."

449

정우의 눈은 여전히 승원에게 고정되어 있다.

"회사에서나 사장님이지, 여기서는 사장님도 아니시면서 술은 왜 안 된다고 하시는 건데요?"

"여기서는 사장 아니고, 연하루 배 속에 있는 애 아빠로서 안 된다고 하는 건데요? 임산부 앞에서 술잔 왔다 갔다 하는 거 좋아할 애 아빠 있나?"

혜경의 턱이 빠진 듯하다. 승원은 뒤통수를 세게 얻어맞은 얼굴이다.

"연하루 너, 너너너!"

당황한 듯 '너'를 연발하던 혜경이 까르륵 웃음을 터뜨린다.

"대박이다. 멀쩡한 회사는 왜 그만뒀나 했더니 사모님이 임신을 하셔서 그만두신 거구나?"

승원은 여전히 당황스러운 얼굴로 하루와 정우를 번갈아 볼 뿐이다.

"꼭 그런 건 아니고, 이젠 내가 정말 원하는 거 하면서 살려고. 난 그냥 지금은 좋은 엄마가 되고 싶어. 애 낳고, 일이 그리워지면 그때 정말 하고 싶은 일이 뭔가 진지하게 생각해 보려고. 사실 언니 병간호하느라……."

하루가 그동안 친구에게 터놓지 못한 미안함에 말끝을 흐리자 혜경이 또다시 눈물을 훔친다.

"잘했어. 잘했다, 우리 연하루."

친구의 손을 맞잡은 혜경이 빙그레 웃는다.

"축하해."

나지막이 내뱉는 승원의 목소리에는 진심이 담겨 있다.

"나는 완벽하게 차인 거네."

"진작 차였는데 질척거린 거지."

"그만 좀 해요."

하루가 정우를 나무라듯 속삭인다.

"나중에 이 남자한테 질리면 나한테 와도 되고."

"이 자식이 진짜!"

"어우, 농담하는 거잖아요. 사장님."

으르렁거리는 정우를 향해 혜경이 나무라자 승원이 빙글거린다.

"농담 아닌데?"

"계속 그렇게 초딩같이 싸우시든지요."

혜경이 포기했다는 듯 눈동자를 한 바퀴 굴리고는 덧붙인다.

"근데 설마 애 낳고 따로 살고 그러는 거 아니죠? 엄마 아빠 역할에만 충실하자, 뭐 이런 거지 같은 경우 아니죠? 이런 분위기면 오늘 청첩장 줘야 하는 거 아녜요?"

"결혼은 아기 낳고 할 거야. 언니 간 지도 얼마 안 됐고."

하루가 말끝을 흐리자 얼른 혜경이 받아친다.

"우리 하루 친정 없다고 무시하면 내가 서정우 씨 가만 안 둘 거예요. 사장이고 나발이고! 확! 애 낳고 식 올릴 때 제대로 해요! 허투루 하기만 해 봐요! 그리고 우리 하루 울리기만 해 봐! 그냥, 내가 그냥!"

천하의 구혜경이 세 번째 눈물을 보인다.

장례식이 끝난 뒤 하루에게서 어렵게 전해 들었다. 언니가 언제부터 아팠는지, 왜 그동안 자신에게도 숨겼는지, 그리고 어릴 때 서정우 사장이 하루를 후원했다는 사실까지.

늘 밝고 씩씩하기만 해서 어려운 거 없이 자랐을 거라 생각했었다. 그런데 그렇게 착하게 살아서 복 받나 보다. 연하루에게 꿈쩍 못 하는 이런 완벽한 남자를 만난 걸 보니.

언니가 죽고 회사도 그만두고 우울하게 지내고 있으면 어쩌나 걱정했는데, 선물처럼 찾아온 아기 덕분인지 하루의 얼굴이 전처럼 밝아서 다행이다.

"연하루, 축하해. 아오. 정말 나 주책이다. 왜 이렇게 눈물이 나니."

혜경이 손부채질을 하며 울다 웃다 한다. 하루도 덩달아 눈물을 보인다. 서로를 위해 웃고, 울고. 아픈 시간을 이해하고, 보듬고.

"고마워."

하루가 혜경을 향해 빙그레 웃는다. 아련한 얼굴로 바라보는 승원에게도 하루가 빙그레 미소를 건넨다.

"잘 살아."

"대리님도요."

따뜻한 사람, 마지막이 될 것 같은 인사.

웃으며 이야기할 수 있어서 다행이다.

병원에 도착하니 진료를 기다리는 산모들이 정우를 흘끗거린다.

"여기 있는 남자들 중에 제일 멋져요!"

하루가 귓속말을 속삭이며 배시시 웃는다. 산모 옆에 앉아 있는 남편들이 꽤 있었다.

"당연하지. 누구 애 아빤데."

"어? 아닌데? 나 저기 저 의사 선생님 말한 건데?"

수술 가운을 입고 지나가는 의사를 가리키는 하루의 손을 정우가 꽉 움켜잡아 내린다.

"연하루, 가자. 병원 바꿔, 오늘부터."

일어나는 시늉까지 하는 정우를 하루가 끌어 앉히려고 하는데, 대기 모니터에서 하루의 이름이 깜빡거리며 스피커에서 하루의 이름이 불린다.

─ 연하루 님, 1진료실로 들어가세요.

하루가 정우의 손을 이끌고 진료실로 들어섰다.

여의사는 정우를 한 번 흘끗 보고는 여상히 묻는다.

"오늘은 아빠도 같이 오셨네요."

아빠라는 호칭에 정우가 짐짓 당황한 눈치다.

아직까지 하루의 배가 납작해서 임신했는지 안 했는지 헷갈릴 지경인데. 늘 하루가 보여 주는 사진과 영상만 봤었지, 이렇게 진료실 안까지 들어온 건 처음이다. 이게 다 목적이 있어서라는 걸 연하루는 모르는 눈치다.

쿵, 쿵, 쿵, 쿵.

북을 두드리는 듯 우렁차고 빠른 심장 소리에 하루가 빙그레 웃는다. 초음파 화면에서 눈을 못 떼는 얼굴이 발그레하다.

아직 모르겠다. 저 납작한 배 안에 아기가 있다고 하는데, 심

장 소리도 들리는데, 초음파 화면 속에 뭔가 보이는 것 같은데
도.

초음파 검진을 마치고 하루가 옷을 갈아입는 동안 정우는 의
사와 마주 앉았다.

"저, 선생님."

"네, 궁금하신 거 있으세요?"

"그게……."

정우가 말끝을 흐린다.

"과격한 섹스만 아니면 괜찮아요. 서점 가시면 임신 출산 대
백과 같은 책에 체위도 자세히 나와 있으니까 참고하세요."

이런 질문 하는 남편이 많다는 듯 의사는 개의치 않는 눈치
다. 질문도 꺼내지 못한 정우의 얼굴만 벌겋게 익었다.

산부인과에서 나오는 길, 하루가 집에 있다고 하는데도 정우
는 서점에 들러 임신 관련 책들을 모조리 사 버렸다. 각기 다른
방법이 기재되어 있을 수도 있는 거니까.

남양주 집에 도착하자마자 방 안에 틀어박혀서 탐독했다. 함
께 진료를 받고 온 뒤, 정우가 달라진 것 같다며 하루는 흡족해
하는 눈치였다.

그런데.

"뭐야? 왜 이 부분만 다 접어 놨어요?"

"다 해 볼 거니까."

"못 살아, 내가."

얼굴을 붉히며 미간을 찌푸리는 하루를 정우가 꼭 끌어안는
다. 턱을 끌어다 작은 입술에 쪽 입을 맞추었다.

"이거 하나만 해 보자."

"어우, 정말."

나무라는 목소리를 하면서도 빼지 않는 모습이 사랑스럽다.

연하루. 너에 대한 사랑과 열정은 하루하루가 더해질수록 더 깊어질 거고.

네가 낳은 우리의 아이는 우리의 오롯한 사랑 속에 자랄 거고.

하루하루가 모여 삶을 이루기에, 너의 하루와 나의 하루가 영원토록 행복하기를.

에필로그 I. 하루의 일기

어릴 적, 나는 글짓기를 싫어하는 아이였다. 그것이 일과를 적은 그림일기건, 책을 읽고 써야 하는 독후감이건, 어딘가를 다녀온 감상을 적은 여행기건.

나는 부모의 손길이 닿은 깨끗하고 안온한 방 안에 놓인 잘 정돈된 책상 앞에 앉아서 하루 동안 있었던 일을 솔직하게 정리하는 아이 축에 끼지 못하는 아이였다. 나의 일기는 언제나 지어낸 이야기로 가득했다.

언니 생일이어서 친척들과 함께 커다란 크림 케이크를 앞에 두고 생일 파티를 했다는 이야기를 적다가 화딱지가 나서 일기장을 찢어 버렸다.

언니와 함께 라면 하나 끓여 놓고 김치도 없이 고추장 찍어 먹으며 저녁을 때운 날 밤이었다.

"미쳤구나, 연하루! 너 일기장이 얼만지 알아? 이거 라면 하나 값이야!"

멀쩡한 일기장을 찢어 버렸다고 언니에게 등짝을 얻어맞고 난 후에 뒤늦은 후회가 밀려왔다. 이 때문에 또 우리는 조만간 저녁 한 끼를 굶어야 할 것이라는 멍청한 깨달음이 뒤따랐다.

배가 고팠다. 먹을 게 없어서 항상 배를 곯았다. 피자가 어떤 맛인지, 햄버거는 정말 빵과 고기와 야채를 층층이 쌓아 놓는데도 어떻게 무너지지 않는지 궁금했었다.

초등학교 시절 겨울 방학, 담임이 내준 숙제가 꼴랑 독후감 다섯 편이었다. 권장도서 목록 중 다섯 권을 읽고 200자 원고지 10매 내외 분량으로 독후감을 써오라는 것이었는데, 원고지를 살 돈도 책을 구할 여력도 없어서 언니에게 방학 숙제 없다고 거짓말을 했다.

나는 거짓말도 싫었다. 누군가를 속이기 위해 나를 숨겨야 한다는 사실이 얼마나 절망 속에 빠뜨리는지 겪어 보지 않은 이는 모른다.

개학 날, 나는 학교에 가서 정성 들여 쓴 독후감을 잃어버렸다며 선생님께도 거짓을 고했다. 다행히 선생님은 날 믿고 넘어가 주셨다. 믿어 주셔서 다행이라는 마음 반, 거짓말을 들키면 어쩌나 하는 두려움 반.

그런 나에게 여행 감상문은 더더욱 어려운 숙제였다. 여행이란 걸 한 번도 해 본 적이 없으니까. 하물며 나는 고등학교에 들어가기 전까지 바다를 본 적도 없었다. 파도가 떠밀려 왔다가 사라지는 모습은 TV를 통해 본 게 전부였다.

소라 껍데기를 귀에 가져다 대면 파도 소리가 들린다는 말에, 과학실에 놓인 소라 껍데기를 조심스럽게 귀에 가져다 댔던 기억이 난다.

순간 멍해지면서 공기가 귓바퀴 근처로 모여들어 먼지 같은 소음이 느껴졌지만, 그게 진짜 파도 소리와 같은지 구별해 낼 수도 없었다.

후원이 시작되면서 수학여행에 갈 수 있었고, 거기서 처음 바다를 보았다. 파란 파도가 다가와 하얗게 부서진다는 진부한 표현을 머릿속으로 떠올리며 망망대해를 한참 동안이나 바라보았던 기억이 난다.

이렇듯 나에게는 무슨 글짓기든 힘겨운 일이었다.

적어도 이 남자를 만나기 전까지는 그랬다.

얼마 전부터 나는 일기를 쓰기 시작했다. 정확히 말하면 임신 사실을 알게 된 이후부터다. 산부인과에서 CD에 담아 주는 초음파 사진을 블로그에 올리며 간단한 메모를 남겼다.

첫 진료. 오늘 엄마 눈으로 너의 모습을 확인하고 왔단다. 아빠는 아직 너의 존재를 몰라. 너에 대해 알게 되면 어떤 반응을 보일까? 아가, 너를 위해 좋은 엄마가 될게. 좋은 사람이 될게.

짧은 메모를 적는 순간 눈물이 핑 돌았다. 불현듯 갑자기 일상의 한가운데서 삶의 목표가 뚜렷해지는 경우가 있다.

그래, 좋은 사람이 되자.

나는 그날 이후로 하루도 빼먹지 않고 블로그에 일기를 적어 내려갔다.

아침 일찍부터 아이스크림이 먹고 싶었다. 임신 2개월. 먹고 싶은 게 너무 많다.

"먹는 입덧 하나 보다. 먹고 싶은 건 다 먹어야지."

보통 입덧은 음식 냄새 맡기도 전에 '우웩' 하고 화장실로 달려가는 거 아닌가? '먹는 입덧'은 임신하고 처음 알게 되었다.

나는 먹는다. 무조건 먹는다. 맛있는 건 아주 걸신들린 사람처럼 먹는다.

"말라서 걱정 많았는데 다행이다. 우리 손주가 복덩이네."

어머님은 벌써부터 "우리 손주 천재야!" 포스를 남발하고 계신다. 내가 먹고 싶어 먹는 건데 이게 다 배 속에 있는 아가 덕분이시란다. 암튼 눈을 뜨자마자 아이스크림이 먹고 싶었다.

"그거 있잖아요. 둘이서 사이좋게 나눠 먹는 거. 막대기 두 개 달린 거."

"쌍쌍바?"

"어! 그거!"

아침 댓바람부터 남편은 아침 식사도 마다하고 집을 나섰다. 그런데 날이 저물도록 들어오질 않는다. 대체 이노무 쌍쌍바를 구하러 어디까지 간 거야? 이런 쌍쌍바!

먹고 싶다는 거 찾으러 나가는 남편의 모습은 말리기 무서울 정도로 전투적이다. 비장한 모습이 사랑스럽기 그지없다.

저녁 식사 직전, 전장에서 남편이 돌아왔다. 옆구리에 낀 빨간색 아이스박스가 적군의 모가지처럼 보일 정도다.

"어디까지 다녀왔어요?"

"원주."

"강원도 원주?"

"응."

남양주 집에서 동심원을 그리며 편의점과 마트를 닥치는 대로 뒤졌다고 한다.

하필 유명 드라마에서 남주와 여주가 쌍쌍바를 나눠 먹는 장면이 나오면서 쌍쌍바 품귀 현상이 생겨났고, 원주에 있는 대형 마트에서 쌍쌍바 행사를 한다는 소식을 듣고 달려갔다고.

암튼 우리 남편 참 바람직하다. 나는 전리품처럼 느껴지는 쌍쌍바를 앉은 자리에서 세 개나 해치웠다. 배탈 난다고 말리는 덕에 하나 더 먹고 싶었지만 꾹 참았다.

"냉동실에 넣어 둘게. 생각날 때 먹어."

나는 참 바람직한 남편과 결혼했다. 영원히 잊지 못할 나의 쌍쌍바.

12월 어느 날.

배가 이제 제법 불룩하다. 문제는 먹는 입덧 때문에 살이 10kg이나 쪘다는 거다. 거울 속에 있는 여자를 볼 때마다 화들짝 놀란다.

"와, 씨. 깜짝이야!"

"왜?"

"거울 속에 돼지가 있어!"

한파가 기승을 부리고, 폭설이 자주 오는 겨울이다. 감기 걸리면 어쩌니, 넘어지면 어쩌니, 나는 온갖 걱정스런 시선을 받으며 집 안에 갇혀 지내는 중이다. 마당에 나가 산책이라도 하려고 하면 어머님이 펄쩍 뛰신다.

"바깥바람 좀 쐬고 싶어서요. 답답해서."

"얘! 정우야, 어디 갔니? 하루 바람 쐬고 싶다는데."

어머님은 나를 '아가'라고 부르시기도 하지만 하루라고 부르시는 걸 더 좋아하시는 눈치다. 애정이 담뿍 담긴 '하루'라는 부름에 나는 어머님의 목소리를 들을 때마다 가슴이 벅차오르곤 한다.

"얘 좀 안고 걸어라."

서재에 있던 남편이 어머님 목소리를 듣고 섬돌 위에 선 채 신발을 신고 있다.

"답답했어?"

"어."

"말을 하지."

마당으로 내려선 남편은 대뜸 나를 안아 올렸다.

"흐웃차."

임신 6개월, 10kg이나 불어난 아내를 안아 드는 남편의 허리가 내심 걱정된다.

"미쳤나 봐. 허리 다치면 어쩌려고."

나도 모르게 튀어나온 말에 남편이 야릇한 미소를 짓는다.

"이 정도로 안 다쳐. 걱정 마."

며느리 공주 안기를 시전해 보인 아들을 어머님은 흐뭇한 눈으로 바라보신다. 세상 이런 고부 관계도 없을 거다. 아들이 배 불뚝이 마누라를 안고 마당을 돌고 있는데 그걸 흐뭇한 시선으로 바라보고 계신다니.

"내가 걸을 수 있어요. 나 이러다 진짜 돼지 되겠어."

"예뻐, 괜찮아."

그래, 그 말이 듣고 싶었던 거야. 여전히 예쁘다는 말.

나는 남편의 목덜미에 얼굴을 묻으며 배시시 웃었다.

이따 방에 들어가서 남편 허리 좀 주물러 줘야겠다. 내 남편의 허리는 소중하니까.

이듬해 3월 어느 날.

예정일이 다음 달 초다. 나는 요즘 매일같이 악몽을 꾼다. 아이 낳는 꿈. 밤새 꿈속에서 진통에 시달린다.

그러던 어느 날 새벽, 문득 눈을 떴는데 친모가 야속하게 느껴진다. 이렇게 언니와 나를 낳아 놓고 어떻게.

설움이 터진다. 눈물이 흐른다. 주체할 수 없는 눈물을 감추려 숨을 죽이는데 남편이 뒤척인다.

"……왜? 또 그 꿈 꿨어?"

나는 가만히 고개를 끄덕였다. 커다란 손이 등허리를 쓸어내려 준다. 응어리가 풀어지는 듯 가슴이 녹아내린다.

"엄마가…… 우리 엄마가 너무 나빠서…… 그래서 아파."

아이를 갖고 나니 친모의 마음이 더욱 이해가 가질 않는다. 어떻게 내 배 아파 낳은 자식을 버리고 갈 수 있었는지, 그 자식이 몸져누워도 모른 척할 수 있었는지, 어떻게 세상을 떠난 것조차 알리지 못할 곳으로 꽁꽁 숨어 버렸는지.

깜깜한 새벽 원망이 걷잡을 수 없이 커지려는 순간 조용한 목소리가 귓가를 울린다.

"……장모님 보고 싶어?"

한 번도 불러 본 적 없는 호칭을 입에 올리는 남편의 말투는 하나도 어색하지 않다. 보고 싶은 건지, 왜 그랬는지 묻고 싶은 건지, 그리운 건지.

모르겠다.

이듬해 4월 어느 날.

따스한 봄, 연둣빛 잔디 마당 위로 꽃비가 내리는 날.

우리는 결혼식을 올렸다. 나는 어디선가 남편이 구해 온 하얀색 원피스를 입었고, 남편은 네이비색 슈트를 입었다.

브랜드도 없는 싸구려 원피스 같았지만 남편이 선물한 옷이라 그저 예쁘기만 했다. 남편도 생전 입지 않았던 아주 저렴한 브랜드의 슈트를 입었다.

"우앙!"

"어머나. 울음통 큰 것 좀 봐."

오늘은 우리의 결혼식 날이자 우리 아들의 돌잔치 날이다.

'결혼식 거하게 하지 마요. 여기 마당에서 좋은 사람들 불러서 잔치하자!'

동화 속 연회처럼 성대한 결혼식을 올리고 싶었다는 남편은 그것도 좋은 방법이라며 고개를 끄덕였다.

이 남자, 그리고 보니 거한 이벤트를 참 좋아한다. 프러포즈도 요트니 불꽃놀이니 돈지랄을 하려고 들더니.

하등 쓸모없는 것이라며 그 돈으로 차라리 불우한 이웃을 돕자고 했더니 아들 이름으로 기부금을 턱 내놓았다. 예쁜 짓만 골라서 한다니까.

우리 아들은 어릴 적 남편의 모습을 빼다 박았다고 한다. 애 낳고 1년은 3시간 이상 자 보는 게 소원인 엄마들이 있을 정도로 잠이 부족하다는데 나는 아주 잘 잤다. 젖 물리고 내려놓기가 무섭게 어머님은 손주를 데리고 가셨다.

'아가, 힘든데 자라. 내 알아서 할게.'

어머님은 육아를 전담하시며 혹여 며느리 몸 상할까 전전긍긍하셨다.

'신혼인데 나랑 같이 있어서 속상하니?'

어느 날 조심스럽게 물어 오신 질문에 나는 서운해서 죽을 뻔했다. 왜 그렇게 서운했는지 모르겠다. 내가 어머님을 그만큼 좋아해서 그랬겠지.

'어머님, 평생 저희랑 사셔야 해요! 꼭요!'

그랬는데, 잔치를 끝내고 나면 또 다른 잔치를 열어야 할 것 같다. 잔치에 쓰일 꽃을 주문하기 위해 근처 꽃집을 찾았는데,

플로리스트와 상담하는 동안 점잖은 외모의 노신사 한 분이 가게로 들어오셨다.

'그 사람이 너무 청초해서 어떤 꽃을 내밀어도 시들해 보일 텐데, 어떻게 하면 좋겠소?'

로맨틱한 물음을 서슴지 않던 신사분은 플로리스트가 순식간에 어랜지한 리시안셔스 꽃다발을 들고 흐뭇한 미소를 지으시며 가게를 나섰다. 그날 밤, 어머님 방에는 투명한 유리 화병에 연분홍빛 리시안셔스가 한 아름 꽂혀 있었다.

"우리 어머님, 남자 친구 생기신 것 같아요."

"정말?"

남편의 반응이 신선하다. 화를 내며 길길이 날뛸 줄 알았는데 눈동자 가득 눈물이 고인다.

"우리 어머니 그래서 요즘 소녀 같아지셨구나."

떨리는 목소리가 자상하다. 이렇게 섬세하고 착한 사람이 내 남편이라니, 나는 전생에 독립투사였나 보다.

먹고 마시고 춤추고 깔깔 웃고. 잔치는 밤늦도록 이어졌다. 마당을 가득 메운 사람들이 하나둘 자리를 떠나고, 마당에는 나와 남편만이 남았다. 어머님은 이제부터 둘이 오붓한 시간 보내라며 손주를 데리고 근처 호텔로 가셨다.

"우리도 가야죠, 이제."

태어나서 처음, 비행기를 타고 여행을 간다. 신혼여행이다.

"잠깐만 기다릴래?"

"그래요."

이미 남편 차에 여행용 가방이 실려 있어서 차에 오르기만 하면 되는데 남편이 뜸을 들인다.

"이러다 비행기 놓치겠는데?"

나는 뾰족한 목소리를 냈다. 이 남자가 무슨 꿍꿍이지, 또?

초조하게 시곗바늘을 노려보고 있는데, 대문 밖에 나갔던 남자가 누군가와 함께 들어온다.

검은 인영이 어머님 같기도 하고…….

"어머님? 우리 윤규는요?"

아들의 이름을 부르는 순간 어머님이 아니라는 걸 깨달았다. 목이 콱 막힌 듯하다. 코끝이 매캐한 게 눈물이 핑 돈다. 세월이 내려앉은 모습, 본능적으로 알아차리고 만다.

"……엄마?"

좋은 날이어서 그런가 보다. 언제 원망했었느냐는 듯 나는 한달음에 달려가 이제 자신보다 훨씬 작아진 엄마를 꼭 끌어안았다. 엄마는 아무 말 없이 가만히 서 계셨다. 안아 주시지도 못하고 어색하게 서 계시기만 했다.

6월 어느 날.

한 번에 모든 이야기를 다 들을 수는 없었다.

엄마는 자신보다 열다섯 살이나 많은 남자에게 시집을 갔다고 했다. 초등학교와 중학교를 다니는 남매가 있는 남자였다. 언젠가 하루와 새벽을 데리고 올 수 있다는 이야기도 해 줬었다고 했다. 적어도 결혼 전까지는.

엄마의 두 번째 결혼 생활도 순탄치만은 않았다. 형편이 나아지기는 했지만, 폭행과 폭언 속에 살다가 아이들이 고등학교를 졸업하는 순간 집을 나왔다고 했다. 하루와 새벽을 데리고 올 수 있다는 말을 믿은 게 잘못이었다고.

언니가 쓰러졌다고 한 날, 매정하게 전화를 끊고 가슴에 멍이 들도록 두드리며 울었다고 했다.

찾아오고 싶었지만, 날이 갈수록 죄가 깊어지는 것 같아서 올 수 없었다고도 했다. 그러다 연락할 수 없는 지경이 되어서는 하루를 버티는 것도 버거웠다고.

그러던 어느 날, 마치 구원처럼 자신이 사위라며 한 남자가 찾아왔다고 했다. 처음엔 두려웠고, 나중엔 믿기 어려웠고, 지금은 고마워서 날마다 업고 다닐 수도 있을 것 같다고 했다.

식당 일을 하며 그곳에서 숙식을 해결했고, 그렇게 번 돈으로 하얀 원피스와 양복 한 벌을 사서 장한 사위 손에 보냈다고 했다.

"미안하다, 우리 아가. 고맙네, 서 서방."

데면데면했던 남편과 어머님 사이처럼, 나도 엄마와 한순간에 모든 것을 털어 버릴 수는 없었다.

"내가 노력할게. 네가 우리 어머니께 그랬던 것처럼."

남편은 사위 노릇을 제대로 하며 엄마를 모셨다. 남양주 집 근처에 거처를 마련해 드리고, 원할 땐 언제든지 손주와 딸을 보러 오시라며 살갑게 굴었다.

고맙다, 내 남편.

대박이 났다. 내가 날마다 블로그에 올리던 일기를 보고 한 IT업체에서 연락이 왔다. 내 포스팅을 활용하여 산모용 다이어리 스마트폰 어플리케이션을 만들자는 제안이었다.

"와, 나 또 호구처럼 이용당하는 거 아냐?"

갑작스러운 연락에 나는 뒤로 한 걸음 물러났다. 포스팅을 전부 비공개로 돌려 버릴까 하는 생각도 했다. 그런데 남편이 이것저것 알아보더니, 믿을 만한 회사라며 한번 해 봐도 나쁘지 않을 것 같다고 했다.

그리고 남편의 도움으로 나는 공동투자자 및 콘텐츠 저작권자가 되어 사업에 참여했다. 남편은 산부인과 초음파 기계와 연동하여, 개인이 동의할 경우 우리가 개발한 어플리케이션으로 초음파 사진과 영상을 자동 업데이트해 주는 기술을 개발하고, 실현 가능 여부와 관련한 법규를 알아보는 중이다.

개천에서 용이 날 수도 있나 보다. 내가 사업을 하게 될 줄이야. 말아먹지나 않았으면 좋겠다.

'하루 일기'라는 이름으로 어플리케이션 서비스가 시작된 지 한 달, 결과는 대박 이상이다. 의료 자문 추가, 긴급 상황시 연락 가능한 산부인과 매뉴얼 업데이트, 남편 및 가족 등과의 SNS 공유 가능.

추가된 서비스는 기대 이상의 호응을 얻었다.

"아, 우리 마누라가 잘 벌어서 난 이제 살림해야겠다."

남편은 우스갯소리로 나 이제 사업 그만둬도 되느냐며 매일 묻는다.

"우리 딱 내 나이 서른다섯까지만 일해요. 그리고 여행 다니면서 살자. 그러니까 당신도 그만두지 말고 벌어야 해."

여전히 사랑을 담뿍 담은 눈길로 나를 내려다보는 남자. 이마 위에 스치는 입술이 부드럽다.

"그 전에……."

분위기가 야릇해진다.

"윤규 여동생 만들까?"

아무래도 내 콘텐츠 저작권이 늘어날 것 같다.

12월 어느 날.

우리는 네 식구가 되었다. 그의 바람처럼 나를 꼭 닮은 딸이 태어났고, 이번엔 친정 엄마가 육아를 전담하시겠다며 나서셨다.

행복하다. 말로 다 할 수 없을 만큼.

"여보, 어머님이……."

모니터를 심각한 얼굴로 보고 있던 남자가 후다닥 랩톱을 닫아 버린다.

"뭐 했어요?"

"어, 일."

여자의 촉은 무섭다. 뭔가 일이 아닌 것 같은 느낌이 든다.

"나가요. 어머님이 통영 다녀오시면서 굴 사 오셨어."

"어우, 생굴 좋지."

생굴은 좋은데 내 기분은 좋지가 않다.

이 남자 뭘 숨기는 거지?

그날 밤, 나는 남편이 잠든 틈을 타 몰래 침대에서 빠져나왔다.

"이 남자가 대체 뭘 숨기는 거야?"

나는 남편의 랩톱을 염탐하기 시작했다. 윈도우 암호를 풀자 남편이 보고 있었던 화면이 그대로 남아 있다.

"안녕, 연하루. 후원자 아저씨 아니고, 오빠…… 이게 뭐야?"

그곳에는 나에게 써 놓고 보내지 못한 이메일이 가득했다.

에필로그 II. 정우의 이메일

첫 번째 이메일.

안녕, 연하루.

후원자 아저씨 아니고, 오빠.

나 그렇게 나이 많지 않아.

아직 아저씨 소리 들으면 너무 억울한데?

이사 간 집이 마음에 든다니 다행이다.

길게 못 써. 나 사실 지금 군대에 있거든.

생각해 보니 맞는 것도 같네, 아저씨.

흔히 군인 아저씨라고 부르니까.

여기까지 쓰고 정우는 이메일 저장 버튼을 클릭했다.

도저히 손발이 오그라들어서 발신 버튼을 못 누르겠다.

대신 '나 아저씨 아닌데?' 하는 짧은 회신을 보냈다. 오글거리는 짓은 하지 말자. 안하던 짓 하다가 병날라.

두 번째 이메일.

하하. 이 녀석 봐라? 그렇다고 내가 여자일 거라고 생각한 거야?

깜찍하기는…….

두 번째는 더 심각했다.

여기서 그만두자. 이러다 손발이 사라질 것만 같다.

손발 사라지면 의가사 제대하려나?

호기롭게 입대했는데, 군대는 정말 지옥 같다.

얼른 전역했으면.

세 번째 이메일.

지난번에는 답장을 못 해서 미안. 혹서기 훈련 갔다 왔어.

PC 사용 시간이 허락되질 않아서 메일 확인이 늦었다.

대학을 가기로 맘먹었다니 다행이다. 내가 누군가 돕고 있다는 생각에 뿌듯하네.

누군가의 선택을 받은 아이라……. 그래, 넌 내 선택을 받은 아이지.

공부 열심히 하고, 예쁘게 자라길 바란다. 지금도 물론 예쁘지만.

네가 정말 나로 인해 행복해질 수 있기를.

결국 마음을 적어 내려간 세 번째 이메일부터는 아예 보낼 생각을 하지 않았다. 대신 '잘 생각했어. 공부 열심히 해.' 하고 짧은 회신만 남겼다.

마흔 두 번째 이메일.

오늘 네 이메일을 받고 나는 잠을 이루지 못하고 있어.

첫사랑이 생겼나 보구나.

누군가를 마음에 품은 그 순간을 나는 너무 잘 알지…….

대성리 MT가 그렇게 흥미진진할 줄은 몰랐네.

가지 말라고 할걸.

MT 같은 거 못 가게 할걸.

나 미쳤나 보다.

마흔 세 번째 이메일.

방금 너에게 처음으로 전화를 걸었어.

술에 취한 목소리가…… 귀엽다.

양다리였다는 그놈 때문에 가슴이 아프다는데

난 왜 이렇게 기분이 들뜨는 걸까.

근데 말이야. 그 개새끼, 내가 쥐도 새도 모르게 없애 줄까?

얼른 와서 키스해 달란 네 목소리가 자꾸 귓가에 맴돌아, 오늘도 잠은 다 잤다.

쉰 번째 이메일.

오늘 엘리베이터에서 너와 마주쳤어. 홍 실장과 통화하고 있는 나에게

인사를 건네는 네 모습에 하마터면 넋을 잃을 뻔했다.

예뻐졌더라.

알은체하고 싶은 마음 반, 이대로 지켜보고 싶은 마음 반.

내가 이렇게 우유부단한 인간이었다는 걸 오늘 새삼 깨달았다.

쉰일곱 번째 이메일.

야, 너 사람이 그러는 거 아니다.

어떻게 음침한 아파트 뒤에서 술에 취해서 남자를 꼬셔?

뭐, 씨 뿌리고 다니면 위험하니까 병원엘 데려가?

너 미쳤어?

너 그러고 갑자기 사라져서 내가 지금 제정신이 아니거든!

어디 있는 거야, 연하루 나쁜 계집애야!

예순세 번째 이메일.

그 새끼 꼬시는 건 실패했나 보다. 맨날 혼자 다니는 거 보니까.

오늘 연하루 회식했나 봐? 근데 그 회사는 회식이 왜 이렇게 잦아?

암튼 잔뜩 술에 취해서 택시에서 내리더니 흐느적흐느적 위태로운 걸음으로

걸으면서 노래를 흥얼거리는 거야.

　"사랑의 코딱지 씌어 버렸어, 나는 나는 어쩌면 좋아〜!"

순간 내 귀를 의심했다. 집에 와서 네가 흥얼거리는 대로 인터넷에 찾아봤어.

하루야, 그 가사 아니야.

코딱지 아니고 콩깍지야.

아흔 두 번째 이메일.

세 번만 만나자는 그 새끼 머리통에 맥주 캔을 집어 던지려는 내 손, 잘 참았어.

연하루, 이제 내가 너 모른 척하는 거 그만둬야겠다.

백한 번째 이메일.

심장이 날뛴다. 네가 내 사람이 되었다.

사랑한다. 내가 왜 진작 네 앞에 나타나지 못했는지 아니?

네가 날 그저 후원자로만 여길까 봐 조마조마했던 순간들을 네가 알까?

잠이 안 온다.

누군가 현관문을 두드리네.

들어가서 잔다더니 네가 왔나 보다.

미치겠다, 연하루.

좋아서.

백일흔 여섯 번째 이메일.

연하루, 몰래 훔쳐보니까 재미있냐?

외전. 그날 밤 두 남자

얼마 전 병원 경영일선에 본격적으로 뛰어든 승원이 결혼을
했다.

상대는 놀랍게도.

"의진 씨, 결혼하더니 더 예뻐졌네. 결혼식 날도 정말 예쁘더
라."

"선배는 애가 둘인데 여전하시네요."

"아오, 말도 마. 살 빼느라고 죽는 줄 알았어. 근데 남편은?"

"곧 온대요. 주차장에 있다고 들었어요. 사장님은요?"

"사장님은 무슨. 회사 그만뒀으면서……. 이제 그 선배 호칭
도 좀 고치자. 언니, 형부 이렇게 불러."

하루가 코를 찡긋하며 웃는다.

"이 사람도 올 때가 됐는데, 전화해 봐야겠다."

휴대전화를 집어 들기가 무섭게 식사실에 노크 소리가 들려온다.

"어? 왔어요? 승원씨도 왔네. 둘이 어떻게 같이 와요?"

"이 앞에서 만났어."

승원의 대답에 의진이 까르륵 웃음을 터뜨린다.

"왜 웃어?"

오랜만에 듣는 의진의 유쾌한 웃음소리에 식사실 분위기가 밝아진다.

"저희 연애 초기예요. 토요일 저녁에 고 과장님 늦둥이 돌잔치가 있었거든요. 근데 둘이 데이트하다가 같이 들어갔더니 어떻게 둘이 같이 들어오느냐고 묻더라고요. 그래서 입구에서 만났다고 거짓말했었거든요."

연애 시절을 떠올리는 의진의 얼굴이 발그레하다. 하루 역시 아련한 시절을 떠올리며 흐뭇한 미소를 머금었다. 그런데 두 남자의 얼굴은 신 레몬을 씹은 것처럼 못마땅해 보인다.

"표정이 왜 그래요?"

순진한 의진이 먼저 입을 연다.

"우리 연애할 때랑 지금이랑 그 멘트가 같아? 진짜 호텔 로비에서 만난 거라니까."

승원이 정색을 하더니 의진의 어깨 위에 오른 머리카락을 등 뒤로 넘겨 준다. 다정한 손길이 보기 좋다.

"뭘 그렇게 정색해? 나랑 그렇게 오해받는 게 싫은가 보네?"

이 남자가 원래 이렇게 능글맞았나? 정우가 끼어들며 보태는 말에 하루가 풋, 웃음을 터뜨린다.

"그러게. 우리 자기가 뭐가 부족해서. 완전 멋진데."

승원이 고개를 절레절레 저으며 난색을 표한다.

"왜 이래? 그날 나한테 매달렸던 거 기억 못 하나 보네?"

"그날?"

의진이 눈을 휘둥그레 뜨며 승원을 바라본다.

"매달려요? 제부가? 왜?"

하루 역시 동그란 눈으로 두 남자를 번갈아 본다.

"호칭 정리 한번 빠르네. 내가 제부야?"

"어째? 날 인제 형님이라고 불러야겠지?"

"형님 소리가 그렇게 쉽게 나오나."

승원이 거드름이 피우자 정우의 눈빛이 이채로운 빛을 낸다.

위험하다. 이 남자 지금 오랜만에 똘기와 함께 전투력을 가동하려는 중인 것 같다.

"봐주려고 했더니 안 되겠네?"

정우의 입가에 장난기 어린 미소가 그려진다.

그날 밤이었다. 하루가 승원을 거절하고 파스타집에서 몹시 불유쾌한 삼자대면을 하고 난 뒤 승원이 다짜고짜 정우의 집에서 자겠다고 따라온 날 밤으로 시간은 거슬러 올라간다.

"맨정신에 못 있겠네. 술 한잔하죠?"

승원이 대뜸 술을 내놓으라며 객기를 부린다.

그래, 받아 주마.

짝사랑 잃고 발악하는 게 안쓰러워서라도 마음 넓은 내가 받아 주겠노라며 정우는 아끼던 양주 한 병을 꺼내 놓았다.

"와, 사장님 스케일 죽이네요. 연적한테 주는 술치고는 너무 비싸지 않나? 아님 소주 같은 건 안 드시나?"

귀한 술 내줬더니 빈정거린다.

"싫음 말고."

"누가 로열 살루트 50년산을 마다해요? 근데."

뭔가 께름칙하다는 듯 승원이 고개를 비스듬히 기울인다.

"지금 이 술 따는 저의가 뭐지?"

"얻다 대고 반말이지?"

승원이 앉아 있는 식탁을 짚으며 얼굴을 가까이 가져갔다. 위협하듯 노려보는 눈빛에 승원이 흠칫 당황한다.

"왜 따는 건데……요."

유치하게 말장난을 하는 게 귀엽기까지 하다.

"이게 엘리자베스 2세 여왕 즉위 50년을 기념해서 만든 술이거든? 기념하자는 의미지."

비스듬히 얼굴을 기울이며 건넨 말에 승원이 어깨를 움찔한다. 이 자식, 아까 연하루 앞에서는 센 척 다 하더니 쪼는 눈치다. 걱정 마, 형이 살살 다뤄 줄게.

"뭘……요?"

"오승원이 연하루 포기하는 기념?"

눈앞에 있는 얼굴이 썩는다.

"듣자듣자 하니까 진짜!"

"여기까지 왜 따라 들어왔어?"

"그쪽이 연하루 포기해요."

"그거 설득하자고 적진까지 기어 들어왔어?"

순순히 따라 주는 술을 연거푸 마신 승원이 고개를 좌우로 한 번씩 꺾더니 거드름을 피운다.

"포기해요."

다짜고짜 포기하라는 말에는 그 어떤 당위성도 없다.

"나 연하루 없으면 죽어요."

이 자식 봐라?

"진짜."

애절한 눈빛이 풀려 있다. 취했네, 취했어.

"취했으면 저기 소파에서 자. 헛소리 그만하고."

"헛소리 아냐! 볼래?"

자리에서 벌떡 일어난 승원이 거실로 위풍당당하게 걸어가더니 베란다 창을 열어젖힌다.

"죽을 거야. 연하루 포기 안 하면 나 죽어 버릴 거야!"

"야, 야!"

정우가 한달음에 달려가 승원을 저지했지만 막무가내다. 앞으로 오승원 있는 자리에서는 연하루 술 못 마시게 해야겠다.

"내가, 하루를! 연하루를!"

울부짖으며 베란다 난간을 타고 넘으려고 용을 쓴다. 방충망에 이마를 비벼 대는 꼴이 우스워서 지켜보고 있는데 순식간에 뜯어 버렸다.

야생이 따로 없네. 저걸 뜯었어, 지금?

방심한 순간 승원의 다리 한쪽이 베란다 난간에 오른다.

"이 자식이 진짜 미쳤나!"

술에 취한 승원은 막무가내다. 발악하는 장정을 저지하기 위

483

해 정우는 승원의 허리를 와락 끌어안았다.

"포기해. 안 그럼 나 진짜 뛰어내린다."

"정신 차리지, 오승원? 너 지금 1백만 년짜리 흑역사 제조 중이야?"

"그깟 흑역사가 뭐! 연하루가 지금……! 지금!"

가지가지 한다.

"너 우냐?"

"누가 운다고 그래!"

승원이 반박하며 몸을 비트는 순간 정우가 재빠르게 승원을 소파 위로 넘어뜨렸다. 운동을 해서 키운 몸이라지만 승원도 만만치 않았던 터라 정우의 몸도 함께 중심을 잃고 넘어갔다.

오승원의 얼굴이 코앞에 있다. 시커먼 눈동자가 정우를 올려다본다. 정우는 승원의 양손을 결박한 채로 낮게 읊조렸다.

"오승원, 너 이거 분명히 후회한다."

"안 해. 절대."

"장담하지 마. 그럴 수 없는 게 인생이야."

"내가 해 주고 싶은 말이다! 장담하지 마. 연하루 지금 당신한테 간다고 해도 내가 반드시 되찾아 올 거야."

"뭘 되찾아? 언제 네 여자였던 적 있어?"

승원이 정우의 손을 뿌리치며 몸을 일으키려 하자 정우가 양손에 더욱 힘을 주며 그를 옴짝달싹못하게 만들었다.

널따란 소파 위, 널브러진 승원의 위에 포개듯 엎드려 그를 결박하고 있는 정우. 연하루가 이 장면을 본다면 둘이 지금 뭐 하는 거냐고 뒷목 잡을지도 모른다.

"잘 들어. 장난 받아 주는 것도 오늘까지야. 한 번만 더 까불어 봐."

정우는 잡고 있던 손을 놓아주며 방으로 향했다. 얼마 지나지 않아 거실로 나온 그는 여전히 누운 채로 천장만 바라보고 있는 승원에게 담요를 던져 주며 말했다.

"이제 자. 앞으로 독한 술은 세 잔 이상 마시지 말고."

아, 뒷말은 붙이지 말걸.

묘하게 연하루랑 얽히면 다정한 말이 쏟아진다. 저것도 연하루 동료라고 측은한 마음이 생기고 마니 이 정도면 병이다. 다정남 콤플렉스도 아니고.

정우는 던진 모양 그대로 승원의 배 위에 올라 있는 담요를 보며 고개를 내저었다. 쟤도 병이 심각한 듯하다. 연적 집에 와서 술 마시고 죽겠다고 덤비는 꼴이라니.

넌 인마, 결정적인 순간에 내가 이거 터뜨릴 거다, 두고 봐라!

현관문을 열려는데 언제 일어났는지 승원이 다가와 묻는다.

"어디 가?"

"연하루한테."

"지금? 왜?"

"왜 가겠냐?"

정우는 그걸 몰라서 묻느냐는 짜증 섞인 되물음과 함께 승원을 돌아보았다.

"가지…… 마."

"뭐?"

이건 대체 뭐하는 그림이야. 환장하겠네.

정우가 고개를 쳐들고 천장을 바라보며 한숨을 한번 훅 내쉬었다.

"가지 마! 지금 연하루한테 왜 가? 가지 말라고!"

"자라, 오승원."

현관문 고리를 잡는 순간 승원이 정우의 허리를 와락 끌어안는다. 이 새끼가, 뒤지려고!

"안 놔?"

"가지 마."

"놔라."

"연하루한테 갈 거면 나 죽이고 가."

별 거지 같은 치정 다 보겠네, 진짜.

"……떨어져."

정우가 낮게 읊조렸다.

"떨어지라고. 맞고 떨어질래?"

"때려 봐, 때려 봐!"

얄밉게 도리질 치며 뺨을 내미는 꼴이 꼭 블랙코미디 한 장면 같다.

"미친 새끼."

정우는 욕설을 내뱉으며 안방으로 향했다. 침대에 벌러덩 누웠는데 승원이 따라 들어온다. 저 새끼가 또 뭘 하려나 싶은 순간 늘 하루가 자리했던 곳에 드러눕는다.

"나 소파에서 못 자. 침대 아니면 잠 안 와."

"아, 나 이 또라이 새끼, 진짜."

베개에 머리를 대기 무섭게 코 고는 소리가 들려온다. 승원이

486

까무룩 잠이 든 것 같아서 몸을 일으키려는 순간 커다란 손이 손목을 움켜잡는다.

"나 안 자. 가기만 해 봐, 연하루한테."

어우, 시발! 욕이 절로 나온다. 어쩌다 이런 미친 또라이 새끼를 집에 들여서 내가 이런 개고생인지.

결국 코를 드르렁드르렁 고는 승원의 옆에 나란히 누운 정우는 승원이 술기운을 떨치고 아무 말 없이 집을 나서던 순간까지 한 잠도 이루지 못했다.

"기억 안 나는데?"

승원이 시치미를 뚝 뗀다.

"기억나게 해 줘?"

정우가 빙글거린다.

"아, 형님. 왜 이러십니까? 제가 뭘 얼마나 잘못했다고."

승원의 입에서 형님 소리가 술술 나온다. 뻗대던 게 5분 전이었나?

정우의 얼굴에 의미심장한 미소가 어리자 의진과 하루가 의뭉스러운 눈길을 주고받으며 어리둥절한 미소를 짓는다.

"오승원이 연하루 죽자 사자 따라다녔는데, 아직도 하루랑 웃으면서 보는 걸 보면 의진 씨 성격이 정말 좋은가 보네."

정우의 말에 의진이 웃으며 대꾸한다.

"언니 덕분에 승원 씨랑 친해졌는걸요. 우리 처음엔 완전 앙숙이었어요. 내가 하루 언니 쫓아다니지 말라고 막 뭐라고 했거든요. 근데 나중에 하루 언니 회사 그만두고 일 때문에 승원 씨랑 연락이 닿았는데, 그러다가 언니 이야기가 나왔어요. 언니 얘기만 하면서 온종일 통화한 적도 있었는데……. 그러다가 언젠가부터 언니 얘기를 안 하게 되더라고요."

아련한 얼굴을 한 의진의 손을 승원이 꼭 움켜잡는다.

"나 괜찮은 거 알잖아요. 내가 하루 언니 얼마나 좋아하는데요."

의진이 빙그레 미소를 짓자 승원도 그와 닮은 미소를 보인다.

"성격 좋은 의진 씨, 오승원이 잘 부탁해요. 얘 그리고 독한 술은 먹이지 마요. 술 엄청 약해."

"설마요. 승원 씨 말술인데."

그럼 그 밤에는 그게 다 쇼였어? 정우가 의문을 제기하는 눈빛을 보내자 승원이 그걸 이제 알았느냐는 듯 웃는다.

와, 미친놈. 의진 씨나 되니까 너랑 살아 주는 줄 알아라.

식사를 마친 뒤 의진과 승원은 먼저 자리를 떴고, 정우는 하루를 데리고 루프톱 바로 향했다.

"이런 데는 왜요? 누구 만나기로 했어요?"

"이런 데 마누라랑 둘이 오면 안 돼?"

"그건 아니고."

하루가 새초롬한 미소를 지으며 웃는다. 애 둘을 낳는데도 연하루는 여전히 사랑스럽다.

"오늘 어머니가 애들 재워 주신대."

정우는 그윽한 시선으로 하루를 바라보았다. 여전히 날것 그대로의 감정을 드러내는 시선에는 쑥스러운지 하루가 얼굴을 붉힌다.

"칵테일 때문이에요."

"핑계는."

정우는 슈트 재킷 안주머니에 넣어 두었던 카드 키를 꺼내어 테이블 위에 올린 뒤 검지와 중지로 하루 앞에 놓인 핑크마티니 잔 옆으로 밀었다.

"한 잔 더 할래, 갈래?"

하루가 대답 대신 핑크마티니 잔을 테이블 끝으로 멀찍이 밀어 버린다. 그러더니 요염한 손동작으로 카드 키를 집어 든다. 정우의 입가에 진한 미소가 그려진다.

정우는 객실 문이 열리자마자 하루를 벽으로 밀어붙인 뒤 키스를 퍼부었다. 격한 신혼을 보내지 못해서인지, 둘만 남겨지는 순간이 오면 정우는 언제나 처음처럼 몸이 달뜬다. 작은 입술을 가르고 들어가 혀를 휘감고 타액을 들이마셨다.

달콤한 긴장감에 목덜미로 소름이 돋아난다. 하얀 목덜미에 입술을 묻으며 원피스 지퍼를 끌어 내렸다. 정우는 순식간에 하루를 돌려세웠다. 하얗게 드러난 등줄기를 따라 손가락 끝으로 훑어 내려갔다.

"하아."

열감 어린 하루의 한숨이 터져 나온 순간 스커트 자락이 젖혀졌고, 매끈한 팬티스타킹에 휘감긴 탐스러운 엉덩이가 드러났다. 정우는 스타킹 허리선 안쪽으로 손을 넣어 구멍을 만든 뒤 쭉 잡아당겼다.

"……하아."

또다시 터져 나오는 더운 한숨.

"얼마 만에 찢어 보는 스타킹이지?"

정우는 하루의 등 뒤에 바짝 붙어서며 귓가에 속삭였다. 작은 웃음소리가 들려온다.

"웃었어, 지금?"

괜히 으름장을 놓으며 정우는 하루의 가슴을 세게 움켜잡았다.

"흐읏."

"난 여전히 연하루가 왜 이렇게 사랑스러운지…… 미치겠다, 정말."

또다시 기분 좋은 웃음소리가 들려온다. 벽에 이마를 기댄 채로 키득거리는 웃음에 단전 아래에 더욱 힘이 들어간다.

"연하루."

"……응?"

"너 오늘 못 잔다."

정우는 단번에 하루를 안아 들고는 침대로 향했다. 푹신한 침대에 몸을 눕힘과 동시에 정우는 흥건히 젖은 하루의 안을 파고들었다.

"아앗, 천천히. 하아……."

단둘이 분위기 좋은 호텔 방에 누워서인지, 하루가 다른 때보다 빨리 절정을 느끼며 눈꺼풀을 파르르 떤다. 정우는 이른 절정을 배려하며 가만히 동작을 멈추고 하루를 꼭 끌어안았다.

"사랑한다, 하루야."

"나도 사랑해."

하루의 부드러운 손길이 목덜미를 감싼다. 정우가 다시 허리를 움직이기 시작한다. 이미 한 번 절정을 맛본 여체는 매혹적인 체향을 내뿜으며 정우를 맞는다. 정우는 하얀 목덜미에 묻었던 입술을 옮겨 하루의 입술을 머금었다.

달콤한 갈증이 일어난다. 아무리 들이마셔도 갈증이 해소되지 않는다. 아낌없이 사랑해도 부족하다 느끼는 마음처럼. 품 안에 두어도 그리움이 몰려드는 것처럼. 뜨거운 키스가 계속되는 중에도 집어삼키고 싶은 마음이 굴뚝같다.

내 인생에 단 하나뿐인 여자, 연하루.

사랑한다. 더 이상 사랑할 수 없을 만큼. 이보다 더 많이 사랑해 주고 싶을 만큼.

Fin.

작가 후기

　뉴스를 보다가 짜증이 나서 죄 없는 리모컨을 집어 던질 뻔했습니다. 시절이 하 수상합니다. 아파하지 않는 이가 없는 지금입니다.

　글을 쓰는 동안만큼은 웃고 싶은 마음에, 글을 읽으시는 동안 웃으셨으면 하는 바람에 쓴 글입니다. 한 번이라도 피식 웃으셨다면, 다행입니다.

　자존감이 바닥나 슬럼프에 빠져 있던 작가를 건져 주신 언제나 유쾌한 정시연 팀장님, 사랑합니다!

　글의 완성도를 높여 주신 믿음직한 주수지 편집자님, 감사합니다!

　마지막으로 부족한 작가의 글을 읽어 주신 독자님들께 감사드립니다.

다음에는 더 나은 글로 찾아뵐 수 있도록 부단히 노력하는 작가가 되겠습니다.

　이 글이 세상에 나와 독자님들 곁에 있을 때에는, 좀 더 나은 세상이기를 바라며…….

2017년 2월

유아나 드림